KB070516

모스크바

세바스토폴

크질오르다

블라디보스토크

안동
함흥
태항산
평양
연안
경성
고베
남경
요코하
상해
무한
계림
타이페이

세
여
자
의
행
로

주세죽 ----------
함흥(1901)-상해(1920)-경성-블라디보스토크(1928)-모스크바(1928)-
상해(1932)-모스크바(1934)-크질오르다(1938)-모스크바(1953)

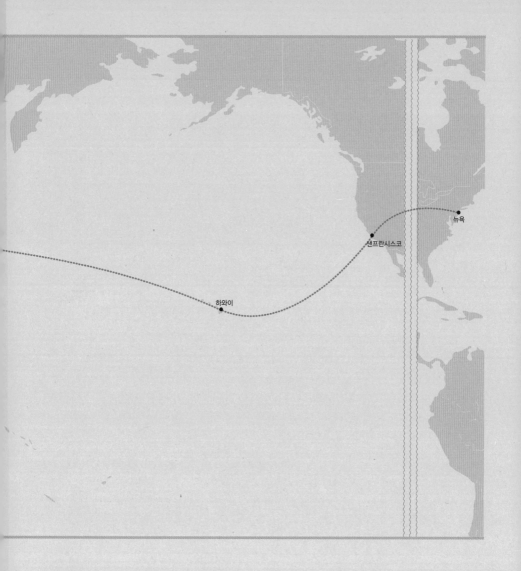

뉴욕

샌프란시스코

하와이

허정숙 ••••••••••••••••••••
경성(1902)-고베(1918)-경성-상해(1920)-경성-모스크바(1923)-경성-뉴욕(1926)-경성-
타이페이(1933)-남경(1936)-무한(1938)-연안(1939)-태항산(1939)-연안(1944)-평양(1945~1991)

고명자 ■■■■■■■■■■■■■■■■
경성(1904)-모스크바(1926)-경성(1929~1950)

세여자 * 1

세여자 *1

20세기의 봄

조선희 장편소설

한겨레출판

1991년 서울

✳

1990년 한소수교韓蘇修交는 냉전시대의 마침표였다. 그것은 여러 낯선 현상과 더불어 왔다. 마르크스주의 서적의 대유행도 그중 하나였다. 공산국가들이 무너지자 공산주의 서적에 대한 금기가 풀렸다는 건 역설이었다. 그리고 철의 장막 저편에 있던 소련이 열렸다.

1991년 4월 소련공산당 서기장 고르바초프가 한국을 방문했다. 그리고 그해 12월 소련 국적을 가진 한 여성이 고르바초프 방한보다는 조촐하고 사사롭게, 그러나 일부 기자와 학자들과 정보기관의 긴밀한 관심 속에 김포공항을 통해 서울에 들어왔다.

동그스름하고 오밀조밀하게 생긴 전형적인 한국 여인의 얼굴이지만 한국말을 한마디도 할 줄 모르는 그녀의 이름은 비비안나 박. 모이세예프 무용학교 교수. 1928년생. 우리 나이로 64세. 러시아인 남편 빅토르 마르코프와 동행했다.

그녀는 이곳에서 생애 처음으로 이복동생을 만났고 몇몇 사람과 공개적인 또는 은밀한 인터뷰를 했다. 그녀를 인터뷰한 사람들은 그녀가 아버지를 만난 적 있는지, 아버지와 관계는 어떠했는지, 어머니는 어떤 사람이었는지, 어머니의 최후는 어떠했는지, 그녀는 지난 60년 동안 어찌 살아왔는지 등을 물었다.

그녀의 아버지는 박헌영, 1950년대 이래 남과 북 모두에서 지워진 이름이었다. 또한 냉전체제가 무너져가고 있다 해도 여전히 위험한 이름이었다.

"어릴 적에 아버지를 본 기억이 있습니까?"

"아니요. 열여덟 살 때던가. 전쟁 끝나고 아버지가 김일성 주석하고 같이 모스크바에 왔는데 그때 처음 봤어요."

"어머니는 1930년대에 폐렴으로 사망했다고 알려져 있습니다만."

"아니에요. 어머니가 돌아가신 건… 스탈린이 죽은 해였으니까 1953년이었어요."

"어머니와 같이 살았나요?"

"같이 산 적은 없어요. 모스크바에 사실 때 가끔 만났고 어머니가 카자흐스탄에 가신 뒤로는 만나기 힘들었죠."

"어머니는 왜 카자흐스탄에 가셨지요?"

"스탈린이 고려인들을 중앙아시아로 강제이주 시켰죠."

"그러면 어머니는 혼자 카자흐스탄으로 이주했습니까?"

"잘 모르겠어요. 남자가 있었던 것 같은데."

"남자라니, 고려인이었나요? 아니면 러시아인이었나요?"

"고려인이었던 것 같아요. 어머니도 내게 말하지 않았고 나도 물어보지 않았어요."

"모녀지간인데 그런 정도의 대화도 없었습니까?"

"솔직히 어머니한테 정이 없었어요. 나는 어머니 아버지를 모르고 자랐어요. 엄마라 한다면 혁명가보육원 선생님이 엄마였지요. 어머니는 자식을 보육원에 맡겨놓고 다른 남자하고 살았으니까요. 또 몇 년씩 보육원에 찾아오지 않았어요. 솔직히 어렸을 적엔 어머니를 싫어했어요. 어머니가 부끄러웠지요. 정숙하지 못한 여자라 생각했어요."

1920년대 식민지 조선의 신여성이자 공산주의운동가, 그리고 박헌영의 부인 주세죽은 딸에게 그렇게 기억되고 있었다. 그녀가 부모의 나라 한국에 대해 아는 것은 거의 없었다. 88올림픽을 한 나라라는 정도.

그녀는 어머니 유품에 들어 있었다며 빛바랜 흑백사진 몇 장을 내놓았다. 어머니와 아버지 사진들이었는데 대개 소련으로 탈출한 이후 찍은 것들이었다. 그중 한 장의 사진이 이채를 띠었다. 칙칙한 흑백사진들 가운데 유난히 밝고 화사한 한 컷.

봄인가, 아니 여름인가. 세 여자가 개울에 발 담그고 노닥거리고 있다. 하얀 통치마 저고리 위로 한낮의 햇볕이 부서진다. 팽팽한 종아리와 통통한 뺨, 가뿐한 단발은 세 여자의 인생도 막 한낮의 태양 아래를 지나고 있음을 말해준다. 세 여자가 물놀이하는 개울은 청계천인가.

가운데 앉은 양장의 여자, 이마가 넓고 콧날이 반듯한 이 여자는 주세죽이 틀림없다. 오른쪽 여자는 주세죽과 단짝이었던 허정숙 아닐까. 그러면 또 한 여자는 누구일까.

세 여자 모두 단발이다. 식민시대 한때 경성을 풍미했던 월간지 〈신여성〉에서 이 사진의 실마리를 얻을 수 있다.

> 나와 나의 친구 두 사람 합 3인이 단발하던 때는 지난 8월 21일 오후 6시경이었습니다. 혹 어떤 이는 3인단발동맹이나 혹은 신경이 과민한 양반들은 어떠한 비밀결사가 아닌가, 의심하였습니다. 우리 3인은 본래 동지로서 친구로서 단발하기로 작정하기는 이미 오랜 일이었습니다. 서로 깎기로 언약하고 곧 머리를 풀고 긴 것만을 추려서 집었습니다. 자르고 나니 머리숱이 퍽 많아 보였습니다. 3인 중에서 제일 먼저 자른 사람은 나였습니다. 머리를 잘리우는 그 자신은 쾌활한 용기를 내어가지고 아무렇지도 않았으나 손에 가위를 들고 남의 머리를 자르는 그때는 이제까지 잠재하였던 인습의 편영片影이 나타나며 몹시 참담하고 지혹至酷한 느낌을 아니 가질 수 없었습니다. 삽시간에 3인은 결발의 신여성으로부터 단발랑 송락머리가 되어버렸습니다.
>
> 다 깎은 뒤에 서로서로 변형된 동무의 얼굴을 쳐다보며 비장하고도 쾌활미가 있는 듯 웃어버렸습니다. 웬일인지 서로 아지 못한 위대한 이상과 욕망이나 이룬 듯이 무조건으로 기뻤습니다. 우리는 머리가 자리가 안 잡혀서 앞으로 나오려는 것을 '찝는 핀'으로 찌른 뒤에 각각 집으로 헤어져버렸습니다.
>
> – 허정숙, '나의 단발과 단발 전후' 중에서, 〈신여성〉(1925년 10월호)

글을 쓴 허정숙은 당시 〈신여성〉 편집장이었다. 1925년 10월호

〈신여성〉은 단발특집호였는데 이참에 세 여자가 미뤄오던 단발을 결행했던 것 같다. 세 여자의 단발 의식은 비장하기가 흡사 피의 맹세거나 도원의 결의 같다. 단발을 한 날이 8월 21일이었으니 사진은 그 며칠 뒤였을 것이다. 허정숙 주세죽과 함께 단발을 했던 또 한 여자는 고명자 아닐까. 세 여자를 당시 잡지들은 '트로이카'라 불렀다. 하루에도 수십 개 사상단체가 생겨나고 없어지던 정치에너지 대폭발의 시대에 세 여자는 그 최전선에 있었다. 주세죽의 남편 박헌영, 허정숙의 남편 임원근, 고명자의 애인 김단야, 이 세 남자 역시 '트로이카'로 불렸다. 1900년생 동갑내기 세 남자는 실제로 그 무렵 청년공산주의운동을 이끌고 가던 세 마리 말이었다. 세 여자와 세 남자의 연대는 우정과 애정과 이념으로 반죽되어 시멘트처럼 공고했다. 1920년대 지식인 사회에서 가장 영향력 있는 이름이 마르크스와 톨스토이, 간디였다면 그중 현실정치에서 가장 파괴력을 지닌 인물은 단연 마르크스였다. 1917년에 러시아혁명이 일어났고 혁명의 심장 모스크바로부터 뜨끈뜨끈한 바람이 불어오고 있었다. 그때 나이, 주세죽은 스물다섯, 허정숙은 스물넷, 고명자는 스물둘이었다.

1920년대 식민지 조선에 단발 여성은 아직 두 손에 헤아릴 정도였고 백주대낮 개울가에 '단발랑斷髮娘'이 셋이나 출현했으니 구경꾼이 몰려들지 않았을까.

천변의 구경꾼 중에 여자들은 머리를 땋아 내렸거나 틀어 올렸거나 비녀로 쪽 찌거나 했을 것이고 개중에는 몸종을 앞세우고 쓰개치마 뒤집어쓴 채 얼굴만 빼꼼히 내놓은 여자도 있었겠고 그런가 하면 짧은 하이칼라 머리 남자들 사이에는 갓 쓰고 수염 기르고 자기 팔만큼 긴 장죽을 뻐끔뻐끔 빨아대는 남자도 있었을 것이다. 교복 입고 책가방을 든 고등보통학교 남학생이라면 "저기 단발랑 있어! 현대미가 넘치네" 하고 좀 색다른 반응을 내놓았을 수도 있다. 어쩌면 그때 그곳을 지나는 사람 중에 낡은 양복을 걸치고 한눈에 봐도 무슨무슨 청년동맹 회원일 법한 남자가 있어 "저기 허정숙 아닌가" 하며 알은체하고 옆에 가던 남자가 "뭐야, 단발이잖아" 하고 맞장구치면 "소문난 창부 아닌가. 남편 말고도 애인이 둘이나 더 있다네" "어허… 허헌 씨가 딸자식 하나 잘못 둬서 개망신이구먼" "요새 〈신여성〉이라는 잡지를 만드는데 목불인견이지" "아, 자네는 그 〈신여성〉인가 뭔가를 봤구먼" "아, 아니, 보지는 않았네만 뭐 뻔할 뻔 자 아닌가" 하고 뒷담화에 열 올렸을지도 모른다.

여자들의 단발은 과연 핫이슈였다. 1895 을미년 단발령 때 남자들은 머리를 자르느니 목을 치라며 자결하기도 했고 의병을 일으키기도 했다. 남자들이 상투를 자를 때 그것은 봉건왕조와의 인연을 자르는 일이었지만 지금 여자들이 쪽찐 머리를 풀어 자르는 것은 '나, 독립된 인격체요' 하는 1인시위였다.

삼종지도三從之道의 여자들이 숨죽인 채 물밑에 빙산처럼 잠겨 있었지만 그 꼭대기에서 한 줌의 여자들은 이광수의 〈무정〉을 읽고서 자유연애주의자가 되었고 입센의 희곡에서 읽은 대로 인형의 집을 뛰쳐나갔으며 사상단체에 가입해서는 맑스걸 엥겔스레이디가 되었다.

1920년대는 식민시대 한복판이었지만 생기발랄한 남녀들이 스물이 되기에 최악의 시절은 아니었다. 뒷날 허정숙이 중국 내륙 깊숙이 혁명군의 진영 안에서 채 여물지 않은 옥수수 알갱이로 허기를 다스릴 때, 고명자가 6·25전란의 포성이 들려오는 서대문형무소에서 자신에게 장차 어떤 운명이 닥쳐올지 기대와 불안 사이에서 뒤척일 때, 주세죽이 스탈린 치하에서 일급정치범의 아내가 되어 이와 빈대가 들끓는 유형열차를 타고 중앙아시아 낯선 땅으로 하염없이 가고 또 가고 있을 때, 그 어느 순간, 1925년의 이날을 떠올렸을 것이다. 세 여자를 감싸고 있는 경성의 공기가 여름 햇볕과 젊은 혈기에 이스트처럼 부풀어 올랐던 나이 스물, 두려움도 비겁함도 없었던 그 시절을.

비비안나 박은 한국을 다녀간 뒤 러시아연방 검찰청을 찾아가 어머니의 신원조회를 신청했다. 신원조회 문서는 어머니가 1989년 소련 최고회의 상임위원회의 '1930~40년대, 50년대 초에 일어난 박해사건 희생자들의 복권' 조치에 의해 복권됐음을 알려주었다. 이 문서로 그녀는 어머니에 대한 몇 가지 새로운 사실을 알게 되었다. 어머니는 정치범이었고 유형수였다. 또한 일제 밀정 혐의로 유죄판결을 받은 김단야의 아내라고 돼 있었다. 비비안나로서는 처음 듣는 이야기였고 처음 듣는 이름이었다. 김단야?
스탈린시대에 수많은 고려인 혁명가들이 일제 밀정으로 몰려 죽었다는 것을 비비안나도 알고 있었다. 하지만 어머니와 관련된 일이라고는 생각해본 적 없었다.

어머니는 서른여덟에 카자흐스탄에 가서는 그곳에서 생을 마쳤다. 딸에게는 고려인 강제이주 조치로 카자흐스탄에 갔노라 했었다. 유형생활에 대해서도, 새 남편에 대해서도, 새 남편과 사이에 태어난 아이에 대해서도 일언반구 하지 않았다. 그녀는 어머니가 정숙하지 못한 사생활을 숨기려 했던 것이라 여겼다. 하지만 어머니가 세상을 떠난 지 40년이 지난 다음에야 문득, 그것이 어쩌면 정치적인 이유였을지 모른다는 생각이 들었다. 딸이 연루될까 두려워서, 딸을 보호하려 그랬던 건지도.

비비안나는 본능적으로 몸을 떨었다. 페레스트로이카시대에 접어든 지 여러 해였지만 냉전의 기억이 그녀의 혈관 속에 무수한 칼침처럼 박혀 있었다.

그러니까 아버지처럼 어머니도, 어머니의 새 남편도 혁명가였던 것인가. 조선에도 볼셰비키들이 있었겠지. 아버지는 미제 간첩이라고 처형당했는데 어머니의 새 남편은 일제 간첩으로 처형당했다는 건가. 진짜 첩자는 아니었겠지? 아니면 트로츠키주의자였나?

비비안나는 당황스러웠다. 그녀는 어머니에 대해 아는 것이 거의 없었다. 그녀는 어머니의 침묵이, 그 고독이 무서웠다. 어머니는 살아서 고독했고 죽은 뒤에도 고독했다. 어머니를 그런 무서운 고독 속에 살게 만든 건 시대였다. 하지만 단 한 점 혈육이었던 자신도 어머니에게 적대적이던 그 시대에 가담했다는 느낌을 지울 수 없었다.

부부가 되어
무산자계급 해방에
일생을 바칠 것을 맹세합니까?

-1920년 상해

✶

호기롭게 경성을 떠났지만 상해가 가까워올수록 불안해졌다.

'마도魔都 상해.'

열차 복도를 지나는 사람들 옷자락이 펄럭일 때 아편 냄새가 풍겼다. 아니, 들큰한 체취가 아편 냄새 아닐까 싶었다. 어쩌면 그냥 땀 냄새인지도 몰랐다. 사실 정숙은 아편 냄새를 맡아본 적 없어 그게 어떤 건지 모른다. 정숙이 유학 가겠다 했을 때 아버지는 미국 유학을 권했다. 딸이 상해 얘기를 꺼내자 펄쩍 뛰었다.

"상해는 위험한 곳이다. 아편과 매음이 창궐하고 인신매매와 살인사건도 비일비재하다."

하지만 미국은 너무 멀었고 그녀의 관심 밖이었다. 아버지는 타협안을 내놓았지만 어조는 단호했다.

"동경에 간다면 보내주마. 상해는 절대 안 된다."

상해역 개찰구를 빠져나오던 정숙은 대합실의 거울을 보고 흠칫했다. 거기에는 부모님 심부름으로 친척 어른 병문안 가느라 처음 도회지에 나온 듯 당황하고 주눅 든 시골 여학생이 서 있었다. 반듯한 가르마에 남초롬히 내려 땋은 댕기머리, 흰 저고리에 검정 통치마, 도둑이라도 맞을세라 짐가방을 두 손으로 움켜잡은 채 어깨를 잔뜩 옹송그리고 서 있는 열아홉 나이의 아가씨. 정숙은 짐가방을 옆에 내려놓고 머리 끄트머리의 댕기를 잡아당겼다.

'집 떠날 때 제정신이 아니었나 보다. 무슨 마음으로 장롱에서 꽃분홍 댕기를 꺼냈을까. 검문에 걸리면 순사를 홀려보기라도 하겠다는 건가.'

정숙은 땋았던 머리를 풀었다. 머리칼 안에 손가락을 넣어 흔들자 머리채가 한 다발이 되었다. 그녀는 굽슬굽슬 흘러내리는 머리를 동여 묶은 뒤 틀어 올려 핀 두 개로 고정했다. 정숙은 거울 속에서 트레머리한 자신의 모습을 바라보며 묘한 흥분을 느꼈다.

지금껏 열차여행은 늘 아버지 또는 협회 사람들과 함께였다. 처음으로 동행 없이 혼자, 통학열차도 아닌 북행열차에 올랐다. 그리고 이제 댕기머리도 풀어서 틀어 올리지 않았다. 정숙은 가슴을 앞으로 내밀고 어깻죽지를 펴고는 심호흡을 했다. 비로소 어른이 되었다는 생각이 들었다.

상해 역전은 삼사 층 높이의 석조건물들이 광장을 에워싸고 있었다. 광장에서 북적대는 인파는 피부색과 복색이 다채로웠고 정작 중국인은 절반도 안 되는 듯싶었다. 역전 경비초소에는 인도인인 듯 터번을 두른 경비병이 보초를 서고 있었다. 정숙이 이 국제도시의 생소함에 현기증이 밀려와 잠시 멍하니 서 있을 때 어디선가 고함이 들려왔다.

돌아보니 역전광장 한구석에서 허름한 중산복의 청년이 두 주먹을 흔들며 연설을 하고 있었다. 정숙은 엉거주춤 모여 선 여남은 명의 청중 틈에 슬쩍 끼어들었지만 중국말 몇 마디 말고는 알아들을 수 없었다. 다른 청년 하나가 나누어 주는 전단지를 받아 들고 한자를 대충 읽어보았다.

"밖으로는 주권을 쟁취하고 안으로는 매국노를 처단하자."

"일본 상품은 쓰지도 말고 팔지도 말자."

"선진적인 광산, 철도 노동자들에게서 배우자."

"5월 4일은 공자의 제삿날, 새로운 중국의 생일날."

단체는 상해중국청년회라 돼 있는데 민족주의 구호와 마르크스주의 구호가 뒤섞여 있어 정체를 종잡을 수 없었다. 다만 중국이나 조선이나 같은 처지라는 점은 분명했다. 조선의 3·1만세 두 달 뒤에 중국에서 5·4만세가 터지지 않았던가. 정숙은 중국인에게 동병상련의 정을 느꼈다. 이 도시가 정치천국의 명성에 걸맞은 인상적인 첫인사를 건네온 셈이다.

"제대로 찾아왔군" 하고 중얼거리며 정숙은 기운찬 발걸음으로 광장을 가로질러 대로변까지 와서는 지나가는 인력거를 손짓으로 불렀다. 정숙은 인력거꾼에게 이동휘의 주소를 건넸다. 아버지에겐 친형님 같고 정숙에겐 큰아버지 같은 어른이지만 정숙이 상해에 와서, 그것도 이동휘 어른을 찾아갔다는 걸 아시면 아버지가 그리 달가워하지는 않으실 게다.

인력거꾼은 얼굴이 검게 그을고 깡마른 중국 노인인데 '호잇' 하는 휘파람을 신호로 바람처럼 내달렸다. 이동휘 댁은 프랑스조계에 있다 했다. 3개월 전 아버지 앞으로 온 편지봉투에서 베껴 적은 주소인데 설마 그사이 이사 가신 건 아니겠지.

아버지를 기독교로 개종시킨 전도사 아저씨가 나중에 볼셰비키가 되었다 했을 때 정숙은 귀를 의심했다. 한일합방 나던 해 함경도에서 만났을 때 그는 군대해산과 고종퇴위 반대의병을 일으키려다 감옥살이하고 나온 직후였다. 주변에서 보아온 어른들과는 너무 다른 풍모라 정숙은 어린 나이에도 그를 또렷이 기억했다. 계급장을 뗀 낡은 군복 차림에 제비꼬리처럼 날카롭고 빳빳한 팔자수염이 인상적이었다. 나중에 어떤 비밀결사 사건으로 유배됐다 탈출해서는 만주 북간도와 러시아 연해주를 넘나들며 독립투쟁을 벌였다는데 근래 들은 이야기로는 러시아혁명 막바지에 볼셰비키군에 가담하고 한인사회당을 만들었는데 지금은 상해로 와서 임시정부 국무총리 일을 맡고 있다 했다.

1920년, 그해는 누굴 만나도 상해나 모스크바 얘기였다. 볼셰비키혁명을 둘러싼 매혹적인 소문들이 흘러 다녔고 상해는 어느 결에 사람들 마음에 망명수도로 자리 잡고 있었다. 열여덟 나이에 강연을 다니며 여성계몽운동도 해봤지만 정숙의 야심은 그 이상이었다. 정숙은 세상의 모든 언어로 말하고 싶었고 이 세상 모든 항구에 정박하고 싶었다. 모든 것을 알고 싶었고 모든 것이 되고 싶었다. 그리고 무엇보다 당장 맹수 이빨 사이에 끼어 있는 조선민족을 구할 사상과 이론이 무엇인지 알아내야 했다.

마침 외출 채비를 하던 이동휘는 웬 아가씨가 현관문을 불쑥 열고 들어서자 놀란 입만 딱 벌리고 말을 내지 못했다. 정숙이 자기 소개를 하자 이동휘는 두 팔을 활짝 벌리고 성큼성큼 걸어와 정숙의 손에서 짐가방을 받아 바닥에 내려놓고는 힘껏 안았다. 외국 선교사들과 어울리면서 몸에 밴 매너겠으나 동시에 대한제국 무관 출신다운 박력이었다. 낡은 군복 대신 흰 한복 두루마기 차림이었지만 카이젤수염은 여전했다.

아버지 몰래 집을 빠져나와 상해로 와버렸으니 지금쯤 온 집안이 발칵 뒤집혔을 것이다. 정숙은 아버지에게 편지를 썼다. '아버지 전상서'라는 이름의 학비 청구서였다. 이동휘 댁에 묵고 있는 건 비밀로 했다.

그녀는 아버지 손을 잡고 관부연락선을 탔던 3년 전이 떠올랐다. 아버지는 정숙이 배화여고를 졸업하자마자 고베로 데려가 관서신학교에 입학시켰다. 관서신학교는 수도원처럼 규율이 엄격한 기숙학교였다. 문학회다 야유회다 해서 남학생들하고 청요릿집 가고 꽃놀이 다니는 딸이 못마땅했던 모양이었다. 단조로운 신학교생활에서 그녀의 흥미를 끈 것이라면 일어판 신약성서를 통째로 외우는 일 정도였다. 그나마 그런대로 견딜 만했는데 정작 참을 수 없던 건 여름방학을 보내러 집에 온 다음이었다. 1919년 여름, 경성에 돌아왔을 때 믿기지 않는 일이 일어나 있었다. 독립만세라니! 정숙은 깜깜무소식이었다. 권번의 기생들까지 거리로 나와 만세를 불렀던 3월에 그녀는 무얼 하고 있었던가. 일어판 성경을 외우고 찬송가나 부르고 있었다. 정숙은 스무 해 가까운 자신의 인생에서 가장 짜릿한 순간을 물먹어버렸다는 사실이 굉장히 화가 났다. 그리고 자신을 엉뚱한 곳에 팽개쳐두었던 아버지를 용서할 수 없었다. '아버지는 내가 미션스쿨 여교사가 되길 바랐던 것일까. 아니면 그저 신실하고 조신한 여인상으로 개조해서 맞춤한 혼처나 찾아주려 하신 걸까.'

방학 끝 무렵 아침 밥상을 앞에 놓고 정숙이 "죽음 이후에 천당과 지옥이 있다지만 우리 조선 사람들은 지금 살고 있는 곳이 이미 지옥이에요. 하지만 성경을 아무리 찾아봐도 이들을 구원할 말씀은 없더군요. 일본으로 돌아가지 않겠습니다"라고 했을 때 아버지는 들고 있던 수저를 밥상에 내려놓고는 천천히 머리를 끄덕였다. 정숙은 꾹 다문 입속으로 만세를 불렀다. 그녀는 처음 아버지에게 도전했고 첫 회전에서 승리했음이 분명했다. 그해는 기미년이었고 그것도 일종의 만세운동이었다. 거리에서 여럿이 부르는 만세보다 집 안에서 혼자 부르는 만세가 더 어려운 법이다.

상해 유학은 그녀로서는 고베에 대한 설욕이었다. 그녀는 상해가 얼마나 변화무쌍하고 흥미진진한 도시인지 기대했던 대로라 쓰고 나서 단도직입 용건을 밀고 나갔다.

"제 나이 내년이면 꽉 찬 스물입니다. 혼기를 놓쳤다는 부모님의 걱정을 모르는 바 아닙니다. 하지만 외람되오나 이 여식은 나이 스물에 혼처를 정하는 일보다 인생의 뜻을 세우는 일이 시급하다 여겨집니다. 넓은 바깥세상도 구경하고 외국어도 연마하고자 하오니 너무 허물치 말아주십시오. 상해외국어학교에서 영어와 중국어를 배운 다음 남경南京으로 가서 금릉대학金陵大學에 진학하고자 합니다."

아버지는 약간 노기를 띤, 그리고 근심이 가득한 답신을 보내왔다. "내 상해는 절대 안 된다 일렀거늘" 하더니 "금릉대학이라면 큰 뜻을 품어볼 만할 게다. 밤늦게 나다니지 말고… 이동휘 어른이나 아버지 친구 김립을 찾아가도록 해라. 친딸처럼 돌봐줄 것이다"라면서 편지 말미에 당부를 덧붙였다.

"신사상 신조류가 팽배한 시대이나 새것에 너무 현혹되지 말기 바란다."

정숙은 고개를 갸우뚱했다. 신사상 신조류에 현혹되지 말라면서 딸에게 찾아가보라고 일러준 이동휘나 김립은 모두 공산주의자 아닌가.

아버지 답장을 받았을 적엔 정숙이 이미 유학생활 두 달째 접어들어 상해 밤거리도 겁 없이 휘젓고 다닐 때였다.

1920년 가을, 허정숙이 도착한 며칠 뒤 상해역에는 통치마 저고리의 젊은 조선 여성 또 하나가 개찰구를 통과해 들어왔다. 혼자 상해로 오는 조선 유학생 중에 여자는 드물던 시절이었다. 커다란 짐가방을 들고 긴장과 흥분이 뒤섞인 낯빛으로 두리번거리는 그녀를 대합실에서 한 남자가 반갑게 마중했다.

"여이, 세죽 양!"

남자가 세죽의 가방을 받아 들며 말했다.

"하숙집 잡아놨으니 일단 짐 풀고 영생학교 선배들 만나는 것은 내일 해도 늦지 않을 거 같소."

"일단 집으로 전보부터 쳐야겠어요. 전신국 어디 있죠?"

세죽이 밤새며 짐을 싸서 동트기 전 어둑한 길을 나설 때 어머니는 누가 볼세라 대문간에 몸을 숨긴 채 오른손만 휘이휘이 저어 보였다. 어서어서 멀리멀리 가라는 손짓이었다. 그날도 해 질 무렵 함흥경찰서의 담당 형사가 세죽의 동태를 점검한답시고 집에 들렀을 것이고 어머니가 예배 보러 갔다는 둥 둘러댔겠지만 여러 날 지난 지금 녀석이 어머니를 닦달해댈 걸 생각하면 머리털이 쭈뼛서고 심장이 쥐어짜듯 저려왔다.

전보는 간단히 적었다.

'今日着. 建安(금일착. 건안).'

도착한 곳이 상해라는 사실이 누군가의 눈에 띄어 좋을 일 없었다. '건안'은 세죽이 잘 있다는 뜻이기도 하고 어머니의 건강과 안녕을 빈다는 뜻이기도 했다. 세죽은 전보 위에 떨어질 어머니의 눈물방울이 눈에 선했다.

세죽의 하숙은 프랑스조계였다. 마중 나왔던 영생학교 선배는 하숙방에 짐가방만 넣어주고는 바로 떠났다. 상해역부터 꽤 먼 길을 걸어오는 동안 상해 정세와 독립운동가들의 형편에 대해 열변을 토하며 침 튀기던 그는 하숙방 앞에서 돌연 수줍은 청년이 되어 세죽의 시선을 피하며 내외를 했다. 그는 방 안에 발끝도 대지 않고 문간에서 돌아 나갔다.

가구라곤 침상과 탁자뿐인 하숙방이었다. 침상에 눕자 함흥에서의 지난 일들과 상해에서 장차 벌어질 일들에 대한 생각이 뭉게뭉게 피어올라 네모난 방의 공기가 금세 농밀해졌다.

기미년 3월의 사건만 아니었으면 세죽은 지금 영생여학교 졸업반으로 착실히 학교생활을 하고 있었을 것이다. 운 좋으면 졸업

후 함흥 변두리에 소학교 선생 자리를 얻을 수 있을지도 몰랐다. 기울어가는 양반 가문에 아버지까지 돌아가신 뒤 어머니가 직접 농사일에 뛰어든 형편이지만 세죽이 워낙 함흥 시내에 짜하게 소문난 미인이다 보니 번듯한 혼처도 많이 들어와 대갓집 안방 차지도 마음먹기 나름이었다.

3·1만세의 소문은 하루 뒤 함흥에 도착했다. 이순기 선생이 저녁에 집으로 학생 몇을 불렀다. 일어가 서툴러 일본인 선생에게 노상 따귀를 맞는 아이들에게 "열심히 배워서 나라를 되찾자. 일본과 싸우려면 일본말도 열심히 배워야 한다"며 등을 토닥이던 선생은 이따금 〈안중근공판기〉나 박은식의 〈몽견금태조전〉같이 귀한 책을 어렵사리 구했을 때 학생들을 불러 강독하곤 했다. 그런데 이날 선생은 마지막 학생까지 모두 도착한 다음 대문을 걸어 잠그고는 벽장 안에서 종이 한 장을 꺼내더니 두 손으로 펼쳐 들고 읽기 시작했다.

"吾等(오등)은 玆(자)에 我(아) 朝鮮(조선)의 獨立國(독립국)임과 朝鮮人(조선인)의 自主民(자주민)임을 宣言(선언)하노라…."

선생의 안경테 아래로 눈물이 번졌고 세죽은 가슴 아래로부터 뜨거운 어떤 것이 치밀고 올라오면서 눈물이 샘솟았다.

3월 3일은 함흥 장날이었다. 오전 10시에 영생학교와 영생여학교 선생과 학생들이 장터에서 만세 부르기로 했다. 하지만 웬일인지 10시가 지나도록 수업 종료를 알리는 종이 울리지 않았고 이날따라 국사 선생, 그러니까 일본사 선생은 옆구리에 일본도를 차고 들어와 수업을 했다. 세죽이 초조한 마음에 벽시계만 연신 쳐다보고 있을 때 교실 바깥에서 호루라기 소리가 삑삑 들려왔고 때마침 도요토미 히데요시가 지방 하급무사의 아들이라는 미천한 신분으로 마침내 천하통일의 대업을 이룬 이야기를 하던 국사 선생, 그러니까 일본사 선생이 느닷없이 창문 쪽으로 시선을 돌리며 "대일본제국의 품 안에서 감사할 줄도 모르고. 만세 부른 것들은 매 좀 맞아야 된다. 조선인 주제에"라는 말로 그러잖아도 일촉즉발 상태였던 격발장치를 건드려버렸다. 세죽은 의자에서 발딱 일어서며 일본사 교과서를 교실 바닥에 냅다 던져버리고는 선생이 "저, 저, 고얀…" 하며 버벅대는 동안 교실 문을 드르륵 열고 나왔다. 늦깎이에 모범생인 세죽을 따라 반 아이들도 하나둘 책보를 싸 들고 나와 장터로 몰려갔다. 이 일로 그녀는 한 달간 유치장 신세를 졌고 학교에선 퇴학당했다. 3·1만세 주모자들의 처분 관련해서는 에델 맥캐런 교장도 속수무책이었다. 대신 제혜병원에 일자리를 만들어주었다. 제혜병원은 캐나다 선교사들이 영생학교와 함께 세운 함경도 최초의 종합병원이었다.

세죽이 만세 부르며 교문을 나올 때는 다분히 충동이었다. 하지만 유치장에서 한 달 살고 나온 다음 그녀의 마음속엔 늘 분노가 그득 차서 일렁였다. 집에 돌아오니 순사들이 가택수색 한답시고 천장이건 구들장이건 다 들쑤셔놓아 지붕에선 비가 새고 마룻장은 움푹 패어 있었다.

한때 양반 지주였던 세죽네도 자기 땅에 농사지어 근근이 먹고 사는 형편이 돼버렸지만 마을 사람들 처지도 엇비슷해서 왜놈들이 들어오고 동양척식회사 토지조사가 끝나자 부농이 중농 되고 중농이 소농 되고 소농은 소작농 되고 소작농은 부쳐먹을 땅도 집도 잃고 거렁뱅이가 되어 도회지로 나가거나 멀리 북쪽으로 국경을 넘어갔다. 간도로 떠나는 사람들이 늘어나 동네는 점점 헐렁해졌고 만세사건으로 유치장 갔다 나온 영생학교 학생들 중에 누구누구가 독립운동 하러 상해로 갔다는 소문이 들려왔다. 상해에 임시정부가 섰다고 했다.

세죽이 상해로 가겠다 했을 때 어머니는 올 것이 왔다는 듯 긴 한숨을 쉬었다.

"상해라면, 독립운동 할라고?"

어머니는 딸의 의중을 꿰뚫어보고 있었다.

"독립운동은 무슨. 음악공부하고 돌아와서 선생님이 되려고요. 어머니를 평생 가까이서 모셔야지요."

세죽은 상해행의 두 가지 목적 가운데 하나만 이야기했다. 어머니가 비로소 미간의 주름을 펴며 웃었다.

"그래, 그래. 그리 말해주니 고맙다."

시집이나 가라고 결사반대할 줄 알았던 어머니가 뜻밖에 쉽게 응낙했다. 오히려 딸을 응원하는 목소리에 왕년의 기백이 되살아났다.

"세죽아, 나도 니 나이라면 부엌에서 아궁이 속이나 들여다보면서 살지는 않을 게다. 니는 좋은 세상 만난 기다. 여자 몸으로 공부한다고 외국엘 다 나가고. 옛적에는 탐관오리 지독하다 했더니 이 왜놈의 세상은 아주 하나부터 열까지 몹쓸어나는구나. 니가 무슨 대단한 독립운동 했다고 헌병보조원 놈들이 심심하면 들이닥쳐서

솥댕이 걷어차고 집 안을 뒤집어놓고 가니 이제는 멀리서 호루래기 소리만 들려도 기함을 하겠다. 따그닥 따그닥 게다짝 끄는 소리만 들어도 어제 먹은 밥이 올라온다."

어머니는 그녀가 떠나기 전날 저녁 장롱에서 금가락지를 꺼내주었다. 어머니가 지닌 유일한 패물이었다.

"니가 왼 손목에 분화구가 있어서 초년 고생이 많단다. 그래서 남 안 하는 감옥살이하고 이역만리 객지살이도 한다마는 나중에는 부귀영화를 누릴 팔자란다. 나중에 공부 마치고 음악선생 되면 혼처야 또 생기지 않겠냐. 상해에 가면 부디 공부에만 열중하면서 그저 자중자애하거라. 절대 만세운동 같은 데는 나서지 말어라. 낯설고 물설은 객지에서 험한 일 당하면 누가 니를 봐주것냐."

세죽은 왼손 중지에 끼워져 있는 어머니 금가락지를 오른손으로 쓰다듬었다. 허리에 두른 전대에는 1년 동안 제혜병원에서 받은 월급이 꼭꼭 싸매어져 있었다. 함흥보다 물가가 열 배쯤 비싼 상해에서 학교 등록금 내고 살아가려면 하루 한 끼로 버텨야 할 것이다. 공부가 더 길어지면 일자리를 구할 생각이었다.

정숙에 비해 세죽은 소박하고도 분명한 꿈을 갖고 있었다. 교육자이자 신앙인으로서의 꿈이었다. 영생여학교가 아니었으면 지금의 세죽은 없었을 것이고 맥캐런 교장 아니었으면 음악도가 되지 않았을 것이다. 피아니스트인 그녀는 음악과 영어 시간에 직접 학생들을 가르쳤고 가난한 학생들에게 수업료를 받지 않았다. 그녀는 "여자도 남자와 똑같이 하나님의 고귀한 자식이다. 스스로의 인격을 소중히 여겨야 한다"고 했다. 세죽은 3·1만세로 그녀와 친구들이 신문받고 있던 함흥경찰서에 맥캐런 교장이 찾아왔던 날을 잊을 수 없다. 그녀는 만류하는 형사 서넛을 제치고 경찰서 안으로 밀고 들어와서는 오른손 검지를 뻗어 허공을 찌르며 "어린 여학생들을 고문하다니. 당신들을 하나님이 결코 용서하시지 않을 것이다" 하고 서툰 우리말로 그러나 경찰서가 쩌렁쩌렁 울리도록 고함을 쳤다. 며칠 잠 못 자고 구타와 심문으로 피폐해 있던 세죽은 정신이 번쩍 들었다. 적어도 그 순간 그 아담한 체구의 캐나다 여성은 세죽에게 외국인도 선교사도 아니었다. 아무것도 해줄 수 없는 조선이라는 나라보다 더 강력한 무엇이었다.

'상해에서 무슨 일이 있어도 공부를 마치고 음악선생이 되어 돌아가리라. 미스 맥캐런 같은 선생이 되어 식민지 땅에 태어난 불쌍한 아이들에게 예수님 사랑의 평등함을 알게 하리라.'

나고 자란 함흥을 떠나 오늘 처음 낯선 도시에서 잠들게 된다 생각하니 은근한 설렘과 함께 알 수 없는 불안이 엄습해왔다. 내일 영생학교 선배들을 만나면 이곳에서 음악공부를 하면서 독립운동을 어떻게 거들지 방법을 알게 될 것이다.

'반드시 꿈을 이뤄야 한다. 이제 마음먹은 대로 하면 된다. 뭐가 문제인가. 어머니를 두고 고향을 떠나 상해까지 나왔는데. 이미 돌아갈 수 없는 다리를 건너온 것이다. 가난함이나 배고픔 따위는 아무 문제가 되지 않는다. 독립만세도 불러보고 고문도 당해보고 감옥살이도 해봤는데 두려울 게 무엇인가.'

그렇게 마음을 다잡아보지만 세죽은 이 작은 하숙방 바깥의 거대한 도시가 수수께끼같이 느껴지면서 이 도시가 자신의 운명을 어디로 몰고 갈지 그 알 수 없는 미래 때문에 점점 뒤숭숭해졌다.

세죽은 짐가방을 열고 성경책을 꺼냈다. 〈시편〉 23장 4절은 힘들 때마다 위안이 되어준다. 유치장에서도 매일같이 암송했던 구절이다. 세죽은 침상에 반듯이 앉아서 소리 내어 읽어보았다.

"내가 사망의 음침한 골짜기를 지날지라도 해를 두려워하지 않을 것은 주께서 나와 함께하심이라. 주의 지팡이와 막대기가 나를 안위하시나이다…."

1920년의 상해는 나이 스물의 식민지 청년들이 자유와 해방의 공기에 한껏 들뜰 만한 도시였다. 퇴폐와 향락의 도시였지만 동시에 사상과 문화의 별천지였다. 동양이면서 서양이었고 중국이면서 유럽이었다. 근대식 석조건물들이 아스팔트 대로를 따라 즐비했고 프랑스조계에는 식민지 베트남 남자들이 순사복 차림으로 경계를 섰고 영국조계에는 터번을 두른 인도 순사가 돌아다녔다. 또한 백주대낮에 조폭집단 청홍방이 사제폭탄으로 빌딩 하나를 날려버리기도 하고 밤마다 정치적으로 복잡하게 얽힌 암살사건이 일어났다. 챙이 넓은 모자를 쓰고 금시계를 찬 신사 숙녀들이 백화점과 오락관을 드나드는 번화한 거리 뒷골목에선 아편굴이 번창했고 식민지 조선의 망명객들이 개미굴 같은 하숙들을 얻어놓고 은밀히 움직이고 있었다. 프랑스조계는 거리나 상점, 학교에서도 영어나 불어를 썼다. 점원이나 인력거꾼, 하인 들만이 중국인이었다.

백 년 전까지만 해도 중국의 청조는 거대 왕국이었으나 1840년 영국이 아편전쟁으로 이 거한을 쓰러뜨리자 프랑스 러시아 미국 일본도 기다렸다는 듯 차례로 덤벼들었다. 영국은 중국 차茶에 맛들이면서 무역적자가 벌어지자 중국에 아편을 팔기 시작했고 중국 정부가 저항하자 전쟁을 일으켜 식민지 점령에 버금가는 조약을 맺었다. 상해가 영국 프랑스 미국의 조차지로 쪼개지고 중국이 아편 중독에 빠져든 건 세계사에서 가장 더러운 이 전쟁의 결과였다. 제국주의의 밥그릇이 된 중국은 그 와중에 청왕조가 망하고 지역마다 군벌이 활개치고 대도시 중심으로 공화주의와 공산주의 세력이 일어나면서 대륙 전체가 죽솥처럼 부글부글 끓고 있었다. 중국 정부와 일제 관헌의 힘이 미치지 않는 국제도시 상해는 정치운동의 천국이 되었다.

근대학문을 배우겠다는 조선 젊은이 대부분은 일본으로 갔고 간혹 미국이나 유럽까지 진출했지만 단순한 학문보다는 행동이 필요하다 생각한 이들의 선택은 상해였다. 청년들은 꿈꾸는 자들의 도시 상해로 갔다. 그들의 스물은 비장하고도 상쾌했다. 그들 부모는 왕조시대의 부모들이었지만 자신들은 근대인이며 개화세대라는 자부심에 들떠 있었다. 그들은 부모를 부인하고, 자신이 태어난 시대를 부인하고, 아직은 도착하지 않은 미래를 향해 필사적으로 달아났다. 그들은 자기 마음속의 이미지로 세상을 리셋하겠다는 야무진 포부를 가지고 있었다. 그들은 오른쪽 가슴엔 이상을, 왼쪽 가슴엔 연정을 품은 채 푸르른 젊음을 통과하고자 했다. 하지만 그 꿈이 얼마나 푸르르든, 명백한 것은 그들이 파산한 나라, 폭격 맞은 나라에서 파편처럼 튕겨 나간 서글픈 디아스포라의 젊음

들이라는 점이었다. 또 하나, 이들의 임시캠프인 상해와 중국 역시
맹수 이빨 사이에 끼어 있기는 조선과 마찬가지였다는 사실이다.

　허정숙과 주세죽은 같은 프랑스조계에서 상해생활을 시작했다.
눈 감으면 코 베어가는 마도, 그 상해 바닥에서 조선 여학생끼리
서로를 알아보았을 때 얼마나 반가웠겠는가. 아마도 국제도시에
성업 중인 어느 어학원에서였을 것이다.

　정숙과 세죽은 서로 어디서 왔는지 물었다. 상해에 언제 왔는지,
어디서 묵고 있는지, 지내긴 어떤지도 물었다. 누구와 같이 왔는지
물었을 때 각기 혼자 왔다는 사실을 확인하고 두 여자는 급 친밀
감을 느꼈다. 그리하여 경성! 함흥! 단답형으로 시작한 대답은 점
점 장황해지고 대화는 화기애애해졌다. 정숙이 세죽에게 '어떻게
상해에 오게 됐는지' 물었다.

　"귀찮게 하는 일본 형사가 있어서요."

　"왜, 녀석이 추근댔나 보죠?"

　"무슨? 맨날 감시 붙고 걸핏하면 가택수색이다 해서."

　"아, 어쩌다 요시찰 인물이?"

　"3·1만세 때 덩달아 만세 좀 불렀거든요. 그쪽은 어째서 상해
로? 집안에서 허락하시던가요?"

　"당연히 허락 안 하죠. 몰래 도망친 거예요. 완고한 존장에게서
탈출한 거죠."

　"부친께서 많이 엄격하신가 보죠?"

　"네, 딸의 인생을 자꾸 자기 기준에 맞추려고 하니까."

"봉건시대 가부장들이 대체로. 부친께서 유학자신가요? 구학문
하시는?"

"아니요, 변호사예요."

"어마, 그래요? 근데 변호사들은 현대적이잖아요. 민족지도자도
많고. 33인 변호하신 허헌 변호사를 비롯해서. 변호사는 다 그런
분만 계신 줄 알았는데."

"어… 우리 아버지가 허헌이에요."

둘은 어안이 벙벙한 얼굴로 서로 마주 보았다. '아, 고향이 함흥
이고 영생여학교 출신이랬지. 아버지를 알 수밖에 없겠네. 세상 참
좁구나.' '그러고 보니 눈매 하며 허 변호사님 그대로네. 참 알다가
도 모를 일이야. 세상 사람들이 다 존경하는 분인데 가족에겐 모
질게 하신단 말인가? 아무튼 세상 참 좁구나.' 마주 보는 표정 위
로 그런 생각들이 흘러갔다.

"정말 반갑네요. 아버지가 함흥에 많이 계시고 해서 나도 함흥
은 고향이나 마찬가지예요. 영생학교 출신을 상해에서 만나다니!"

"나는 부친께서 곰방대 빨아대며 에헴 에헴 하는 그런 분인 줄
알았어요. 허 변호사님은 내가 제일 존경하는 어른이에요. 3·1만
세 때 함흥 사람들은 변호사님 덕분에 형이 많이 가벼워졌다고들
해요. 나도 변호사님 아니었으면 정식 기소돼서 감옥살이했을지
몰라요."

둘은 서로의 이름을 물었다. 그리고 헤어지기 전에 마지막으로
조심스럽게 나이를 확인했다.

헤어져 돌아가는 길에 세죽은 고개를 갸우뚱거렸다. 함흥에서

길 가는 청년 아무나 잡고 존경하는 인물이 누구냐 물으면 둘에 하나는 허헌이라 할 것이다. 독립운동가나 억울한 일 당한 서민들은 모두 그를 찾아갔고 그는 무료 변론을 해주었다. 그리고 지주나 기업인 같은 부자들의 소송으로 번 돈은 학교와 병원, 교회, 사회단체에 쏟아부었다. 영생학교, 제혜병원, 함흥기독청년전도회도 모두 물질적 법률적으로 그에게 의지했다. 그런데 그런 인사가 집안에선 폭군이란 말인가. 심각하게 생각할 필요 없을지도 모른다. 귀하게 자란 외동딸의 포시라운 투정인지도.

정숙은 집에 돌아가는 길에 기분이 좋아 콧노래를 흥얼거렸다. 정숙은 이 함흥 여자가 딱 마음에 들었다. 통째로 마음에 쏙 들었다. 정숙은 기억 속에서 함흥 장터거리를 불러냈다. 그곳에서 통치마 저고리 차림의 영생여학교 학생들이 만세를 부르고 있었고 그 가운데 어색하게 그린 태극기를 들고 선 세죽이 있었다. 세죽은 1901년생. 정숙보다 한 살 위였다. 정숙은 중얼거렸다.

"옛날 선비들은 10년 아래위로 평교 했다는데. 친구 하기 딱이네."

박헌영도 1920년 11월, 두 사람과 엇비슷하니 상해에 들어왔다. 정숙과 헌영은 여자교육협회 일을 함께했고 경성에서부터 서로 아는 사이였다. 좁은 프랑스조계 어디서 마주쳤건 둘은 깜짝 놀랄 만했다. 두 사람 모두에게 상해는 뜻밖의 장소였던 것이다.

"어머, 박 선생. 동경으로 가신 줄 알았는데."

"학비가 너무 비싸서 다시 이리로 왔어요. 그나저나 정숙 씨야말로 상해에 웬일이오? 조선 팔도를 누비며 부인계몽운동에 불철주야 노고가 크신 줄로만 알고 있었는데?"

"임시정부 찾아가려고요. 뭐 농담이고. 상해에 나오면 길이 보일 것 같아서요. 근데 요새도 영시 번역하고 그래요?"

헌영의 귓불이 붉어졌다. 상호 간 비아냥이 듬뿍 묻은 논평들이 서로 꼬이고 있었다. 정숙이 어색한 웃음기를 지우고 '세상 참 좁군. 웬 질긴 인연?' 하며 돌아서는데 헌영이 "저어, 정숙 씨" 하고 불렀다. '뭐야, 이제 와서 영시 번역일 가지고 따지기라도 하겠다는 건가' 하며 정숙이 돌아섰다.

1년여 전 차미리사 선생이 운영하는 조선여자교육협회 사무실에서 둘은 처음 인사를 나눴다. 헌영이 경성고보생이고 정숙이 배화여고생일 때 둘 다 문학청년이라 문예반 하면서 서로 스쳤을 법했고 일찍이 정숙은 글발 날리는 명사였으니 적어도 헌영은 정숙의 이름을 익히 알고 있을 터였다.

광화문 종교교회 옆에 있는 여자교육협회 사무실에서 정숙은 협회 일을 보았고 헌영은 협회 기관지인 〈녀자시론〉 편집일을 했다. 한창 뜨거운 나이였고 문학과 사상과 외국어 등 관심사도 엇비슷한 남녀가 좁은 사무실에서 함께 일하는 동안 약간의 접촉사고 같은 것도 있었을 법했다. 헌영이 정숙에게 영어판 휘트먼 시집을 빌려주고 정숙이 헌영에게 일어판 〈대위의 딸〉을 빌려주고 할 때 주고받는 손길에 연모의 정이 슬쩍 껴묻어 있었을 수도.

두 남녀를 모두 아끼는 차미리사 선생이 둘을 엮어주려 했다.

"미스터 박, 〈유산〉이던가요? 이번에 발표한 영시. 그거 우리 정숙이 앞에서 한번 낭송해줘요."

헌영이 머리를 긁적이며 서랍을 열었다. "제임스 로웰의 시인데요" 하고는 먼저 영어로 그다음엔 번역문으로 읽었다.

> The rich man's son inherits lands,
>
> And piles of brick and stone, and gold,
>
> And he inherits soft white hands,
>
> And tender flesh that fears the cold,
>
> Nor dares to wear a garment old….
>
> 부자의 자식은 토지를 상속 받으며
>
> 고루高樓와 황금을 넉넉히 상속 받으며
>
> 보드라운 흰 손길을 받아서
>
> 추위를 견디지 못하고 헌옷을 안 입는다
>
> 보들보들한 근육을 받는다….

낭독이 끝나자 차미리사 선생이 "번역하기 까다로운데 아주 훌륭해요"라며 치하하고는 채근하는 눈빛으로 정숙을 돌아보았다. 그녀도 한마디 하지 않을 수 없었다.

"라임이 있는 시라 각운을 살려 번역했더라면 좋았을 것 같아요. 토지를 상속 받으며, 황금을 상속 받으며, 거기까지는 좋아요. 그다음 부드럽고 하얀 손을 상속 받으며 뭐 이렇게. 그리고…."

정숙이 몇 마디 더 하려다 그만두었다. 헌영의 얼굴이 새빨갛게 달아올라 있었다. 그때를 생각하면 정숙도 얼굴이 화끈거렸다. '여고를 갓 졸업한 때라서였을 게다. 유치하게도 글자 하나 가지고도 우열을 다투려 했었지.' 그때 그녀는 헌영을 데이트 상대보다는 경쟁 상대로 여겼던 것 같다. 헌영과 정숙은 영어뿐 아니라 에스페란토어도 배우며 외국어공부에 열을 올렸고 은근히 서로의 내공을 깔보고 싶어 했다. 외국어 열풍은 당시 식민지 청년들의 유행이었다. 해일처럼 밀려드는 근대문명과 서양사상이 외국어를 업고 들어온 때문이기도 했거니와 조선은 우물 속에서 하늘을 보다가 이 꼴이 되지 않았던가 하는 우국충정도 한몫했다.

영시를 둘러싼 설왕설래가 있은 얼마 뒤 헌영이 보이지 않았다. 정숙이 차미리사 선생에게 물었다.

"몰랐어? 박 선생 유학한다고 일본 갔잖아."

헌영을 가까이서 다시 보니 이 남자가 1년 사이 뭔가 달라져 있었다. 그는 책이 가득 들어 두툼한 낡은 가방에서 노트를 꺼내 한 장 찢더니 뭔가 적어서 그녀에게 건넸다. 한문으로 적힌 주소였다.

"매일 저녁 여기서 사상서적 강독모임이 있어요. 정숙 씨 한번 나오세요. 소개시켜드릴 사람들도 있어요."

사상서적이란 말에 정숙이 귀가 확 열렸다. 헌영은 이미 영시번역이 옳으니 그르니 따지는 차원을 넘은 어느 곳에 있었다.

상해도 겨울은 제법 추웠다. 공기가 습해서 살갗을 오슬오슬 파고드는 추위였다. 밤에는 동지나해에서 불어오는 바닷바람에 손발이 시렸다. 정숙은 시장에 나가 솜이 누벼진 중국저고리와 내의를 샀다. 아버지는 밤늦게 나다니지 말라 했지만 정숙은 주로 밤에 바빴다. 어학강좌와 강독모임이 모두 저녁 시간이었다.

프랑스조계 뒷골목의 강독모임에 두세 번 드나들면서 정숙은 모임의 정체를 파악했다. 거창한 명칭에 비해 내용은 빈약하지만 '고려공산당'이라는 정당이 최근 생겨났고 그 청년조직을 준비하는 공부모임이었다. 헌영이 우연히 마주친 정숙을 반가워할 만했다. 새로운 멤버 영입이 절실한 시점인 것이다.

목조건물 2층 비좁은 단칸방 한쪽 벽에 단행본과 잡지와 신문들이 어수선하게 놓인 책장이 있고 가운데 탁자를 둘러싸고 대여섯 명이 모여 앉았다. 여자는 정숙 하나였다.

"지구상에서 가장 넓은 나라를 철권으로 통치하던 차르체제 아니던가. 그 3백 년 된 로마노프왕조가 무산자계급 혁명으로 단박에 뿌리째 뽑히지 않는가 말이야. 조선 땅에 들어온 총독체제라는 것이 이제 고작 10년인데 프롤레타리아들이 뭉친다면 안 될 것 없네."

대개 3·1만세를 부르고 조선 땅을 뛰쳐나와 상해에서 조선의 미래를 도모해보겠다는 청년들이었다. 청년들은 공부하러 상해에 와서는 공산주의활동가가 되었다. 공산주의는 제국주의와 싸우고 식민지에서 독립하는 가장 강력한 수단으로 보였다. 거기선 모든 민족 모든 계급이 평등했고 혁명은 무산자계급과 식민지민족을 동시에 해방시켜줄 것이었다. 프롤레타리아혁명의 국제주의란 식민지 청년들에게 매혹적인 캐치프레이즈였다.

경성에서 헌영은 뿔테안경 쓰고 영한사전을 옆구리에 끼고 다니며 조숙한 인텔리 냄새를 풍기던 문학청년이었는데 어느새 열혈 혁명청년이 되어 있었다. 혁명, 프롤레타리아, 제국주의… 그녀도 이미 아는 말들이었지만 헌영이 한마디씩 힘주어 발음할 때 정숙은 모종의 흥분과 짜릿함을 느꼈다.

이곳에서 정숙은 헌영이 공산주의 서적들을 독파하고 소련 출신 김만겸과 토론하면서 이론을 무장해가는 과정을 지켜보았다. 세계문학전집을 섭렵하고 영어와 에스페란토어를 들고파던 열정과 집념이 새로운 과녁을 만난 것이다. 저 남자는 뭘 해도 저렇게 맹렬하구나, 정숙은 부럽기도 하고 질리기도 했다. 어쨌든 그는 젊은 그룹에서 이론가로서 단연 발군이었다. 곧 고려공산당 청년조직인 고려공산청년단이 결성됐다. 책임비서는 헌영이었다.

정숙은 이동휘 댁에서 지내며 상해외국어학교에 입학했다. 아버지 말대로 이동휘 선생은 정숙을 딸처럼 챙겨주었다. 소녀 적에 그를 처음 보았을 때 든 생각은 카이젤수염 꼬리가 길고 빳빳해서 잘 때 구겨지지 않을까 하는 것이었다. 그런데 상해 와서 이튿날 아침에 궁금증은 풀렸다. 그는 마당에서 세수한 다음 거울 앞에서 꽤 오래 수염 단장에 공을 들이고 있었다.

한 가지 공교로운 일은, 헌영네가 고려공산당을 조직할 무렵 이동휘 쪽에서도 경쟁적으로 공산당을 만들었다는 것이다. 박헌영 쪽은 이르쿠츠크파 공산당, 이동휘 쪽은 상해파 공산당으로 불렸다. 이동휘 선생은 조선 최초의 사회당을 만든 장본인이면서도 정숙에게 일절 공산주의니 혁명이니 하는 말을 꺼내지 않았고 상해파 공산당에 대해서도 그녀는 도리어 청년동맹 쪽에서 전해 들어 알게 됐다. 정숙을 아끼려 한 걸까. 아버지 부탁이었을까. 그는 다만 상해에서 밤에 다닐 때 어느 골목을 피해야 하는지, 남경로에 맛있는 만둣집이 어딘지 따위의 자질구레한 이야기만 늘어놓았다.

정숙은 세죽을 모임에 데려왔다. 사무실 바깥에는 '사회주의연구소'라는 간판이 붙어 있었지만 기실은 청년동맹 아지트였다. 이른 봄이었고 열린 창으론 거리의 소음이 밀려들었고 사람들이 걸음을 옮길 때마다 마룻바닥이 삐걱댔으며 신생 청년조직답게 제대로 갖춰진 것은 없었지만 투지와 의욕 하나는 남부럽지 않아서 서로 말머리를 다투며 왈왈대는 목청들이 주위의 소음을 말끔히 빨아들이고 있었다. 그 북새통 속에서 세죽은 바짝 긴장해 미동도 없이 앉아 있었다. 아지트가 세죽에게는 낯설었을 것이다. 남자들이 낯설기도 하고 남자들이 쓰는 용어가 낯설기도 했을 것이다. 북사천로의 안정씨여학교 음악과와 이곳은 너무 다른 세계였다.

정숙은 동료들에게 세죽을 소개한 다음 특별히 헌영에게 "이상한 남자가 주변에 얼쩡거리는데 동지 겸 보디가드가 필요할 것 같다"고 넌지시 귀띔했다.

그 무렵 함흥에서 알고 지냈다는 한량 하나가 세죽의 하숙을 자주 찾아왔다. 정숙도 한 번 본 적 있는데 하이칼라 머리를 찌꾸 발라 넘기고 양복 앞섶에 금단추가 번쩍거렸다. 남자는 함흥 시내 부잣집 아들이라 했다. 아버지는 인삼 장사로 떼돈 벌어 평양 기생을 셋째 첩실로 들어앉혔다 소문났는데 막내아들인 이 남자는 일본 유학에서 돌아와 아버지처럼 기생 끼고 돌아다니다 어느 날 길에서 댕기머리에 책가방 들고 가는 세죽을 본 다음부터 걸핏하면 교문 앞에 인력거를 세워놓고 기다렸다. 3·1만세로 유치장 살다 나온 다음 일체의 혼담이 뚝 끊겼는데 이 남자만은 아랑곳 않고 잊을 만하면 제혜병원을 찾아와 산보 가자고 꼬드겼다. "철없는 남자야"라고 세죽이 말했다.

정숙이 세죽을 헌영에게 소개시킬 때는 짓궂은 마음도 발동했다. 상해 어른들 사이에 맞선 보라는 얘기도 있었고 사위 삼겠다는 목사도 있었지만 헌영은 줄곧 단호했다. "연애는 청년혁명가들의 열정을 좀먹는다"고 했다. 가족은 혁명사업에 방해가 되며 혁명가는 결혼해선 안 된다는 게 그의 지론이었다. 정숙은 그것을 끝까지 시험해보고 싶었다.

아지트에 온 첫날 세죽은 호기심과 당혹감이 교차하는 표정으로 대화 내용에 집중했다. 모임이 끝날 때 그녀는 처음 입을 열어 딱 한마디 했다.

"저기 저 책, 저도 하나 가져가면 안 될까요?"

그녀의 눈길이 탁자 가운데를 가리켰다. 고려공산당에서 여운형과 박헌영이 함께 번역한 소책자 〈공산주의 ABC〉였다. 고지식하고 무뚝뚝한 남자였지만 그 순간 세죽을 바라보는 헌영의 눈에 반짝하고 광채가 빛났다.

사회주의연구소에는 어른도 여럿이었다. 안병찬, 여운형 선생이 젊은이들의 살림살이를 보살펴주었고 김만겸 선생이 주로 학습을 지도했다. 블라디보스토크에서 러시아 이민 2세로 성장한 김만겸은 공산주의 이론으로 무장한 활동가였던 반면 안병찬이나 여운형은 다들 한학을 공부하며 유년기를 보낸 뒤 스스로 근대학문을 깨친 자수성가형 지식인들이었고 뒤늦게 마르크시즘이라는 신학문에 재미 붙이고 있었다. 고향을 등지고 가족을 떠나온 이들에게 사회주의연구소는 하나의 가족이었다.

여운형은 위풍당당한 풍채에 카이젤수염을 기르고 30대 중반에 이미 거류민단 단장으로 교포사회에서 어른 대접을 받고 있었다. 1년 전 일본 정부 초청으로 도쿄에 가서는 제국호텔 기자회견장에서 일본의 식민정책을 비판하고 독립운동의 정당함을 주장하는 두 시간짜리 연설로 하라 다카시 수상 정부를 곤경에 빠뜨렸던 위인이었다. 정치인이나 독립운동가로는 드물게 만능 스포츠맨이기도 했다. 국내 최초였던 YMCA야구단 주장 출신인 그는 틈틈이 젊은이들을 상해대학으로 몰고 가서 농구나 축구, 야구를 하고 상해운동장 가서 경기관람도 했다. 그런 그가 때때로 저녁에 허름한 옷차림으로 커다란 가방을 들고 조계의 외국인 주택들을 돌아다니며 담배와 양말, 비누, 치약, 편지지 따위를 팔고 다닌다는 소문이 있었다. 야밤의 행상에 대해 그는 일절 입을 떼지 않았고 연구소 사람들도 감히 묻지 않았다. 부모의 삼년상이 끝나자 노비문서를 불태우고 집안의 노비들을 모두 내보낸 다음 한일합방이 되자 고향을 떠났다는 그였다.

여운형은 공산주의라는 신사상에 매료돼 있었지만 공산혁명과 민족독립이 충돌한다면 주저 없이 독립을 택할 위인이었다.

"병인양요 이래로 조선은 청나라 러시아 일본 같은 주변국들의 전쟁터였지. 개화당도 나오고 명치유신 흉내 내서 입헌군주제도 해봤지만 결국 강대국들 손바닥에서 공기돌놀이밖에 안 되었어.

그런데 마르크스 이론대로만 된다면 우리 같은 약소민족한테야 최상책 아니겠나. 노동자들이 주도권을 잡는다면 다른 나라를 약탈할 이유가 없어지니까. 러시아 같은 대국이 적극적으로 도와주고 있으니 현재로선 그만한 방략이 없을 것이야."

안병찬은 이미 등이 굽고 깡말라서 몸피가 왜소했지만 꼿꼿한 정신은 무덤 속에서도 잠들지 못할 것 같은 노인이었다. 그 앞에선 강직하다는 말도 후줄근하고 정의롭다는 말조차 초라했다.

1905년에 그는 나이 52세로 대한제국 법부의 주사였는데 을사오적을 사형에 처하라고 상소했다가 제주도로 유배 갔고, 돌아오자마자 의병운동에 가담해 아홉 달 감옥살이를 했다. 한일합방 주역인 이용구와 송병준을 '대역미수, 국권괴손죄國權壞損罪'로 경성지방재판소에 고소했고 안중근 변호하겠다고 여순까지 간 위인이었다. 자신의 법적 지식을 원칙대로 밀고 나간 것인데 조직의 명령에 저항하며 단독의 행동강령을 채택할 수 있는 용기란 불가사의한 것이었다.

그는 이완용을 칼로 찌른 이재명의 변호를 자청했고 결국 사형 판결로 끝나기 했지만 안병찬의 사형불가론은 유명했다. "대저 형벌의 목적은 범죄자에게 고통을 주어 다시 그런 일이 없도록 경계함에 있은 즉… 이 피고는 생명을 희생하고 이번 일을 한 것임에 피고에게 사형을 과한다 함은 고통도 안 될 것이며 경계도 안 될 것이오. 도리어 유쾌함을 줄 뿐이라 형벌을 베푸는 실익이 어데 있을까."

그는 평북 의주에서 만석꾼 양반집 아들로 자랐는데 삼형제가 모두 독립운동에 나서는 바람에 집안이 풍비박산됐다고 했다. 그는 임시정부 법무차장으로 임정의 법률을 만들었지만 곧 임정을 떠나 고려공산당 만드는 일을 거들었다. 임정 안에서 기호파니 서북파니 하는 것이 못마땅했던 그는 "일본하고 싸움은 잠깐이 될 수도 있지만 지역 파벌싸움은 이조 5백 년 묵은 것이니 망국병이로다" 하고 탄식했다. 어쨌든 그는 일흔을 앞두고 공산주의자가 되었다. 그는 일어판 〈변증법적 유물론〉을 읽느라 밤을 꼬박 새고 새빨갛게 충혈된 눈으로 나타나곤 했다.

"어허, 황무지 개간하는 격이야. 관념론이니 유물론이니 상부구조니 하부구조니, 한문 용어들은 짐작이나 할 수 있겠는데 도대체 프롤레타리아트니 하는 서양 말은 읽어도 모르겠네."

그처럼 왕조시대 봉건관료로 한일합방에 저항하다 망명길에 올라 종국에는 공산주의운동에 뛰어든 인사는 상해와 만주, 연해주에 걸쳐 한둘이 아니었다. 이들의 인생이 겪은 파란 많은 오디세이만큼 이들의 정신도 세계일주 수준의 변화무쌍한 행로를 거쳐온 셈이다. 한 사람의 인생에 천년의 역사가 흘러가는 시절이었다.

상해는 풍운아들 천지였다. 김구나 안창호 같은 민족주의자들이 있었고 여운형이나 김규식 같은 진보인사들도 있는가 하면 조선 공산주의의 원조 이동휘도 있었고 생애 마지막 20년을 아나키스트로 살았던 이회영과 신채호가 만주와 북경에 근거지를 둔 채 상해를 드나들고 있었다. 공산주의를 일제만큼 싫어한 김구가 맨 오른쪽, 독립투쟁을 하자면 공산주의와도 손잡아야 한다는 안창호가 가운데라면 러시아혁명에 기대를 거는 여운형이나 안병찬,

이동휘는 왼편이었고 맨 왼쪽엔 김만겸 같은 소련 태생의 정통 공산주의자가 있었다.

그 아래 세대로는 이광수가 일본서 '2·8독립선언서'를 쓰고는 상해로 와 임시정부 기관지를 만들고 있었고 소설가 심훈, 주요한 주요섭 형제, 나중에 조선공산당에 가담하게 되는 조봉암도 상해에 있었다.

박헌영은 여운형과 함께 〈공산당선언〉〈공산주의 ABC〉를 번역했다. 그러니까 최초의 한글판 〈공산당선언〉은 박헌영과 여운형의 작품이다. 마르크스가 자신을 "자유의 순교자로서, 신의 적으로서, 인간의 친구로서 프로메테우스"에 빗댄 바 있거니와 마치 프로메테우스가 인류에게 불을 전하듯, 레닌이 망명지에서 혁명주간지 〈이스크라〉를 만들어 소련 국내로 들여보냈듯, 이들은 〈공산당선언〉 한글판을 몰래 경성으로 들여보냈다.

〈공산당선언〉 번역본이 처음 나온 날 사회주의연구소 사람들은 함께 읽었다. 돌아가면서 한 챕터씩 낭독하던 〈공산당선언〉이 마지막 대목에 이르자 낭독하던 목소리가 떨려 나왔고 누군가는 주먹으로 책상을 쳤다.

"지배계급들로 하여금 공산주의혁명 앞에서 벌벌 떨게 하라. 프롤레타리아가 혁명 속에서 잃을 것은 쇠사슬뿐이요, 얻을 것은 세계 전체이다. 만국의 프롤레타리아여, 단결하라!"

사회주의연구소에 온 다음 상해는 세죽에게 별천지가 되었다. 흥분에 들떠 잠을 이루지 못하는 날도 있었다. 세죽은 영생여학교

다니면서 세상에 눈을 떴다. 하지만 상해는 또 다른 세상이었다.

처음 아지트에 가던 날 공청 사람들은 '유물사관과 조선의 현단계'를 주제로 토론했다. 세죽에게는 귀에 설은 말들이었다. 그녀는 다만, 임시정부만이 아니라 이것도 독립운동이구나, 했다. 헌영이 발제를 했는데 그가 '반드시', '절대'라는 단어들을 말할 때 세죽은 저도 모르게 몸이 저릿저릿했다. 그는 논리 정연했지만 그녀가 헌영에게 끌린 건 그 때문만은 아니었다. 확신에 찬 문장들 사이사이 잠시 침묵할 때 그의 얼굴에 내려앉는 고독의 그림자, 거기서 세죽은 동질감을 느꼈다. 강인함과 단호함에는 어떤 서글픔과 외로움이 깃들어 있었는데 그걸 엿본 사람은 그날 그 자리에서 그녀뿐이라는 생각이 들었다. 그런 것도 사랑이라 부를 수 있을까.

1921년의 봄, 지난해로부터 황포강을 거슬러 올라온 남풍이 강인하나 소심한 한 청년의 등을 살짝 떠밀었던 것 같다. 남경로를 걷다가 헌영이 세죽의 손을 잡았다. 슬쩍 잡았지만 여자는 흠칫 놀랐다. 스무 살 여자와 나란히 걸으면서도 조선의 계급구조에 열을 올리는 이런 남자라면 여자를 끝내 문밖에 세워둘지 모른다, 이 남자에 대한 감정은 연민에서 시작해서 연민으로 끝날 운명인가 보다, 생각하며 걷던 중이었다.

두 남녀의 손바닥 사이가 뜨거워지면서 촉촉하게 땀이 배어왔다. 이제 보니 이 남자도 어쩔 수 없이 몸이 뜨거운 청년이었다. 젊음이라는 인화성 강한 물질을 태워버릴 장소를 찾고 있었던 것이다. 사랑과 혁명이라는 강렬하고도 민감한 발화점, 세죽에게 헌영은 두 가지 모두였다.

사귀기 시작하고서 둘은 많이 싸웠다. 처음에 그는 그녀의 기독교 신앙과 숫제 종교전쟁을 벌이려 들었다.

"종교란 관념론의 극단이고 기독교는 원시 애니미즘이 그저 약간 발달한 상태일 뿐이오. 마르크스는 종교를 아편이라 했소. 이성을 마비시키고 현실을 잊게 만든다는 점에서 똑같이 중독성이 있소. 종교와 아편은 나약한 인간이 고안해낸 두 가지 강력한 현실도피 수단이오. 하느님이 조선 민족에게 시련을 주신 데 무슨 뜻이 있다는 거요? 조선 민족에게 시련을 준 건 하느님이 아니라 제국주의라는 악마요. 예수의 재림을 위해 기도하는 시간에 마르크스가 우리 식민지 조선 땅에 강림하도록 간구해보시오. 실현 가능성으로 따지면 그편이 압도적으로 승산이 있소."

둘의 대화는 번번이 말싸움이 되었고 헌영의 시비가 선교사들에 미치자 그녀는 불같이 화를 냈다.

"아시아에 와서 학교와 병원을 짓는 기독교 선교사들은 제국주의의 첨병이오. 좋은 뜻으로 왔다 해도 저들도 모르는 사이에 제국주의의 앞잡이 노릇을 수행하는 거요. 아시아에서 기독교는 트로이의 목마요. 순진한 사람들이 목마를 보고 신기해하는 동안 그 안에 숨어 있던 제국주의와 자본주의의 병사들이 살금살금 나와서 우리 목을 따려고 덤비는 거요."

세죽은 헌영의 독선을 참을 수 없었다. 여름에 개울에서 멱을 감으면 다음 여름까지 물 구경 못 하는 새까만 시골 소년의 엉덩이에 매달려 입으로 종기의 고름을 빨아내는 선교사를 보았다면 제국주의 첨병이니 하는 말은 감히 입 밖에 내지 못할 것이다. 근대화된 도시에서 풍요롭게 자란 그들은 지구 반대편의 가난한 나라에 와서 낯선 언어를 배우며 불결한 환경에서 사역하다 이상한 병에 걸려 일찍 죽기도 했다. 세죽에겐 성장기를 함께한 기독교를 버리기보다 새로 사귄 남자친구를 포기하는 편이 수월했다.

"우린 세계관이 너무 안 맞아서 헤어지는 게 낫겠어요."

뜻밖의 과격한 반응에 놀란 헌영은 전면전에서 국지전으로 전략을 수정했다. 그는 서점에서 우치무라 간조의 책 〈How I Became Christian〉을 사 왔다.

"세죽 씨도 아시지요? 러일전쟁 반대하고 한일합방 비판한 사람이오. 아주 훌륭하고 모범적인 기독교인이지요. 일본에도 이런 양심적인 인사가 있소. 그런데 이 양반은 무교회주의자요. 하느님이 교회 안에 있는 게 아니라는 거지요. 일요일마다 목사 설교 들으러 가는 것보다 삶 속에서 실천하는 게 더 중요하다 했어요."

마침내 일요일에 교회로부터 그녀를 탈환해 토론모임에 나오게 했을 때 그는 지리한 소모전에서 첫 승리를 거둔 것처럼 감격스러워했다. 그는 승리의 여세를 몰아 전리품 하나를 더 챙겼다.

"그런데 제발 그 형제님 소리만 안 해주면 좋겠소. 우리가 남매면 남매지 어떻게 형제겠소?"

영생학교 선배 중엔 임시정부 일을 거드는 사람도 있고 세죽도 임정 사무실을 가보았다. 하지만 프랑스조계의 또 다른 아지트가 그녀를 매혹시켰다. 이곳은 확실히 새로운 세상이었다. 어머니는 양반 가문에 대한 미련으로 한평생 살아왔지만 그것도 미몽迷夢이었다. 세죽 역시 마찬가지였다. 조센징 농사꾼들은 흙구덩이 속에서 뼈 빠지게 고생해도 평생 천대당하고 굶주리고 점점 가난해지는데 나 혼자 공부 많이 해서 구렁텅이를 빠져나와보겠다고 한 것 아닌가. 이제 그녀도 문득문득 비참한 조선 민족을 구원해줄 메시아가 어쩌면 부활한 그리스도가 아니라 죽은 마르크스일지 모른다는 생각이 들었다.

　사회주의연구소 사람들은 집회가 끝나면 만둣집으로 가서 허기를 때우며 토론에 열을 올렸다. 어느 날 헌영이 약속 있다며 빠지더니 세죽도 슬그머니 사라졌다. 이제 두 사람은 연구소에 나란히 들어오기도 하고 같이 나가기도 했다. "헌영 형제님" 하던 세죽의 호칭이 어느 결에 "박 선생"으로 바뀌었다.
　한때 엉뚱한 장소에서 헛되이 헤매던 헌영의 시선이 이제 운명의 상대에게 제대로 꽂힌 것이다. 정숙은 반갑기도 하고 서운하기도 했다. 그녀가 둘을 소개했으니 반가움은 당연했다. 하지만 서운함의 정체는 종잡을 수 없었다. 이 청년혁명가가 결혼불가론을 접어서인지 한때 자신을 바라보던 남자가 다른 여자를 품에 안아서인지 알 수 없었다.
　하지만 그녀의 로맨스는 이미 다른 곳에 꽂혀 있었다. 헌영 옆에 붙어 다니는 단짝 친구, 임원근이라는 남자였다. 개성상인의 아들인 그는 헌영처럼 혁명, 프롤레타리아, 제국주의 같은 단어들을 썼지만 어딘가 헐렁하고 여유 있었다. 토론할 때 보면 정세가 각박할수록 청년들이 비현실적일 만치 과격한 쪽으로 몰려가는데 그럴 때마다 고개를 갸우뚱하며 다른 의견을 내놓아 분위기를 진정시키는 게 임원근이었다.

그는 일본에서 2년 동안 인쇄소 직공으로 일하며 고학으로 게이오대학을 다니다 상해로 왔는데 YMCA 영어 강좌에서 헌영을 만났다 했다. 1900년생 동갑내기인 두 남자는 고려공산당에 나란히 가입했고 함께 고려공산청년동맹을 결성했다.

그는 여자에게 부드럽고 다정다감했다. 자신에게만 특별한 것인지 모든 여자에게 그런지 알 수 없어 안달난 정숙은 한번 확인해보기로 했다. 홍구공원에 산책 갔다가 정숙은 원근에게 거두절미 단도직입으로 프러포즈 했다.

"우리 여자와 남자로서 한번 사귀어볼까요?"

원근은 뭔가 급히 먹다 체한 사람처럼 입을 다문 채 눈만 휘둥그레졌다. 정숙의 얼굴을 넋 놓고 쳐다보던 시선을 주섬주섬 거두어들인 그는 고개를 엉거주춤 숙였다. 대답을 준비하는 것인지 포기한 것인지 알 수 없는 복잡한 표정이었다. 정숙은 짜증이 치민 나머지 고개를 홱 돌리고는 빠른 걸음으로 공원을 나와버렸다.

"바보같이!"

정숙은 하숙집 2층 창가에 기대서서 어두워가는 거리를 내려다보며 혼잣말을 했다. 그녀는 상해외국어학교에 들어간 다음 이동휘 선생 집을 나와 하숙을 얻었다.

'혹시 고향에 나이 많은 조강지처를 숨겨둔 건 아닐까.'

정숙은 부아가 치밀어 손톱을 씹었다. 배화학교 시절부터 혼담이 들어왔고 따라다닌 남자도 한둘이 아니었다. 가문 좋고 돈 많은 집 귀공자라고 으스대는 남자들도 있었는데 그녀 눈에는 하나

같이 너절해 보였다. 저런 남자 따라갔다간 일평생 가부장제 곰팡내에 쩔어 살겠지. 조선에선 어느 가정이나 똑같다. 아버지같이 인품 훌륭하다는 남자한테 시집온 엄마도 마찬가지였다. 딸 둘 낳아서 하나 잃고 하나 남았는데 끝내 아들을 보지 못한 채 자학과 비탄에 빠져 집 안 구석에서 시름시름 앓으면서 미라처럼 까맣게 말라가지 않았던가. 배화학교 시절 정숙은 분명 독신주의자였다. 그런데 도대체 무슨 일이 벌어진 거지? 남자에게 프러포즈하다니. 객지에서 많이 외로웠던 모양이다. 어느 클럽에선가 슈베르트 세레나데의 간드러진 바이올린 선율이 봄바람에 실려 왔다.

그때, 중산복 차림의 남자들이 귀갓길을 재촉하며 바쁜 걸음을 옮기는 골목 어귀로 중절모에 양복 정장을 빼입은 신사 하나가 들어섰다. 남자는 길모퉁이 공터로 들어가 유채꽃을 꺾더니 꽃 한 줌을 오른손에 들고 가지를 다듬으며 걸어왔다. 길가에서 함부로 꽃을 꺾는 불한당의 면상을 보자고 눈을 부라렸으나 중절모 챙에 가려 보이지 않았다. 검은 싱글의 신사는 뜻밖에 정숙의 하숙집 앞에서 멈췄다. 곧 아래층에서 주인 아주머니 목소리가 들렸다.

"위층 아가씨, 손님 오셨어요."

정숙은 잠깐 숨을 고른 뒤 방문을 열었다. 방문 앞에는 검은 양복의 신사가 서 있었다. 임원근이었다. 그는 얼른 한쪽 무릎을 꿇더니 꽃다발을 내밀었다.

"불초소생의 마음을 받아주십시오."

슈만이 클라라에게 했을 법한 19세기 유럽풍의 청혼 예법이 얼추 상해라는 도시에 어울리기도 했다. 정숙은 방금 전까지 하늘을 향해 하늘거리다 졸지에 참수당한 일진 사나운 유채꽃 다발을 받아들었다.

"네, 접수하지요."

"오늘 영빈관에서 저녁을 사겠습니다."

남경로에서 가장 큰 음식점에서 그는 동파육과 해삼탕을 시켰다. 그의 주머니 사정을 뻔히 아는 그녀로서는 심란했다. 청년동맹에서 하루 세 끼 제대로 먹고사는 건 정숙 하나뿐이었다.

"그 정장은 어떻게 된 거예요?"

그는 헌영과 방 하나에 같이 살고 있었다. 두 남자가 양복이라곤 각기 물 빠진 동복 윗도리 한 벌뿐이고 외투는 하나를 번갈아가며 입었다. 게다가 웬 실크 중절모?

"뭐, 너무 자세히 알려고 하지 마십시오."

남녀는 동시에 웃음을 터뜨렸다.

"아까 왜 꿀 먹은 벙어리가 됐죠? 고향에 조강지처가 있는 거 아니에요?"

"제가 명색이 사내자식이 돼가지고 자존심 상했던가 봅니다."

"어머, 임원근 선생은 모던보인 줄 알았는데."

"조강지처는 없고요. 재미로 데이트는 몇 번 해봤지만, 정숙 씨가 제 첫사랑입니다."

정숙과 세죽, 헌영과 원근, 두 여자와 두 남자는 서로의 하숙집과 자취방을 오가면서 만두나 찐빵을 사다 놓고 파티를 하기도 했고 팔뚝 맞기 카드놀이로 애인의 손목에 시뻘건 자국을 새겨놓기도 했다. 헌영이 정숙에게 물었다.

"원근이 어디가 좋소? 불우한 고학생인데."

"착하잖아요. 말도 잘 듣고요. 나는 말 잘 듣는 남자가 좋아요."

헌영은 세죽을 사모하는 마음으로 영시를 지었는데 그녀가 못 알아듣는 바람에 우리말로 번역해 읊어주어야 했고 세죽은 슈베르트 세레나데를 연습했으나 피아노가 없어 헌영의 손을 잡고 안정씨여학교 음악실에 숨어들어야 했다. 세죽은 여전히 밥그릇 앞에 놓고 식사기도를 했지만 기도가 점점 짧아졌다. 그녀의 마음속에서 마르크스가 예수를 조금씩 밀어내고 있음이 분명했다.

어느 날, 세죽과 헌영, 두 남녀가 방을 합치기로 했다고 발표했다. 놀라운 속도였다. 정숙과 원근은 서로의 손을 만지작거리며 문예비평이나 주고받다가 가뿐히 추월당해버렸다. 원근이 놀려댔다.

"어이, 헌영 동지. 결혼불가론을 외치던 청년혁명가는 어디로 간 건가. 설마 혁명을 포기한 건 아닐 테고 두 사람의 주거환경을 통합해 생활비를 절감함으로써 혁명을 위한 물적 토대를 구축한다는 뭐 그런 유물론적 선택이겠지?"

황포강가의 수양버들에 초록빛이 짙어지던 6월의 일요일, 네 사람은 황포탄 나루에서 유람선을 탔다. 상해 와서 황포강 근처도 못 가보고 매일 한두 끼로 때우며 밤늦게까지 학습하고 토론하는 생활에 단 한 번 호사를 누려보자고 나선 걸음이었다. 승객은 대개 백인 남녀들이었다. 갑판에 나온 백인 여자들은 챙이 넓은 모자를 쓰고도 양산으로 해를 가리고 있었다. 배는 황포강을 따라 하류로 내려갔다.

"부럽지요?"

정숙이 원근을 보며 유람선 난간에서 입맞춤하는 백인 남녀를 가리켰다. 원근의 대답은 엉뚱했다.

"지난번 조계에서 대토론회 할 때 프랑스 청년 있었잖소. 칸트부터 헤겔, 마르크스와 엥겔스, 레닌까지 일목요연하게 정리하면서 중국 공산주의운동이 어디로 가야 될지 얘기하는데 나는 그때 유럽 젊은이들이 부럽더라. 내 공부가 얕다는 생각이 들고."

하류로 내려가면서 강폭은 점점 넓어졌다. 두 시간 만에 배는 황포강 어귀에 닿았다. 눈앞에 망망대해가 열렸고 거대한 범선들 사이로 군함도 눈에 띄었다.

세죽이 "바다구나" 하고 외쳤다. 정숙이 웃었다.

"바다가 아니고 장강 하구야. 이제 양자강으로 나온 거야. 저 앞에 보이는 게 숭명崇明이라는 섬인가 보다."

"어떻게 알아? 황포강 유람선 타봤니?"

"선착장에 안내 지도 있었잖아."

세죽은 눈을 가늘게 뜨고 살펴보았지만 섬은 보이지 않았다.

"섬이 어디 있다는 거야?"

정숙이 가리키는 곳을 보니 넘실대는 물결 위로 아른아른한 저편에 뭔가 거무스름한 게 보였다. 세죽이 탄식하듯 중얼거렸다.

"대륙이 넓긴 넓구나."

헌영이 혁명가를 선창했다. 네 남녀가 맑은 하늘 아래 출렁이는 배 위에서 동지나해 쪽을 바라보며 노래를 불렀다. 동지나해 너머에 조선이 있고 경성이 있을 것이다.

조국은 적의 발아래 신음하고
시대는 캄캄한 어둠에 잠겼는데
이 한 몸 일신영달이 무엇이더냐
역사여 내 갈 길을 알려다오

　프랑스조계에서 조선 최초의 공산당인 고려공산당이 생겨난 것이 1921년 1월, 그리고 28년 뒤 북경에서 정부를 수립하게 될 중국공산당이 출범한 것이 1921년 7월이었다. 다른 운명을 지닌 두 신생아, 조선과 중국의 공산주의가 같은 해 같은 곳에서 세상에 나온 것이다.

　초여름 어느 날 청년동맹 사무실로 훤칠한 키에 시원스럽게 생긴 미남 청년이 들어섰다. 그는 지저분한 마룻바닥에 엎드려 먼저 안병찬 선생에게, 그다음 여운형 선생에게 큰절을 올렸다. 그리고는 안병찬 선생에게 하얀 종이로 싼 꾸러미를 내밀었다.

　"용정차입니다. 수시로 마시면 피가 맑아져서 잔병이 없어진다 합니다."

　"허허허, 이것이 그 유명한 서호 용정차렷다. 용정차는 값이 꽤 나갈 텐데 학생이 무슨 돈이 있다고."

　"항주에서 제일로 크다는 차 농장 주인의 옥동자를 친구로 둔 덕에 맨입으로 벌어왔습니다. 하하."

　청년은 탁자 주위에 모여 앉은 현영 패거리에게 다가와 한 사람씩 악수를 청했다.

　"김태연입니다. 단야라고도 하지요."

김단야, 익숙한 이름이었다. 상해의 어른들이 항주杭州에서 공부하고 있다는 단야를 여러 번 입에 올렸었다. 경북 김천 사람인 그는 항주 배정학교를 다니다 왔다고 했다. 1919년, 만세 이후에 조선 사람들이 독립운동 하겠다고 대거 중국으로 건너왔는데 그도 그들 가운데 하나였다. 김단야 역시 박헌영 임원근과 동갑, 1900년생이었다.

단야는 쾌활한 사내였다. 말솜씨도 시원시원하고 마음 씀씀이도 좋은 데다 문제를 겁 없이 척척 풀어나가는 재주꾼이라 그가 오자 고려공산청년동맹은 아연 활기가 돌았다. 청년동맹은 프랑스조계의 복강로에 제법 번듯한 사무실을 얻었다. 세 남자는 금세 의기투합했고 맨날 붙어 다녔다. 정숙과 세죽, 두 여자는 이따금 만둣집에 마주 앉아 남자들 흉을 보았다.

"나도 살림을 차려야 할까 봐. 남자 얼굴을 볼 수가 없으니."

"신방 꾸미면 뭐 해? 밤마다 친구들 끼고 들어오는데."

두 여자도 곧 단야와 친해졌다. 그는 고보 다니던 열여섯 살에 장가들어 김천에 처자식을 두고 온 몸이었다. 그는 훤칠한 외모에 제법 옷맵시도 낼 줄 알았다. 경상도 억양에 일어와 중국어가 뒤섞인 그의 말을 듣고 있으면 심각한 이야기라도 웃음이 났다. 그는 한마디로 모던한 동아시아인이었다.

일요일엔 세죽과 헌영의 신혼방에 다섯이 모여 놀았다. 세 남자는 동갑이었지만 일찍이 일본인 교사들의 폭력에 항의하는 동맹휴학을 주동해 퇴학당한 이래 파란 많은 청년기를 보내온 단야의 투쟁경력이 다른 두 남자를 압도했다. 3·1만세 때 태형 받은 얘기는 모두를 분노케 했다. 서울에서 배재고보 다니던 그는 고향 김천에 내려가 만세시위를 주도했다 체포됐다. 십자 형틀에 엎드려 맨 엉덩이에 90대를 맞는데 하루 30대씩 사흘에 걸쳐 맞고는 엉덩이가 피범벅 되어 삼촌에게 업혀 나왔다 했다.

"야수 같은 놈들! 식민지에서 짐승의 본성을 드러내는 거야."

"그건 동물에 대한 모독일세. 3·1만세 때 어떤 전도사를 십자가에 매달아놓은 것도 봤네. 전기로 지지고 천장에 거꾸로 매다는 짓을 하는 건 인간밖에 없어."

망국의 청년이라는 암담함에 가위눌려 한밤중에 깨어나 혼자 울었던 경험은 세 남자가 공유하고 있었다. 정숙 자신은 그런 기억이 없었다. 다만 모든 걸 알고 싶고 모든 걸 해보고 싶다는 욕망이 풍선처럼 부풀다 조선이 식민지라는 사실에 피시식 바람이 빠지면서 백일몽을 꾼 뒤처럼 허탈해지곤 했다.

경성에서 여자교육협회 일을 하던 무렵이었는데 정숙은 레코드 가게 앞을 지나면서 엔리코 카루소의 터질 듯 팽팽한 목소리를 듣다가 길거리에 선 채 울음을 터뜨린 적 있다. 노래는 〈그대의 찬손〉이었다. 문득 인생은 비극으로 가득 차 있고 경성 거리가 슬퍼 보이고 사람들이 가련해서 명치끝이 아파왔다.

정숙이 컬럼비아 축음기를 집에 들인 주말에 친구들을 불렀다. 지난 봄 남경로 레코드 가게 앞을 지나다가 넬리 멜바의 〈어떤 개인 날〉을 듣고 홀려서 들어가 축음기를 봐둔 그녀는 여러 달 걸쳐 용돈을 아끼고 책 살 돈을 모아 무려 150원짜리 중고 컬럼비아 축음기를 구입했다. 상해에서 방 한 칸 월세가 10원이었다.

왁자지껄하며 들어서던 친구들은 정숙이 새 애인 소개하듯 축음기를 보여주자 일순간 입을 닫아버렸다. 어색하고 불편한 정적 속에 복잡한 감정들이 부대꼈다. 세죽이 먼저 입을 뗐다.

"와아, 근사하다. 이제 음악 들으러 와야겠구나."

그녀는 마르크스나 헌영과 연애하는 것과 똑같은 정열로 피아노와 쇼팽에 빠져 있었다. 하지만 헌영과 사는 단칸방엔 피아노나 풍금은 물론 손풍금도 없었다.

"정숙아, 쇼팽하고 리스트 음반은 살 생각 없니?"

원근이 주저하는 말투로 "이 축음기, 중고야. 그래도 엄청 비싸긴 하지"라고 했다. 베르디 오페라 〈나부코〉 음반을 틀어놨더니 단야가 따라 흥얼거렸다.

"정숙 씨 덕에 김천 촌놈이 귀 호강하네. 이거 〈히브리 노예들의 합창〉 아니오? 곡조가 귀에 익어요. 나라 잃은 인민의 처지는 같은 것이라."

"베르디 시절에 이탈리아도 오스트리아 지배하에 있었으니까."

정숙이 거들었다. 방에 들어온 이후 한마디도 없었던 헌영이 입을 뗐다.

"음악의 내용이 무엇이든 간에 화려한 극장에서 귀족들한테 소비된 것이 오페라요. 그것이 부르주아시대 예술의 본질이오. 아무리 나라 잃은 민족의 설움을 담았다 해도 빌로드 의자에 앉아 금박 장식한 오페라망원경을 눈에 대고 저걸 들을 때 서양 귀족들이 무슨 생각을 했겠소? 민족독립을 생각했겠소?"

저녁 먹고 난 뒤 정숙이 커피를 내오면서 "우리 트럼프놀이나 할까" 하자 헌영이 신경질적으로 의자에서 튕겨 일어났다. 번역할 거리가 있어 가봐야겠다며 헌영이 가방을 챙기자 세죽도 따라 일어섰다. 헌영은 집에 돌아오자마자 짜증을 냈다.

"당신은 그 축음기가 그렇게 부러웠소?"

남편이 언짢아하고 있다는 건 세죽도 느끼고 있었다.

"정숙이가 그거 갖고 싶어 한 지 오래됐거든요."

헌영이 정색을 했다.

"우리는 태어나자마자 생존권을 박탈당했기 때문에 인생이 전투가 될 수밖에 없소. 트로츠키가 양피장갑 끼고 혁명을 할 수는 없다 했지만 축음기 틀어놓고 전투를 할 수는 없소."

정숙과 헌영은 늘 그런 식이었다. 서로 싫어하는 눈치는 아닌데 자주 부딪쳤다. 세죽은 헌영에게 "두 사람, 경성에서 무슨 일 있었어요? 원수진 거 아니에요? 아니면 연애하다 깨졌거나?" 하고 물었다. 헌영은 "원수는 무슨? 가치관이 좀 다른 거지"라고 대답했다. 정숙에게도 물어본 적 있다. "나, 박 선생 좋아해. 그런데 남자들은 여자를 가르치려들잖아. 그걸 못 참는 것뿐이야."

둘 사이에는 사소한 이야기가 논쟁이 되었고 논쟁이 붙으면 불꽃이 튀었다. 언젠가 정숙이 〈카라마조프가의 형제들〉을 극찬했을 때였다.

"인간의 이중적이고 복잡한 내면을 도스토옙스키처럼 적나라하게 쓸 수 있는 작가가 또 있을까요."

헌영이 즉각 반발했다.

"나는 도스토옙스키 작품은 끝까지 읽기가 괴로워요. 주인공들이 죄다 정신병자들이고 히스테리 환자들 아니오. 고작 기독교적 구원을 얘기하는데 거기에 무슨 희망이 있소? 작가가 사회주의자라고 만들어놓는 인물들을 보면 민중이네 농민이네 떠들면서 그 위에 군림하려 드는 과대망상증 환자들뿐이오. 〈카라마조프가의 형제들〉은 사실주의 소설이라 할 수 없소. 차라리 〈돈키호테〉가 사실주의 소설이지. 고리타분한 기사 제도를 아주 탁월하게 묘사하고 있으니까.“

정숙이 반격에 나섰고 목소리에 날이 서 있었다.

“소설이란 말이죠. 인물의 심리묘사만 제대로 해도 사회적 의미를 가지는 거예요. 심리가 사회를 반영하니까. 그 안에 리얼리즘도 있고 인민성도 있어요. 소설에 그렇게 교조적인 잣대를 들이대면 톨스토이도 설 자리가 없어요. 레닌은 톨스토이를 러시아혁명의 거울이라 했지만 플레하노프는 그저 양심의 가책을 느끼는 귀족 작가 정도로 취급했지요. 그래서 플레하노프는 레닌이 될 수 없는 거예요. 융통성 없는 원칙주의는 종국에는 분파주의밖에 못 되는 거지요. 단순한 주의주장으로 달려가버리면 소설이 아니라 팸플릿이 되는 거예요. 카라마조프의 둘째 아들 이반이 그런 말을 했잖아요. 우직한 건 단순하고 현명한 것은 모호하다고. 그리고 진실은 복잡한 데 숨어 있는 거라고.”

한때 시집과 소설책을 주고받던 두 남녀가 두 개의 문학관 사이에서 육박전을 벌이고 있었다. 정숙은 헌영에게 남을 가르치려드는 태도가 있다 했지만 세죽이 보기에 둘이 막상막하였다.

“그러니까 정숙 씨는 지금 날더러 단순하고 우직하다는 거요?

나를 똥오줌 못 가리는 원칙주의자로 봤단 말이오?"

"원칙주의자로 봤다기 보다 원칙을 버리는 건 본 적 있지."

결혼불가론을 꼬집는 걸 알았는지 몰랐는지 헌영이 "뭐, 뭐라고?" 하면서 벌떡 일어났고 단야가 "자, 일어난 김에 우리 만두나 먹으러 나가세. 끼니는 해결해야 할 거 아닌가" 하고 따라 일어나면서 상황을 수습했었다.

컬럼비아 축음기 문제에 대해 세죽은 달리 할 말이 없었다. 딱히 정숙을 변호할 말도 생각나지 않았다.

"나는 솔직히 정숙 씨를 이해할 수 없소. 우리만 해도 하루 세끼 먹는 날이 드물잖소. 허기진 배 속을 채우려 맹물만 벌컥벌컥 들이켜는 게 어디 하루 이틀이오? 청년동맹에서 나오는 활동비 아니면 노다지 굶었을 거요. 그런데 명색이 사회주의자라는 사람이 비싼 축음기를 사들이고 부끄러운 줄도 모르다니. 유학생 처지에 커피를 입에 달고 사는 것도 그렇소. 존재가 의식을 규정한다 했소. 정숙 씨는 솔직하고 명석하고 장점이 많은 사람이지만 부르주아의 한계를 결코 벗어나지 못할 거요. 하루만 굶으면 혁명도 동지도 팽개칠 수밖에 없는 게 부르주아의 생리요. 언제든 자산계급의 물적 토대로 돌아갈 수 있는데 왜 위험이나 희생을 감수하겠소. 모르긴 몰라도 정숙 씨는 서대문형무소 사흘이면 〈자본론〉을 철창 밖으로 던져버리고 말거요. 쉽게 말해서 우리하고는 계급적 속성이 다른 사람이오. 갈 데 없는 부잣집 외동딸이란 말이오."

정숙이 역시 날카로운 데가 있어. 이 사람, 또 나를 가르치려들잖아. 세죽은 헌영과 정숙의 갈등이 좀 더 본질적인 것이라는 생각을 했다. 계급의 벽이라는 것. 태생적으로 혁명전선에 나란히 서 있을 수 없는 관계 아닌가. 헌영의 예언이 맞을지 몰랐다. 언제든 따시고 푹신한 이불 속으로 돌아갈 수 있는데 왜 서리 맞으며 한뎃잠 자겠는가. 세죽은 형무소에 있는 정숙의 모습이 상상이 가지 않았다.

정숙은 상해외국어학교, 세죽은 안정씨여학교에 적을 두었지만 사회주의연구소야말로 그들의 학교였고 상해는 하나의 캠퍼스였다. 정숙은 연구소의 책들을 섭렵하는 동안 한때 자신을 매혹시켰던 무정부주의에 대한 미련을 완전히 떼어냈다.

"사실 달콤하기로야 무정부주의만 한 게 없지. 권력 있는 곳에 자유는 없다는 캐치프레이즈야말로 해는 동쪽에서 뜬다는 만큼이나 진리잖아. 그런데 전략이 빈약해. 별 희한한 인간들이 다 모여 사는 세상인데 연대나 규약으로는 답이 안 나오니까."

세죽은 새로운 메시아로 마르크스를 영접한 뒤 한동안 예수와 사이좋게 지내는 줄 알았는데 마침내 양자택일의 문제임을 깨닫게 되었을 때 유물론을 건지고 기독교를 버렸다. 세죽은 곧 독실하고 신심 깊은 유물론자가 되었다.

덥고 습한 상해의 긴 여름이 끝나갈 무렵 연구소 어른들이 프랑스조계의 교회당 하나를 빌려 세죽과 헌영의 결혼식을 열어주었다. 세죽은 흰 공단 치마저고리를 입고 헌영은 흰 두루마기 차림이었다. 여운형 선생이 주례를 보았다.

"두 사람은 부부가 되어 서로 사랑하고 존중하며 조국의 독립과 무산자계급 해방을 위해 일생을 바칠 것을 맹세합니까?"

신랑 신부는 독일어판 〈자본론〉의 양피지 장정 위에 손을 얹고 대답했다.

"예."

청년동맹 당원들이 축가를 불렀다.

"깨어라, 노동자의 군대, 굴레를 벗어던져라."

인터내셔널가가 풍미하는 시대였다. 시위 집회뿐 아니라 장례식 결혼식에서도 불렀다. 신부 신랑도 합창했다.

"인터내셔널과 함께 인류는 일어나리라."

교회 마당에 걸어놓은 커다란 솥에선 만두를 쪄내고 있었고 한쪽에선 오리고기가 지글지글 익어가고 있었다. 이날 결혼식은 고단한 망명객들을 위한 위로잔치였다. 고려공산당 상해지부와 고려공산청년동맹 창립 이래 다들 처음 모였다. 여름밤이 깊어가면서 취기 오른 사람들 얼굴이 남포 불빛에 붉게 익어갔다. 양자강 하구 삼각주 위의 이 습기 찬 도시에서 불편한 잠자리에 만두 한개, 감자 한 알로 끼니를 때우면서도 수상한 국제정세와 조선의 앞날에 대해 심각한 대화를 한도 끝도 없이 나누던 망명객들이 이날 밤만은 그 모든 칙칙한 현실을 잊은 듯했다.

호사다마라고 약간의 불미스러운 사건도 있었는데 함흥 인삼장수 아들이 어찌 알고 찾아와서는 술 취해서 신랑한테 덤벼들며 강짜를 부리다 단야와 한판 주먹다짐이 벌어진 일이었다. 인삼장수 아들은 헌영에게 "니까짓 쫌팽이 놈이 세죽 씨를 행복하게 해줄 자신 있냐"고 고래고래 소리 질렀다. 그와 동행했던 낯선 남자는 싸움이 나자 싱글거리며 구경하더니 어느 결에 사라졌고 인삼장수 아들이 코피가 범벅이 된 얼굴로 화단가에 나자빠져 있는 것을 보다 못한 세죽이 부축해 교회당 바깥으로 나왔다. 길가에서 인력거를 기다릴 때 남자는 간신히 몸을 가누고 비척대며 서서 노래를 불렀다.

"남경로 밤거리에 가로등 불빛. 공동묘지엔 인광의 불빛."

즉흥으로 지어낸 듯한 하이쿠를 읊을 때 그의 입에서 아편의 단내가 났다. 그가 아편쟁이가 됐다는 소문은 사실인 듯했다.

세죽이 "그만 함흥으로 돌아가세요" 했더니 그는 혀 꼬부라진 소리로 "세죽 씨가 무슨 상관입니까. 나도 상해가 아주 꼭 마음에 들어요"라고 했다. 그는 인력거에 오르면서 중얼댔다.

"풍류남아 하루는 길기도 해라. 낮도 밤이요, 밤도 낮이요. 여자 궁뎅이 안에 아방궁은 불야성이라."

그를 태운 인력거는 대로를 달리다 뒷골목으로 꺾어졌다. 뒷골목은 온통 아편굴이었다. 동시에 매음굴이기도 했다. 인력거가 시야에서 사라진 다음에도 세죽은 가로등 아래 그대로 서 있었다. 함흥 명월관에서 그가 정종 몇 잔을 거푸 입에 털어넣고 세죽의 밥그릇에 떡갈비를 얹어주며 하던 말이 아득한 전생의 소리처럼 울려왔다.

"이것 다 옛날엔 임금님 수라상에나 오르던 음식들이오. 세죽 씨가 내게 시집오면 매일 먹을 수 있소. 이르다 뿐이겠소? 손에 물 한 방울 안 묻히고 그저 명경 앞에 앉아 몸단장이나 하면서 살 수 있소. 아무렴. 천하절색 미인을 얻는데 그 정도 호강도 못 시키면 사내대장부 면목이 서겠소?"

가까운 어느 댄스홀에서 색소폰 소리가 들려왔다. 그녀는 문득 눈가에 번지는 물기를 흰 옷고름으로 닦았다.

저녁 7시에 시작한 결혼식은 이튿날 아침 6시쯤에야 완전히 끝났다. 마지막까지 남은 신부 신랑과 정숙 원근 등 몇몇이 기진맥진해서 교회당을 나설 때 인력거꾼들의 호객 소리 속에 조계 거리에 새벽안개가 걷혀가고 있었다. 정숙이 싱글거렸다.

"너 옛 애인이 그래도 의리 있네. 결혼식에 와서 아주 확실하게 축하해줬잖아. 근데 니가 알렸니? 결혼식은 당하고 청년동맹 사람들만 아는 거잖아."

"아니, 연락 끊긴 지 꽤 됐어. 근데, 같이 온 남자는 누구지?"

"세죽이 너도 모르는 사람이야? 어딘가 낯익은 것도 같았는데."

잠깐 생각에 잠겼던 정숙이 소리쳤다.

"아, 이제 생각났어. 연구소 앞 골목에서 서성대는 걸 몇 번 마주쳤는데 그 남자가 틀림없어. 음… 느낌이 안 좋네."

세죽의 얼굴이 어두워졌다.

정숙은 이른 여름부터 자주 기침을 하더니 늑막염 초기 진단을 받았다. 당장 들어오라는 집안의 성화에 그녀는 금릉대학 입학 준비를 접고 경성으로 돌아갔다. 경성의 정숙과 상해의 원근 사이에는 사흘이 멀다 하고 편지가 날았다.

원근의 편지는 다정다감했다. 그는 자신이 고안한 암호 놀이를 즐겼는데 가령 '…. 정숙 씨!' 이렇게 점 네 개가 찍혔으면 '사랑하는'이고 일곱 개면 '나의 비둘기 같은'이었다. "어두운 밤에 외로히 일어나 그대 생각에 쓸쓸히 붓을 잡았노라"는 식으로 유치하기 짝이 없는 연애편지를 읽다가 정숙은 배를 잡고 웃곤 했다.

가을에 접어들자 청년동맹 주변이 부쩍 분주해졌다. 코민테른, 즉 국제공산당 주최로 소련에서 열리는 극동피압박민족대표자대회에 참가할 사람들이 출발 준비를 했고 남는 사람도 덩달아 바빴다. 고려공산당에서 여운형 김규식이, 공산청년동맹에서 임원근 김단야가 대표로 결정됐다.

상해에서 중소 국경을 넘어 이르쿠츠크로 가는 길은 만주와 몽골 노선 두 가지였다. 어느 쪽이든 한 달 넘는 여정이었고 대단히 위험했다. 만주노선은 열차 타고 만주로 가서 국경을 넘는데 일본군 점령지인 남만주를 지나면 북만주는 러시아 백군의 세력권이었다. 몽골노선은 자동차로 외몽골과 고비사막을 건너는 루트인데 외몽골은 러시아 차르 잔당과 중국 군대와 몽골 독립군 사이의 세력다툼으로 무정부주의 상태였고 한겨울의 고비사막은 밤 기온이 영하 수십 도까지 떨어진다 했다. 임원근 김단야는 만주노선을, 여운형 김규식은 몽골노선을 택했다. 일본 관헌의 감시를 피해 대표단은 시차를 두고 흩어져서 떠났다.

모스크바, 그 혁명의 심장으로 약소민족의 새로운 후견인을 만나러 가는 길이었다. 윌슨 민족자결주의와 파리강화회의를 둘러싼 흥분이 잦아든 다음 모스크바는 새로운 희망이었다. 일생에 걸쳐 한 번도 공산주의자인 적 없었던 쿨하고 박식한 지식인 김규식이 모스크바행을 택했다는 게 그런 조선 사회의 분위기를 말해주었다. 김규식은 대회에 등록할 때 언어란에 '영·불·독·일·중·러'라 적었던 인물이다.

1919년 초 미국 윌슨 대통령이 파리강화회의 기본원칙을 발표했을 때 조선의 지식인들은 '한 민족이 자신의 운명을 스스로 결정하게 한다'는 구절에 환호했고 미국이 약소국, 피압박민족의 친구가 되기로 작정한 걸로 받아들였다.

기대에 부푼 임시정부는 김규식을 파리강화회의에 특사로 파견했다. 하지만 김규식은 회의장 근처에 접근도 할 수 없었다. 파리강화회의는 1차대전 승전국들이 패전국인 독일과 오스트리아 제국의 땅을 나눠 가지는 '빅딜'의 장이었다. 조선은 메뉴에 없었을 뿐 아니라 일본이 승전국 자격으로 회의 테이블에 앉아 독일이 갖고 있던 중국 조차지들과 남양 군도를 넘겨받는 문제로 미국과 '밀땅'을 하고 있었다. '민족자결주의'라는 것이 제국주의의 신참인 미국이 유럽 식민제국들을 해체하면서 국제정치의 새판을 짜려고 내놓은 캐치프레이즈라는 걸 알게 되는 데는 긴 시간이 필요했다.

탐욕스러운 제국의 시대에 어느 작은 민족은 제국들의 잔치에서 요리가 되어 식탁에 올려진다. 파리강화회의에 조선이 끼겠다는 것은 포크와 비프 요리가 차려진 포식자들의 만찬에 소 돼지가 착석하겠다는 얘기였다. 냉정한 국제사회의 논리에 허탈해진 조선 사람들이 할 수 있는 일은 헤이그 만국평화회의에 파견됐던 고종의 밀사 이준이 병사한 것을 두고 회의장에 입장 못 한 데 분개해 자결했다거나 회의장 연단에서 할복자살했다거나 하는 식의

스토리텔링으로 스스로를 위로하는 일뿐이었다.

월슨 민족자결주의를 조선해방의 복음인 줄로 여겨 흥분했던 조선 사람들은 파리강화회의에서 조선 대표들이 문전박대당하고 워싱턴군축회의가 조선에 대한 언급도 없이 끝나버리자 크게 실망했고 이제 새로운 대안이 필요했다. 약소민족의 해방자로 나선 레닌이 조선해방에 2백만 루블을 지원하겠다고 공언했으니 모스크바로 마음이 쏠리는 건 당연했다. 극동피압박민족대회에는 조선인 대표만 약 50명이었다. 모스크바 일행이 떠나고 주세죽과 박헌영만이 상해에 남아 겨울을 보냈다. 박헌영은 당에서 나오는 학자금으로 상해상과대학에 입학했다.

해가 바뀌었고 2월도 하순에 접어들어 소련서 대회를 마치고 귀환하던 임원근 김단야와 경성에서 요양을 끝내고 돌아오던 정숙이 진포선津浦線 열차 안에서 만난 것은 세 남녀 모두를 극도로 흥분시켰다. 정숙과 원근의 인연은 운명이었노라 두고두고 회고할 만한 사건이었다.

"정숙 씨는 어찌 지냈소?"

스무 살의 몸은 회복이 빨랐고 정숙은 병원에 잠시 입원했다 나와 조선여자교육협회 순회강연으로 가을 겨울을 온통 열차와 여관에서 보냈다. 그녀의 회고담에 적당히 추임새를 넣던 두 남자는 정숙이 "소련은 어땠어요?" 하자 마치 샴페인 두 병을 힘껏 흔들어 한꺼번에 마개를 따놓은 것처럼 동시에 입에 거품을 물었다.

"크렘린이라는 데 가서 레닌을 만났지 뭐요."

"모스크바는 대단했소."

"어머, 두 사람이 레닌을 찾아갔단 말예요?"

"아니 뭐 그건 아니고… 각국 참가자들이 단체로 접견하는 데 끼었다는 거요. 어쨌든 우리가 모모한 인사들 방에 가보면 벽에 마르크스, 엥겔스, 레닌 사진이 걸려 있잖소. 그런데 그 방에는 딱 마르크스, 엥겔스 두 사람 사진만 걸려 있는 거요. 레닌의 방에 레닌의 사진이 걸려 있을 필요가 없잖소. 하하하."

"김규식 선생이 대머리 영감 만난다 해서 처음엔 누굴 말씀하나 했소. 그런데 진짜 완전 대머리더군. 키는 나보다 좀 작겠는데 어깨가 새우등처럼 굽어서 더 작아 보였지. 일본 조선 중국 사정을 일일이 물어보고 영어와 러시아어를 막 섞어가면서 논평하는데 나는 어쩌다 한두 마디 알아듣기도 하고 못 알아듣기도 했지만 각국 사정을 거의 속속들이 알고 있는 거 같았소. 재미있는 건 이 양반이 누가 발언하면 그 옆자리로 옮겨 다니면서 몸을 바짝 붙이고 듣는 거요. 인간적으로 굉장히 매력적인 인물 아니오?"

"귓병을 앓아 귀가 어두워서 그런다는 얘기도 있더라고. 세계 혁명의 아버지요, 만국 무산자의 구세주라 해도 소련 안에서는 적이 많은 모양이오. 일요일에 공동작업장에 삽 들고 나가 노동을 하다가 두 번이나 총격을 받았다니 기막힐 노릇이지."

소련 이야기는 끝이 없었다. 하얼빈에서 중소 국경을 넘으려다 군벌의 밀정으로 오인돼 일본 관헌에 여권과 짐을 빼앗기고 죽을 뻔했던 이야기부터 새로운 소비에트 수도 모스크바의 정경과 아시아 각국 혁명가들의 면면까지. 개회식에서 한국 대표로 단상에 오른 김규식 선생이 "하나의 불씨, 세계 제국주의와 자본주의체제를 재로 만들어버릴 불씨를 얻고자 모스크바에 왔다"고 말했을 때 박수갈채가 터져 나왔다 했다. 대회에서는 고려공산당을 상해에서 철수시켜 국내로 이동시키기로 결정이 내려졌다고 했다. 그것은 코민테른의 결정이기도 했다.

"2월 5일에 페트로그라드를 떠났소. 하루도 안 쉬고 열차를 타서는 이르쿠츠크에서 국경을 넘었지. 오늘이 3월 3일이니 한 달에서 이틀이 못 차는구만."

두 남자 모두 얼굴이나 옷가지나 어느 옛날에 물 구경했는지 알 수 없는 몰골이었다. 하지만 건설 중인 소비에트국가의 신선하고 발랄한 공기를 허파 가득 집어넣고 돌아온 청년들만의 어떤 강력한 에너지를 온몸으로 발산하고 있었다. 상해 뒷골목 우중충한 방안에서 책 읽고 토론하던 이들과는 낯빛부터 달랐다.

"코민테른 의장 지노비에프가 사회를 맡았는데 여하간 한마디 한마디가 눈앞에서 번개가 번쩍번쩍 터지는 느낌이었소. 워싱턴 강화조약을 네 마리 흡혈귀동맹이라고 한마디로 날려버리더군. 조선 사람들이 파리강화회의나 워싱턴군축회의에 목을 매는 것이 국제정세를 전혀 몰라서라고 몰아붙이더라고."

정숙이 혼잣말로 "격화소양이로군" 하고 중얼거렸다.

"뭐라 했소?"

"격화소양. 상해에 앉아서 모스크바를 바라보자니 발 가려운데 구두 긁는 거지 뭐야. 아까 코민테른에서 세운 대학이 뭐라 그랬죠? 모스크바공산대학?"

그 말에 원근의 낯빛이 하얗게 질렸다. 정숙이 모스크바에 가겠다 작정하면 약혼자 나부랭이도, 멀고 험한 여로도 문제될 수 없었다.

김단야와 임원근이 허정숙과 함께 상해역에 도착한 것은 1922년 3월 8일이었다. 고려공산당과 고려공산청년동맹을 국내로 옮겨 새로 조직하는 임무가 그들 앞에 놓여 있었다. 우선 세 남자, 헌영과 단야와 원근이 먼저 상해생활을 정리하고 경성으로 돌아가기로 했다. 세죽이 함께 돌아가겠다 했을 때 헌영이 반대했다.

"국경 넘기가 만만찮소. 만에 하나…"

세죽은 곧 헌영과 경성에서 만나 정식으로 결혼식을 올리기로 했고 정숙은 상해외국어학교를 마치면 모스크바로 가겠다고 선언해 원근이 "논리적으로는 옳소만" 하면서 혼자 냉가슴 앓았다.

두 여자에게 상해에서 1년은 짧고도 아득한 시간이었다. 모교 음악선생을 꿈꾸며 국경을 넘었던 여자는 엉뚱하게도 혁명가 남편과 마르크스 사상을 얻어서 돌아가게 되었다. 신사상을 섭렵하리라 상해로 온 여자는 이곳이 종착역이 아니라 중간 기착지라는 것을 알게 되었고 여기서 남자 하나를 챙겨 돌아가게 되었다.

청춘남녀들은 자신들을 기다리는 경성과 어떻게 재회할지 그려보며 흥분으로 밤잠을 설쳤다. 이제 조선을 바꾸는 건 시간문제로 보였다.

1922년 3월 25일. 정숙과 세죽은 상해 부두에서 세 남자를 전송했다. 그들은 안동으로 가는 기선 북해환北海丸에 올랐다. 남자들이 떠나자 상해는 텅 비어버린 듯했다. 사회주의연구소는 한층 썰렁했다. 안병찬 선생도 이르쿠츠크의 당 본부로 떠난 뒤 돌아오지 않고 있었다.

상해에서 두 번째 유채꽃의 계절이 왔다. 정숙은 아침에 집을 나서다 공터에 흐드러지게 핀 유채꽃을 보며 원근을 생각했다. 벌써 4월 초순, 경성에 잘 도착했다는 전보가 올 때가 되었다는 생각을 하며 연구소에 들렀다. 세죽이 먼저 와 있었다.

"국경을 넘다가 신의주에서 셋이 다 체포됐대."

세죽은 눈자위가 불그스름했다.

"아무래도 상해영사관에서 정보가 샌 것 같네."

여운형 선생이 말했다. 정숙은 연구소 앞 어두컴컴한 길모퉁이에서 서성대던 남자의 모습이 뇌리를 스쳤다.

며칠 뒤 또 하나의 가슴 아픈 소식이 들려왔다. 안병찬 선생이 이르쿠츠크에서 자금을 지니고 돌아오는 길에 아들과 함께 암살당했다는 것이다. 이미 두세 달 전이며 시체도 참혹했다 한다. 만주 마적들 소행이라는 얘기도 있고 소련 백위군 짓이라는 소문도 있었다. 고려공산당 내 파벌싸움이라는 설도 있었다. 정숙은 여운형과 자신들이 고려공산당 이르쿠츠크파로 불린다는 것을 알고 있었다. 반대쪽은 상해파인데 그쪽 우두머리가 이동휘였다.

또 하나 정숙에게 충격적인 사건은 아버지 절친 김립의 일이었다. 아버지의 고향친구이자 메이지대학 동창인 그는 이동휘 댁에 자주 왔고 정숙을 볼 때마다 갖고 있던 책이나 아니면 호주머니에서 잔돈 푼이라도 꺼내주곤 했다. 그는 임시정부에 국무원 비서실장으로 참여했다가 이동휘를 따라 임정을 나왔는데 지난 2월 프랑스조계 거리에서 집단총격을 받고 온몸이 벌집이 되어 보도를 벌겋게 물들이며 최후를 맞았다 했다. 임정이 앞서 이동휘와 김립에 대해 "공산주의운동의 미명하에 국금을 횡령해서 그 죄는 극형에 처할 만하다"고 포고문을 낸 바 있어 사태는 분명했다. 청년동맹 사람들은 상해파에 냉담했기 때문에 이동휘가 죽든 김립이 죽든 알 바 아니라는 정서였지만 이동휘가 레닌의 혁명자금을 받아 임정에 내놓지 않고 공산당 조직활동에 쓰는 건 당연지사일 뿐 그것을 김구가 쓰겠다 하는 게 어불성설이라고들 논평했다.

레닌의 혁명자금이 풀리기 시작하고부터 상해 조선인사회가 눈에 띄게 동요했다. 말이 거칠어지고 피가 튀었다. 돈은 양날의 칼이었다. 혁명의 유효한 수단이 될 수 있지만 먼저 조직을 거덜낼 수도 있는 것이다. 정숙은 이동휘 어른이 그녀에게 하숙을 얻어 나가라 권했던 이유를 뒤늦게 깨달았다. 그 자신도 이미 생명의 위험에 노출돼 있었던 것이다.

지난해 여름 만주 접경의 러시아령에서 한인 무장독립군 부대가 몰살당한 사건에 관한 얘기는 그녀도 들었다. 이 참변을 둘러싸고 고려공산당 파벌싸움 때문이라느니 소련군의 무리한 진압작전 탓이라느니 해석이 엇갈렸지만 고려공산당 안팎으로 민심이 흉흉한 것은 사실이었다.

2

수예시간에
톨스토이를 읽었답니다

-1924년 경성

✳
───

박헌영 임원근 김단야 세 남자가 평양형무소 문을 나선 것은 1924년 1월 19일 아침이었다. 하늘은 맑았지만 공기는 얼음처럼 투명하고 차가웠다.

형무소 앞에서 허정숙과 주세죽이 그들을 맞았다. 세죽은 간간이 평양형무소를 드나들며 옥바라지했고 정숙은 6개월짜리 모스크바공산대학 속성과를 마치고 막 돌아온 참이었다.

세죽은 말없이 헌영에게서 소지품 보퉁이를 건네받았다. 정숙과 원근의 해후는 좀 더 떠들썩했다. 상해 부두에서 헤어진 지 1년 9개월 만이었다. 정숙이 두 팔을 활짝 벌리고 다가가자 원근이 두 손을 내밀며 막았다.

"잠깐! 경고해두겠소. 내가 작년 여름에 목욕하고 6개월 동안 씻지 않은 몸이라 냄새가 좀 고약할 수 있소."

정숙은 소리 내어 웃으며 원근을 껴안았다.

"소련은 어땠소?"

"가는 데 한 달, 러시아어 배우고 수업 듣는 데 여섯 달, 돌아오는 데 또 한 달. 이상 끝."

세 남자 모두 머리를 빡빡 밀어 늙은 고보생 같았다. 옷차림은 3월 말 상해를 떠날 때 그대로라 얇고 허술했다.

"형무소에 난방은 안 들어오겠죠?"

정숙이 짐가방에서 솜옷을 꺼내며 물었다.

"형무소가 멕여주고 불까지 때주면 인민들이 왜 남부여대男負女戴 바리바리 싸 들고 북간도로 떠나겠소? 형무소 들어오지."

단야가 대꾸했다.

"세죽 씨, 헌영이부터 좀 입히시오. 헌영이가 고생이 심했소."

세죽이 손수 지은 흰 저고리를 헌영에게 입히며 걱정스레 안색을 살폈다.

"별거 아니오. 오른발 발가락에 얼음이 좀 들었는데."

"동상 걸렸단 말이에요?"

세죽이 울상을 지었다. 단야가 두 손을 부비며 말했다.

"올 겨울이 지독했소. 형무소에서 간수보다 무서운 게 추위란 놈이오. 이놈은 시월에 고문을 시작하면 사월은 돼야 그친단 말이오. 왜놈 순사들보다 더 지독해요. 아예 말이 안 통하니까, 말이."

혈기는 넘치고 마음은 급한데 감옥에서 세월을 보내자니 속이 타서일까, 고문후유증일까, 겨울 추위 탓일까. 세 남자 모두 낯빛이 거무튀튀하고 입술은 푸르딩딩했다. 하지만 태도와 말씨는 여유가 있었다. 상해를 떠날 땐 교양학습 중인 청년들 같더니 이제 명실공히 성인의 체취를 풍겼다. 취조와 재판과 감옥살이의 험난

했던 시간이 이들을 급성숙시킨 듯했다. 세 남자 모두 눈빛이 생기발랄한 것이 '갈 길이 천리인데 이제 일 좀 해보자'고 말하고 있었다.

헌영과 원근은 두 여자와 경성으로 왔고 단야는 곧장 부모와 처자식이 있는 고향 김천으로 내려갔다.

때는 이른바 경성의 봄이었다. 무슨무슨 청년회니 동맹이니 하는 단체들이 하루에 열 개씩 생겨나고 없어졌다. 종로 거리는 청년들로 북적거렸고 YMCA나 태화관, 천도교당 아니라도 요릿집이나 선술집, 심지어 파고다공원 벤치에서도 단체 창립식이 거행됐다. 3·1만세 이후 달라진 풍경이었다. 경찰정치의 서슬에 얼어붙었던 식민지 대중의 정치적 욕망이 해빙을 맞고 있었다.

세 남자는 마르크스주의 단체인 화요회에 들어가 활동하면서 따로 신흥청년동맹을 결성했다. 정숙과 세죽 역시 정종명 정칠성 같은 선배 여성운동가들과 함께 조선여성동우회를 결성하는 한편으로 경성여자청년동맹을 조직했다. 공산당 창당을 위한 조직사업이 착착 진도를 빼고 있었다.

그중에서도 여성동우회 창립은 기억할 만한 이벤트였다. 창립식은 1924년 5월 23일, 경운동 천도교당에서 열렸다. 여자들끼리 모여 단체를 만든다는 것, 공개적으로 여성인권을 얘기한다는 것, 그 자체만도 천지개벽할 일이었다. 더욱이 여성동우회 창립선언은 조선 천지에서 일찍이 듣도 보도 못 한 것이었다.

사람으로서 사람다운 생활을 하지 못하고 권리 없는 의무만
을 지켜오던 여성 대중도 인류역사의 발달을 따라 어느 때까지
든지 그와 같은 굴욕과 학대만을 감수하고 있을 수는 도저히
없게 되었다. 우리도 사람이다. 우리에게도 자유가 있으며 권리
가 있으며 생명이 있다. 우리는 성적으로나 경제적으로나 남성
의 압박, 노예가 되고 말았다. 저 무리한 남성은 우리가 가졌던
온갖 권리를 박탈하였고 그 대신 우리에게는 오직 죽음과 질병
만을 주었다. 아! 우리도 살아야 하겠다. 우리도 잃었던 온갖 우
리의 것을 찾아야 하겠다….

　　단체 창립선언이기보다 절박한 외침이었다. '우리도 사람이다.
우리도 살아야 하겠다'고 외치는 여자 목소리가 확성기를 타고 천
도교당의 높은 천장을 찌르며 메아리 되어 울릴 때 그 현장이 얼
마나 비장했을지 상상해보라. 사람들은 이것이 꿈인가 생시인가
했을 것이다. 하필 천도교당이었으니, 이제 억압과 상쟁의 시대가
가고 천지가 뒤바뀌고 음양이 화합하고 만물이 상생하는 시대가
오리라던 천도교 교주 수운 최제우의 후천개벽이 바로 이것인가
싶기도 했을 것이다.

　　창립선언을 낭독한 여성동우회장 정종명부터가 자기 인생을 제
손으로 뒤집은 위인이었다. 열일곱에 시집가서 아들 하나 낳고 과
부가 되었고, 시집살이하다 뛰쳐나와 세브란스의전을 마친 뒤 산
파일을 시작했는데, 기미년에 만세 부르다가 산파일을 접고 여자
고학생상조회를 만들어 가난한 여학생들 돌보는 사업을 시작했으

니, 나이 스물아홉이었지만 이미 산전수전 겪은 여장부였다.

정종명의 창립선언이 끝나자 여자들은 자리에서 일어나 만세를 불렀다. 3·1만세 이후 어딜 가나 만세삼창이 유행이었다. 여자 저고리는 겨드랑이 도련이 짧아 팔을 조금만 치켜들어도 허릿단과 속살이 드러나는지라 만세 부르는 데도 용기가 필요했다. 하지만 이곳에 모인 여자들은 20세기 초 조선 땅에 데뷔한 '신여성'이었고 5년 전 거리에서 만세를 불러본 경력자들이었다.

천도교당에 여성동우회 회원은 열여덟 명이었다지만 구경 삼아 왔거나 응원 나온 남자들이 제법 많았을 것이다.

낙원동 여성동우회 사무실에서는 한 달에 한 번 토론모임이 열렸다. 이광수 장편소설 〈무정〉의 영채는 자유연애의 아이콘이었지만 여성동우회에 오면 반응이 썰렁했다. 정칠성은 "여주인공들 청승 떠는 것 지겨워"라며 못마땅해했다. 또한 나혜석은 파격적인 연애담과 현대판 결혼식과 조선 여성 최초의 유화 전람회로 화제를 몰고 다니는 일급스타였지만 동갑내기 정종명은 "철학이 부족해" 하고 일축했다. 이들에게 소련의 혁명가이자 소설가 알렉산드라 콜론타이는 구미에 딱 맞았다. 가사노동과 자녀양육은 국가가 떠맡아야 한다는 입장을 소비에트정부에 관철시킨 것도 놀라웠고 자유연애와 경제자립을 주장하는 여성해방론은 지당했다.

정종명이 "〈적연〉은 한마디로 사랑이 식으면 떠나야 한다는 얘기예요"라고 말했다. 여성동우회가 콜론타이 소설 〈적연〉을 읽고 토론하는 날이었다. 정종명 정칠성뿐 아니라 주세죽이나 허정숙 김조이 모두 '적연赤戀', 이른바 '붉은 사랑'에 몸이 달아오른 20대들이었다. 세죽과 헌영, 정숙과 원근은 동거하고 있었고 김조이는 조봉암과 갓 신혼살림을 차린 다음이었다.

"혼인의 자유, 이혼의 자유! 당당하게 혼자 아이를 낳는 거야. 그리고 자기 아이, 남의 아이 다 모아서 돌보는 거야. 이거야말로 진정한 소비에트식 가족이지."

〈적연〉의 주인공 바실리사는 바람난 남편과 이혼하고 유복자를 혼자 낳은 뒤 육아원을 만들어 자기 아이와 다른 아이들을 함께 키운다. 정종명이 열광할 만했다. 그녀도 종로구 제동 북풍회관에서 북풍회의 총각과 홀아비 회원들을 거두어 살림을 하고 있었다. 최근에는 다섯 살 연하의 신철을 두 번째 남편으로 맞으면서 염문을 뿌렸는데 그도 북풍회관에서 공동생활을 했다. 그 자신이 소비에트식 가족공동체를 실천하고 있었다.

"인형의 집을 나온 노라는 해방도 아니고 아무것도 아니야. 눈보라 치는 밤에 집을 뛰쳐나와 굶어 죽으면 그게 무슨 얼어 죽을 해방이야. 여자에게 경제적 독립 없는 해방은 공염불이지."

정칠성이었다. 한때 권세가들의 애첩으로 불려 다니던 한남권번의 일류 기생 금죽錦竹이 바로 그녀였다. 3월 1일에 그녀도 기방에서 뛰쳐나와 만세를 불렀고 이 사건이 한 기생의 인생을 바꿔놓았다. 내친김에 도쿄로 건너가 영어 강습소에 등록한 것이 그녀가 사상에 눈을 뜨는 계기가 되었다. 그날의 일이 아니었으면 정칠성은 지금도 한남권번 일류 기생으로 남자들 앞에서 웃음을 팔고 있을 것이고 정종명은 아들 하나 데리고 산파일을 해서 먹고사는 불우한 과부로 남았을 것이다.

하지만 콜론타이의 다른 소설 〈3대의 사랑〉은 시비가 엇갈렸다. 콜론타이는 분방한 사생활 때문에 볼셰비키 혁명가사회에서도 문제적 인물이었지만 결정적으로 정신 나간 여자 취급을 받게 된 건 이 소설 때문이었다.

귀족 집안의 스테파노브나는 애인이 생기자 남편과 아들을 버리고 그 남자에게 가서 딸을 낳지만 그가 하녀와 통정하는 것을 보고 전남편에게 돌아온다. 세월이 흘러 어른이 된 딸은 남편과 정부를 두고 딸 하나를 키우는데 그 딸은 자유분방한 성생활 끝에 의붓아버지의 아이를 임신한다. 엄마가 나무라자 딸의 답변은 맹랑하다. "누구 애인지 난들 어찌 알겠어요. 나는 성교를 할 뿐 사랑한 적은 없어요. 자유의지로 만나고 헤어지는데 무슨 문제예요?" 세 여자 모두 '연애의 권리는 결혼의 의무보다 강하다'는 신조를 가진 자유연애주의자들이지만 아래 세대로 내려갈수록 점입가경이라 엄마는 딸을 나무라고 딸은 손녀를 책망한다.

〈3대의 사랑〉에는 다들 비판적이었다. 한마디로 도덕 파탄으로 정리됐다. 정숙이 꼬리를 달지 않았으면 토론은 간단히 마무리됐을 것이다.

"나도 콜론타이의 연애관에 전적으로 동의하지는 않아요. 하지만 비난하고 싶지는 않아요. 이 여자는 러시아식 봉건가부장제에 혈혈단신으로 맞서고 있는 거죠. 인습이란 게 워낙 완고해서 나름 충격요법을 쓴 거 아니겠어요?"

좌중이 잠시 뜨악한 침묵에 빠진 사이 세브란스병원에서 간호부로 일한다는 열아홉 살 아가씨가 끼어들었다. 뜻밖에 그녀는 정숙의 편을 들었다. 아니 한발 더 나갔다.

"남편이 둘이라는 건데 남자들 첩실 두는 거나 마찬가지 아닌가 요. 지금 부인네들이 축첩반대운동 하는데 그럴 게 아니라 여자들 도 축첩하자고, 아니 정부 두고 살자고 운동해야 한다고 봐요. 공 창폐지운동도 마찬가지예요. 여자들 공창이 있으면 남자들 공창 도 만들자고 해야 하는 거 아닌가요."

모두 입을 딱 벌린 채 말을 잃은 것이 어디서 이런 혁명투사가 튀어나왔나, 하는 표정들이었다. 정종명이 세브란스간호학교 후배 라고 데려온 아가씨였다.

"오매… 금수축생禽獸畜生도 아니고."

남편이 구식 여자라 구박해서 신교육 배우러 나왔다가 어찌어 찌 소문을 듣고 여성동우회를 찾아왔다는 여인이 파랗게 질린 얼 굴로 주섬주섬 옷을 챙기더니 "빨래 걷으러 가봐야겠네" 하고 사 무실을 뛰어나갔다.

잠시 어수선했던 분위기가 잦아들자 세죽이 말을 이었다.

"충격요법이 필요하다는 거, 이해해. 하지만 무산자혁명 전선에 분란을 일으키니까 문제지. 혁명은 혼자 하는 게 아니잖아."

"혁명가라는 남자들이 남녀문제에 가서는 얼마나 고리타분한지 알아? 분란을 일으켰다는 것도 남자 입장에서 보면 분란인 거지. 누군들 미친년이라 손가락질받고 싶겠어? 이 여자는 그걸 감수하 기로 한 거라고."

"나는 기독교 선교사들과 공산주의 혁명가들이 철학은 정반대 지만 공통점도 많다고 봐. 양쪽 다 청교도적인 금욕이 필요한 거야. 엄격한 도덕적 기준이 요구된다는 거지."

"남자들은 첩을 몇씩 거느리고 제멋대로 살면서 여자한테만 엄격한 도덕을 요구하니까 문제라는 거야. 사랑이 결혼보다, 제도보다 위여야 해. 나 원근 씨하고 약속했어. 결혼제도로 서로의 감정을 억압하지는 말자고. 사랑이 없으면 결혼은 굴레야. 결혼의 노예가 되는 거라구. 여성해방, 말로만 떠들면 무슨 소용이야. 실천을 해야지. 나는 그대로 다 실천하면서 살아볼 생각이야!"

정숙은 성명서 낭독하듯 따박따박 끊어 말했고 마지막 문장에선 어금니를 질끈 물었다.

"정숙이나 나나 실천하면서 산다는 건 같아. 실천 내용이 다를 뿐이지. 나는 박 선생하고 아이를 갖지 않기로 했어. 조국이 해방될 때까지. 가정도 아이도 장애물이 될 수 있어. 그리고 식민지 백성의 운명을 자식한테 물려주고 싶지는 않아."

세죽의 표정은 비장했고 말을 마쳤을 때는 그 비장함이 방 안 공기 전체에 퍼져 있었다. 정숙은 무심코 자신의 불룩하게 솟아오른 배 위에 오른손을 올렸다.

식민지 조선 사회는 여러 시대가 뒤섞여 있었다. 여성동우회는 빙산의 꼭대기였고 수면 아래 잠겨 있는 대다수 여자는 정조를 목숨처럼 여기고 부모가 정해준 배필과 혼인했으며 남편이 죽어도 재혼하거나 친정으로 돌아가지 못한 채 시댁에서 조용히 늙어 죽었다. 청일전쟁과 러일전쟁을 치른 조선 땅에서 봉건과 근대, 동양과 서양이 또 다른 전쟁을 벌이고 있었다. 봉건제도가 무너질 때 남자보다 여자들이 치르는 전쟁이 더 격렬했다.

4월이 지나자 쌀은 물론 보리쌀 구경도 어려워졌다. 정숙네 집 안이 그러하면 세죽네 살림살이는 말할 것도 없었다. 배 속은 비었지만 머릿속은 복잡한 청년들이 주로 세죽네로 모였다. 단야는 일주일에 사나흘은 세죽과 헌영의 신혼방에서 지내고 있었다. 그들에게 삶은 감자든, 멀건 수수죽이든 뭔가 요깃거리를 만들어 내오는 것이 세죽의 몫이었다.

생활고가 농담의 대상이 될 수 있는 건 젊다는 증거였다.

"여이, 단야 동지. 자네는 양말을 장식품으로 걸치고 다니는가. 구멍이 뚫린 정도가 아니라 아예 그물이네그려."

원근의 농지거리에 단야가 태연히 응수했다.

"내가 더위를 많이 타지 않겠나. 그래 바람 구멍 몇 개 뚫었지. 그런데 빨아서 횃대에 널어놓으니 쥐새끼들이 콤콤한 냄새를 맡고선 무슨 물 간 생선이라 여겼는지 살곰살곰 건너와서 쏙딱쏙딱 쏠어 먹는다네. 곳간에 쌀겨 부스러기라도 떨어져 있으면 서생 동지들이 그렇게까지 타락하지는 않았을 텐데 배곯아 죽을 지경인 거는 우리나 마찬가지인가 보네."

고려공산당과 공산청년동맹을 다시 조직하는 사업은 은밀히 진행되고 있었다. 하지만 난관이 첩첩이었다.

"빨리 당을 만들어서 코민테른에 보고하고 예산을 받아와야 하는데."

미션을 받아 돌아오던 세 남자가 압록강 건너다 붙잡히지만 않았으면 벌써 성사됐을 사업이었다. 극동피압박민족대회로부터 2년이 흐르고 코민테른의 지원계획이 암암리에 소문나면서 그들의 화요회뿐 아니라 북성회나 서울청년회 쪽에서도 각기 당을 조직해 모스크바로 돌진하려는 조짐들이었다. 조선의 단일한 공산당을 만들자면 다른 세력들과 손을 잡아야겠지만 각기 주먹패까지 두고 유혈충돌을 불사해온 터라 연합전선이 쉬운 일은 아니었다.

"창당도 하기 전에 다 굶어 죽게 생겼네."

늘 어지럼증을 토로하던 세죽이 부엌 바닥에 쓰러지던 날, 단야가 모셔온 늙은 의사가 빈혈에 영양실조라고 진단을 내리자 남자들은 방바닥이 패이도록 한숨을 내쉬었다. 해외유학이랍시고 다녀와서는 부모님한테 손 벌릴 수 없는 처지인 건 세죽과 헌영, 단야가 모두 마찬가지였다.

"아무래도 안 되겠어. 일단 취직들을 해야겠네."

임원근은 이미 동아일보 기자로 출근하고 있었다. 허정숙이 동아일보 사장을 맡고 있던 아버지에게 부탁해 박헌영도 이 신문사에 취직했다. 김단야는 조선일보 기자로 입사했다.

그해 8월 1일 정숙은 원근과 결혼식을 올렸다.

> 본사 기자 임원근 군과 허정숙 양의 결혼식은 금일 오후 륙시에 종로 중앙청년회관에서 거행할 터이더라.
>
> — 동아일보, 1924년 8월 1일 자

기독교청년회관은 하객들로 미어졌으며 흰 한복 치마 속에서 정숙의 배가 둥글게 부풀어 있었다. 딸이 덜컥 임신해가지고 남자를 데려와 결혼하겠노라 했을 때 허헌은 당황하긴 했으나 반대하지는 않았다. 혼담을 번번이 거절하고 바깥으로만 나돌던 외동딸이 결혼은 물론 손주까지 안겨줄 모양이었으니 내심 반가웠을 것이다.

한편 세죽과 헌영의 결혼은 몇 개의 장애물을 넘어야 했다. 세죽이 상해에서 돌아왔을 때 동네 떠나갈 듯 반가워했던 어머니는 딸이 학교를 마치지 않았고 선생도 안 하겠다 하고 이상한 신학문을 배워온 데다 근본도 모르는 남자와 이미 살림을 차렸다는 걸 알게 되자 낙심천만한 나머지 천식이 도져 자리에 누워버렸다. 지금은 땅 몇 뙈기뿐이지만 양반 핏줄이라는 자존심 하나로 허리를 펴고 다니는 어머니로서는 사윗감이 미천한 가문에다 본처 소생도 아니라는 사실을 견딜 수 없어 했다. 하지만 헌영이 취직한 다음 함께 고향에 내려가자 자포자기의 심정으로 받아들였다. 함흥 집을 떠날 때 어머니는 얼굴이 많이 펴졌고 딸에게 덕담도 했다.

"박 서방이 야무져서 처자식 굶기지는 않을 거 같다."

남자들뿐 아니라 정숙에게도 경제적 독립은 중요한 이슈였다. 정숙은 어느 날 아버지에게 의논을 청했다.

"제가 세칭 부인운동이라는 걸 하고 있지만 여자들이 먹고사는 문제를 남자에게 기생충처럼 의존해서는 희망이 없다고 봅니다. 저도 곧 몸 풀고 나면 내년부터는 직업을 가질 생각입니다."

허헌의 입꼬리가 살짝 들리면서 미소를 머금었다.

"내 딸이 많이 컸구나. 기생충이라는 말은 과한 감이 있다마는. 허허허."

하지만 연이은 정숙의 한마디가 그를 패닉에 빠뜨렸다.

"저도 법관이 되고 싶어요."

동그란 안경테 속에서 그의 눈이 휘둥그레졌다.

"아버지처럼 변호사가 되고 싶어요. 불쌍한 조선 사람들을 법으로 구제하고 싶습니다."

"그, 그런데 그건…."

"제가 우리 조선의 변호사시험 규칙을 찾아봤는데요. 파산선고 받은 사람이나 채무 변상을 안 한 사람, 뭐 이런 사람은 시험을 볼 수 없다고 돼 있지 남자만 된다거나 여자는 안 된다거나 하는 규정은 없거든요. 그래서 일본은 어떤가 하고 아사히신문을 뒤져봤어요. 변호사시험 공고가 났는데 응시 자격이 20세 이상 일본인 남자라고 명시돼 있어요. 우리는 그런 문구가 없으니 조선에서는 여자도 시험을 볼 수 있는 것 아닌가요?"

"그걸 다 알아보았단 말이냐. 그래, 진짜 한번 해보겠다는 마음이 있다면 그 정도야 당연지사지. 그런데 말이다. 남자라고 명시가 안 돼 있단 말이지. 내가 자격 기준을 한 번도 유심히 본 적이 없다마는…. 그런데 그건 그런 뜻이 아니고…. 어허… 요새 젊은 세대들이란 참말로."

3·1만세 주모자들의 공소절차에 하자를 발견해 공소불가 판결을 이끌어내서 총독부와 검찰을 아연실색하게 했던 허헌, 이 당대 최고의 변호사가 당황한 나머지 말을 더듬었다.

"시험 규칙에 맹점이 있는 게 틀림없구먼. 이 규칙을 만든 사람들 머릿속에 여자는 아예 없었던 게야. 하기야 그들을 탓할 일도 아니다. 나도 딸자식 키운다는 위인이 여자가 법복을 입는다는 건 상상조차 안 해봤으니 말이다."

아버지가 무참한 표정을 지으며 고개를 비스듬히 숙였다.

어느 날 관철동 집에 들어오던 정숙은 막 집을 나서던 차미리사 선생과 대문간에서 맞닥뜨렸다. 정숙이 화들짝 놀랐다.

"선생님, 연락하고 오시지요. 저 동우회 일로 나갔었는데."

"너가 아니라 너희 부친께 볼 일이 있었어."

차미리사 선생이 작고 단단한 얼굴에 환한 웃음을 지었다.

"물심양면으로 적극 도우시겠대. 선생께서 나서주시면 나도 일하기 훨씬 수월치. 여자교육협회 일 말이야. 자식 이기는 부모 없다더니 너가 아버지를 완전히 열혈 부인운동가로 만든 모양이다. 여자들도 고등교육을 받고 직업선택의 자유를 가져야 한다 그러시는데 나도 깜짝 놀랐어."

상해에서 돌아온 다음부터 아버지의 태도가 많이 달라진 건 사실이었다. 세상 돌아가는 일에 대해 딸과 대화 나누기를 즐겼다. 특히 정숙이 모스크바에서 돌아온 후 소련에 대해 많은 것을 물었다.

"나는 무산자계급 정당의 독재라는 취지가 얼른 이해가 가지 않는구나. 영국에 내각책임제라는 건 하나의 정당이 행정부를 구성하는 것이지. 지도자 한 사람이 아니라 하나의 정치적 견해가 행정을 이끌어간다는 게 장점이 분명하다고 본다. 계급정당 독재도 그런 것 아닐까 싶다마는. 정치나 행정이나 모두 엘리트 전문가의 역할인데 노동계급이 그것을 어떻게 수행한다는 것이냐."

아버지는 딸의 답변을 유심히 들은 다음 질문하고 또 질문했다. 시 짓는다는 핑계로 남학생들과 꽃놀이 다니는 딸을 일본으로 데려가 기숙학교에 집어넣던 시절의 아버지가 더 이상 아니었다.

1885년생인 허헌은 딸과 열일곱 살 차이의 젊은 아버지였다. 하지만 대학에서 서양 학문을 배운 근대인 1세대로서 이미 서른 즈음부터 사회적 어른으로 여러 역할이 주어졌다. 그는 사립학교 설립이나 민립대학 모금에도 돈을 냈고 화요회나 신흥청년동맹에도 뒷돈을 댔다. 그는 좌우합작 돈줄이었다. 일찍이 양친을 여읜 뒤 이용익 같은 이들의 도움으로 일본 유학을 하고 변호사가 된 그는 가난한 청년들의 학업이나 유학에는 돈을 아끼지 않았다.

여성동우회 집행위원들은 전국을 다니며 여성계몽 강연을 했고 정숙은 예정일 며칠 전까지 만삭의 몸으로 강연을 다녔다. 도시에서는 주로 공회당이나 예배당을 빌렸고 시골에선 타작 마당이나 면사무소에서 강연을 했고 한글 강습도 했다. 정숙은 농가에 방을 얻어 지내는 동안 처음엔 이불 속의 빈대에 놀라 비명을 질렀지만 곧 아무렇지 않게 되었고 깡조밥이나 수수알 덩어리도 차츰 입에 익숙해졌다.

농촌 산간지방에서 여자들의 삶이란 비참하기가 가축과 다를 바 없었다. 산골의 여인들은 아이를 예닐곱씩 낳고 열 가지 병에 시달리면서도 평생 의사 얼굴 못 보고 살았다. 할머니들은 50리 바깥을 나가보지 못한 채 늙었고 바다를 한 번도 보지 못했거나 더러는 바다가 무엇인지도 몰랐다. 만삭의 여자들은 출산 예정일에 밭고랑을 매다가 태아가 쭉 빠져나와 기함하기도 했다. 그야말로 '프롤레타리아'의 원래 말뜻 그대로 가진 거라곤 자식밖에 없는 사람들이었다.

진종일 농사일에 집안일에 시달린 여자들은 저녁에 강습회에 나와서야 흙투성이 머릿수건을 벗고 앉았는데 호롱불 아래서 눈을 초롱초롱 빛내면서 열심히 읽고 받아쓰고 했다. 정숙은 한글을 가르치는 틈틈이 무산자계급 혁명을 알기 쉽게 설명했다. 하지만 한글은 가르치는 만큼 진도가 나가는데 이 계급혁명은 도무지 요령부득이었다.

"경자유전耕者有田! 마땅히 농사짓는 사람이 자기 논밭을 가지고 있어야 한다. 신분 귀천도 없고 누구나 똑같이 농토를 나눠 가지는 세상을 만들어야 한다"고 하면 "우리 작인들이 다 자기 농사만 지으면 양반댁 농토는 누가 지어주나" 하고 양반댁 걱정부터 했다. 갑오경장으로 양반 상민의 신분계급이 사라졌다는 건 제도상 그렇다 뿐이지 아직 도시나 시골이나 계급질서가 엄연했다.

정숙이 "사람은 누구나 존엄하게 태어났고 평등하게 살 권리가 있다"고 이야기하면 전도의 손길이 스친 여인들은 천주교나 예수교하고 헷갈렸고 "한 사람 한 사람은 보잘것없는 것 같지만 서로 힘을 모으면 새로운 세상을 만들 수 있다"고 말하면 "아멘" 하고 외쳤다. 그나마 교회에 한 번이라도 나가본 여자가 존엄이나 평등이라는 단어를 알아들었다.

충청도 제천의 어느 마을에서는 귀밑 솜털도 덜 벗겨진 열세 살짜리 여자가 강습 중에 두 차례나 늙수그레한 남자한테 지게 작대기로 얻어맞으면서 끌려 나갔는데 나중에 보니 남자는 아버지도 남편도 아닌 시아버지였다. 시골을 다녀보면 남자들은 돈 벌러 나갔거나 난봉질 갔거나 혹시나 독립운동 떠났는지 남편 없이 시부모 모시며 혼자 시집살이하는 생과부들이 흔했고 이 여인도 그랬다. 열한 살에 민며느리로 들어가서 시아버지 시어머니한테 몽둥이로 얻어맞으면서 자랐다 했다. 명색이 출가한 몸인데 '윗골댁'이나 '봉화댁'이 아니라 '반넴이'라 불리는 여인이었다.

정숙은 천막교실에 옹기종기 나와 앉은 아낙들에게 요새 도회지에서는 여자들도 교복 입고 학교 다니고 선생님도 된다, 소련이라는 나라는 혁명이라는 걸 해서 양반이니 상놈이니 하는 신분 계급도 없어졌다, 그런 말을 하다가 저도 모르게 "주여" 하는 탄식이 터져 나왔다. 종국에는 마르크스가 밥 먹여주는 날이 올 수 있겠지만 너무 먼 얘기였다. 말하자면 두 개의 가나안이 있는데 젖과 꿀이 흐르는 그 땅에 이르는 길은 크게 달랐다. 마르크스의 가나안은 아낙들이 10년 동안 글을 깨치고 책을 읽고 치마폭에 돌멩이를 주워 나른다 해서 도달할 수 있는 곳이 아니었다. 하지만 그리스도의 가나안은 오늘이라도 믿음만 있으면 들어갈 수 있는 곳이었다. 당장 이들의 거칠고 황량한 삶에 위로가 되려면 마르크스보다 그리스도가 나을지 모를 일이었다.

'글자를 깨쳐서 뭐든 읽으면 되는 거야. 성경이든 공산당선언이든 아니면 〈장화홍련전〉이라도.' 정숙이 아낙들에게 '가갸거겨'를 가르칠 때 그런 심정이었다.

경성에 돌아와서도 정숙은 이따금 가냘픈 허리를 굽히고서 가축처럼 일하는 조선의 며느리들을 생각했다. 정숙은 세죽에게 "지금까지는 인텔리의 허영이었어. 하지만 이제 철저한 공산주의자가 되기로 결심했어"라고 말했다.

"삼단논법인데 그러니까 이런 거지. 우선, 민족이 망했는데 여자가 가정에서 해방되면 무슨 소용인가. 그다음, 민족이 자유를 찾았는데 여자가 구속돼 있으면 무슨 소용인가. 또한, 여자가 해방됐다 해도 한 줌 유산계급 여자만 자유로우면 무슨 소용인가. 결국, 민족도 구제하고 여자도 구제하고 무산계급도 구제하는 방법은 공산주의뿐이라는 거!"

여성동우회 사무실에서 회의를 하던 어느 날 집주인이 세 달치 밀린 집세 30원을 오늘 중으로 갚지 않으면 집을 비우라고 최후통첩을 보내왔다. 정숙은 세죽과 함께 관철동 집으로 가서 사랑방에 있는 병풍을 들고 나왔다. 마침 점심식사 하러 집으로 들어오던 허헌과 마당에서 딱 마주쳤는데 부녀는 각기 잠시 당황했지만 아버지도 왜냐 묻지 않았고 딸도 해명 따위는 하지 않았다.

신흥청년동맹의 남자들도 여차하면 허헌을 찾아와 손을 벌렸다. 자금 조달은 늘 단야 몫이었다. 허헌은 원근과는 장인 사위 간이었고 헌영과는 신문사 직원과 사장 사이였으니 모두 단야에게 떠밀었다. 허헌은 돈이 없을 때엔 소련제 손목시계를 풀어주었다. 단야는 그것을 관철동 집 앞 전당포에 맡기고 필요한 만큼 돈을 가져갔고 허헌은 전당포에 돈을 갚고 시계를 찾아오곤 했다.

여름 끝물에 아침저녁으로 산들바람이 불기 시작하던 어느 날 여성동우회에 이화학당 학생 둘이 나타났다. 이화학당 교내에 붙여놓은 선전 벽보를 보고 왔노라 했다. 둘 중 하나는 성격도 괄괄하고 말도 시원시원 잘했는데 강연회를 열심히 찾아다니는 열성

파였다. 같이 온 여학생은 말 없고 다소곳한데 학당 여학생들이 교복처럼 입고 다니는 흑백 통치마 저고리 대신 자수가 놓인 비취색 모시 한복 차림이었다.

이날의 주제는 교육이었다. 여자고보의 학생 수가 여성 인구 3만에 한 명꼴로 학교가 절대 부족하다는 보고가 있었고 학교에서 가사, 재봉, 수예, 요리에 시간을 너무 많이 할애한다는 비판도 나왔다. 특히 수예는 가사시간에 기초만 가르치고 수예 교과는 폐지해야 한다는 주장도 있었다.

"자본주의사회에서 여자가 경제적으로 독립할 수 있을까?"

"여자가 직업을 갖고 돈벌이하는 게 불가능하잖아. 자식들 일고 여덟씩 낳아서 키우다 보면 대문 밖 구경도 못 하는 날이 허다하고 아궁이에 불 때서 하루 세끼 밥하고 개울에 나가 빨래해다 널고 나면 하루해가 다 가는데. 집안의 제사가 줄줄이라 놋 식기 닦아서 시렁에 올려놓고 돌아서면 또 제사가 돌아오고."

여자들이 앞다퉈 목청을 높이는 동안 이화학당에서 온 얌전한 아가씨는 시선을 내리간 채 마른 입술만 달싹이고 있었다. 회원들에게 채근당한 여학생이 마침내 입을 열었다.

"아무래도 집안 살림에는 노복이 있어야지요. 그래야 부인네들이 나들이도 하고 바깥일도 할 틈이 생길 테니까요."

좌중이 물 끼얹은 듯 고요해진 것이 공감인지 경악인지 파악 못한 아가씨는 수줍은 듯 살짝 미소 지으며 고개를 숙였다. 다른 여학생이 수습하겠다고 나섰다.

"제 친구가 외동딸인 데다 집안이 워낙 완고해서요. 학당에도 계집아이를 딸려 보낸다니까요. 강의실에 가도 화장실에 가도 하루 종일 졸졸 따라다녀요. 혼자 가겠다 하면 어머니가 학당 다니지 말라고 하신대요."

시중드는 아이가 지금도 동우회 사무실 바깥에 있다고 했다.

"사실 오늘도 화신상회 구경 간다고 저를 따라나섰거든요."

수밀도처럼 분홍으로 부풀어 오른 두 뺨, 수줍은 듯 생글거리는 미소. 유복한 집안의 외동딸인 데다 타고난 미색이어서 남자들깨나 꼬였겠다 싶다. 아가씨 이름은 명자였다. 고명자라 했다.

뜻밖에도 이 아가씨는 다음 주 모임에도 나타났고 친구가 들쑥날쑥하는 동안에도 꼬박꼬박 참석했다. 여성동우회 강연회 날 종로 청년회관에 느지막이 나갔을 때 세죽이 정숙에게 다가와 팔을 툭 치고는 소곤댔다.

"쟤 빗자루질 하는 것 좀 봐. 빗자루를 처음 쥐어보나 봐."

세죽이 웃음이 터져 나오는 입을 손으로 가리고 쿡쿡거렸다. 세죽이 가리킨 곳을 보니 명자가 하얀 수건을 머리에 두른 채 청소를 하고 있었다. 정숙이 맞장구쳤다.

"진짜 처음일 거야. 집안에 노복들이 다 하겠지. 쟤 혼자 아직 갑오경장도 안 만난 거 같아. 이화학당에선 뭘 배우는 거지?"

"내가 보니까 애가 워낙 순해. 부모님이 하늘이다 믿고 순종하면서 자랐으니 학당 수업이 먹히겠냐고. 아버지 앞에서 붓글씨 쓰고 어머니한테 자수를 배웠다잖아. 근데 앞뒤 꽉 막힌 규수인 줄 알았더니 생각이 있긴 있나 봐. 책도 열심히 읽어오고 애는 쓰는 것 같은데… 과외 선생으로 누굴 붙여줘볼까?"

"시간 낭비 아닐까. 바위에 낙숫물이지. 정혼한 데도 있다는데 부모님이 혼인 날짜 잡으면 그만이잖아."

세죽이 단상을 손으로 가리켰다.

"저기 행사 순서 적어놓은 거 있잖아, 명자 글씨야."

"와, 명필이네!"

명자는 낯가림의 얼마간이 지나자 정숙과 세죽을 "언니, 언니" 하고 따르면서 붙임성 있게 굴었다. 풍족한 집안에서 사랑을 독차지하며 자란 외동딸답게 애교가 넘치는 아가씨였다. 세죽은 명자에게 사상공부 시킬 과외 선생으로 단야를 붙여주었다. 단야는 과외 선생이 되자마자 보름도 안 되어 이 양반집 규수를 마르크시스트로 개종시켜놓았다. 이미 바람이 불고 있었고 연 하나 띄우기는 어렵지 않았다. 세죽과 정숙은 그 놀라운 속도에 경악했다.

어느 날 정숙이 사무실로 들어오는데 출입문 바로 옆에 열 살쯤 돼 보이는 여자아이가 쭈그리고 앉아 있었다. 여자아이 옆에는 땟국물 흐르는 거지 아낙이 저고리 앞섶을 헤쳐 아이에게 젖을 물린 채 동냥하고 있었고 그 옆에 갓이 좁은 패랭이를 쓴 중년 남자가 돗자리 위에 잡화 난전을 벌여놓고 있었다.

"네가 삼월이냐."

작대기로 개미집을 파헤쳐 개미들을 골리며 놀고 있던 아이가 정숙을 빤히 올려다보았다.

"네."

"츳츳, 치맛자락에 흙 묻은 것 좀 봐라. 일어나서 흙 좀 털고 따라오너라."

아이는 작대기를 내던지고 사무실로 따라 들어왔다.

이제부터 명자가 동우회에 올 때마다 삼월이도 따라와서는 심부름도 청소도 했고 토론할 때는 탁자 귀퉁이에 앉아 몸을 배배 꼬다가 꾸벅꾸벅 졸다가 했다. 명자는 곧 여성동우회의 정예 멤버가 되었다. 정숙은 명자에게 톨스토이의 〈부활〉을 빌려주었다.

그해 추석에 김천 고향집에 내려간 단야는 본처와 이혼하고 명자와 결혼하겠다고 했다가 기독교 장로인 아버지로부터 부자의 인연을 끊겠다는 불호령을 듣고 돌아왔다. 명자 역시 집에서 단야와 결혼하겠다는 이야기를 꺼냈다가 외출을 금지당하고 결국 학당까지 그만두고 말았다.

이불과 베개의 자수를 마치고 오늘부터 열두 폭 병풍을 시작했다. 명자는 키보다 큰 흰 비단을 수틀에 끼워놓고 초록실로 소나무 잎을 만들어나갔다. 이파리를 한 땀 한 땀 새겨나갈 때 어머니 목소리가 머릿속에 맴돌았다.

"자수란 단순히 집 안을 꾸미는 일이 아니다. 여자에게는 마음 수련이고 수를 놓으면서 인종忍從의 도를 배우는 것이니라."

추석에 강경 집에 내려왔다가 그대로 눌러앉은 지 벌써 한 달이 가까워 오고 있다. 아침에 어머니는 "시부모님 예물인데 정성 또 정성을 다해야 해. 병풍은 이불보다 훨씬 세공이 필요한 거란다. 이불은 식구들만 보지만 병풍은 집 안에 들고나는 손님들도 보거든. 음식이 아무리 진수성찬이어도 병풍이 조악하면 체신이 서질 않는 게야. 자수는 엄마보다 딸이 낫다고들 칭송이 자자했는데 니가 바깥으로 나돌더니 손끝이 무뎌졌는가 바늘땀이 영 고르지가 않구나" 하고 잔소리하면서도 딸을 한 달째 붙들어두고 신부 수업시키는 것이 뿌듯한지 연신 벙싯거렸다. 어머니는 딸이 단야인가 뭔가 듣도 보도 못 한 이름을 들먹이자 먼저 결혼 얘기 꺼내줘서 고마웠다는 식으로 이참에 미뤘던 혼사를 밀어붙일 작정이었다. 아버지가 곧 시어른 되실 분 만나서 혼례 날짜를 잡을 것이라 했다.

명자도 신랑감을 딱 한 번 본 적 있다. 재작년 새해에 명자는 어머니 손에 이끌려 사랑채에 나가 시아버지 되실 분에게 큰절을 했는데 그 옆에 앉았던 남자가 장차 남편감이라 했다. 남자라기보다 사내아이였다. 명자보다 세 살 어리다는데 곁눈질로 보아서는 그저 열두엇이나 먹었을까 싶은 애송이였다. 사내아이는 명절이라고 옥색 관모를 썼고 마고자엔 금 단추가 번쩍거렸다. 맞선인지 약혼인지 알 수 없는 만남이 있은 뒤 어머니는 명자에게 신랑감이 어떻드냐 묻지도 않았다. 이미 사돈댁이었고 사위였다. 작년 한 해 공부 핑계로 혼례를 미루자 남자네서 은근히 재촉해오는 모양이었다.

"명자야, 너희 시댁에서 약과며 약식이며 한 바구니 보내오시지 않았겠니. 네 시어머니도 손끝이 여간 맵짠 분이 아니시라는데 너도 유심히 봐둬. 여기 이 곶감에 호두 앉힌 모양새 좀 봐라."

추석날 어머니는 명자 앞에 찬합을 열어놓고 호들갑 떨었다. 명자는 찬합은 들여다보지도 않고 혼잣말로 중얼거렸다.

"그 언내가 지금은 철이 좀 들었을라나."

명자가 큰절 올리러 사랑에 들어갔을 때 남자들이 밥상에 둘러앉아 점심을 들고 있었다. 옥색 관모를 쓴 사내아이가 제일 먼저 눈에 들어왔는데 마침 시어머니 되실 분이 생선 가시를 발라내 아들 밥그릇 위에 얹어주고 있었다.

"쉿, 누가 들을라. 너가 잘 몰라서 그러는데 효심이 지극하다고 소문이 자자하다. 소학교 때 〈사서삼경〉을 다 떼었다는데."

"칫, 요새 누가 〈사서삼경〉 배운담?"

한마디 대꾸했다가 명자는 어머니 앞에서 한 시간 동안 훈계를 들어야 했다.

추석 명절 끝에 명자가 단야와 결혼하겠다 했을 때 어머니는 사색이 되어 진땀을 흘리더니 삼월이를 불러 숭늉에다 청심환 한 알을 삼키고는 입을 열었다.

"이 무슨 청천하늘에 날벼락 같은 소리냐. 내가 그렇게 알아듣게 일렀거늘. 너도 그 자유연앤가 뭔가에 빠진 게냐. 내가 이래서 학당 안 보내겠다 했지. 신학문 배워봤자 아녀자가 나라를 구할 것도 아니고 팔자만 사나워지지. 어디서 근본도 모르는 사내하고 눈을 맞춰가지고. 아버지께는 비밀로 할 테니까 에미 죽는 꼴 보고 싶지 않거든 앞으로 입도 뻥끗 말아라."

단야가 아이 둘 딸린 유부남이라는 얘기까지 했더라면 어머니는 혼절하고 말았을 것이다. 명자에겐 금족령이 내려졌다. 어머니는 방에 있던 책 잡지 등 글자가 박혀 있는 종이 나부랭이들은 모조리 치워버렸다. 여름 나면서 습기가 찬 별채에 군불 때느라 아궁이에 쓸어 넣었다 했다. 읽다 만 〈부활〉도 불쏘시개가 됐다는 소식에 명자는 이불을 뒤집어쓰고 흐느껴 울었다. 네플류도프가 정 혼녀였던 공작 딸을 버리고 카추샤를 따라 유형길에 오르는 대목 까지 읽었는데, 네플류도프도 카추샤도 가여워 눈물을 펑펑 쏟고 있었는데, 둘의 앞날이 어떻게 될지 궁금해 견딜 수 없었다.

올해 명자가 스물한 살, 신랑 쪽은 열여덟 살이었다. 처녀가 스 물한 살이면 이미 과년하고 지긋한 나이였다. 고판사댁 고명딸 고 명자가 시집간다고 벌써부터 강경에선 소문이 짜했다. 집안 하인 들이 명자만 보면 공연히 싱글벙글했다. 단야 얘기는 꿈에도 모른 채 아버지는 명자를 앉혀 놓고 훈계했다.

"명자야, 너도 학문은 그만하면 됐고 이제 부녀의 도리를 연마 하도록 해라. 혼처로 그만한 데도 드무니라. 에고, 이것. 천하에 우 리 딸처럼 예쁜 처자가 어디 있겠냐마는 그저 금지옥엽 귀염둥이 로만 자라서… 아직도 철부지로만 보이니… 츳. 이 애비는 근심이 태산이다."

아버지의 위엄은 늘 명자 앞에서 무너졌다. 아버지가 군산 법원 에 근무하면서 가끔 강경 집에 오실 때 법원의 지프차가 마을 어 귀에 나타나면 자동차 바퀴 구르는 소리가 파발이 되어 집안사람 은 물론 이웃들까지 남녀노소 없이 대문간에 나와 땅에 엎드려 머 리를 조아리며 아버지를 맞이했다. 거의 상감마마 행차였다. 그때 아버지 나이, 아직 30대였다. 차에서 내린 아버지는 "그동안 다들 무고했는가" 한마디 던진 다음 맨 앞에 나와 서 있는 명자를 번쩍 안고 대문 안으로 들어서곤 했다. 아버지가 사랑방에 명자를 내려 놓고 맨 처음 하는 말은 "자, 먹과 붓을 가져오너라. 우리 명자, 글씨가 얼마나 늘었나 보자"였다. 일가친척과 동네 어른뿐 아니라 어머니까지도 어려워하는 아버지였지만 명자에게만은 살가웠다. 총독부 아래서 판사생활 7년 하다 접고 변호사로 나섰을 때는 비위가 뒤틀리는 복잡한 사정들이 있었겠고 그것을 참고 견디지 못할 만큼의 의협심도 지닌 위인이었지만 적어도 딸만은 바깥세상에 한눈팔지 않고 곱고 귀한 여인으로 성장하기를 바랐다.

명자는 친구가 종로 화신상회 일반잡화부에 가면 별의별 것이 다 있다며 구경 가자고 잡아끌어서 따라갔다가 그 이상한 사무실까지 가게 되었던 것인데 첫날은 거기 여자들 하는 말이 너무 당황스럽고 기가 막혔다. 그날 허정숙이라는 여자가 "우리가 왜 학교에서 수예를 배워야 하지요?" 할 때부터 명자는 좌불안석이었다. 곱상하게 생긴 여자인데 입을 뗄 때마다 명자는 머리가 지끈거렸다.

"수예 과목을 없애야 해요. 여자들이 다 이불이나 한복에 자수를 놓아야 하는 건 아니에요. 장차 수예가 하나의 직업이 돼야 한다고 봅니다. 그걸로 생업을 삼고자 하는 사람은 학교를 졸업해서 따로 배우면 되겠지요. 여고보 때 나는 수예시간에 선생님한테 특별히 허락을 얻어 톨스토이 소설을 읽었답니다."

정숙이 명자 자신과 어머니를 욕보이고 있는 느낌이었다. 모임이 끝나자마자 그녀는 친구 옆구리를 찔러 화신상회로 도망쳤다. 하지만 다음 주가 되자 명자는 여자들이 이번에는 또 무슨 말을 할지 은근히 궁금했다. 명자는 구경거리다 생각하고 한 번만 더 가보기로 했다. 수예시간에 톨스토이 소설을 읽었다니 그 광경을 상상할 때 명자는 기분이 묘했고 살짝 흥분되기도 했다.

두 번째 모임에서 명자는 '어쩌면 여자가 저렇게 똑똑할까. 나하고 두 살 차인데' 하면서 넋을 놓고 정숙의 입만 쳐다보았다. '나도 여성동우회에 열심히 나오면 허정숙처럼 될까.' 허정숙에 이어 김단야는 또 하나의 충격이었다. 단야를 처음 만나던 날엔 원시공동체사회니 하는 말들이 난해해서 도무지 알아들을 수 없었는데 그의 마지막 한마디가 귀에 꽂혀왔다.

"쉽게 말씀하자면 놀고먹는 계급과 일해서 먹여 살리는 계급이 있어요. 정상이라면 일하는 계급이 노는 계급을 지배해야 할 테지만 거꾸로 노는 계급이 일하는 계급을 지배하고 멸시하고 학대한다는 거지요."

명자는 고개를 세차게 끄덕였다. 대대로 양반 지주인 명자네 집안사람들, 어머니와 고모들, 오빠와 사촌들 얼굴이 떠오르자 단야가 지금까지 한 어려운 말들도 한꺼번에 이해할 수 있을 것 같았다. 단야가 석가모니나 예수처럼 위대해 보였고 그의 말 한마디 한마디가 다 진리 같았다. 엄마가 발라 주는 생선이나 받아먹는 철부지와는 차원이 달랐다. 명자는 소학교 때 〈사서삼경〉을 떼었다는 그 효자하고는 평생은커녕 잠깐 인력거도 같이 타기 싫었다.

단야를 두 번째 만나던 날, 여성동우회 사무실에서 한 시간 공부를 했는데 그날 밤 그녀는 흥분에 들떠서 새벽까지 잠을 이룰 수 없었다. 누우면 천장에서 그의 목소리가 울렸다. 다음 날 학당 끝나고 집에 오는 길에 명자는 종로에서 전차를 내려 혹시나 그와 마주치지 않을까 거리를 서성댔다. 보름 동안 마음앓이 한 다음 세죽에게 고민을 털어놓았을 때 명자는 깜짝 놀랐다. 단야가 먼저 상담을 청해왔더라는 것이다.

"단야는 예전부터 결혼생활을 정리하고 싶어 했어. 사랑 없는 결혼은 아내에게도 고문이라는 거지. 하지만 나는 니가 더 걱정이야. 너가 워낙 온실의 화초처럼 자라나서 바깥세상 공기 좀 맡아보라고 한 건데 나도 당황스럽구나. 결혼은 일생이 걸린 일인데 한순간 충동으로 결정해서는 안 돼."

"나도 생각 많이 해봤어요. 그런데 이제 온실 같은 데로 다시 돌아갈 수는 없을 거 같아요. 네플류도프가 가진 걸 다 버리고 땅은 농노들한테 나눠주고 카추샤를 따라가잖아요. 소설 제목이 왜 '부활'인지 알겠어요. 강경 우리 집에 가면 사방에 보이는 게 다 우리 땅이에요. 추석 지나면 소작인들이 달구지에다 쌀섬을 바리바리 싣고 오는데 우리 동네 농막들을 지나다 보면 다 쓰러져가는 초가집 마당에서 아이들이 흙을 집어 먹고 있어요. 나도 네플류도프처럼 우리 집 땅을 소작인들한테 나눠 주지는 못해도 적어도 내 인생 하나는 내가 선택해서 살고 싶어요. 요새 낮이나 밤이나 단야 선생 생각만 나요. 어쩌면 좋아요?"

시부모께 예물로 드릴 열두 폭 병풍에 낙락장송 한 그루가 우뚝 섰다. 소나무 아래 학 두 마리를 풀어놔야 할 텐데 진종일 들여다보고 있었더니 흰 비단만 봐도 멀미가 났다. 명자는 학이 날아와 앉아야 할 바위 위에 학 대신 네 글자를 새겨 넣었다. '婚姻不可(혼인불가).'

그녀는 수틀을 내려놓고 방을 나서면서 삼월이를 불렀다.

명자는 한 달쯤 뒤 여성동우회에 다시 나타났다. 단야와 관계를 끊겠다 약속하고 풀려났다 했다.

"그래서? 정말 헤어질 거야?"

"예."

"그럼 부모님이 정해주신 그 남자하고 혼인할 거야?"

명자가 눈을 동그랗게 뜨고 정숙과 세죽을 번갈아 쳐다보았다.

"아니요. 그 코흘리개한테는 절대 시집 안 갈 거예요."

세죽과 정숙이 동시에 웃음을 터뜨렸다.

"세죽 언니나 정숙 언니처럼 결혼하고 싶어요. 이상이 맞는 남자를 찾을 거예요. 세상에 혁명가가 단야 선생밖에 없는 것 아니잖아요. 언니들처럼 행복한 혁명가 부부가 되고 싶어요."

정숙의 얼굴에 웃음기가 걷히고 눈이 딱 벌어졌다.

"행복한 혁명가 부부라니? 뭘 좀 잘못 생각한 것 아니니? 세죽아, 우리가 행복한 혁명가 부부니?"

"글쎄다, 명자야. 우리 둘 다 연애 시작하자마자 남편들이 형무소 가는 바람에 옥바라지 2년 했어. 솔직히 말해서 언제 또 감옥살이하게 될지 몰라. 박 선생은 아이 생길까 봐 부부관계도 안 하려해. 집 안에 하인도 없이 너가 밥하고 빨래해야 돼. 또 밥 굶기를 밥 먹듯 하고. 너가 어렵게 안 살아봐서 그런데 배 한번 곯아봐라. 밥 굶는 거 그거 간단한 일 아니다."

"저도 알고 있어요. 가난하게 살아야 된다는 거. 부부가 곯을 때 같이 곯고 먹을 때 같이 먹고. 남편이 감옥 가면 옥바라지하고. 그게 혁명가 부부지요. 언니들은 철부지 남편 받들어 모시면서 아침

저녁으로 시부모 문안드리고 진종일 수틀 앞에 앉아 병풍에 십장생 새겨넣는 거 생각해봤어요? 그것도 간단한 일은 아니에요."

"세죽아, 명자 얘길 들으니 혁명가 부부가 정말 행복한 거 같은 생각이 드는구나."

"그러게. 하루 종일 수놓는 것도 생각해보니 쉽지는 않겠다."

정숙과 세죽이 마주 보고 웃음을 터뜨리는데 명자는 여전히 진지하다.

"아이는 꼭 갖고 싶은데. 우리 어머니는 결혼은 반대하셔도 손주 안겨드리면 좋아하실걸요. 혁명운동 하러 상해나 블라디보스토크로 떠나게 되면 조부모 슬하에 맡겨두면 될 거고요."

명자의 커다랗고 천진한 눈망울에 공상의 빛이 어른어른 피어올랐다. 혁명운동의 위험천만과 간난신고조차 무지갯빛으로 채색되어 있었다.

"하루에 만두 하나면 어때요? 상해는 하도 얘길 많이 들어서 프랑스조계 골목들이 안 가봤어도 훤해요."

귀여운 공주는 이제 높은 담장 바깥의 다른 세상을 꿈꾸고 있었다. 그 꿈을 이뤄줄 남자가 백마 탄 왕자가 아니라 춥고 배고픈 혁명가라는 것이 동화 속 공주들과 달랐다.

명자는 이제 학교도 그만둔 터라 여성동우회에 더욱 열심이었다. 명자가 일을 싹싹하게 잘한다고 정종명과 정칠성의 칭찬이 대단했다. 정숙은 몸이 무거워져서, 세죽은 집안 살림이 바빠서 10월의 강연회는 주로 정종명이 명자를 데리고 준비했다. 최창익 송봉우가 연사로 초대됐다. 나중에 허정숙의 남편이 될 두 남자가 나란히 연사로 나섰다는 게 재미있는 우연이었다. 더구나 각기 북풍회와 서울청년회 소속인 송봉우와 최창익은 불과 1년 전 폭행사건의 가해자와 피해자로 얽혔던 앙숙지간이었다. 파벌을 떠나 모든 공산주의활동가의 대모였던 정종명의 스타일로 볼 때 두 남자를 화해시키고 두 파벌을 중재하려는 오지랖 아니었나 싶다. 정종명은 이따금 "왜들 그러는지 몰라. 조선 땅에서 한 줌밖에 안 되는 남자들이 모여 가지고는 죽어라고 싸워. 똘똘 뭉쳐도 될까 말까 한데" 하고 푸념했다.

> 지난 1일 오후 6시부터 종로 중앙 기독교청년회관에서는 여성동우회 주최로 여성해방 강연회가 열렸는데 청중은 3백여 명으로 그중에 여자가 36명이었다. 연사 최창익, 송봉우 두 사람은 현 사회제도의 개혁을 풍자하는 의미의 말을 한다고 강연 중 임장경관에게 한 번씩 주의를 받았으며 주최측으로 정종명 여사가 여성해방의 목표라는 연제로 강연 중 여자의 지위를 말하던 중 혁명과 기타 수단으로 현 제도를 파괴하여 우리의 이상을 실현하지 않으면 안 되겠다는 말을 하였다고 두 번이나 주의를 받았으나 종시 고치지 못한다는 사실로 임장경관에게 중지를 당하고 드디어 10시경에 해산되었다고 한다.
>
> — 시대일보, 1925년 10월 3일 자

명자는 행복한 혁명가 부부의 꿈을 이뤄줄 미지의 남자를 기다렸다. 하지만 경성 시내가 빤했고 주의자들 그룹은 더욱 빤했다. 건실한 총각들은 제법 있었으나 명자 앞에 나서는 남자는 없었는데 단야의 여자라는 소문 때문이었다. 단야가 직접 나서서 후배를 소개시켜주기도 했는데 지성이나 외모나 자기보다 못한 후보를 골랐다는 소문이 파다했다.

단야가 중매를 서니 어쩌니 하면서 명자를 만나더니 그 길로 연애사업이 다시 불붙었다. 시련을 이겨낸 사랑은 한층 단단해져서 이따금 둘이 훤한 대낮에 삼월이 앞세우고 종로 거리를 다정하게 걷기도 했고 한강에 가서 시간당 30전짜리 보트놀이를 하다가 운 좋게 한강철교 위로 경부선열차가 지나가는 장관을 구경하기도 했다. 시중드는 체하고 따라다니며 아씨의 거동을 주인마님에게 고해바치던 삼월이도 요새는 아씨 편이 되어 마님에게 그럴싸하게 허위 보고를 꾸며대곤 했다.

"명자야, 삼월이 다리가 왜 저러니?"

여느 때처럼 사무실을 돌아다니며 비질도 하고 걸레질도 하던 삼월이를 보면서 세죽이 물었다. 삼월이 종아리가 온통 검푸르게 멍들어 있었다.

"내가 단야 만나는 걸 고하지 않았다고 어머니한테 매를 맞았지 뭐야. 거의 실성한 것처럼 회초리를 휘두르시는데 애 하나 잡게 생긴 거야. 급한 김에 방 안을 둘러보니 아버지가 쓰시다 둔 벼루가 눈에 띄더라고. 내가 죽어버리겠다고 벼루를 들고서 먹물을 마시니까 매를 내려놓으시더라고. 우리 어머니도 독한 분이셔."

세죽은 새삼스러운 눈길로 명자를 쳐다보았다.

"그래서 먹물을 진짜 마신 거야?"

"응, 한 모금 삼켰어. 탕약을 완전히 태워서 검댕이가 된 것 같은 맛이었어. 먹물은 진짜 다시는 먹고 싶지 않아. 다 토했는데 아직도 속이 안 좋아."

"너네 어머니보다 니가 더 독하다, 명자야."

세죽이 삼월이를 불러 앞에 앉혔다.

"삼월아, 매를 맞으면 너희 아가씨가 맞아야지 왜 네가 맞니? 내가 일전에 글자 익히라고 한글본 주고 성경책도 주었지? 이제부터라도 공부를 해. 그리고 우리 사무실에서 어른들 이야기할 때 꾸벅꾸벅 졸지만 말고 귀담아 듣고. 알았어? 양반이니 상놈이니 하는 신분계급도 없어지는 세상이 오고 있어. 아무리 여자라도 배우면 인간 구실 하면서 살 수 있어."

삼월이는 저고리 고름을 손가락으로 배배 꼬면서 땅바닥만 내려다보았다.

"삼월아, 새 세상은 노동자 농민들, 너네같이 아무것도 가진 것 없는 사람들이 주인이 되는 그런 세상이야."

세죽의 말에 삼월이가 때 묻은 옷고름으로 코를 팽 하니 풀고는 말간 목소리로 질문을 달았다.

"근데요, 농투성이들이 한둘도 아닌데 어떻게 다 임금이 된다는 거지요?"

"삼월아, 임금은 이제 없어졌어. 임금이 있는 시대는 봉건왕조 시대라 하는데…."

역사교양 강의가 길어지자 삼월이가 몸을 비틀어대기 시작했다. 나중에야 공부를 하든 말든 지금은 어서 이 곤란한 상황을 벗어나고 싶은 마음뿐인 듯했다.

과격파인 세브란스 간호부 아가씨는 언젠가부터 보이지 않았다. 정종명의 말인즉, 집안에서 정해둔 혼처가 있어 시집간다는 것이었다. 상대가 워낙 뼈대 있는 가문이라 간호부 일도 그만두고 바깥출입을 끊은 채 바느질 배우고 〈계녀서〉 읽으며 신부 수업을 하고 있다 했다. 극과 극은 통하는 법, 이해 못 할 바도 아니었다.

명자는 어느 날 종로를 걷다가 탑골공원 앞에서 돗자리 깔고 앉은 관상쟁이를 보고는 심심풀이 삼아 그 앞에 쭈그리고 앉았다. 이마에 주먹만 한 혹을 매단 것이 흉하면서도 어딘가 용해 보이는 노인네였다. 노인은 명자 얼굴을 지그시 들여다보고는 츳츳 하고 혀를 찼다.

"꿈 많은 처녀로구먼. 한평생 무지개를 쫓아다녀."

명자는 깔깔대고 웃었다.

"맞아요. 우리 어머니도 만날 똑같은 말씀이세요. 금은보화 집에 쌓아두고 먼 산만 바란다고."

노인이 말을 받았다.

"금은보화가 장롱에 그득하면 뭐할까. 마음은 콩밭에 있는데."

명자는 일 전짜리 두 장을 놓고 일어섰다. 노인은 명자 뒤에 양산 받치고 서 있는 삼월이를 힐끔 쳐다보았다.

"남의 관상을 돈으로 살 수 없으니 딱허구나."

정숙은 이제 배가 남산만 해졌다. 화창한 날이면 임원근은 아내 손을 잡고 창경원을 산책했고 장안의 화제인 활동사진 〈장화홍련전〉을 보러 단성사에 가기도 했다. 남자구역과 여자구역이 따로 있는 영화관에서 부부가 부인석에 나란히 앉아 영화를 관람하노라면 여기저기서 쑥덕대는 소리가 들렸다. 원근도 고학생활과 감옥살이 졸업하고 처음으로 얻은 가정의 평화를 즐겼다. 사람들은 이들 부부더러 남녀가 뒤바뀌었다고 했다. 정숙이 거침없고 활달한 데 반해 원근은 섬세하고 다정다감했다.

세죽도 신혼이었지만 보트놀이나 영화관람과는 거리가 먼 생활이었다. 신혼부부의 단칸방은 동지들의 아지트였고 세죽은 부엌에서 헤어나지 못했다. 헌영이 신문사에 취직했지만 워낙 객식구가 많다 보니 쥐꼬리 월급에 양식 걱정이 끊일 날 없었다. 함흥의 어머니는 사윗감이 서자일 뿐 아니라 생모가 주모였다는 사실을 알고는 다시 혼인을 반대했지만 딸은 이미 살림을 차린 다음, 속수무책이었다. 세죽과 헌영은 상해에서 결혼식을 치렀지만 충남 예산의 시댁에서 다시 정식으로 혼례를 올렸다.

> 본사 기자 박헌영 군과 주세죽 양의 결혼식을 오는 7일에 충남 예산군 신양면 신양리 본댁에서 거행할 터.
>
> — 동아일보, 1924년 11월 3일 자

천출賤出과 첩살이의 설움을 안고 살아온 헌영의 어머니는 아들 하나 잘 키워 신문기자 되고 며느리까지 보게 되었으니 이제 고생도 설움도 끝이라고 아들 혼례식 날 춤을 덩실덩실 추었을 것이다. 하지만 외국유학에서 돌아와 신문기자가 된 아들이 직업혁명가라는 사실은 모르고 있었다.

3

청요릿집의 공산당,
신혼방의 청년동맹
- 1925년 경성

＊

간간이 뿌리던 봄비가 그친 뒤 하늘이 맑게 개었다. 창경원에는 벚꽃이 만개했고 꽃놀이하기 더할 나위 없는 봄날이었다. 청량리행 전차가 동대문 지나면 바로 상춘원이었다. 사흘간 조선기자대회의 마지막 날 야유회가 상춘원에서 열렸다. 시내 경찰에 비상이 걸려 종로와 서대문, 황금정 순사들이 총출동했고 상춘원 주변으로는 기마경찰들이 순찰을 돌았다.

참가 기자가 693명이라니, 조선에서 기자 이름 가진 인사는 다 모인 셈이다. 상춘원 만화정 앞 잔디밭 한쪽에 자리 잡은 경성악대의 취주악 연주가 끝나자 임시무대라고 깔아놓은 멍석 위에서 한성권번의 기생 다섯이 장구춤을 추었다. 경쾌한 장구 소리가 울창한 소나무 숲 우듬지 위로 날아올랐다. 구경하는 기자들 무리에서 "어이, 목단이 잘한다", "명월이 최고" 어쩌고 하는 추임새가 튀어나왔다. 요릿집이나 행사장에 불려 다니는 한성권번 기생들은 인기 연예인이었고 기자들 중엔 알량한 월급봉투를 기생 치마

폭에 갖다 바치는 기방 단골도 있을 것이다.

　오늘 행사의 여흥 프로그램은 동아일보 문예부 기자인 허정숙 담당이었다. 정숙은 첫 아이 출산하고 지난 1월부터 신문사에서 일하고 있다.

　본부석 쪽에 안재홍 조선일보 주필과 홍명희 시대일보 편집국장이 나란히 앉아 뭔가 긴 얘기를 나누고 있었다. 정숙이 입사했을 때 편집국장이었던 홍명희 씨는 2주 전 돌연 시대일보로 옮겼는데 기자들이 모이면 뒷담화가 무성했다. 신문 논조를 둘러싸고 사주 쪽과 부딪쳤다는 설도 있고 북경의 신채호 선생이 동아가 자치론으로 흐르는 게 못마땅해 이직을 권했다는 설도 있었다. 올 초에 신춘문예라는 공모제도를 만든 것도 그의 아이디어였는데 담당자였던 정숙이 옆에서 보니 홍명희 국장이 동서고금의 모든 시 소설을 읽었다는 소문도 과장이 아닌 듯했다.

　기자대회에 장소를 내준 천도교 대표 최린이 나와 축사를 했다. 느릿느릿하면서 유장한 언변은 여전했으나 그가 3·1민족대표의 한 사람으로 형기를 덜 채우고 출옥하면서부터 온갖 구린 소문들이 나돌던 터라 기자들의 반응은 시큰둥했다. 박수 소리 대신 여기저기 성마른 기자들이 맥주 뚜껑 따는 소리가 들렸다.

　정숙은 손병희 선생이 하늘에서 자신의 후계자가 하는 꼴을 내려다보면 어떨까, 하는 생각을 했다. 천도교 3대 교주 손병희 선생은 30만 교도를 가진 대천도교가 모여 놀 자리도 없으면 되겠냐며 상춘원 사들이고 만화정을 지었는데 3·1만세 때 심한 고문으로 반신불수가 되어 형무소를 나와 몇 달 뒤 이곳서 생을 마쳤다.

철필구락부 기자들이 행사장을 돌며 철필시보를 뿌렸다. 배포가 얼추 끝났는지 김단야와 임원근이 정숙에게로 왔다. 단야가 철필시보 한 장을 정숙에게 건넸다.

"이게 왜 지금 나온 거예요?"

경성 시내 일간지 사회부 기자 모임인 '철필구락부'가 아침마다 대회 일간지인 철필시보를 냈다. 조선과 동아의 사회부 기자인 단야와 원근도 철필구락부 멤버였고 철필시보를 거의 도맡아서 만들었다.

"우리가 지금까지 뭐 하다 온 줄 아오? 철필시보 5백 장에서 결의문 두 줄을 먹칠해서 지웠다니까."

아니나 다를까. 결의문 여섯 줄 가운데 두 줄이 검은 먹으로 지워져 있다. 어제 기자대회 결의문이 나온 뒤 동아일보 편집국에서도 한바탕 난리가 났다. 총독부에서 두 문항을 삭제하지 않으면 정간시키겠다고 협박했는데 바로 이 두 줄이었다.

"언론 집회 및 결사의 자유를 구속하는 일체 법규의 철폐."

"동양척식회사를 비롯해 조선인 생활의 근저를 침식하는 각 방면의 죄상을 적발하여 대중의 각성을 촉구함."

정숙이 철필시보를 골똘히 들여다보고는 "뭐, 글씨가 다 보이네" 하면서 핑 하고 코웃음쳤다.

"금방 아네. 마르면서 점점 옅어지는 먹을 썼지."

"대단들 하시군."

"우리가 철필구락부 아니오. 펜과 검이 싸우면 누가 이기겠소?"

"용호상박龍虎相拍."

"춘란추국春蘭秋菊."

"난형난제難兄難弟."

두 남자가 까불거리며 대거리했다. 둘 다 컨디션이 나쁘지 않다는 표시였다. 지난 사흘 행사가 대성황이었던 데 비해 이 정도 시비는 호사다마好事多魔랄까, 하는 표정이었다.

경성악대가 취주악을 연주하는 가운데 떡과 김밥이 배급되었고 순사들도 여기저기 저들끼리 둘러앉아 소풍을 즐기고 있었다. 정숙과 원근, 단야 세 사람도 김밥과 떡을 받았지만 한 개씩 집어 먹고는 그만이었다. 모두들 살짝 흥분한 상태라 오직 맥주에만 손이 갔다.

정숙은 행사장 주변을 둘러보았다. 순사들의 평화로운 동정으로 보아 경성 시내 어딘가에서 모종의 비밀집회가 순조롭게 치러지고 있음이 분명했다. 수풀 속에서 종달새 지저귀는 소리가 들려왔다. 연못에선 거위 세 마리가 이런 소동이 어제오늘 일이 아니라는 듯 느긋이 물장구치며 노닥거리고 있었다. 만화정의 기와지붕 그림자가 오후 햇볕에 길게 가로누웠다. 야유회가 끝났으며 차량이 대기하고 있다는 안내방송이 나오자 사람들이 썰물처럼 빠져나갔고 잔디밭에는 종이와 그릇들이 뒹굴었다. 단야가 정숙의 허리춤에서 회중시계를 가져가 들여다보더니 미소를 지었다. 상황이 종료됐음을 알리는 의미심장한 미소였다. 그들은 엉덩이에 묻은 잔디를 털며 일어섰다. 이제 행사 뒷설거지를 끝내고 신문사로 들어가 각기 내일 자 기사를 써야 했다. 두 남자의 얼굴은 피로와 흥분과 낮술로 적당히 홍조가 올라 있었다.

만화정 대청마루에서 잡역부들이 쓰레기를 치우고 있었다. 빈 박스들이 어지러웠다. 아무리 식민지의 힘없는 신문 잡지라 해도 역시 언론은 권력이라 기자대회는 물자가 풍부했다. 정숙은 오늘 하루 기자대회에 기증품을 보내온 협찬사 명단을 정리했다.

> 먼저 들어온 기증품을 제하여 놓고도 상춘연이 열리자 또다시 각처로부터 기증품이 답지하였는데 기증해온 곳과 기증품의 종류는 아래와 같다더라.
> 명월관 맥주 한 박스.
> 갑자사 영목특약점 맥주 반 박스.
> 천일약방 영심환 10봉.
> 동아수산신문사 과자, 술, 궐연 등 한 포대.
> 동아산업합자회사 아세아주 한 상자.
> 식도원 맥주 한 박스.
>
> — 동아일보, 1925년 4월 18일 자

1925년 4월 17일은 역사에 특별한 날로 기록되어 있다. 조선기자대회가 성황리에 막을 내린 날? 그것은 신문지상을 도배하는 하루치 뉴스일 뿐이었다. 조선 사회가 깜짝 놀랄 모종의 사건은 다른 곳에서 벌어지고 있었다. 일종의 위장전술이었다. 경성 시내 경찰과 총독부의 관심을 기자대회에 붙들어 두고 엉뚱한 곳에서 거사를 도모한 것이다.

황금정의 청요릿집 아서원에서 조선공산당 창당식이 시작된 것은 상춘원 잔디밭에서 최린이 축사를 하던 바로 그 시각이었다.

경성 시내 한복판, 그것도 가장 번잡한 일본인 거리에서 조선 최초의 공산당 결성식이 열린 것이다. 창당식은 각 도道 대표 스무 명 정도가 참석해 김재봉을 책임비서로 뽑고 중앙집행위원회를 구성하면서 일사천리로 진행됐다. 책임비서가 된 김재봉은 중국과 소련을 오가며 공산주의활동을 해온 서른여섯 살의 혁명가로 안동의 유서 깊은 양반집 아들이었다. 결성식이 열린 곳은 아서원 2층의 가장 큰 방이었는데 푸짐한 청요리와 고량주가 들어간 뒤 우렁찬 박수가 터져 나왔으니 바깥에서 누가 들었다면 경성에서 행세깨나 하는 동경제대나 와세다대 동문모임이려니 했을 것이다.

다음 날인 18일에는 훈정동 박헌영의 집에서 조선공산당 청년 조직인 고려공산청년회 창립식이 열렸다. 토요일이라 남자들이 신문사에서 돌아온 뒤 오후 5시부터 창립식이 시작됐다. 순사들이 들이닥치면 신흥청년동맹 월례모임이라 둘러대기로 말을 맞췄다.

모두 열여덟 명이 단칸방에 빽빽이 둘러앉자 헌영이 일어나 개회사를 했다. 헌영은 열여덟 명의 이름과 소속을 소개했고 세죽을 여성동우회 대표라 했다. 모임에서 세죽은 유일한 여자였다. 조봉암이 모임 이름을 고려공산청년회로 하자고 제안했다. 이어 김단야가 백로지 두 장에 빽빽이 적은 강령을 낭독했다.

"목하 자본주의제도는 그 위기에 봉착했다. 사유재산에 기반한 개인주의 경제조직은 그 모순과 결함에 따라 필연적으로 붕괴할 수밖에 없으며 이것이 사회진화의 법칙이다. 우리는 적극적인 선전 교양을 통해 현재의 자본주의를 타파하고 제국주의국가를 전복하며 궁극적으로 공산정부를 수립하는 것을 목표로 한다. 이를 위해 각 군에 군청년연맹을 조직하고 이를 기반으로 도청년연맹을 조직하며…"

낭독이 끝나자 단야는 성냥을 그어 강령이 적힌 종이를 불태웠다. 단야는 이어 당 규약을 읽었고 역시 낭독이 끝난 뒤 종이를 태웠다.

조봉암과 박헌영은 전날 아서원의 조선공산당 창립식에 참석한 후 저녁에 훈정동으로 와서 김단야 임원근과 함께 밤새 남포등 아래서 당규를 만드네 강령을 쓰네 하면서 공산청년회 창립 준비작업을 했다. 단야와 원근이 모스크바민족대회를 다녀왔다고는 하나 조봉암은 단기 코스지만 모스크바공산대학을 유학하고 코민테른을 드나들었으니 국제공산주의운동에서는 윗길이었다. 조선공산당과 고려공산청년회가 창립식을 갖고 나면 조봉암이 모스크바로 가서 코민테른과 국제공산청년동맹에 보고하고 국내 유일의 공산당 조직으로 승인을 받아오기로 돼 있다. 조봉암은 세 남자보다 두 살 위였다.

모두 화요회와 신흥청년동맹에서 같이 활동해온 사이라 손발이 척척 맞았고 긴 말이 필요 없었다. 간부 뽑는 일도 일사천리였다. 책임비서는 박헌영이 맡았다. 중앙집행위원회에서 박헌영이 비서부, 권오설이 조직부, 조봉암이 국제부, 김단야가 연락부, 임원근이 교양부를 책임지기로 했다. 임원근은 여성부가 필요하며 주세죽이 맡도록 하자고 제안했다. 단야가 제청했다. 하지만 박헌영이 막고 나섰다.

"우리 공청은 어디까지나 조선공산당에 준해서 직제를 만드는 것이 옳다고 봅니다. 조공에도 여성부 직제는 없지요. 그리고 우리 공청이 만에 하나 조직이 발각돼서 간부들이 검거되는 날엔 누군 가 남아서 후계당을 준비해야지 않겠습니까. 주세죽 동지에게는 그 역할을 맡기도록 합시다. 본인 생각은 어떻습니까."

세죽은 어리둥절했다.

"직분이 무엇이든."

남편의 의도를 알 듯 모를 듯했다.

"최선을 다하겠어요."

그렇게 해서 그녀는 중앙위원 7인 후보의 한 사람이 되었다. 창 립식은 오후 5시에 시작해 30분 만에 끝났다. 공산당 조직의 근간 은 청년이며 고려공산청년회는 장차 조선공산당의 손발 노릇을 하게 될 것이다.

세죽은 부엌으로 나가 국수를 삶았다. 오늘 이곳에서 탄생하는 비밀결사가 장수하길 바라는 마음이었다. 어제 단야와 원근이 쌀 과 밀가루를 한 포대씩 들여놓아 주었다. 쌀독이 그득해지자 마음 이 든든해졌다. 그녀는 낮에 밀가루 반죽을 쟁반에 얇게 펴서 국 수 가락을 만들어놓았다. 부엌에 나와서야 세죽은 퍼뜩 헌영의 뜻 을 깨달았다. 조직이 적발되고 일경에 체포되는 날이 온다 해도 아내하고 같이 오랏줄에 묶이고 싶지는 않았을 것이다.

밥상이 모자라 열여덟 명이 방바닥에 국수 그릇을 놓고 둘러앉 은 소박한 피로연이었다. 식사를 마치고는 두셋씩 시차를 두고 집 을 빠져나갔다. 둘만 남았을 때 부부는 산책을 나섰다. 하늘에는 커다란 은전 같은 달이 떠 있고 종묘 숲에서 비둘기 울음소리가 구구 하고 들려왔다. 수상한 그림자는 없었다.

잠자리에 들 때까지 세죽은 흥분이 가라앉지 않았다. 그녀가 간부가 되건 후보위원이 되건 아무래도 좋았다. 아지트키퍼라 불리건 하우스키퍼라 불리건 상관없었다. 이런 일이라면 평생 기꺼이 밥을 해대고 국수를 삶을 것이다. 모처럼 객식구 없이 부부가 호젓이 잠자리에 들었지만 헌영 역시 눈을 멀뚱히 뜬 채 천장을 바라보고 있었다.

"무슨 생각하고 있어요?"

"당신도 안 자고 있었군. 지난 일들을 생각하고 있었소. 내 처음 동경에 갔을 때 스물한 살 아니었소. 가슴에는 투지가 들끓는데 머릿속은 뒤죽박죽이었소. 젊다는 게 그런 것이잖소. 몸은 달았는데 어디로 뛰어야 할지 모르는. 나도 욕심이 많아 학문이면 학문, 외국어면 외국어, 눈에 띄는 대로 쓸어 담아 머릿속이 흡사 넝마주이 창고였소. 잡다하게 읽긴 하는데 생각은 오리무중인 거요. 그런데 어느 날 서점에서 일어판 〈공산당선언〉을 우연히 집어 들고 첫 페이지를 넘겼는데 머리에 번개가 치는 것처럼 번쩍하는 것이었소. 〈공산당선언〉 첫 문장 기억하시오? 지금까지 모든 사회의 역사는 계급투쟁의 역사다! 그 한 문장으로 나는 우리 조선의 역사가 왜 이리 되었고 우리가 왜 제국주의의 식민지가 됐는지 단숨에 알아버렸소. 거기서 인생이 바뀐 것이오."

상해에서 헌영은 세죽에게 사랑을 고백했다. 하지만 그의 순정은 이미 혁명에 바쳐져 있었던 건지도 모른다. 그의 머리는 마르크스 엥겔스 서적들과 무산자계급 정당 강령과 암호문 따위로 가득 찬 혁명운동의 캠프였고 세죽은 그 구석 자리에 끼어든 것인지도. 언젠가 헌영이 아침에 일어나 앉아 이렇게 탄식했다.

"가끔 아랫도리가 아파서 새벽에 잠을 깰 때가 있소. 이것이 발기해 있는 것이오. 마르크스는 역사가 인간에게 해결할 수 있는 과제만 준다 했지만 봉건제에 식민지에 우리가 받은 숙제는 너무 무거운데 눈치 없는 아랫도리만 낭랑하게 고개를 치켜드는 것이오. 현실을 생각하면 단잠을 자기도 부끄러운데 말이오."

헌영은 독신주의 원칙을 접고 아내를 맞아들였지만 조국이 해방되는 날까지 자식을 갖지 않겠다는 결심은 확고했다. 그것은 세죽도 마찬가지였다.

"여보, 오늘 수고하셨소. 고맙소."

"고맙다니요? 나도 내 자신의 혁명운동을 하고 있는 거예요."

세죽이 짐짓 화를 냈다.

1925년 4월은 세 여자와 세 남자의 인생에서 가장 짜릿한 나날들이었다. 청요릿집의 공산당, 신혼방의 청년동맹이긴 하나 이제 조선에도 공산당이 생겨났다. 조선기자대회를 거의 만국박람회 수준으로 흥행시키면서 총독부를 보란 듯 골려먹고 종로경찰서를 허수아비로 만들어버렸으니 장차 다가올 미래도 자신들 뜻대로 운전해나갈 수 있으리라는 낙관과 투지가 하늘을 찔렀다. 박헌영 김단야 임원근, 동아와 조선에서 현직 기자로 일하고 있는 세 사람의 팀워크는 트로이카라는 표현이 어울렸다. 이번 기획만은 프로페셔널 활동가의 유능함이 빛났다.

이들 머릿속엔 이런 청사진이 펼쳐져 있었다. 조봉암이 코민테른에서 승인을 얻어 예산을 받아 오면 조선공산당과 고려공산청년회가 본격적인 사업에 들어간다. 전국적으로 교육사업과 함께 세포조직을 짜나가고 전도유망한 청년들을 선발해 모스크바에 유학 보낸다. 당 책임비서와 간부들은 코민테른의 각종 대회에 조선대표로 참가하고 극동비서부의 파트너가 되어 함께 조선혁명의 전략을 수립한다. 일본 공산당과도 공동전선을 구축한다.

1차대전을 치르면서 제국주의에 대한 환멸과 자본주의체제의 위기감이 부풀어 오르는 가운데 전 세계 지식인 대중은 마르크시즘이라는 피안彼岸을 향해 달려가고 있었다. 1917년 러시아에 소비에트정권이 들어섰고 1924년 영국에서는 맥도널드 수상의 노동당이 정권을 잡았다.

이 세기적인 유행은 조선에서도 그 경향이 뚜렷했다. 인텔리로 행세하려면 마르크스니 유물론이니 한마디쯤 할 줄 알아야 한다 했다. '밥은 이밥, 산은 금강산, 주의는 사회주의'라는 신종 속담도 생겨났다. 잡지들은 공산주의활동가들의 사생활을 스타들 가십처럼 다뤘다. 1925년 1월, 레닌 서거 1주기에 김단야가 자신이 일하는 조선일보에 11회에 걸쳐 모스크바대회 다녀온 이야기를 무용담처럼 공개했다. 22년 당시만 해도 모스크바피압박민족대회에 다녀왔다는 사실 자체가 일급비밀이었는데 지금 식민지 조선 사회는 기이한 백화제방의 에너지로 들뜨고 있었다. 모스크바에서 아직 따끈따끈한 총신으로부터 매혹적인 유황 냄새가 식민지 청년들의 허기진 배 속으로 밀려들어 왔다.

세 여자와 세 남자는 빠르면 1920년대가 가기 전에 무산자계급 혁명과 민족해방의 날을 볼 수 있으리라 낙관하고 있었을지도 모른다. 하지만 조선의 지식인들이 조선공산당을 만들던 바로 그때 일본 정부는 치안유지법을 준비하고 있었다. 공산주의를 불법화하는 이 법은 사유재산제도를 부정하는 일체의 행위를 금지하고 공산주의자들을 중범죄로 간주하겠다는 내용이었다. 사상범을 전문으로 다루는 그 유명한 경찰서 고등계가 생겨난 것도 이 법에 의해서다. 국가보안법의 전신인 치안유지법은 일본 본국과 조선, 대만 같은 식민지에서 동시에 발효되었다. 치안유지법은 조선공산당 창립식으로부터 3주 지난 5월 12일부터 시행되었다. 총독부의 이른바 문화정치가 시효를 다해가고 있었다.

무교동의 선술집에 여자라고는 앞치마 두른 주인 아낙과 정숙뿐이었다. 정숙은 탁주 사발을 들고 벌컥벌컥 들이켰다. 다른 자리의 남자들이 흘끔흘끔 쳐다보며 수군댔다. 신문사에 처음 들어왔을 때 남자들이 정숙에게 술잔을 주지 않았다. 그녀가 정색을 하고 따진 다음부터 그녀 앞에도 술잔이 놓였지만 사실 이 쓰고 신 것을 왜 먹나 싶었다. 그녀를 과보호하려는 또는 따돌리려는 동료들과 손가락질하며 수군대는 뭇 남자들 때문에 오기로 배운 술이 점점 늘어 이젠 탁주가 목을 넘어갈 때의 그 아릿한 맛을 알게 되었다.

탁주가 몇 순배 돌고 기자들의 목소리가 거칠어지고 있을 때 부장이 고참 기자 하나를 대동하고 식당에 들어섰다.

"어허, 초저녁부터 벌써 취흥이 도도하구먼. 오늘 술값은 내가 내리다."

그는 기자들이 주는 술을 급하게 받아 마시고는 일찌감치 혀 꼬부라진 소리를 냈다.

"경영진에도 다 고충이 있지 않겠소. 아직도 신문 하나로는 적자를 면치 못하고 있어요. 3만 독자 가지고 본사에 지국까지 어떻게 돌아가겠나 그거요."

기자대회 이후 요새 신문사가 들썩들썩했다. 철필구락부가 기자대회의 여세를 몰아 봉급 인상을 요구했고 경영진은 절대불가로 나왔다. 철필구락부의 요구는 월급을 50원에서 80원 수준으로 올려달라는 것이었지만 사실상 김성수 사장, 송진우 주필 체제에 대한 시위였다.

부장의 말에 기자들이 일제히 떠들기 시작했다. 언쟁은 한참을 계속됐다. 술이 오른 부장은 느닷없이 밥상을 주먹으로 내리치면서 "조선의 인텔리들이 도대체 언제까지 사무라이들이 휘두르는 칼에 이렇게 당하고 있어야 하느냐 말이야" 하고 핏대를 세웠다. 중구난방 떠들어대던 기자들이 일순 잠잠해졌다. 평소의 그답지 않은 말이었다. 증조부 조부가 대대로 판서를 했고 부친이 한일합방 때 작위 받은 것을 은근히 내세우는 위인이었다. 울분 때문인지 취기 때문인지 눈시울마저 붉어져 있어 평소에 그를 고깝게 보던 기자들도 숙연해졌다.

"고종황제께서 야행 나오셨을 적에 내가 사랑에 불려나가 시부를 읊어보라는 어명을 받자와 〈시경詩經〉 '문왕지십文王之什' 편에

나오는 "주수구방周雖舊邦 기명유신其命維新" 대목을 읊었드랬지. 고
종황제께서 어린 나이에 제법 경륜을 논하는구나, 문자 속이 기특
하도다, 하고 치하해주셨는데 공들도 생각해보게. 그때가 그러니
까 대한제국을 선포한 이듬해였던가 그랬는데, 주나라가 비록 오
래된 나라지만 그 명은 새롭다, 이런 말이 삼척동자 입에서 튀어
나왔으니 고종황제께서 어찌나 놀라셨겠는가 말이야. 나야 뭐 그
때 그런 것까지 생각했겠는가. 그저 문왕 무왕의 공덕을 칭송하는
시편이라는 것만 알고는 한번 외워본 것인데 당시 시국하고 딱 맞
아떨어진 거라."

고종황제 대목에서 그는 취기가 싹 가시는 듯 목소리가 또렷해
졌다. 부장을 따라온 고참 기자가 존경심에서 우러나는 찬사를 바
쳤다.

"워낙 권문세족 명문거족의 집안이시라."

이천의 유기전집 아들인 그는 천도교 장학금으로 일본 유학을
다녀온 위인이었다. 좌중의 숙연함이 어리둥절함으로 바뀌고 있
었다. 사위가 고요해진 뒤 부장이 다시 혀 꼬인 소리를 했다.

"고종황제 용안을 뵈온 기억도 가물가물헌데 좌우지간 황제께
선 승하해버리시고. 우리 형님은 동양척식회사에서 벌써 경력 10
년인데 아직도 왜놈들 시다바리나 하면서 만년 하급간부로 썩고
있어. 난 또 뭐야. 내가 똥종이 위에 펜대나 굴릴 사람이냐고."

그는 신세타령 끝에 울먹였다. 좌중의 어리둥절함이 황당함으
로 바뀌고 있었다. 얼추 분위기를 감지한 고참 기자가 "이제 그만
제가 댁으로 모셔다드리는 게…" 하고 수습을 시도했다.

"고종황제께서 야행을 나오셨을 적에… 내가 그런 사람인데 말이지."

유기전집 아들이 좌불안석이 되어 "아, 예. 아, 예" 하고 입막음하려는데 판서 가문의 아들은 추임새로 알아들었는지 한발 더 나아갔다.

"박헌영이 말이야. 술집 작부 아들이래. 세상 좋아졌지. 다 같은 기자라고 한 책상에 마주 앉아 일하고."

유기전집 아들이 날름 말을 받았다.

"정말입니까. 전혀 몰랐네요."

정숙은 취기가 가시는 느낌이었다. 그러고 보니, 평소에 그는 편집국에서 양반 행세하느라 부하직원들을 '김공', '이공' 하며 공대하는데 유독 박헌영과 몇몇에게 하대를 했다. 저 나름대로 신분을 구별 짓고 있었던 모양이다.

정숙이 "무슨 말을 그렇게 하세요?" 하고 쏘아붙이는데 옆에서 벽력 같은 고함이 터져 나왔다. 임원근이었다.

"술집 작부면 어떻고 아니면 어떻소? 기자일 하는 데 출신성분이 무슨 상관이오?"

유기전집 아들이 끼어들었다.

"아이, 깜짝이야. 이 사람 왜 갑자기 소리를 지르고 그러나."

부장이 임원근에게 고함을 쳤다.

"이자가 지금 누구 안전에서 막말이야?"

"조선왕조에 빌붙어 대대로 백성 등가죽 벗겨먹은 게 자랑인가?"

카랑카랑한 목소리는 안석주였다. 정숙의 문예부 동료로 기사도 쓰고 연재소설 삽화도 그리는 다재다능한 친구였다.

"아니, 이놈이 지금? 분수를 모르고! 똑똑히 들어. 당신들 철필구락부네 어쩌네 하면서 어울려 다니는 꼴이 심상찮아. 행동들 조심하라고. 내 깐엔 그래도 수하들이라고 막아줬더니 은덕도 모르고. 뭐? 조선왕조에 빌붙어서 어째? 반상 구별이 없어졌다고 지들 세상이 된 줄 알아? 요새는 천출들이 더 큰소리라니까."

그 순간 부장의 얼굴에 벌건 찌개 국물이 튀어 올랐다. 임원근이 벌떡 일어나면서 술상을 걷어찬 것이다. 부장도 일어서면서 찌개 뚝배기를 원근에게 던졌다. 원근의 하얀 점퍼가 찌개 국물을 흠빡 뒤집어썼다. 정숙은 남편이 그렇게 화내는 것을 처음 보았다. 얼굴과 점퍼가 구분할 수 없을 지경으로 벌겋게 된 꼴에 그 심각한 상황에서도 정숙은 웃음을 참을 수 없었다.

임금협상은 지지부진하다 마침내 결렬됐고 철필구락부 회원 여덟 명은 동맹파업에 들어갔다. 회사에서는 가까운 수원, 인천 지국 기자들을 급히 불러올려 기사를 쓰게 했고 파업 사흘째로 접어들자 "24시간 내로 출근하지 않으면 해고하겠다"고 선언했다.

회사가 최후통첩을 던지면서 어수선해진 편집국에서 정숙은 김동인 번안소설 〈유랑자의 노래〉 원고를 읽었다. 이광수가 건강상 이유로 장편소설 연재를 중단하면서 급히 김동인에게 부탁해 영국 소설 하나를 번안해 싣는 중이었다. 신문사로선 불행 중 다행이었지만 약관의 김동인이 이광수의 계몽주의를 비판하면서 순수문학의 대표주자를 자임해온 형국으로 볼 때 이광수의 펑크를 김동인의 번안소설로 때우는 건 아무래도 모양새가 이상했다. 춘원의 행보에 말들이 많고 소설도 따분했지만 주인공 이름만 조선식으로 슬쩍 고쳐놓은 번안소설을 싣기도 낯뜨거웠다. 정숙이 연재소설 삽화를 그리는 뒷자리의 안석주를 불렀다.

"안 선생, 춘원이 아직 많이 안 좋으신가."

"신병인지 심병인지 모르겠네. 다음 달쯤 연재를 다시 시작할 수 있을 것 같다고는 하는데 알 수 없지."

공평동 변호사사무실의 심부름하는 아이가 '질의응답' 란의 답변을 들고 왔다. 정숙은 질의응답 원고를 정리했다. 경상도에서 한 여인이 보내온 질의는 이러했다.

"본인은 혼인생활을 해오던 중 시모의 학대를 감내키 어려워 친정에 간 지 수년 후에 다른 남자와 살림을 차려서 10여 년 동안 수 명의 자녀를 낳고 살았으나 본남편이 이혼에 응하지 않는데 법률상 이혼이 가능하오리까. 본남편이 이제 와서 고소를 하겠다 하니 본인이 형사책임이 있는지요."

원고를 정리하는데 갑자기 주변이 소란스러워졌다. 파업기자 여덟 명이 편집국으로 우르르 몰려 들어오고 있었다. 남편 얼굴이 맨 먼저 눈에 들어왔다. 이들은 편집국장석 앞에 나란히 서더니 집단사직을 선언했다. 오늘 아침 집을 나설 때까지 그녀도 남편도 사태가 이렇게 발전하리라고는 짐작 못 하고 있었다. 어디선가 "전폭 지지요. 나도 사직하겠소" 하는 고함이 들려왔다. 지방부의 박헌영이었다.

그녀는 어찌해야 할지 판단이 서지 않았다. 아버지 얼굴이 떠올랐다. 집단사직 얘기를 꺼냈을 때 아버지는 "너희가 나가면 신문사도 너희 활동가도 다 손해다. 총독부만 좋아할 일이지" 하고 말렸다. 허헌은 임시사장을 그만둔 지금 신문사 이사였고 김성수, 송진우 모두와 절친했다. 하지만 늘 그래왔던 것처럼 그녀는 아버지 생각을 지워버렸다. 그리고 질의응답 란의 변호사 답변 원고를 서둘러 마무리했다. ·

"답: 본남편이 불응하면 이혼할 수 없으며 본남편이 고소하고 나온다면 형사책임을 면할 수 없습니다."

정숙은 원고를 책상 위에 가지런히 올려둔 채 서랍을 정리했다.

"형사책임이라니, 애 낳고 살았다고 감옥살이하란 거야? 나 원참, 더러워서."

정숙은 가방을 챙겨 일어섰다. 그녀와 함께 다섯 명이 동반 사표를 던졌다. 이렇게 해서 정숙은 일간지 기자생활을 다섯 달 만에 마감했다. 1925년 5월 21일이었다.

7월에는 태풍이 불고 장마가 졌다. 한 달 내내 장대비가 퍼붓고 경성이 온통 물난리였다. 백 년 만이라는 을축년 대홍수였다. 봄에 조선공산당을 만들었던 주의자들이 여름엔 수재민구호운동에 나섰다. 허정숙이 고명자, 김조이와 함께 모금함을 들고 길거리와 상점, 기관을 돌면서 의연금을 모금했다.

그 무렵 정숙은 어린이운동가 방정환으로부터 연락을 받았다. 그는 월간 〈어린이〉 〈신청년〉 〈신여성〉 등 매체들을 운영하고 있었는데 정숙에게 〈신여성〉 편집장을 맡아달라 했다. 〈신여성〉이

2년 전 쌀 한 되 값인 30전짜리로 창간될 때만 해도 조선 땅에 글 읽는 여자가 몇이나 된다고 여성 월간지냐고들 했지만 여학교생활이나 연애와 결혼, 풍속 따위를 다루면서 나름 자리 잡아가고 있었다. 정숙은 편집장이면서 기사 쓰고 교정보는 것까지 모든 일을 다 했다. 〈신여성〉은 정숙이 맡으면서 사회주의 색채를 강하게 띠었다. 정숙이 쓰는 권두언은 매번 선전선동의 팸플릿이었다.

> 1, 우리는 지나간 날의 미지근한 감정을 내여버리고 정열 있고 예민한 감정의 주인공이 되어서 자기 개성을 살릴 줄 알고 위할 줄 아는 여성이 되자.
> 1, 완전한 개성을 살리기 위하야 이중 노예를 만드는 우리의 환경에 반역하는 절실한 자각이 있자.
> 1, 이 절실한 자각 밑에서 우리 여성은 서로서로 처지가 같은 여성들끼리 함께 결합하야 여성의 위력, 인간으로서의 권위를 나타내이자.

잡지가 한 호씩 나올 때마다 찬반양론이 격렬했는데 이런 센세이션이 열성 독자층을 만들어주었다. 정숙의 공격적인 편집전략이 시장에도 먹힌 셈이다.

편집장을 맡고서 남자들이 처음엔 "정숙 씨는 몸이 몇 개요? 좌우지간 대단한 맹렬여성이오" 하고 격려의 말을 건네왔지만 어느 때부터인가 "부인해방 투사 오셨네" 하는 빈정거림도 들리기 시작했다. 화요회 동료 중엔 정색을 하고 "결국은 부르주아계급 여성들한테 더 많은 자유를 주자는 거 아닙니까?"라고 따지는 사람도 있었다. 보수주의자는 보수주의자대로, 마르크스주의자는 마르크스주의자대로 〈신여성〉이 싫은 이유들이 있었다.

8월 어느 날 허정숙과 주세죽 고명자, 세 여자가 단발을 했다. 세 여자의 단발은 장안의 화제였고 처음 얼마간은 인사 받느라 또는 눈총이 따가워 길에 다니기 힘들었다.

단발 특집호가 나온 뒤에는 〈신여성〉 편집실이 취객들의 습격을 받기도 했다. 하루는 저녁 무렵 술 취한 남자 둘이 사무실로 들이닥쳐서는 "잘난 여자들 얼굴 한번 보자. 당신들 시집이나 갔어?" 어쩌고 고래고래 소리 지르고 책상을 발길로 걷어차며 행패를 부렸다. 옆방 〈개벽〉 편집실에서 남자들이 달려왔다.

"언 놈들이 신성한 편집실에서 패악질인가" 하고 고함치며 앞장서 들어온 사람은 뜻밖에 송봉우였다. 정숙은 반가운 한편 황당하기도 했다. 빡빡머리 송봉우가 장삼 자락 휘날리며 거침없이 쌍욕을 퍼붓자 취객들도 술이 확 깼던지 "거 참 갈지 못할 놈일세" 어쩌고 구시렁대며 줄행랑쳤다.

북풍회의 송봉우는 정종명의 북풍회관 식구였는데 올여름 수재민구호운동에서 정숙과 같은 조가 되어 7월 한 달간 붙어 다니면서 가까워졌다. 경상도 하동 사람인 그는 고아라고도 하고 스님의 사생아라고도 하고 불가에서 계를 받은 스님이라고도 했다. 하동군청에서 급사 노릇 하다가 절에서 주지가 돈을 대줘서 경성 유학도 하고 일본 유학도 했다는 건 정종명에게 들은 얘기였다. 사이비 중처럼 먹물 옷 장삼을 걸치고 다니는 그는 부인문제의 남자 강사로서 최고 인기였다. 정숙이 여성동우회 강연에 모신 적 있는

데 자기가 겪은 여자들 얘기를 버무려 넣어가며 걸직하고 화끈하게 마르크스주의 여성해방론을 설파해 박수를 받았었다.

"아무래도 내가 〈신남성〉을 만들어야겠소. 이놈의 세상, 사내새끼들부터 고리탑탑해 빠져서."

송봉우는 워낙 고정관념도 권위의식도 없는 데다 유쾌하고 박식해서 함께 이야기할 때 즐거웠다.

"제가 오늘 저녁을 대접할게요. 감사인사차…."

"하하하. 목청 큰 것도 쓸 데가 있다고 대갈일성大喝一聲 한번에 끼니를 벌다니."

둘은 인사동으로 나왔다.

"〈개벽〉에는 무슨 일로 오셨어요? 원고 갖다 주러 왔나요?"

"허허. 저 〈개벽〉에 원고 쓸 일 없습니다. 요즘 〈신여성〉 주변이 소란스럽다 해서 마침 정숙 씨 동태를 염탐하러 왔지요."

농담만은 아닌 것 같았다. 정숙은 수저를 내려놓고 잠시 송봉우 얼굴을 들여다보았다. 그녀는 무심결에 자신의 단발머리를 매만졌다. 순간, 머리채가 가벼운 나머지 하늘로 날아오를 것 같은 기분이 되었다. 술 생각이 동했다.

"저녁상에 탁주가 빠진 것 같지 않아요?"

"불감청고소원不敢請固所願이올시다."

경성 시내 절반이 대홍수에 휩쓸려 내려갔다 해도 개중에는 하수상한 세월에 매화타령하고 노는 치들도 있어 어느 주점에선가 '따닥' 하는 장구 장단에 '딩딩' 가야금 뜯는 소리가 들려왔다. 객사의 청홍등이 드문드문 내걸린 인사동 거리에 저녁이 대춧빛으로 불그스레 무르익어갔다.

　임원근과 박헌영은 실직한 지 세 달 만에 김단야가 있는 조선일
보로 옮겼다. 1920년 총독부가 신문사 허가를 내준 이래 동아는
민족지, 조선은 친일 매체였는데 이 무렵 신문사 지형이 바뀌고
있었다. 경영난으로 문 닫기 직전인 일진회 송병준의 조선일보를
임정 출신의 대지주 아들 신석우가 8만 5천 원에 인수해서는 이상
재를 사장, 안재홍을 주필로 모시면서 '조선 민중의 신문'을 내걸
고 대대적인 지면 혁신을 하던 중이었다. 반면 동아는 1924년 신
년 사설로 이광수의 '민족적 경륜'을 실은 뒤 민족개량주의라 비
난을 사고 신문불매운동을 당하기도 했다. 조선의 이상재 안재홍
이나 동아의 김성수 송진우나 민립대학 설립운동도 함께했고 "입
어라, 조선 사람이 짠 것을! 먹어라, 조선 사람이 만든 것을!" 하면
서 물산장려운동까지 같이했지만 김성수 송진우는 타협적인 자치
론으로 기울고 이상재 안재홍은 비타협적 민족주의 쪽에 서면서
이제 막 서로 다른 길로 접어든 것이다.

　세 남자는 낮에 조선일보에서 일하고 밤에는 훈정동 집으로 몰
려갔다. 낮에는 신문기자, 밤에는 공산청년회의 이중생활이었다.
신문기자라 하나 경영난에다 정간을 밥 먹듯 하니 월급이 나오다
말다 했다. 훈정동 아지트키퍼 세죽은 부엌을 벗어나지 못했고 정
숙은 그게 불만이었다.

　"너, 밥하는 거 배우려고 유학 갔니? 한 계급이 다른 계급을 착
취하는 체제를 뒤엎자고 혁명하는데 혁명이라는 이름으로 누군가

다른 사람의 노동력을 착취하는 건 이율배반이야. 남편과 아내 사이라도 말이야."

세죽은 남편의 비서 역할도 했다. 때로 금서를 빌려 와서 한 권 몽땅 노트에 옮겨 적는 일도 했다.

"누군가는 해야 하는 일이잖아. 한 알의 밀알이 땅에 떨어져 죽지 않으면 열매를 맺을 수 없는 거야."

상해에선 세 남자와 함께 몰려다니며 공부하고 토론하고 놀기도 했는데 경성에 돌아오고 당을 만든 뒤로는 남자들끼리 뭉쳐서 바깥일은 남정네들 몫이고 여편네들은 알 거 없다는 식이었다. 조선공산당이나 고려공산청년회 창당식도 저들끼리 했다. 지하당의 생리인지 조선 땅의 풍토인지 알 수 없었다.

"차별 없이 평등하자면서 이게 뭐야? 조선공산당이나 공산청년회나 간부 중에 여자가 한 명도 없잖아. 멀쩡히 같이 토론하다가도 밥 먹을 때 되면 여자들한테 밥해오라 그러고 말이야. 상투 틀고 곰방대 빠는 양반들이 그러면 그런가 보다 하지. 공산주의 하자는 젊은 남자들이 그러는 데는 정말 배신감이 느껴진다니까."

여성동우회 사무실에서 세죽과 정숙이 말다툼하는 것을 보고 정종명이 웃으며 끼어들었다.

"너희들은 1년 전에도 싸우더니만 아직도 결론을 못 냈어? 여기 우리 사무실에서 경성역에 간다 치자. 어디로 가겠니? 황금정통이 걷기 좋다는 쪽도 있겠고 게다짝 소리 듣기 싫어 덕수궁 앞길로 돌아가겠다는 쪽도 있겠지. 기질 차이고 취향 차이야. 정숙이가 하는 것도 세죽이 하는 것도 혁명운동이지."

정종명이 벽에 걸어놓은 검정 두루마기를 내려 입으면서 중얼
거렸다.

"친구라는 것도 똑같이 생겨서 끼리끼리 어울리면 오십 점, 전
혀 다른데 합을 맞추면 그게 만점짜리."

마침내 조봉암이 코민테른의 승인을 얻어냈다는 소식이 상해의
여운형으로부터 날아들었다. 공산청년회의 첫 사업은 모스크바에
유학생을 보내는 일이었다. 선정작업을 맡은 김단야는 맨 먼저 명
자에게 조심스럽게 이야기를 꺼냈다.

"명자, 공부 계속해볼 생각 있어?"

"무슨 공부요? 이화학당?"

"아니, 거기가 아니고. 좀 먼 데. 모스크바."

"모스크바?"

순간, 그녀의 두 눈에 경이와 찬탄의 빛이 반짝였다.

"아, 모스크바! 가고 싶어요. 꼭 갔으면 좋겠어요."

명자가 손뼉 치듯 두 손을 모아 입술 위에 갖다 댔다. 톨스토이,
네플류도프 같은 이름들이 명자의 눈망울 위를 어른거리며 지나
갔다. 기쁨이 차올라서 그녀의 눈썹이 꿈틀했다. 거절하면 어떻게
설득할까 고심했던 단야는 뜻밖의 반응에 놀랐다.

"그런데 당신도 가나요?"

"음, 그건….'

이제 명자 나이 스물둘. 결혼하라고 성화인 부모님과 처자식 딸
린 애인 사이에 어정쩡하게 긴 세월에서 벗어나기 위한 뭔가가 절
실히 필요했다. 단야는 유학생 21명 명단에 명자를 집어넣었다. 여

자는 조봉암의 아내 김조이, 김형선의 동생 김명시까지 모두 셋이
었다.

10월 들어 코민테른 유학자금이 도착하자 명자는 경성을 떠났
다. 그녀는 아침 일찍 손가방 하나 들고 집을 나와 세죽의 집에서
짐가방을 꾸렸다. 명자는 기대와 불안으로 얼굴이 발갛게 상기돼
있었다. 정숙과 세죽이 명자를 데리고 황금정에 나가 겨울옷을 샀
다. 솜을 넉넉히 넣은 바지와 상의를 두 벌씩 장만하고 털실로 짠
모자와 장갑도 샀다.

"모스크바는 겨울이 끝없이 길어. 손발을 늘 따뜻하게 간수해야
해. 동상 걸리면 두고두고 고생이란다."

"이론가가 되어 돌아와서 우리 무식하다고 구박하지 마라."

경성 역전에는 김조이가 먼저 나와 있었다. 둘은 수학여행 떠나
는 여고 동창생처럼 들뜬 표정으로 서로 부둥켜안았다. 동갑내기
지만 쪽찐 머리에 이마와 눈매가 단단하게 생긴 김조이는 명자보
다 서너 살은 더 들어 보였다. 창원에서 혈혈단신 상경해 동덕여
고를 다닌 당찬 여성인데 조봉암과 신혼살림을 차리자마자 신랑
이 모스크바로 떠나버렸다.

"조이는 서방님 만나겠구나. 상해 역전에서 기다리시겠지?"

"안동 가서 기선 타기 전에 전보 칠 거예요."

조이가 까무잡잡한 뺨에 발그스레 홍조를 띠었다. 상해에서 남
편이 기다리는 여자가 앞장서고 경성에 애인을 두고 떠나는 여자
가 뒤따라 개찰구를 빠져나갔다. 봉천행 열차가 기다리는 플랫폼
쪽으로 꺾으면서 시야에서 사라지기 직전에 명자가 두 여자를 돌

아보았다. 눈에 눈물이 그렁그렁했다. 세 여자는 그들의 이별이 얼마나 길어질지 아무도 알지 못했다.

어느 날 여성동우회 사무실에 초로의 부인이 건장한 남자를 앞세우고 들어섰다. 양산을 접으며 뒤따르던 아낙을 "자네는 게 있게" 하며 문밖에 세워 두고 들어오는 부인은 한눈에도 양반댁 안방마님이었다. 쉰이 넘었을까 말까 한 부인은 큼직한 옥비녀로 쪽을 찌고 자수가 화려한 배자를 입었다. 노크도 없이 출입문을 벌컥 열고 들어온 두 사람은 표정이 심상찮았다. 남자는 두 여자가 앉아 있는 비좁은 사무실을 한번 휘이 둘러보더니 검문 나온 순사처럼 물었다.

"허정숙 씨가 누굽니까?"

"지금 안 계신데요."

"그럼 주세죽 씨는 누구요?"

"접니다만."

"나, 명자 큰오빠 되는 사람이오."

책상 앞에 앉아 멀뚱히 낯선 손님들을 쳐다보던 세죽이 벌떡 일어났다. 그녀는 두 손을 앞으로 모으고 머리를 깊이 숙여 인사한 다음 서둘러 탁자 위의 신문들을 치우고 의자를 권했다. 부인은 "대체 이 무슨 변괴야" 하고 중얼대면서 마지못한 듯 자리에 앉았다. 오빠라는 자가 양복 안주머니에서 종이 한 장을 꺼내 두 손으로 쫙 펼쳐서 탁자 위에 올려 놓았다. 그것이 무엇인지 세죽은 금세 알아보았다.

어머님 아버님,

  소녀의 不孝(불효)를 용서하소서. 그간 수차 懇曲(간곡)히 아뢰고자 하였으나 溫厚(온후)한 면전에서 감히 용기를 내지 못하였나이다. 소녀는 금일 長途(장도)에 오르나이다. 露西亞(러시아)의 莫斯科(모스크바)에 있는 共産大學(공산대학)에 留學(유학)하고저 今日(금일) 울라지보스토크를 바라고 北行(북행)길을 떠나옵니다. 여러 同行(동행)들이 있사오니 여행 중의 安危(안위)에 대해서는 念慮(염려) 놓으소서. 이 女息(여식)은 新思想(신사상)과 學問(학문)을 鍊磨(연마)하야 장차 朝鮮(조선)에 꼭 필요한 人才(인재)가 되어 돌아오겠사오니 소녀에 대해 일체 근심걱정을 버리시옵소서. 어머님, 근심으로 하여 未久(미구)에 病患(병환) 얻으실까 염려되옵니다. 소녀 걱정일랑은 거두시고 玉體保全(옥체보전) 하옵소서. 사정이 허락하는 한 자주 消息(소식) 올리겠나이다.

不孝女息(불효여식) 明子(명자) 올림

  경성을 떠나던 날 부모님께 말씀 못 드려 걱정이라더니 "옥체보전 하옵소서" 하는 편지 한 장 달랑 남겨놓고 달아난 것이다.

  "모스크바라니 도대체 무슨 귀신 씨나락 까먹는 얘기요?"

  남자는 숨겨놓은 여동생을 내놓으라는 듯 윽박질렀다.

  "김단야인가 하는 그 작자하고 도망친 거 아니요? 경성 시내 어디다 살림 차린 거 아냐?"

  부인이 중얼거렸다.

"금지옥엽 길러놨더니. 철없는 것이 이상한 물이 들어서."

부인은 이상한 물을 들인 장본인이 당신 아니냐는 듯 세죽의 얼굴에 힐난의 시선을 꽂았다. 세죽은 명자가 유학 떠난 것은 사실이라고 거듭 해명했다.

"아니, 그도 아니라면 뜬금없이 웬 모스크바이며 학비는 누가 댄단 말이오. 총독부가 관비 유학생이라도 보냈단 말인가."

부인이 아들을 쳐다보며 일갈했다.

"김단야, 그놈! 경성에 있다는데 면상 좀 보자. 어느 집 자식인지 몰라도 내 이놈 오늘 아주 요정을 내고 말리라."

여성동우회에서 신문사는 먼 거리는 아니었다. 하지만 지금 이곳에 오면 어떤 봉변을 당할지 불 보듯 환했다.

"요새 신문사가 정간 중이라 출퇴근이 일정치 않아서…."

세죽은 제발 단야가 자리에 없기를 바라며 신문사로 전화를 걸었다.

"김단야 씨 계신가요?"

"예, 잠깐만 기다리세요."

그녀는 가볍게 한숨을 쉬었다. 단야는 당황한 듯했으나 주저 없이 말했다.

"바로 그리로 가겠습니다. 제수 씨, 너무 걱정 마세요."

단야를 기다리는 동안 부인은 분을 못 이겨 고개를 저어대며 혼잣말을 했다.

"안 만나겠다고 철석같이 약속해놓고서…. 영감은 무슨 생각으로 애를 학당에는 보냈던 게야… 내 다리몽댕이 분질러서라도 못

가게 했어야 하는데… 처녀하고 그릇은 바깥으로 내돌리면 기스 나는 법인데… 머리는 떡허니 단발을 하구서… 무슨 꼴불견이야."

잠시 후 문이 열리고 단야가 나타났다. 바삐 걸어오느라 얼굴이 발갛게 상기돼 있었다. 단야는 부인을 보자 허리를 90도 꺾어 인사했다.

"제가 먼저 찾아뵤야 했는데, 송구스럽기 그지없습니다."

세죽은 눈이 휘둥그레져서 단야를 머리에서 발끝까지 훑어보았다. 훈정동서 자고 아침에 출근할 때 분명 후줄근한 잠방이 차림이었는데 지금 단야는 회색 양복에 하이칼라 머리를 말갈기처럼 휘날리고 있었다. 오늘따라 한결 핸섬해 보였다. 단야가 손을 내밀며 악수를 청했지만 남자는 아랑곳없었다.

"인사고 뭐고 필요 없소. 우리 어머니 몸져누우셨다가 오늘 억지로 상경하셨는데. 우리 명자, 집안에서 보물단지처럼 애지중지하는 앤데. 도대체 어쩔 셈이야?"

단야를 보자 그간 집안 풍파에 쌓이고 쌓였던 스트레스가 폭발하는 듯 어조가 점점 격앙되어갔다. 이제 어머니의 불호령이 날아갈 차례였다. 하지만 어머니의 반응은 다소 뜻밖이었다. "자네, 고정하시게" 하고 아들을 점잖게 나무라더니 근엄한 표정으로 입을 열었다.

"혹시나 우리 아이 데리고 야반도주하였나 하였더니 오해였구면. 모스크바에 학문을 익히러 갔다니 내 그리 믿음세. 나나 우리 바깥어른도 개화된 사람들이고 요즘 시속을 이해 못 하는 것도 아니네. 양풍이라고 해서 무조건 말릴 수만은 없는 노릇인 게지. 나도 한창때 생각하면…. 어쨌든 우리 명자가 어떻게 자랐는지 잘 모를 것이네만, 바깥어른이 무릎에 올려놓고 둥개둥개 천하에 없이 키운 금지옥엽 외동딸이네. 판사댁 고명딸이라고 온 동네가 오죽 떠받들었겠나. 손끝에 개숫물 한 번 안 묻히고 고생을 모르는 아이네….”

설교는 오리무중으로 헤매면서 늘어지던 끝에 이러한 결론으로 귀착됐다.

“멀쩡한 혼처 정해놓고 신랑짜리가 지금도 오매불망 명자만 바라고 있는데 어쩌겠나. 다 팔자소관인 게지. 모스크바에 갔다니 하는 얘기네만 로서아도 서양이라 풍습이 판이할 텐데 그 뭐이랄까 정조관념 같은 것도 없고. 근심이 이만저만 아니네.”

부인의 장광설이 끝났으나 아무도 입을 떼지 않았다. 누가 들어도 교양 있는 부인의 담화였고 양반댁 마님의 위엄이 도저한 언설이었다. 이윽고 단야가 예의 바른 모범청년의 언사로 화답했다.

“심려를 끼쳐드려 죄송합니다. 따님을 이역만리 떠나보내신 어머님의 근심은 저도 십분 이해합니다만 염려 놓으셔도 됩니다. 여학생이 따님 말고도 둘이 더 있고 제가 동행들에게 단단히 일러두었습니다. 그리고 제가 여러 가지로 좀 정리되고 나면 금명간 모스크바에 들어갔다 올 생각입니다.”

단야는 모스크바를 무슨 옆집이나 되는 듯 쉽게 이야기한다.

“자네만 믿네.”

어느새 사위 대하듯 말투가 사근사근해져 있다. 탁자라도 둘러엎을 기세였던 오빠는 종잡을 수 없다는 표정을 짓고 있었다. 단야가 명자의 모스크바 주소를 적어 건네면서 어머니와 우호적이 고도 실무적인 대화를 나눈 뒤 모자가 사무실을 나갈 때도 오빠는 과연 단야와 헤어지기 전에 악수를 할지 말지 헷갈리는 표정이었 다. 그들이 떠난 뒤 세죽이 물었다.

"아니, 그 옷은 뭐예요?"

"아, 빌려 입었어요. 오늘 저녁 강연 있다는 말씀 안 드렸던가 요? 예수교 퇴치하자, 뭐 그런 내용인데, 하하. 세죽 씨야말로 꼭 들으면 좋을 텐데요."

세죽도 알고 있었다. 기독교단체에서 전조선주일학교대회를 여 는데 이쪽에서 맞불 놓는다고 강연회를 급조한 것이다. 김단야가 기독교 역사를, 박헌영이 종교와 과학에 대해, 허정숙이 조선에서 기독교의 해악을 주제로 강연한다 했다.

"박 선생이 강연 준비하면서 전문가인 나한테 자문을 구한 것 모르세요? 나 원 참. 여하간 오늘 의상 덕 톡톡히 본 것 같아요."

"아, 이 가다마이요? 글쎄요. 워낙에 명자 어머니 인품이 훌륭하 시잖아요."

어머니 인품 덕이건 의상 덕이건 단야의 완승이었다. 유학 파동 이 명자 돌아올 때까지 갈 거라 모두 예상했었지만 상황은 시작하 자마자 싱겁게 종료되었다. 단야는 칼자루 한번 휘둘러 혁명사업 과 연애사업에서 동시에 승부를 지었다. 도쿄쯤이라면 명자네 모 자가 현해탄을 건너가 명자를 끌고 오네 마네 했을 것이다. 하지 만 모스크바는 명자 어머니가 전의를 상실할 만큼 아득한 장소였 다. 속이 시커먼 후견인일망정 없느니보다 낫다 여겼을 것이다. 다행히 단야가 유부남인 건 아직 모르는 듯했다. 알았다면 모처럼 양복 빼입고 하이칼라 머리를 휘날렸다 해도 명자 어머니 말대로 어떻게든 요정이 나고 말았을 것이다.

세죽은 사무실을 나와 단야를 배웅했다. 그의 걸음걸이가 오늘따라 활기차 보였다. 애인 집안으로부터 공식적인 후견인으로 승인받은 날이었다. 두 팔을 앞뒤로 저을 때마다 회색 양복 자락이 펄럭였다. 길 건너로 일본도를 찬 순사 두 명이 걸어왔다. 가을의 창공은 깊었고 단야의 어깨 위에 건조한 햇볕이 부서졌다. 이 젊은 남자는 머릿속에 든 것도, 날마다 하는 일도 죄다 치안유지법 위반이었다. 온통 불법으로 가득 찬 청년이 너무도 당당하고 쾌활하게 종로를 걸어가고 있었다. 세죽은 단야가 시야에서 사라질 때까지 오래도록 서서 지켜보았다. 쾌활한 뒷모습이 왠지 서글퍼서 세죽은 눈물이 핑 돌았다.

조선반도를 태평양에 쏟아넣을 듯 여름 내내 퍼붓던 폭우가 9월 중순까지 계속되더니 백 년 만이라는 장마는 꼬리도 길어서 10월에 접어들어도 비가 오락가락했다. 남산 자락에 새로 지은 신궁에 일본서 어령대御靈代 모셔 오는 일로 경부선 철도역마다 비상경계를 편다 환영대회를 한다 법석을 떨고 각급 학교마다 신사참배를 의무화하는 문제를 놓고 시끌시끌한 가운데 조선일보 정간 사태가 달을 넘기고 있었다. '조선과 러시아의 정치적 관계'라는 사설이 문제가 되어 윤전기를 압수당하고 무기한 정간 처분을 받았던 것인데 논설위원 신일용은 불구속 기소로 풀려나자 상해로 탈출하고 총독부가 한 달 만에 정간을 풀어주긴 했으나 사회주의 기자들을 청소하는 조건이었다. 김단야 임원근 박헌영은 다른 기자 열네 명과 함께 해직됐다. 평소에 김단야가 글 잘 쓰고 유능하다고 아끼던 사회부장 류광열이 김단야만은 구명해보려 애썼다는 소문이 돌았다.

"정숙아, 일이 아무리 중요하다 해도 너무 무리하지 말거라. 입술이 까칠하고 눈밑에 그늘이 심상치 않구나. 가을 타느라 그런 건 아닌 거 같고 아무래도 둘째가 들어선 모양이다."

한 달 전쯤 지방강연을 위해 아침 일찍 집을 나서는 정숙에게 어머니가 햇사과 한 알을 내밀었다. 이제 치마 위로 배가 붕긋하니 눈에 띄게 솟아올랐다. 지방강연이다 비밀회합이다 해서 외박을 밥 먹듯 하는 남편도 집에 들어오는 날이면 각별히 정겹게 굴었다. 원근은 정숙의 둥근 배 위에 손을 얹고는 말했다.

"이 아이는 운이 좋은 거요. 우리는 망국의 끝자락에 태어나 모든 게 암담한 시절에 자랐는데 이 아이가 보통학교 갈 때쯤에는 세상이 달라져 있지 않겠소? 근데 첫째가 아들이니 둘째는 딸이면 어떻겠소. 들은 얘기가 있는데 되도록이면 말도 고운 말만 골라 쓰고 과일도 예쁘게 생긴 것만 골라 먹고 그래야 한다오. 만에 하나 날 닮은 딸을 낳는다면 나는 집을 나가버리겠소."

11월에 명자로부터 모스크바에 잘 도착했노라는 편지가 왔다. 모스크바 가는 길에 상해에 들러 여운형 선생 댁에서 지냈다고 했다. 단야에게 보내온 편지였는데 '은어隱語통신'이라 보낸 사람 이름은 '고영석'으로 돼 있고 집안 형님에게 보낸 안부편지처럼 쓰여 있었다. 우편국에서 국제우편은 다 검열했다. 편지를 받고 단야가 헌영과 나누었다는 이야기는 곧 친구들 사이에 놀림거리가 되었다.

"모스크바에서 편지가 왔는데 자네에 대해 특별 언급이 계셨네. 세죽 씨가 너무 외로운 것 같다고, 자네가 잘해드리라고."

"뭐? 그 사람 외로울 틈 없네. 집에 사람들이 없을 때가 없으니까."

정숙은 눈에 띄게 배가 불러왔다. 하루는 단야가 찾아와서 차 한잔하자고 했다.

"아이 아빠가 송봉우라는 소문, 정숙 씨도 들었소?"

"네?"

"수재민활동 할 때 두 사람이 워낙 친해 보였던 모양이오. 정숙 씨도 알잖소. 요새 북풍회하고 화요회가 복잡하게 얽혀 있는 거. 더구나 송 군 때문에 왈가왈부가 많으니 자동적으로 정숙 씨가 입초시에 오르내리는 거요."

요새 화요회 사람들 태도가 왠지 개운치 않다 싶었다. 한동안 조선공산당 이름 아래 화요회와 북풍회가 손잡았는데 근래 화요회가 독주한다고 북풍회가 떨어져 나가면서 두 집단은 서로를 맹렬히 긁어댔다. 연대가 깨지자 원수도 그런 원수가 없었다. 그런 정황이 새삼스레 정숙과 송봉우의 염문을 부풀리는 모양이었다.

"송봉우 씨 좋아하는 건 사실이지만 안 만난 지 꽤 됐는데…."

어느 날 해 질 무렵 정숙이 취재를 마치고 사무실로 돌아가는 길이었다. 맞은편에서 낯익은 얼굴이 다가오고 있었다. 헌영이었다. 반갑긴 했지만 예전처럼 웃어지지는 않았다. 헌영이 다소 굳은 표정으로 "어디 잠깐 앉아서 이야기 좀 할까요"라고 말을 건네 왔다. 둘은 가까운 다방에 들어갔다. 헌영은 이것저것 안부를 물었다. 그리고 본론에 진입했다.

"정숙 씨, 사람들이 근거 없는 헛소리 많이들 하는 건 알고 있소. 하지만 본인도 조금만 행동에 주의를 기울여주시는 게 좋을 거 같소. 나는 그렇게 믿지는 않지만 화요회 내부에서 우리끼리 한 얘기가 북풍회 쪽에 새나가는 게 허 여사 때문이라는 사람도 있소. 심지어는 임 군이 알면 바로 허 여사 귀에 들어간다고 임 군 앞에서 말조심한다는 이도 있소."

사려 깊고 곡진한 어조였다. 정숙뿐 아니라 친구 임원근을 걱정해서 하는 얘기였다. 하지만 화요회 사람들 얘기에 정숙은 쌓인 감정이 폭발해버렸다.

"왜들 그러죠? 내가 밀정질이나 할 사람으로 보여요?"

"아니, 그렇게까지야. 오얏나무 아래서 갓끈을 고쳐 매지 말라는 말도 있지만 공연한 오해를 살 필요는 없지 않겠냐는 뭐 그런 말이지요."

헌영은 조곤조곤 타이르듯 했지만 정숙은 부아가 치밀었다.

"내가 어떤 남자하고 친한 게 문제가 아니라 그가 우리 파벌이 아니라는 게 문제인 거죠? 남자들은 왜 파벌 문제라면 눈에 불을 켜고 달려드는 거죠? 혁명하자는 사람들이 왜 그렇게 옹졸해요?"

애써 냉정을 유지하던 헌영도 대꾸가 거칠어졌다.

"정숙 씨도 잘한 거 없잖소? 이런 시국에 외간 남자하고 데이트

할 염이 나오?"

"시국하고 데이트하고 무슨 상관이에요?"

"치안유지법 이후 일경들이 공산주의자 때려잡겠다고 눈이 벌게져 있고 감시 피해가며 조직사업 한다고 남편은 하루도 발편잠 못 자고 이리 뛰고 저리 뛰는데 좀 미안한 생각이 안 드오?"

"남자들 끼리끼리 하는 혁명 말이죠? 나는 가부장 의식으로 머릿속이 꽉 들어찬 남자들이 계급해방이니 민족해방이니 하는 말들 안 믿어요. 인정 안 해요. 엥겔스가 메리 번즈 자매하고 평생 어떤 관계였는지 아시죠? 조선 남자들은 백 번 다시 태어나도 엥겔스 발꿈치도 못 따라갈걸요. 〈가족, 국가, 사유재산의 기원〉을 다 거꾸로 읽는다니까. 밥하고 빨래는 여자들 시키는 혁명이라면 나는 사양하겠어요."

피차 친구 남편이나 아내 친구로서의 프로토콜은 생략했다.

"연애는 내 개인의 선택이에요. 송봉우 씨를 좀 좋아하면 안 되나요?"

헌영은 칼끝 같은 눈초리로 정숙의 얼굴을 쏘아보았다.

"그렇다면 나는 앞으로 정숙 씨를 인정하지 않겠소. 정숙 씨는 마르크스주의니 민족해방이니 운운할 자격 없소. 〈신여성〉 일에 너무 빠져 중심을 놓친 거 아니요? 제 잘난 맛에 사는 신여성 나부랭이들보다는 차라리 시골 촌부 데리고 혁명을 논하는 게 빠르지."

헌영은 의자에서 일어나 얼굴을 홱 돌리더니 입구로 걸어갔다.

"시골 촌부라고? 자칭 마르크스주의자가 기본계급 여성을 너무

만만히 보는 거 아닌가?"

정숙의 대꾸가 등에 꽂혔을 때 그는 잠시 멈칫하더니 쏜살같이 다방을 나가버렸다. 그녀는 현기증을 느꼈다. 현영과는 우정이 깊었고 사회에 나와 처음 사귄 이성친구이고 한때 엇갈린 연정의 상대였고 지금은 절친의 남편이자 남편의 절친이었다. 하지만 지금 그 모든 게 무너져내리고 있었다. 오늘 현영은 문제를 풀어보겠다고 선의로 접근했다. 하지만 선의에 섞여 있는 어떤 판관의 태도, 주류에 속한 사람의 일방주의가 거슬렸고, 그녀는 지금 그것을 묵인할 만큼 너그럽지 못했다. 내부에서 부글부글 끓던 것이 출구를 찾았다고 할까. 덕분에 애꿎은 평화의 사절이 돌팔매 맞은 셈이다.

다방을 나서는 정숙은 머릿속이 뒤숭숭해졌다. 현영에 대한 격한 감정은 번개 지나가듯 사라졌는데 어떤 불길한 느낌이 엄습해왔다. 올봄만 해도 갈 길이 분명해 보였는데 요새는 모든 게 다시 뒤죽박죽이다. 따지고 보면, 조선공산당이 파벌 봉합에 실패한 스트레스가 고스란히 정숙의 머리 위로 퍼부어지고 있었다. 화요회 쪽에선 허정숙이 내부 기밀을 북풍회에 흘러 들어가게 해서 연대가 깨졌다고, 북풍회에선 송봉우가 내부 기밀을 화요회에 흘러 들어가게 해서 화요회에 놀아났다고 했다.

이게 뭘까. 파벌 짓기 좋아하는 게 남자들 속성일까. 상해에선 이르쿠츠크파와 상해파가 싸웠다. 정숙은 양쪽 다 잘 알았지만 다들 똑같이 민족해방 한다고 객지에 나와 생고생했고 또 가까이서 보면 인간적으로 매력 있는 사람들이었다. 단지 처음 당을 만들 때 서로 갈래가 달랐던 것 때문에 죽어라고 서로를 미워했다.

그러다 자유시참변까지 갔다. 피를 본 다음엔 트라우마가 되어 그 무엇으로도 돌이킬 수 없게 돼버렸다.

일본인들은 협력할 줄 모르고 파벌을 일삼는 게 조선의 민족성이라 비웃었다. 정숙이 보기에 협력할 줄 모르고 파벌을 일삼는 건 저들도 똑같았다. 사무라이사회다 보니 논쟁이 아니라 칼부림으로 결판내는 것이다. 정숙은 일본 역사를 칼잡이 역사라고 놀려왔다. 하지만 수백 년 문과 체질로 살아온 조선의 엘리트들이 지역, 학파, 족벌로 편을 갈라서는 끈질기게 옳으네 그르네 말로 물고 늘어지는 것도 지겨웠다.

정숙은 어수선한 마음을 가라앉히느라 공연히 보신각과 화신상회 주변을 서성거렸다. 이따금 배 속에서 태동이 느껴졌다.

1925년 을축년도 저물어가고 있었다. 11월 중순에 첫눈이 내렸다. 관철동 집 담장 너머로 멀리 흰 눈에 덮인 남산 자락이 보였다. 태풍이 불고 홍수가 질 때는 여름이 끝나지 않을 것만 같더니 가을도 잠깐, 이내 겨울이 되었다.

어느 날 밤, 관철동 허헌 변호사사무소의 현관문을 쾅쾅 두드리는 소리가 심야의 정적을 깨뜨렸다. 자정도 지나 모두 잠든 시각이었다. 갑작스러운 소란에 동네 집집마다 개들이 짖어댔다. 안채에서 잠자던 허헌이 놀라 잠옷 바람으로 대청마루로 나왔고 정숙네 부부도 방에서 뛰어나왔다. 돌을 앞둔 아들이 깼는지 유모 방에서 아기 울음소리가 들려왔다. 현관문을 열자 네 명의 남자가 달려 들어왔다. 종로서 고등계 형사들이었다.

"당신 임원근이지?"

남자들은 원근의 어깨를 양쪽에서 붙들고는 옆에 배를 불룩하니 내밀고 서 있는 정숙을 아래위로 훑어보면서 말했다.

"당신도 좀 갑시다."

허헌이 "도대체 무슨 일이요?" 하자 나이 든 형사 하나가 "당사자는 잘 알거요"라고 대꾸했다. 형사들은 부부에게 외출복으로 갈아입으라 한 뒤 호송차에 태웠다. 호송차가 떠난 뒤 형사 둘이 부부 방으로 들어갔다. 이들은 한 시간 만에 책과 서류를 한 보자기 싸 들고 나왔다. 먼 데서 삑삑 호각 소리가 들렸다.

곧 훈정동에도 형사들이 들이닥쳤다. 그들은 이부자리가 깔린 방 안에 구둣발로 들어가 박헌영과 주세죽을 잠자던 차림 그대로 오랏줄에 팔과 허리를 묶어 끌고 나왔다. 바깥으로 나오자 초겨울 밤 한기에 세죽이 재채기했다. 형사들은 방 안에 있던 종이란 종이는 만두 봉지와 휴지 조각까지 모두 쓸어 담아 차에 실었다.

같은 시각, 김단야의 하숙집에 갔던 형사들은 허탕을 쳤다. 단야는 김천 고향 집에 가고 없었다.

앞으로 3년에 걸쳐 신문지상을 떠들썩하게 만들 제1차 조선공산당 사건, 이른바 '101인 사건'이 터진 것이다. 조선의 공산주의자들이 여러 해 공들인 비밀결사체, 총독부를 감쪽같이 속여 넘기면서 출범한 조선공산당은 엉뚱한 곳에서 우연치도 않은 사건 때문에 하루아침에 만천하에 공개돼버렸다. 신의주에서 술 취해 순사들과 패싸움 벌인 청년들 집을 수색하던 중에 발견된 이상한 서신 두 통이 실마리가 됐다.

"경성에 당黨학교를 건설하여 지방당원을 모아 비밀스러운 규율과 훈련을 시키려 하고 있다. 그에 대한 경비를 원조하라. 학생 30명, 기한 3개월, 책임강사 5명, 교실 5개소….."

공산청년회 책임비서 박헌영이 상해의 조봉암에게 보내는 것이었다. 코민테른으로 가는 비밀서한이 운반 도중 신의주에 머물다 사고를 당한 것이다.

때론 어처구니없는 실수가 역사를 그르치기도 한다. 하지만 이후 재건과 궤멸의 악순환을 반복하면서 지리멸렬해져가는 조선공산당의 불우한 역사를 보면 그 실수조차도 운명의 트랙처럼 보인다. 다만 조선공산당이 그림처럼 산뜻하게 출발해서는 불과 반년 만에 파경을 맞게 됐다는 게 어이없을 뿐이다. 비록 광범한 노동자, 농민 대중의 조직 없이 한 줌 엘리트 혁명가들의 비밀결사이긴 했어도 1차 조선공산당은 고난도 위장전술로 창당식을 은폐한 것부터 짧은 기간에 코민테른의 예산을 따고 모스크바에 유학생을 파견한 것까지 일급활동가들의 유능함과 기민함으로 빛났다.

하지만 경성의 봄은 짧았고 혹독한 시절이 시작되었다. 여섯 남녀의 운명은 엇갈렸다. 11월 30일 새벽 종로경찰서에 들어간 정숙은 이날 오후 풀려났고 세죽은 원근, 헌영과 함께 신의주경찰서로 압송되었다. 단야는 고향 김천에서 조선공산당 일제 검거 소식을 들었고 곧장 북행길을 서둘러 압록강 건너 조선을 빠져나갔다.

세죽이 신문을 받는 동안 어디선가 끊임없이 외마디 비명과 신음 소리가 들렸다. 그녀는 형사에게 "옆방에 혹시 남편이냐"고 물었다. 신의주재판소에 도착했을 때 형사들이 남편을 제일 먼저 끌어내 다른 장소로 데려갔다. 조선공산당 중앙위가 있지만 실제 모든 사업은 공산청년회가 했고 연락문서들은 박헌영 이름으로 나갔으니 그가 가장 심한 고문을 받을 것이었다. 누군가 고문받다 시체가 되어 실려 나갔다는 소문이 돌았다. 그도 분명 동지 중 한 사람이겠지만 세죽은 그게 남편이 아니라는 걸 확인할 때까지는 끼니라고 제공하는 메주 몇 알조차 목구멍에 넘어가지 않았다.

12월 중순, 만주벌판에서 압록강을 건너온 칼바람이 재판소 판자벽을 두들겨댔다. 이따금 증기선의 기적 소리가 아련히 들려왔다. 버선 안에서 발이 얼어 발가락에 감각이 없어졌다. 가만히 앉았다간 동사하기 꼭 알맞았다. 그녀는 좁은 유치장 안을 걸어다녔다. 서성이면서 벽을 자세히 보니 온통 낙서투성이였다. 나무판자에 뾰족한 뭔가로 홈을 내서 만든 낙서들인데 아마 손톱이나 수갑 모서리로 새겼을 것이다.

"나는 오늘 사형선고를 받았다. 25년을 사나 백 년을 사나 한평생이긴 마찬가지다."

"정의는 없는 것인가. 일본 강도 놈들한테 언제까지 당하고 있어야 하는가."

"어차피 한번 죽을 목숨, 역사 위해 쓰련다."

안쪽 벽면의 어떤 낙서에 그녀의 눈길이 멎었다. 낡고 때 긴 낙서들 숲에서 이것은 새로 새겨진 듯 홈에 보풀이 매달려 있었다.

I Am One of the Organizer of Korean C.Y. and it Caused me

this Prison-Life.

Long live! Korean liberation.

DEC, 1925, RIM

분명 임원근이었다. 그가 이곳을 지나간 모양이었다. 추위에 지지 않으려고 이 글자들을 새겼을 테지. 세죽은 눈물이 핑 돌았다. 어색한 영어 문장에 묻어 있는 치기조차 사랑스러웠다. 한겨울 삭풍에 덜덜 떨어대는 재판소 목조건물 안에서 그녀가 차가운 유치장 바닥에 누워 얼어 죽지 않고 하룻밤을 날 수 있었던 건 이 낙서의 마술이었다. 임원근이 남겨놓은 난로가 밤새 파닥파닥 불을 지펴주었고 그녀는 따스한 온기를 느끼며 잠이 들었다.

세죽은 신의주형무소에서 한 달 만에 풀려났다. 한밤에 잡혀갈 때 입었던 얇은 무명저고리 차림이었다. 그녀는 감옥의 철문을 나와 혼자 기차역을 향해 걸었다. 저녁 무렵이었고 흰 눈이 펄펄 날리고 있었다. 눈 덮인 신의주 거리에 연말의 흥취가 출렁거렸다. 일본인 집들은 처마에 송죽 장식을 달아놓았고 대문간에서 외등이 노란 불빛을 뿜어내고 있었다. 눈이 쌓여 머리와 어깨가 묵직해졌다. 무명저고리는 금세 척척하게 젖어왔다. 그녀는 맨손으로 눈을 털어내며 눈보라 속을 걸어 밤차를 탔다. 얼음집 같은 신의주감옥에 남편과 동지들을 남겨두고 혼자 경성으로 돌아가는 길이었다. 경의선 삼등칸엔 난로도 없었고 그녀는 속적삼까지 척척한데 추운 줄도 몰랐다. 잠도 오지 않았고 배도 고프지 않았다. 다음 날 아침 경성역에 내렸을 때 그녀는 경성이 텅 빈 것 같았다.

훈정동 집으로 돌아왔을 때 쌀독은 비어 있었고 방세는 밀려 있었고 수중에 돈 한 푼 없었다. 세죽은 일거리를 구해야 했다. 그녀는 닥치는 대로 병원 잡역부 일도 했고 식당 주방일도 했다. 일이 있는 날도 없는 날도 있었다. 그녀는 자주 악몽을 꾸었다. 매번 신의주재판소였고 한도 끝도 없이 신문을 받았다. 끝난 줄 알았는데 또 형사 앞에 앉아 있고 형사가 무어라 묻는데 들리지 않았다. 남편은 피투성이 얼굴로 나타났다. 그녀는 어디선가 비명과 신음이 들리는 것 같은 환청에 시달렸다.

낯익은 얼굴들이 삽시간에 다 잡혀 들어가고 종로는 썰렁했다. 다행인지 불행인지 악소문을 날라다 줄 사람도 이젠 없었다. 스캔들이 화요회 동지들에 대한 정을 어느 만큼 떼어간 게 분명했다. 정숙은 북풍회관을 찾아갔다. 회관에서 송봉우를 만났을 때 그녀는 총알이 빗발치는 전선을 헤매다 캠프에 도착한 난민 같은 기분이었다. 송봉우 역시 이리 채고 저리 채면서 심신이 많이 상해 있었다. 그는 속옷 적삼 차림에 목탁을 들고 염불을 외고 있었다.

"내 배 속의 아이가 송 선생 아이라는 얘기 들었어요?"

그는 대답 없이 목탁만 '똑도르르' 두드렸다. 북풍회관에 갈 때마다 송봉우는 태평한 낯빛에 태평한 말투였지만 일제 검속의 추이에 신경을 곤두세우고 있었다. 명색이 조선공산당 간부라 검거 선풍을 피해갈 수 없었다. 어느 날 정숙이 북풍회관에 갔더니 숙소가 난장판이 돼 있고 송봉우도 잡혀가고 없었다.

정숙은 1926년 봄에 둘째 아들을 낳았다. 그녀는 출산과 함께 〈신여성〉 일을 그만두었고 두 아이의 엄마가 되었다. 큰아이는 임경한, 둘째는 임길한이었지만 어떤 잡지는 "성이 다른 둘째 아이를 낳았다"는 기사를 실었다. 잡지기자가 찾아와 둘째 아이의 아비가 신일용이라는 소문이 사실인지 물었다. 정숙은 깜짝 놀랐다. 송봉우 얘긴 들었어도 신일용은 또 금시초문이었다. 조선일보 논설위원 하다가 필화에 휘말려 중국으로 망명한 신일용은 기자대회 준비 관계로 몇 번 만났다. 수재민구호활동도 함께했고 그가 상해로 탈출할 때 아버지 심부름으로 만나 여비를 건넸었다.

이제 정숙은 스캔들 메이커로 잡지들의 사랑을 받게 되었다. 어떤 잡지가 그녀를 '조선의 콜론타이'라 부르자 그것이 그녀의 별명이 되었다. 사대문 안이 염문으로 들끓는 동안 일절 입을 떼지 않던 허헌이 어느 날 그녀를 불렀다.

"나는 너가 무슨 사상을 가지든 인정한다. 하지만 사람으로서 지켜야 할 도리라는 게 있다. 행동에 각별히 신경을 쓰도록 해라."

아버지도 둘째가 송봉우 아이라는 소문을 들으신 걸까. 아니면 신일용 아이라 생각하시는 걸까. 하지만 물어볼 수도 없었다. '남편 두고 다른 남자의 아이를 갖는 짓은 안 합니다'라는 말이 목구멍까지 올라왔지만 어떤 대답도 할 수 없었다.

정숙이 둘째를 안고 젖을 먹이다 자주 긴 한숨을 내쉬었다. 조선공산당도 부인해방도 한낱 백일몽이었던가. 예전에 없던 딸의 약한 모습이 딱해 보였던지 어머니가 한마디 했다.

"원래 몸 풀고 나면 그런 거란다. 뼈를 녹여서 아이를 만들자니 몸이 출렁거리는 게지. 에미도 너 낳고 나서 백일까지 베갯잇을 눈물로 적셨느니라. 옛날 어른들은 그래서 몸 풀고 나면 며느리들을 인정사정 볼 것 없이 부엌으로 밭으로 내몰았단다. 방 안에서 한숨 쉬고 눈물 짜는 꼴 보기 싫다는 거지."

출산 한 달 만에 정숙이 첫 외출에서 돌아오자 아버지가 불렀다.

"동경이 세계의 거울 같은 곳 아니냐. 내 동경서 신학문을 배워 돌아왔다마는 근대의 세계가 어찌 돌아가고 있는지 제대로 알려면 거울에 비치는 것만 봐서는 부족하지. 그래 가지고는 영원히 일본을 벗어나지 못한다. 내 눈으로 직접 보고 올 생각이다. 미주나 구라파에서 의회민주주의라는 것은 어떻게 돌아가는지, 신문사들은 무얼 하는지, 소련이 노동자 천국이 되었다는데 그건 또 어떤지."

2년에 걸쳐 미국, 유럽으로 해서 소련과 중국까지 보고 오겠다는 것이었다. 그는 이야기 끝에 뜻밖의 말을 했다.

"정숙아, 너 이번에 미국 가서 공부를 제대로 해보는 게 어떻겠냐. 유학 마치고 보성전문이나 이화여전 같은 데서 교수 하면서 얼마든지 너가 하고 싶은 여성운동이나 사상활동을 할 수 있다."

예전에 아버지가 미국 유학을 권했을 때 정숙은 상해로 도망쳤다. 하지만 이번 아버지의 말은 사방이 꽉 막힌 감옥에 불어오는 한 줄기 바람이었다.

정숙은 미국으로 떠나기 전에 세죽을 찾아갔다. 감옥을 나온 세죽은 혜화동으로 이사를 했다. 혜화동 언덕 세죽의 방은 냉기로 가득 차 있었다. 방에도 부엌에도 음식의 흔적이 없었다. 신의주에서 돌아왔을 때 만났었는데 몇 달 사이 세죽은 한결 지쳐 보였다.

정숙이 이제 미국 가면 2~3년은 조선 땅을 떠나 있게 되리라 했을 때 세죽의 대꾸는 싸늘했다.

"너는 편리하구나."

세죽의 말이 죽창처럼 폐부를 찔렀다.

"맘대로 연애하다가 맘대로 떠나고."

정숙은 아무 대답을 할 수 없었다. 어차피 적이 많았지만 상대가 세죽일 때는 달랐다.

"경한이 아버지는 알고 있니?"

"차차 알게 되겠지."

"너 신의주감옥이 어떤 덴지 아니? 고문당하기도 전에 손발이 얼어버리는 데야. 원근 씨가 불쌍하구나. 착하고 여린 사람인데."

"알고 있어."

"미국 유학 간다는 건 뭐야? 도망가는 거니?"

"도망이라니? 너무 심한 거 아냐?"

"전도양양한 출세의 길로 나서기로 작정한 모양이구나. 미국은 싫다더니."

"출세의 길이라고? 내가 그런 사람으로 보였니?"

"그래, 박 선생이 잘 본 것 같다. 너는 언제든지 자산계급 속으로 도망칠 거라고 했었지."

세죽의 말이 끝나자 정숙이 일어났다. 그녀가 단칸방을 나설 때 세죽은 내다보지 않았다. 둘은 작별인사도 없이 헤어졌다. 혜화동 언덕을 빠른 걸음으로 내려올 때 정숙은 명치끝이 타는 듯 아파왔다. '출세의 길이라고? 한때는 살점이라도 떼어줄 것처럼 애틋했는데 우리 우정이 고작 이 정도였던가. 요만한 도랑도 손잡고 건널 수 없다니. 너의 상처가 아픈 것처럼 내 상처도 아픈 거야.'

1926년 5월 30일, 정숙은 아버지와 함께 경부선 열차를 탔다. 몇 년이 될지 알 수 없는 세계일주의 장도長途에 오른다고 지인들과 신문기자들까지 개찰구 앞에 북적였다. 허헌은 조선공산당 공판이 시작되기 전에는 돌아오겠다고 했다.

아버지와 딸은 부산에서 시모노세키로 건너가 도쿄를 거쳐 하와이와 샌프란시스코를 들러 뉴욕에 도착했다. 정숙은 컬럼비아대학에 입학하고 허헌은 유럽으로 건너갔다. 세계일주 계획이 먼저였는지 딸의 유학이 먼저였는지 알 수 없지만, 딸에 대한 아버지의 애정과 관대함은 상상을 초월하는 바 있었다. 1920년대는 해방된 여자들을 받쳐줄 경제적, 문화적 토대가 없던 시대였다. 신여성은 너무 일찍 핀 꽃이었다. 성적, 사상적 모험을 즐긴 신여성이라면 혹독한 응징을 당하면서 인생의 쓴맛을 보기 마련이었다. 하지만 허정숙이라는 신여성은 불가사의할 정도로 너그러운 환경을 갖고 있었다.

허정숙이 미국으로 떠날 때 조선은 순종의 국상國喪 중이었다. 6월 10일 순종 장례일에 만세시위가 벌어졌는데 조선공산당 이름으로 전단이 뿌려졌고 다시 검거 선풍이 불었다. 이른바 제2차 공산당 사건이다. 진주 사람 강달영이 2차 공산당의 책임비서였고 바나나 행상으로 변장한 그는 명치정 거리에서 체포됐다. 이 검거 선풍 속에 세죽은 또다시 두 차례 체포돼 한 달 넘게 유치장에서 지내야 했다. 고려공산청년회의 후계당 간부로 이름을 올린 때문이었다. 조선공산당 사건으로 이미 백 명이 감옥에 있는데 2차 공산당으로 다시 백여 명이 체포됨으로써 조선의 공산당운동은 일단 정지 상태에 들어가게 되었다.

1차 공산당 때 검거를 피해 상해로 빠져나간 김단야는 아시아 혁명가들 모임인 동양혁명회에서 모금한 2천 원과 모스크바대학 유학생들로부터 걷은 4백 원의 성금을 서울로 보내왔었다. 상해로 떠난 것이 11월 30일이었고 성금이 도착한 것이 12월 20일이었으니 그 민첩함은 상상을 초월했다. 이번에 그는 조선공산당 상해지부 책임자로 6·10만세를 원격 지원했다. 하지만 조선공산당이 공중분해 되면서 상해지부도 해체됐고 그는 1926년 8월 상해를 떠나 블라디보스토크를 거쳐 모스크바로 갔다. 그는 고명자와 재회했고 곧 레닌대학에 입학했다.

고종 장례에서 3·1운동이 일어났으니 죽은 고종은 산 고종이 한 번도 해보지 못한 위업을 달성했다. 순종 역시 죽음으로써 생전에 해보지 못한 거사를 해냈다. 순종이 후사 없이 죽었을 때 순종의 이복동생으로 왕위 계승 서열 1위인 영친왕 이은은 모범적인 일본 육군장교가 되어 있었고 일본인 아내와 함께 잠시 건너와 궁에 머물면서 장례에 참석하고 돌아갔다. 이토 히로부미는 1909년 하얼빈에서 죽었지만 조선반도의 운명은 그의 기획대로 되고 있었다. 마지막 왕위 계승자였던 영친왕을 일본 육군장교로 만들어 버림으로써 대중의 기억 속에 들어 있던 왕조에 대한 추억을 강제 종료시키는 데 성공한 것이다.

어느 오후 세죽이 영천시장 고깃간에서 한나절 품팔이 일을 마치고 혜화동 집으로 걸어가고 있었다. 거리는 인산인해였다. 인파에 떠밀려 광화문통에 들어선 그녀는 인왕산 쪽으로 납작한 기와지붕 사이에 우뚝 솟은 5층짜리 현대식 석조건물을 보았다. 광화문을 밀어내고 경복궁 절반을 부숴낸 자리에 들어앉은 총독부 신청사가 10년 공사 끝에 낙성식을 한 것이다. 길바닥에 일장기들이 떨어져 발길에 차였다. 세죽은 날짜를 꼽아보았다. 10월 1일이었다. 몇 달 전 순종이 죽고 조선왕조가 마지막 호흡을 거두었으니 이제 완전무결한 총독의 나라가 되었다.

세죽은 울적한 마음으로 안국동 길을 걸었다. 레코드 가게에서 윤심덕의 노래가 흘러나왔다. 요새 경성 거리는 어딜 가나 현해탄 심해처럼 무겁게 가라앉은 그녀 목소리가 들려왔다.

> 광막한 황야를 달리는 인생아
> 너희 가는 곳 그 어데이더냐
> 쓸쓸한 세상 험악한 고해에
> 너는 무엇을 찾으려 하느냐

질풍노도의 시대였다. 이런 난세에는 사람들이 삶과 죽음에 초연해진다. 의협심에 가득 찬 청년들은 비밀결사에 가담해 수류탄 던지듯 목숨을 던졌고 그 한편에서 사랑에 빠진 남녀들이 유행처럼 강물이나 바다에 함께 몸을 던졌다.

다이쇼 천황의 생일인 10월 30일 천장절에는 경마대회니 사생대회니 경축행사로 떠들썩했고 누군가는 "맨날 골골하면서 오줌

똥 못 가리는 천황한테 경축행사가 무슨 소용이냐”는 불경스러운 일기를 썼다고 체포되기도 했다. 다이쇼 천황과 순종은 여러 모로 닮았다 했더니 공교롭게도 같은 해에 세상을 떠났다. 그해 크리스마스에 다이쇼 천황이 붕어했다는 뉴스가 나왔고 이튿날 스물여섯 살의 황태자 히로히토가 천황이 되어 〈서경書經〉의 한 구절 ‘백성소명百姓昭明 협화만방協和萬邦’에서 연호를 따와 쇼와昭和 원년을 선포했다. 1926년 12월 26일이었다.

1926년은 한 해 내내 공산당 사건으로 누가 검거됐다는 뉴스와 소문 속에 해가 뜨고 졌다. 정당이라는 근대적 개념으로 이 단어를 이해하는 사람은 세 개의 일간지를 읽는 몇만 명의 인텔리 정도였고, 들은풍월과 소문 속에 사는 사람들은 옛날 옛적 구월산이나 율도국에 있었다던 녹림당이나 활빈당 같은 어떤 것이 요사이 경성에 출몰했다는 얘기인가 했을 것이다. 적어도 이 무렵 ‘공산당’이란 어딘가 유럽산 장미의 향기를 풍기는 고급지고 이국적인 무엇이었다. 공산共産, ‘함께 만들고 함께 가진다’는 말은 또 얼마나 근사한가.

4

사망의
음침한 골짜기를 지날 때
- 1927년 경성

✱

조선공산당 사건 재판은 1927년 9월 13일에 시작됐다. 박헌영 임원근이 체포된 지 1년 10개월 만이었다. 공평동 경성지방법원에서 재판이 열렸다.

피고가 백 명이나 되는 재판이다 보니 모든 게 장관이었다. 법정 두 개를 개조해 초대형 법정을 만들었고 법원 주변엔 목책이 쳐지고 간이화장실도 세워졌다. 재판장석 뒤쪽으로 총독부 간부들과 헌병대사령관, 경찰서장 등을 위한 특별 방청석이 설치됐고 일반 방청석도 태반을 고등계 형사들과 헌병대가 차지했다. 치안유지법이 발효되고 첫 대형사건이라 총독부가 특별히 쇼케이스로 다루려 했던 것 같다.

초대형 법정에 피고인이 101명, 변호인단이 27명이었다. 공판 첫날 죄수들이 이동하는 독립문에서 공평동 사이 대로변에 새벽부터 사람들이 늘어서고 공평동 지방법원 앞은 발 디딜 틈 없었다. 죄수들은 흰 한복 차림에 짚으로 된 고깔을 쓰고 허리와 팔이 밧줄로 묶인 채 재판정에 들어왔다. 재판장이 피고인 101명을 한 사람씩 호명해 직업과 주소, 나이, 출생지를 묻는 데만 한 시간 넘게 걸렸다. 101명의 공소장을 다 낭독하자 첫날 공판이 끝났다.

변호인단에는 민족변호사 3인방 허헌, 김병로, 이인이 가담했다. 허헌은 1년 남짓 미국 아일랜드 영국 프랑스 독일 벨기에 러시아 중국을 돌아보고 약속대로 재판이 시작되기 전에 돌아왔다. 일본 노동농민당에서는 도쿄 자유법조단 소속 후루야 사다오 변호사가 파견돼 왔다.

이틀째 공판은 일반인 방청을 금지시켜달라는 검사 쪽 요청으로 시작됐고 재판부와 변호사 간에 설전이 오갔다. 오전 내내 공방이 계속되자 피고석에서 박헌영이 일어섰다. 그는 유창한 일어로 일장연설을 했다.

"피고로서 감상을 한마디 말하겠소. 우리는 적어도 전 무산계급의 전위가 되어 일하는 터인데 우리를 이같이 엄중한 경계로 구속함은 전 무산계급을 능멸하는 것이 아니고 무엇이오? 따라서 방청을 금지하고서 이 같은 경계를 계속하는 중에 공판을 할 터이면 변호사도 재판도 소용없소. 그저 판사 한 사람이 앉아서 하루나 이틀에 너는 징역 얼마, 너는 얼마 하고 즉결로 판결하여주시오."

총독부 쪽 인사들이 장내를 압도하는 제국주의 법정에서 박헌영의 웅변은 조선인 방청객들과 피고들의 억울하고 우울한 마음을 달래주었겠지만 방청석에 앉아 있던 세죽은 안절부절못했을 것이다. 실제로 이런 법정투쟁 때문에 헌영은 이미 살인적인 고문의 예심을 2년 가까이 치른 다음 또다시 서대문형무소 미결감에서 극단적인 인권유린의 나날을 보내게 된다.

> 조선공산당 공판 제4일에는 개정된 지 얼마 되지 아니해서
> 밀폐된 3호 법정에서 돌연 비참히 우는 소리가 들려 나오고 뒤
> 를 이어 판검사 변호사 등이 퇴정하자 피고 중 박헌영이 여러
> 간수에게 끌려 나오자 마침 공판이 어떻게 진행되는가 궁금히
> 생각하고 지방법원 구내에 와 있던 주세죽 여사가 이것을 보고
> 어찌 된 셈인지 몰라 눈에 눈물을 머금고 이리저리 헤매이는
> 정경은 보는 자에게 일종 의미도 모를 눈물을 재촉하였으며….
>
> – 동아일보, 1927년 9월 21일 자

공판은 비공개로 바뀌었고 4일째 재판은 법정 소동으로 중단됐
다. 조선공산당 사건으로 들어온 동료 넷이 고문당해 죽었다는 사
실이 알려지면서 피고석에서 통곡이 터져 나왔고 박헌영이 재판
장 앞으로 뛰어가 안경을 책상 위에 내동댕이치면서 "사람을 죽
여놓고 재판이 무슨 개수작이냐. 네 사람 어디 갔느냐. 박순병이를
내놔라"하고 소리치다가 정리들에게 끌려 나왔다 한다. 조선공산
당 사건은 105인 사건에서 101인 사건이 된 것이다.

공판 5일째는 박헌영이 아예 출정하지 않았다는 얘기에 초조한
마음으로 법원 마당을 서성이던 세죽을 허헌이 찾았다.

"세죽이, 지금 나하고 형무소에 박 군한테 좀 가세."

검정색 지프차가 법원을 빠져나와 서대문형무소 쪽으로 달렸
다. 자동차에는 김병로와 후루야 사다오 변호사가 함께 탔다. 헌
영이 공판을 거부하고 있다 했다. 일행은 형무소장실로 안내되었

166

다. 잠시 후 헌영이 간수와 함께 들어왔다. 법정 소동으로 안경이 깨졌다는데 안경을 쓰지 않은 두 눈이 더욱 퀭해 보였다. 그는 눈살을 찌푸리며 손님들이 누군가 살피더니 허헌과 김병로를 알아보고는 고개를 숙여 인사했다. 헌영이 자리에 앉자 허헌이 허리에 묶은 포승을 풀어주도록 간수에게 부탁했다.

"박 군, 그래 어떤가."

"…."

"듣자니 식사를 안 한다는데."

"입맛이 없습니다."

"그래, 마음에 안 드는 일이 있어도 사흘 이상은 굶지 말게. 오늘 공판에는 왜 안 나왔는가."

"저는 이 재판을 인정할 수 없습니다. 앞으로도 그 꼭두각시놀음에는 절대 나가지 않겠습니다. 법정이라는 데에 헌병대 사령관이 군복 입고 칼 차고 앉아 있고 육혈포 찬 순사들이 백 명씩 들어와 있는데 그걸 재판이라 할 수 있는 겁니까. 야모토라는 자가 무슨 자격으로 판사랍시고 우리 조선의 프롤레타리아 용사들에게 죄를 묻는다는 것입니까."

헌영은 하루 굶은 사람치고 전혀 피로한 기색이 없었다. 그는 청중을 앞에 두고 연설하듯 오른손을 흔들어가며 열변을 토했다. 말이 보통 때보다 세 배쯤 빨랐다. 김병로가 제지하지 않으면 그는 이 엉터리 재판과 허수아비 같은 사법제도와 공산주의자의 씨를 말리겠다는 치안유지법과 총독부의 기만적인 문화정책과 1925년 한 해만도 15만 농민이 토지를 몰수당했다는 것과 조선의 프롤레타리아들이 일본인 노동자 사분지일의 임금을 받고 하루 열네댓 시간 중노동에 시달리고 있다는 것에 관해 한 시간도 좋고 두 시간도 좋고 연설을 계속했을 것이다.

김병로는 "형무소생활은 견딜 만하오?"라는 질문으로 헌영의 연설을 잘랐다.

"뭐, 소풍 온 건 아니니까요. 독방이라는 게 그렇잖습니까. 변소에서 먹고 자고 하는 거나 마찬가지지요."

헌영은 며칠 전 공판에서 돌아와 지하실에 끌려간 이야기를 꺼냈다. 곁에 있던 간수가 즉각 제지했다. 세죽은 수갑 자국이 붉게 패인 헌영의 팔목을 바라보았다. 그녀는 팔목에서 목과 얼굴까지, 죄수복 바깥으로 나온 남편의 몸을 찬찬히 살폈다. 반소매 아래로 드러난 두 팔이 온통 푸르딩딩하게 멍들어 있었다. 서대문형무소 지하실에서 남편이 무슨 일을 당했을까. 그녀는 온몸의 피가 거꾸로 솟는 느낌이었다. 눈가로 뜨거운 뭔가가 흘러나왔다. 세죽은 손바닥으로 닦았다. 그것이 붉은 핏물이 아니라 맑은 눈물이라는 것이 이상했다.

세죽은 말 한마디 건네지 못하고 눈물만 글썽글썽한 채 남편과 헤어졌다. 형무소 마당을 가로질러 자동차 있는 곳으로 가다가 후루야 변호사가 일행을 멈춰 세웠다. 뿔테 안경 속에서 그의 두 눈이 빛났다.

"피의자들 고문당한 것을 문제 삼아야겠어요."

뜻밖의 얘기였다. 조선의 경찰서와 감옥에서 피의자들에 대한 대접은 원래 그러했다. 허헌이나 김병로 같은 인권변호사들조차 이제는 접어두고 넘어가는 사안이었다.

"피고인들을 면담해봐야겠습니다. 가해자들을 고소하도록 설득해보겠어요. 이 문제를 일본의 자유법조단과 노동농민당에도 보고하고 조사단을 파견해달라고 요청해보겠습니다."

죄수가 고등계 형사를 고소한다고? 세죽은 웃을 뻔했다. 조선공산당 재판이 열리는 동안 도쿄에서 벌어진 항의시위에 대한 기사를 본 적 있다. "조선 동포의 투쟁을 도와주자", "조선 민중의 적은 곧 일본 무산계급의 적" 같은 구호들이 눈에 띄었다. 일본 공산당 지도자 와타나베 마사노스케처럼 공개적으로 조선독립을 주장하는 사람도 있었다. 이것이 프롤레타리아 국제주의라는 것이구나, 했지만 후루야 변호사의 말에 세죽은 새삼 가슴이 뭉클했다.

세죽은 다음 날 아침 서대문형무소로 갔다. 하지만 정문 경비초소 앞에 한 시간 동안 서서 기다린 끝에 그녀는 면회금지 통고를 받았다.

"박헌영, 이자는 면회금지요."

"왜 안 된다는 건가요? 한 달에 한 번 가족면회가 되는 걸로 아는데."

"좌우지간 면회금지요."

"무슨 일이 생긴 건가요. 어디 아픈가요. 저, 내일 또 오겠어요. 부탁인데요, 내일은 꼭 면회가 되게 해주세요."

"난 내일 비번이오. 오든지 말든지 내 알 바 아니오."

세죽은 어깨를 축 늘어뜨리고 한참을 그대로 서 있다가 품 안에서 도시락 보퉁이를 꺼냈다. 도시락은 아직 따뜻했다.

"이거라도 전해주세요."

"사식 차입금지요."

"왜 안 된다는 거예요? 그런 법도 있나요?"

"아니, 이 여편네가. 어서 돌아가지 못해?"

경비병이 버럭 소리를 질렀다. 스무 살쯤 돼 보이는 경비병의 호통에 세죽은 간신히 붙들고 있던 인내심의 끈을 놓아버렸다. 피가 거꾸로 치솟아 머리가 뜨끈뜨끈해졌다.

"도대체 내 남편을 어떻게 한 거야?"

세죽은 높은 형무소 담벼락을 넘어가라고 목청을 돋구어 힘껏 소리쳤다.

"사람을 죽도록 두들겨 패서는 이제 굶겨 죽일 작정이냐?"

순간 그녀 눈앞에서 번쩍 광채가 났다. 경비병이 일본도를 꺼내 하늘로 뻗쳐 들고 있었다. 당장이라도 내려칠 기세였다. 세죽은 눈을 부릅뜬 채 시퍼렇게 벼려진 일본도를 노려보았다. 일촉즉발 긴장의 몇 초가 흐른 다음 세죽은 시선을 거두고는 도시락을 도로 품 안에 넣고서 저고리 앞섶을 여민 뒤 경비병에게 나직하게 소리쳤다.

"너도 조선 청년인데 부끄러운 줄 알아라!"

세죽은 잠시 형무소 철문을 노려본 다음 천천히 발길을 돌렸다. 빳빳했던 몸에서 적개심이 빠져나가자 두 다리가 후들거렸다. 그녀는 독립문에서 혜화동까지 한 시간을 터덜터덜 걸어서 돌아왔다.

집에 돌아온 그녀는 도시락 보퉁이를 내려놓고 방바닥에 쓰러지듯 누웠다. 점심때가 훌쩍 지났고 허기가 밀려왔지만 입맛이 없었다. 바닥에서 냉기가 올라왔다. 신의주감옥에서 나온 뒤 한 번도 방에 불을 넣지 않았다. 남편과 동지들은 차디찬 감옥의 가마니때기 위에서 자고 있었다. 그녀가 점원으로 나가는 서대문 맨포드상점은 외국인들을 상대로 고급 옷감을 파는 가게였다. 일어와 중국어를 하는 그녀에게 맞춤한 일자리였고 덕분에 하루 벌이 잡역부 생활에서 벗어났다. 하지만 재판 때문에 결근이 잦다 보니 주급을 모아도 방세를 간신히 막을 정도였다.

예심 끝나고 첫 면회 갔을 때 남편은 얼굴이 퉁퉁 부어 있었다. 그는 "〈공산당선언〉하고 〈사적유물론〉 좀 넣어주시오. 요새 머릿속이 자꾸 산란해져서. 종교서적처럼 겉장을 바꿔서 다른 책 몇 권하고 같이 넣으면 차입이 될 수 있을 거요"라고 했다. 피폐해진 심신을 책으로 추스르고 싶었던 것 같다. 하지만 며칠 전 형무소 장실에서 만난 남편은 달랐다. 약간 들떠 있는 것이, 뭐랄까, 비상한 흥분 상태였다. 그는 흥분과 침울, 두 가지 극단적인 상태를 오가고 있는 것 같다. 이 상태가 어디까지 갈까. 언제까지 버틸 수 있을까. 그녀는 불길하고 우울했다.

그녀는 맨바닥에 누운 채 천장의 쥐오줌 자국을 바라보았다. 새삼 방이 휑하니 너무 넓다는 생각이 들었다. 벌써 2년 가까이 이 방에서 혼자 잠이 든다. 예전엔 시도 때도 없이 들이닥치는 손님이 짜증 났던 적도 많았다. 아침에 일어나 남자들 머릿수를 세어 보고 국수를 밀거나 감자를 찌면서 한숨을 쉬곤 했다. 그 눈치코치 없던 손님들이 지금은 모조리 서대문형무소에 있다. 그녀는 좁은 집이 북적대던 그때가 까마득한 옛날처럼 느껴졌다.

"아가야, 너는 초년 고생만 지나면 말년에 부귀영화를 누릴 팔자란다."

"어머니, 안색이 안 좋아요. 아침진지는 자셨어요?"

함흥 어머니가 걱정스러운 얼굴로 그녀를 들여다보고 있었다.

"아이고, 새댁. 헛소리를 다 하네. 정신 좀 차리시우."

눈을 뜨자 흐릿한 시야 속에 주인아주머니 얼굴이 들어왔다. 아주머니가 그녀의 팔을 붙잡아 흔들고 있었다. 벽시계가 2시를 가리켰다. 주위가 훤했다.

"손님 오셨수."

아주머니 옆으로 낯익은 남자 얼굴이 보였다. 허헌 변호사사무실에서 일하는 청년이었다. 세죽이 "오늘이 며칠이지요?" 하고 물었다. 그러니까 형무소에서 돌아온 뒤 꼬박 이틀을 혼자 냉방에 쓰러져 있었다. 피로와 허기에 지쳐 죽음 같은 잠에 빠져 있었던 것이다. 청년은 허헌 변호사 심부름으로 왔다 했다. 세죽이 혼자 어쩌고 있는지 걱정이 돼서 들여다보라 했다는 것이다. 사식 차입하려다 허탕 친 얘길 전해 들은 모양이었다. 청년은 남편이 음식을 거부하고 있다 했다. 단식투쟁 하고 있다는 얘기였다.

정숙이 여객선에서 스무 날을 보내고 경성에 돌아온 것은 1927년 10월 25일이었다. 경성역에서 집으로 돌아오는 차 안에서 허헌은 딸에게 서운함을 드러냈다.

"성질하고는. 지긋이 맘먹고 공부를 끝낼 것이지."

"죄송해요. 하지만 조선 형편이 이런데 태평양 건너에서 셰익스

피어 문체가 어떻고 하는 강의가 귀에 들어오겠어요?"

"그도 그렇긴 하다마는."

부녀는 동시에 시선을 반대로 돌려 허헌은 지나는 행인조차 없이 쓸쓸한 덕수궁 대한문에 시선을 주었고 정숙은 이제 막 단풍이 들기 시작한 남산 자락을 바라보았다. 유학 떠날 때만 해도 인생을 한번 바꿔보겠다는 마음이 없지 않았다. 유학을 끝내고 이화여전 같은 데 교수가 되겠다는 생각도 있었다. 함께 혁명을 이야기하던 이들이 모조리 신의주경찰서로 떠난 뒤 정숙은 지난 일을 돌이켜보며 생각이 급해서 현실을 앞질렀다는 반성을 했고 조선 사회를 바꾸려면 인재를 길러내는 일도 중요하겠다는 생각을 했었다. 하지만 뉴욕에 도착했을 때 마음은 두고 몸만 태평양을 건너온 느낌이었다. 뉴욕의 거리와 집들, 컬럼비아대학의 수업이 다 먼 나라 딴 얘기 같았고 이물감이 좀처럼 가시지 않았다.

컬럼비아대학 학생회관에서 우연히 집어든 아사히신문이 결정타였다. 조선공산당 관련자들이 고문당한 것에 대해 일본 노동자 농민당원과 대학생들이 항의시위를 벌이는 기사였다. 정숙은 그 길로 기숙사에 돌아와 짐을 꾸렸다. 시모노세키에서 관부연락선을 타기 전에야 그녀는 아버지에게 전보를 쳤다.

먼 산을 바라보는 아버지의 옆얼굴에 귀밑머리가 희끗희끗했다. 이제 허헌도 마흔 중반에 접어들었으니 중년도 깊었다. 새삼 죄스러운 마음에 정숙이 화제를 돌렸다.

"조선공산당 공판은 어찌 되고 있어요?"

"경한 애비는 공청 간부가 된 데다 기자대회 사건하고 여러 가지 겹쳐 있어서 형이 무거울 거 같다. 내가 서류도 꼼꼼히 검토하고 신경을 쓰고 있다만."

"송봉우 씨는 어떻게 될 거 같아요?"

허헌은 딸의 얼굴을 무표정하게 쳐다보다가 입을 다문 뒤 집에 도착할 때까지 한마디도 하지 않았다.

어느 저녁 정숙은 세죽의 혜화동 집을 찾아갔다. 지난해 유학 떠난다고 작별인사 하러 왔다가 대판 싸우고 돌아 나온 곳이었다.

정숙의 목소리에 세죽이 맨발로 뛰어나왔다. 현관문 앞에서 둘은 서로 부둥켜안았다. 두 여자의 눈시울이 천천히 붉어졌다. 평생 다시 보지 않을 것처럼 헤어졌는데, 그래서 재회의 감회가 더 깊은지도 몰랐다.

그처럼 격렬한 시대에 1년 반은 아주 긴 시간이었다. 정숙은 세죽의 얼굴에서 극심한 고통이 할퀴고 간 흔적을 읽었다. 볼이 홀쭉해지고 눈자위가 그늘져 있었다. 세죽은 정숙에게서 신천지를 보고 돌아온 사람의 싱싱하고 팽팽한 기운을 느꼈다. 단발머리를 다시 길러 틀어 올린 때문일까, 한결 성숙한 여인의 느낌이었다. 세죽은 찻물 끓인다고 부엌으로 나갔다. 부엌에서 세죽의 목소리가 들렸다.

"미국은 어땠어? 영어 많이 늘었어?"

11월로 접어들어 저녁 공기가 냉랭한데 방바닥에는 온기가 없었다. 정숙은 일어나서 방 안을 서성거렸다.

"으응, 그저 그래."

"태평양은 어땠어? 진짜로 만주벌판보다도 넓어?"

정숙은 웃음을 터뜨렸다.

"요코하마에서 여객선 타고 하와이까지 열흘 걸렸는데 그 사이에 물밖에 없었어."

"미국 여자들은 어때? 행복하게 살아?"

세죽의 질문공세는 명랑하기도 하고 허허롭기도 했다.

"음, 나도 미국 한번 보고 온 사람들이 에티켓이니 청결이니 민주주의니 광대한 영토니 찬미하는 소리를 귀에 길이 나도록 들었지만 솔직히 나는 뭐 별로더라구. 백인들한테나 낙원이지 흑인들은 우리 조선 사람들하고 처지가 비슷해. 여자들이 감정을 솔직하게 표현하고 사는 것 하나는 부럽드만. 하지만 뭐든지 돈, 돈이야. 내가 이 나라에 살면서 가만히 보니까 말이지. 여기는 교육이나 법률이나 종교나 정치나 모든 게 다 자본가들 위주로 굴러가. 여자들도 자유를 누린다고는 하지만 다 자본주의의 인형인 거야. 돈 먹는 인형이지."

세죽이 찻잔 두 개를 쟁반에 받쳐 들고 들어와 바닥에 내려놓고는 이불을 꺼내서 폈다. 찻잔에 보리 알갱이 서너 알이 떠 있었다.

"바닥이 차지? 이리 올라와."

두 여자가 이불 위에 올라앉았다. 정숙은 손끝이 시려와서 두 손바닥으로 찻잔을 감쌌다.

"사람들은 많이 만났어?"

"하와이에선 이승만 씨를 만났는데 그치는 예전엔 영어만 유창해지면 미국인들한테 말 잘해서 독립을 얻을 수 있을 것처럼 얘기하더니 이제는 그 얘기도 쏙 들어갔고 돈타령만 해. 아버지가 여비를 떼서 주고 왔다니까. 근데 박 선생은 어때?"

"…."

"면회는 했어?"

"변호사님한테 대강 들었지?"

"응, 보석 신청하셨다고."

찬찬히 들여다보니 세죽의 홀쭉한 뺨에 허옇게 버짐 꽃이 피었고 입술은 푸른빛이 돌았다. 헌영을 옥바라지하면서 세죽이 영천 시장에서 일당 받고 물건 날라주는 잡역부 노릇도 하고 병원에서 피 묻은 이불도 숱하게 빨았다 했다. 아버지는 세죽을 봐서라도 빨리 보석을 얻어내야겠다는 마음에 판사를 한 번 찾아갈 것을 두 번 찾아가게 되노라 했다.

"많이 안 좋아. 점점 심해지는 거 같아. 죽겠다고 두 번이나 목을 맸어. 형무소에서는 아예 두 손 두 발 수갑 채워서 철창에 묶어 놨대. 간수들이 밥을 억지로 먹인다는데 하루 한 끼도 제대로 못 먹는대. 이번에 면회 갔을 때는 나도 못 알아보는 거야. 의사가 심신상실이래. 심신을 상실했다니, 그게 뭐겠니?"

세죽이 말꼬리를 흐리더니 벽 쪽으로 돌아앉는다. 그녀의 어깨가 흔들리더니 가느다란 흐느낌이 들려왔다. 정숙은 위로의 말들이 혀 위에 맴돌 뿐이었다. 이윽고 흐느낌이 멎고 세죽은 길게 한숨을 내쉬었다.

"정숙아, 너가 비웃어도 할 수 없는데 지금 내가 바라는 건 무산자혁명도 조국해방도 아니야. 그저 그이가 정신만 온전해졌으면 좋겠어. 제정신만 돌아오면 함흥 내려가서 농사지으며 전도나 하면서 살고 싶어."

늘 단정하고 가지런했던 세죽의 머리가 며칠 감지도 빗지도 않은 듯했다. 대충 틀어 올린 머리가 엉클어져 있었다. 정숙은 시린 두 손을 비비면서 방 안을 돌아보았다. 윗목에 빈 질화로가 눈에 들어왔다. 세죽이 신혼방을 꾸몄던 첫 겨울, 단야가 어느 식당 주인에게 헐값에 얻어 들여놓아 준 화로였다. 차갑게 식은 질화로 때문에 방 안이 더욱 을씨년스러워 보였다.

"화로에 숯이라도 좀 사다 넣지 그러니?"

"그 화로? 나는 추운지도 모르겠어. 오늘 아침엔 잠은 깼는데 눈을 뜨기 귀찮은 거야."

정숙이 핸드백에서 머리빗을 꺼냈다. 정숙은 세죽의 트레머리를 풀고는 정성껏 머리를 빗겼다.

"세죽아, 나하고 같이 야시장에 나가보자."

종로통은 야시장 남포 불빛이 밤을 밝히고 있었다. 리어카나 가마니에 잡화를 펼쳐 놓은 장사꾼들이 손님 부르는 소리가 어지러웠다. 정숙은 특별히 살 것이 없어도 야시장에 나오곤 했다. 야시장의 냄새와 소리와 불빛이 흥겨웠다. 대낮에 일본도를 찬 기마경찰이 눈을 부라리며 지나갈 때 숨죽이는 종로지만 밤의 표정은 제법 흥청대기도 하는 것이 낮과는 사뭇 달랐다. 정숙은 세죽과 포장마차에서 국밥을 시켜 먹은 뒤 쌀 다섯 되와 참숯 한 단을 샀다. 정숙은 질화로에 숯불을 피워놓고 혜화동 집을 나섰다.

정숙이 돌아간 뒤 세죽은 선반 위에 흰 봉투가 놓여 있는 것을 보았다. 봉투 안에는 2백 원이 들어 있었다. 남편이 신문사 다닐 때 받던 월급 서너 달 치에 해당하는 돈이었다. 그녀는 봉투를 만지작거렸다. 이 빚을 언젠가 무엇으로든 갚을 수 있으면 좋으련만. 하지만 자신에게나 남편에게나 그런 미래는 결코 오지 않으리라는 생각이 들었다.

허헌이 집요하게 재판부를 설득하고 형무소를 찾아가고 해서 보석허가를 받아낸 것은 11월 22일이었다. 서대문형무소 철문 앞에서 헌영의 어머니와 세죽이 그를 맞았다. 신문은 박헌영이 마중 나온 아내와 어머니를 알아보지 못했다고 보도했다. 그는 곧바로 서소문에 있는 정신과 전문 김탁원의원에 입원했다.

어느 날 아침식사를 마친 아버지와 딸이 찻상을 앞에 두고 마주 앉았다. 조선공산당의 경우 당을 만들었다고는 하지만 구체적인 실행 단계에 들어간 것은 아니기 때문에 하나의 사상단체로 취급해야 한다는 데 변론의 초점을 두고 있다고 허헌이 말했다. 다만 코민테른자금을 받은 부분이 문제라 했다.

"내 이번에 공산당 자료들을 검토하면서 여러 가지 생각을 하게 되더구나. 너도 알다시피 나는 공산주의와는 거리가 있는 사람이다. 내가 세계일주 다녀오고 나서 구미 의회민주주의나 소비에트 인민민주주의가 다 장단점이 있다고 얘기하지 않든? 그런데 사건 자료 중에 흥미로운 문서가 하나 있어서 베껴두게 했다. 박 군이 신의주감옥에 있을 때 공산주의에 대해 진술한 문서인데 제법 두툼한 분량이다. 사상사건이다 보니 예심판사가 참고자료로 쓰려고 박 군에게 쓰라 했을 게다. 보통 사람 같으면 뼈 빼고 따귀 빼고 건성건성 때웠을 게야. 잘 쓴다고 무죄가 될 리 없으니까 말이다.

그런데 박 군은 아주 열과 성을 다해서 공산주의 원리를 설명하고 왜 역사가 공산주의를 향해 나아갈 수밖에 없는지 강의를 하고 있는 거야. 예심판사를 설득해서 마르크스주의자로 바꿔놓고 말겠다고 작정하기라도 한 것처럼 말이다. 읽다가 감탄도 하고 웃음도 나고 했다. 예심판사가 박 군 진술서를 읽고는 사표 내고 동경으로 돌아가 노동농민당 당원이 됐을 리는 만무하지만 이놈들이 아주 미친놈들은 아니구나, 최소한 그 정도 생각은 들었을 게다."

허헌은 가볍게 웃었다.

"박 군이 올해 스물여덟이던가. 나는 그 나이에 뭘 했지?"

"아버지도 못지 않았잖아요. 판사한테 대든 것까지 똑같네."

허헌은 1908년 조선 최초의 변호사시험을 통과한 여섯 중 한 명이었다. 그는 조선 최초의 변호사였지만 최초로 등록취소 당한 변호사이기도 했다. 당시 장안을 떠들썩하게 하던 미곡상 소송에서 법부대신 조중응이 창고주 편을 들어 한동안 시내의 쌀 유통을 막아놓자 변호사 경력 5개월짜리 스물다섯 살의 허헌이 법정에서 판사와 멱살잡이를 하고는 법부대신을 찾아가 따졌다가 괘씸죄로 3개월 자격정지를 당했던 것이다. 한일합방이 되자 그는 경성의 변호사사무실을 접고는 가족을 이끌고 낙향해버렸다.

다윈의 진화론이 생물계의 진화학설이라면 마르크스의 공산주의는 인간사회의 진화학설이며 실로 사회진화론이라고 할 수 있을 것입니다. 아담 스미스는 자본주의 경제학의 원조이고 칼 마르크스는 공산주의 경제학의 창시자입니다. 그렇다면 우리가 연구하고 있는 마르크스의 공산주의란 무엇일까요? 마르크스는 인류역사를 경제상의 법칙에 의해 설명하고 있으므로 그것을 유물사관이라고 부릅니다. 공산주의를 설명하려면 그 근본사상인 유물사관을 이야기해야 하지만 그것을 상세하게 풀이하는 것은 커다란 작업이기 때문에 여기서는 개념만을 간략히 진술하기로 하겠습니다.

대개 경제제도는 어떤 사회의 기초이기 때문에 어느 시대에나 경제제도가 어떠한가에 따라 일정한 사회조직이 생겨납니다. 예를 들면, 봉건경제제도 위에는 봉건적 사회가 생겨나고, 자본주의경제제도 위에는 자본주의적 사회가 구성되는 것과 같습니다….

일본어로 쓴 '공산주의'라는 제목의 진술서는 아버지 말대로 이렇게 친절하게 시작되고 있었다. 그녀의 입가에 미소가 번졌다. '당신의 진술서가 일본인 예심판사에게 어떻게 읽혔을지 모르겠지만 적어도 양심적인 조선인 변호사 한 사람은 깊이 움직인 것 같네요.'

조선공산당 사건을 맡아 딸의 친구들을 변호하면서 허헌이 쏟았던 열정과 애정이 이후 그의 인생행로를 어떻게 바꿔놓게 될지 당시로선 그 자신도 가늠하지 못했다.

해가 바뀌고 관철동 집 앞 느티나무에서 매미가 울어대는 초여름 어느 일요일 오후, 세죽 부부가 찾아왔다. 세죽은 눈에 띄게 배가 부풀어 몸이 무거워 보였다. 박헌영은 구제불능으로 미쳐버렸다는 장안의 소문을 비웃듯 말끔한 얼굴이었다. 정숙이 헌영을 마지막으로 보았을 때가 막 퇴원해서 혜화동 집에 온 직후였는데 눈빛도 불안정하고 폐인의 몰골이었다. 세죽은 상점일을 그만두고 남편에게만 매달려 있었다. 최근까지 온천과 사찰을 다니며 요양한다는 소식을 들었는데 그새 많이 회복된 듯했다.

정숙은 반가운 마음에 헌영의 팔을 덥석 잡았다. 그는 무표정한 얼굴로 정숙의 손에서 팔을 빼냈다. 헌영이 제정신으로 돌아온 게 틀림없었다. "제 잘난 맛에 사는 신여성 나부랭이들보다는 차라리 시골 촌부 데리고 혁명을 논하는 게 빠르지." 정숙은 2년 전의 일이 떠올랐다.

헌영이 사랑방에서 아버지를 만나는 동안 정숙은 자기 방에서 세죽과 이야기를 나눴다.

"너 곧 몸 풀게 생겼구나. 박 선생이 웬일이야. 자식은 사전에 없는 줄 알았더니."

"바닥을 봤잖아. 사람이 약해진 거지."

"이제 정말 멀쩡해진 것 같은데."

"정신이 온전해진 것만도 기적이야. 하나님께 감사하고 있어. 내가 요새는 아침저녁으로 기도를 한단다. 절박해지니까 다시 하나님을 찾게 되는 거야. 모든 게 내가 져야 할 십자가다, 그렇게 받아들이고 있어."

헌영은 아직 온몸의 근육과 신경조직이 파열되고 부어오른 상태라 했다. 법정 소동을 벌였을 때 그는 간수들에게 손발이 묶인 채 갖은 고문을 당했다 했다. 억지로 똥을 먹였다는 소문도 사실이라 했다. 그 악명 높은 서대문형무소 지하실에서 헌영은 몸과 마음이 누더기가 된 채 가느다란 생명줄만 건져서 돌아온 것이다.

"세죽이 너도 얼굴 많이 좋아졌어."

"남편이 정신을 놓았는데 어쩌니. 나라도 정신을 똑바로 차리지 않으면 다 죽겠다 싶으니까."

그러고 보니 세죽이 눈빛도 목소리도 강건한 것이 함경도 여자의 기백이 돌아와 있었다. 세죽이 목소리를 낮추었다.

"모스크바에서 단야가 인편에 전갈을 보냈어."

세죽이 잠깐 쉬었다 말을 이었다.

"그이 혼자 보낼까 생각도 해봤는데 그건 더 위험해. 부부가 같이 움직이는 게 위장하기도 낫지."

정숙은 등줄기가 서늘해졌다.

"보석으로 나와서 감시가 따라다니는데 가능하니? 많이 걷는 것, 산모한테나 아이한테나 위험할 텐데."

"아이가 배 속에 있을 때 밀항도 할 수 있지. 갓난아이가 생겨버리면 옴짝달싹 못 해. 그래서 시간이 얼마 없어. 하늘에 맡겨야지. 태어날 운명을 가진 아이라면 살겠고."

조선공산당 공판 이후 헌영은 늘 뉴스의 인물이었고 이런저런 소문이 꼬리를 물었다. 그가 미쳤다는 설과 미친 척한다는 설이 엇갈렸고 미쳐서 자기 똥을 먹었다는 설과 간수들이 억지로 똥을 먹였다는 설이 엇갈렸다. 보석으로 나온 뒤에 혜화동 거리나 야산을 맨발로 헤매 다니더라고도 했다. 어느 맑은 날 북악산 바위에 앉아 낚싯대를 드리우고 있더라는 소문을 들었을 때 정숙은 헌영이 이제 일부러 광인행세 하고 있구나, 하는 심증을 굳혔다. 세죽이 빠져나갈 방책을 마련해두었다니 광인행세도 그 계책의 일부임이 틀림없었다.

"정숙아, 〈어떤 개인 날〉 한번 들려줄래? 어쩌면 앞으로 들을 일이 없을지도 몰라. 상해 생각이 나는구나. 지금은 내가 어느 옛날에 음악학도였던가 싶다."

"그러게. 나도 한때 푸치니를 좋아했었지. 그런데 어느 때부터 그게 딱 싫어지더라. 미국에서 돌아와서부터인데. 그 뿌리를 보았다는 생각이 드니까."

"그래. 나도 쇼팽 좋아하던 내가 지금 나하고 같은 사람인가 싶다. 30년도 채 못 된 인생인데 그 안에 전혀 다른 내가 몇 개씩이나 들어 있다니."

세죽은 방 안을 두리번거렸다.

"그런데 너, 축음기 어디 갔니? 설마… 그거 내다 판 건 아니겠지? 또 누구 뒷돈 대느라?"

"응, 팔아치웠어. 박 선생이 알면 아주 쾌재를 부르겠구나. 부르주아의 훈장을 떼어버렸다고. 하하."

부르주아의 훈장을 판 돈으로 저들 부부가 끼니를 이었다는 걸 알면 헌영이 어떤 표정을 지을까.

세죽과 헌영은 떠나기 전에 사랑에서 허헌에게 큰절을 올렸다. 헌영은 끝내 정숙에게 눈길을 주지 않았다. 혁명가의 윤리일까, 감옥에 남은 원근에 대한 의리일까. 지상에서 마지막이 될 수도 있는 만남이건만 헌영은 화해의 틈을 허용하지 않았다.

살아서 다시 볼 수 있으려나. 정숙은 대문간에서 이글거리는 여름 볕에 두 사람의 실루엣이 녹아 사라질 때까지 눈길로 배웅했다.

몇 달 뒤, 정숙은 석간에서 이런 기사를 읽었다.

> 조선공산당 사건에 관련되어 신의주서에서 취조를 받다가 경성지방법원으로 이송된 후 수년을 예심으로 철창에서 신음하다가 금년 봄에 실진이란 중한 병을 얻어 보석이 된 예산 출생인 박헌영은 그의 애처 주세죽 여사에게 안기어 불치의 중한 병에 백약을 다 써보았으나 하등의 효과를 얻지 못하고 전지요양이나 하여 볼까 하여 로서아 혹은 중국 방면으로 탈주한 것 같다 하며 그의 거취를 맡아보든 함흥경찰서장 이하 책임자들은 경계를 게을리하였다 하여 징계처분까지 당하였다는데 이와 같이 불우한 그들에게도 사랑의 속삭임이 있었든지 들은 바에 의하면 박헌영 보석 즉시로 주세죽 씨가 임신하여 국경을 탈출할 즈음에는 임신 후 륙칠 개월이라 주세죽 씨는 자기의 부른 배를 부둥켜안고도 남편 박헌영의 손목을 이끌어 경계가 엄준한 국경을 넘었다 한다.
>
> ─ 동아일보, 1928년 11월 15일 자

정숙은 작별인사 왔던 날 세죽의 말이 귓전에 맴돌았다.

"내가 상해에서 너를 안 만났으면, 남편도 안 만났으면 지금쯤 함흥에서 음악선생 하고 있을까. 그동안 땅 밑이 꺼지는 것처럼 힘들 때도 많았고 죽고 싶은 적도 있었어. 하지만 후회하지 않아.

바깥이 춥다고 껍질 속으로 도로 들어가겠니? 죽도 밥도 아닌 그런 인생은 생각도 하기 싫어."

5

마침내
혁명의 심장에 도착하다
- 1928년 모스크바

*

모스크바의 아침 공기는 차고 건조했다. 열차 밖으로 나서면서 세죽은 포대기 끝으로 갓난아기의 얼굴을 덮었다.

1928년 11월 5일.

야로슬라브스키 역은 열차가 부려놓은 사람과 짐으로 북적거렸다. 사람 부르는 소리, 실랑이하는 소리, 고함치는 소리, 뜻을 알 수 없는 온갖 러시아 말들 때문에 플랫폼은 한층 번잡했다. 블라디보스토크를 떠나 시베리아를 횡단해온 열차이지만 그들 부부처럼 종착역에서부터 한 달 가까이 열차와 함께 여행한 사람은 많지 않았다. 갓난아기를 안고 있는 아내와 커다란 짐가방을 든 남편. 모스크바 중앙역 플랫폼에서 인파에 묻힌 두 동양인 남녀는 누구 눈에라도 평범하기 짝이 없는 단란한 신혼부부로 보였을 것이다.

역 구내 곳곳의 붉은 플래카드와 표어들은 소련 어딜 가나 낯익은 것이었지만 중앙역 돔 위에서 펄럭이는 낫과 망치의 붉은 깃발을 보았을 때 세죽은 울컥하는 어떤 감회가 밀려왔다. 마침내 혁명의 심장에 도착했구나!

몇 달에 걸친 길고도 험난한 여정의 끝이었다.

8월 말 늦여름의 어둑새벽에 터질 듯한 배를 감싸 안고서 서둘러 집을 떠날 때 모스크바는 아득한 이름이었다. 동네를 벗어날 수 있을지, 열차를 탈 수 있을지, 배를 탈 수 있을지, 살아서 국경을 넘을 수 있을지, 아이를 낳을 수 있을지, 모스크바까지 갈 수 있을지, 한 치 앞도 보이지 않았다. 함흥에서 블라디보스토크까지 나흘 여행에 세죽과 헌영은 대여섯 차례 삶과 죽음의 경계를 넘어야 했다. 열차에서 낳은 핏덩이를 안고 훤한 대낮에 두만강을 건널 때 나룻배 바닥은 속곳에서 흘러내린 핏물로 흥건했고 세죽은 정신을 잃고 뱃전에 늘어졌다.

블라디보스토크에서는 코민테른 국제혁명가구원회國際革命家救援會가 조선에서 망명한 혁명가 부부를 기다리고 있었다. 구원회가 제공하는 해변 휴양시설에서 한 달 남짓 산후조리를 한 다음 부부는 모스크바로 가는 열차에 올랐다.

볼셰비키혁명으로 땅과 하늘이 뒤바뀐 신천지, 이 소비에트의 러시아에서도 시베리아 횡단열차의 삼등칸은 톨스토이 시절 그대로 지저분하고 무질서한 채 이와 빈대에 물어뜯기고 있었다. 열차에서 마주친 러시아 사람들, 차창 밖으로 보이는 촌락들은 가난하고 우울했다. 러시아에 농노가 없어졌고 그들은 땅과 자유를 얻었지만 그것을 당장 끼니로 바꾸지는 못한 모양이었다. 스탈린의 경제개발 5개년계획이 막 시작됐지만 그 효과가 인민들의 부엌에까지 미치려면 좀 더 기다려야 할 것 같았다. 1차대전이 끝나면서 혁명정부가 들어섰지만 이내 반혁명군과의 내전이 시작됐으니 이 넓은 대륙에서 전쟁의 찌든 때를 말끔히 지우기는 요원해 보였다.

10월의 시베리아는 이미 겨울이 깊었고 바이칼호도 얼어 있었다. 열차가 설원을 달리며 울부짖던 소리가 아직 세죽의 귓속에서 웅웅거렸다. 출산의 부기가 덜 빠진 몸이 버석거리고 신열이 올라 머리가 어지럽고 속이 메슥거렸다. 몸살인지 멀미인지 알 수 없었다. 생후 두 달짜리 아기가 쌀 한 섬 안은 듯 무겁다고 느끼며 세죽은 개찰구를 나섰다.

몇 달이 될지, 몇 년이 될지 알 수 없으나 전혀 새로운 시간이 그녀를 기다리고 있었다. 두려움 반 설렘 반이었다.

대합실에는 고명자와 김단야가 마중 나와 있었다. 3년 만의 재회였다. 두 사람을 보자 세죽은 낯선 도시 모스크바가 갑자기 정겹게 느껴졌다. 명자는 짧은 단발머리에 갈색 수달피 모자를 쓰고 더블버튼 반코트와 바지 차림에 가죽장화를 신었다. 단야 역시 소련 신사들처럼 모직코트 차림에 털모자를 쓰고 있었다. 아주 잘 어울리는 한 쌍의 전형적인 소련 인텔리 커플의 모습이었다. 두 남녀 모두 혈색이 좋고 활기차 보였다.

명자가 세죽에게서 아기를 받아 안고는 신기한 듯 들여다보았다.

"혁명의 딸이구나. 전장에서도 아기가 태어난다더니."

서로 마주 보는 두 여자는 입으로는 미소 짓고 있지만 눈에는 눈물이 그렁그렁했다. 단야는 헌영을 힘껏 끌어안았다. 눈에 띄게 수척하고 꺼칠해진 헌영에게서 자신의 죄를 대속한 희생양의 얼굴을 보는 것일까. 단야의 충혈된 두 눈이 격한 감정을 토해내고 있었다.

"자네가 욕 많이 봤네."

단야는 헌영의 짐가방을 받아 들었다. 그리고는 세죽이 추워 보였던지 자기 코트를 벗어 입히고 털모자를 씌워주었다.

명자와 단야는 혁명가구원회가 운영하는 '정치망명가들을 위한 집'에서 함께 살고 있었다. 세죽 부부는 당분간 함께 지내기로 하고 짐을 풀었다. 침실과 거실에 화장실이 달려 있는 좁은 집이지만 제법 아기자기하게 꾸며놓은 것이 명자 솜씨다 싶었다.

"두 분 오신다고 김 선생이 어제저녁부터 대청소를 했어요."

명자는 동방노력자공산대학, 일명 '모스크바공산대학'에 다녔고 단야는 국제레닌대학을 다니면서 코민테른 동양비서부 조선담당관으로 일하고 있었다. 국제레닌대학은 고급 간부, 동방노력자대학은 일반 당원들을 위한 학교였다. 두 학교 모두 코민테른이 운영하는데 일단 입학하면 의식주를 해결해주고 생활비를 주었다.

"단야 씨, 식당에 가서 따뜻한 우유 좀 받아오세요. 아침에 내가 부탁해놨으니까 알 거예요."

둘은 손발이 척척 맞는 신혼부부였다. 모스크바에서 그들은 공식적으로나 사실적으로나 부부였다. 근면하고 단란한 학생 부부였다. 명자 오빠 말대로 결국 둘이 사랑의 도피행을 한 셈이다. 단야가 명자를 유학생 명단에 끼워 넣을 때는 일단 부모 그늘에서 해방시키자는 것이었지만 조선공산당 사건이 터지고 자신도 명자를 뒤따라오면서 그의 전략은 기대 이상의 성공을 거두었다. 부모로부터 문화적 망명을 온 여자와 총독부로부터 정치적 망명을 온 남자가 지구를 반 바퀴 돌아 멀고 먼 모스크바에 신방을 꾸며놓고 있었다. 부모들을 상대로 소모전을 벌이며 이루어질 수 없는 사랑으로 괴로워하던 두 남녀에게 이곳은 천상天上의 방 한 칸이었다. 둘은 행복해 보였다. 어렵사리 얻어낸 만큼 더 행복해 보였다.

짐 정리를 끝낸 명자가 세죽에게서 아기를 받아 안았다.

"명자야, 너 예전에 행복한 혁명가 부부가 되고 싶다고 한 말 기억나니?"

명자가 호호호, 웃었다.

"꿈을 이룬 것 같구나. 이제 아이만 생기면 되겠는데. 벌써 아이 가진 것 아냐?"

"아유, 그러면 좋게? 아이가 혁명사업에 방해가 된다나? 이제 박 선생도 아이가 생겼으니 그이도 할 말 없을 거야. 어떻게든 이 남자 마음을 돌려놓고야 말겠어."

미소 짓는 눈에 애교를 가득 담고 이렇게 말하는 아가씨를 단야인들 어찌 물리칠 수 있을까. 명자와 단야를 절반씩 닮았다면 세상에 둘도 없이 예쁜 아이가 태어날 것이다.

헌영과 세죽 부부가 도착했다는 사발통문이 돌자 유학생들이 모여들었다. 김명시와 김조이, 두 여자가 맨 먼저 달려왔다. 곧 권오직과 조두원, 조용암도 나타났다. 모두 조선공산당 일제 검거가 시작되기 전에 조선을 빠져나왔고 이제 이곳에서 3년과정을 마쳐가는 중이었다. 유학생들은 부부에게 국내 사정에 관해 이것저것 물어댔고 조선공산당 재건운동과 검거 사태에 대해 근심스러운 대화를 나누었다. 하지만 하나같이 혈색들이 좋았고 비분강개

할 때조차 의욕이 넘쳐 보였다. 혁명가에게 소련은 과연 또 하나의 조국이었다.

'정치망명가들을 위한 집' 1층 식당에서 세죽과 헌영, 명자와 단야, 두 쌍의 남녀가 점심식사를 했다. 다양한 인종과 국적의 혁명가들이 이곳 식당에서 식사를 하고 있었다. 명자와 단야는 지나가는 사람들과 악수를 하거나 뺨을 비비거나 볼에 뽀뽀를 하기도 했다. 유창하게 러시아어를 구사하는 명자를 세죽은 감탄스럽게 바라보았다. 험하게 생긴 외국 남자들과 뺨을 비벼대는 딸을 보면 명자 어머니와 오빠가 어떤 표정을 지을지 생각하다 세죽은 '풋'하고 웃음을 터뜨렸다.

"빨리 조선에 돌아가고 싶어요."

명자는 공산대학 3년과정의 마지막 학기가 곧 끝나면 귀국할 예정이었다.

"감옥에 있는 동지들한테 미안해서 견딜 수가 없어요. 조선공산당은 깨졌지만 이보전진을 위한 일보후퇴 아닐까요. 자본주의제도는 어차피 내부모순으로 무너질 수밖에 없을 테니까."

경성에선 모두들 잡혀가고 도망가고 고문당하고 죽고 사업은 쑥밭이 되었건만 그 우울한 조선 사회주의자들의 운명이 고명자만은 살짝 비켜간 듯했다. 혁명적 낙관주의라는 것이 스물다섯 순진한 아가씨를 흥분시키고 있었다. 명자는 막 산상수훈을 듣고 산을 내려온 사도처럼 어서 거리로 나가 복음을 전하고 싶은 갈망에 두 눈을 반짝반짝 빛내고 있었다. 세죽이 떠나온 경성은 혁명가들의 무덤이었건만 이 젊은 여전사는 무덤 속에도 길을 내고 말리라는 투지로 달아올라 있었다.

"조선에 돌아가면 이제는 예전처럼 살지 않을 거야. 최소한 내가 먹는 밥과 내 빨래는 내 손으로 해결할 생각이에요. 태어나서 지금까지 내 몸 하나 건사하는 것까지 다른 계급의 노동을 빌려온 게 부끄러워요. 주인과 종의 변증법 있잖아요. 주인이 생산노동을 종에게 의지하는 구조는 뒤집힐 수밖에 없지요. 노동력을 가진 종이 언제까지나 참아주지는 않을 테니까."

명자가 이론 얘기를 할 때는 그러려니 했던 세죽이 새삼 놀라움으로 명자의 얼굴을 들여다보았다. 이 아가씨가 여성동우회 사무실 구석에 꿰다 놓은 보릿자루처럼 앉아 있던 바로 그 고명자란 말인가. 부모가 오려놓은 종이인형 같던 그 명자란 말인가. 명자 앞에서 세죽은 산전수전에 등뼈가 녹아버린 노인이 된 느낌이었다.

이튿날 아이를 탁아소에 맡기고 네 사람은 거리 구경을 나섰다. 붉은광장에 가서 크렘린궁을 보았다. 그들은 레닌 묘소 앞의 참배객 줄 뒤에 섰다. 레닌은 유리관 안에서 적기 훈장을 가슴에 단 채자는 듯 누워 있었다. 낯익은 얼굴이 그곳에 있었다. 하지만 그 얼굴은 조그맣고 가슴은 왜소했다. 또한 너무나 많은 말들로 기억되는 그의 침묵이 낯설었다.

단야가 "자, 여기에 손들을 올려봐" 하면서 오른손을 내밀었다. 두 남자와 두 여자의 손바닥이 포개지자 단야가 말했다.

"혁명을 위해 목숨을 바친다."

헌영이 덧붙였다.

"서로에게 무슨 일이 생기는 날엔 가족을 거두어주기로 한다."

특별히 새로운 의식은 아니었다. 의열단원이나 독립투사 들이 거사를 앞두고 흔히 하는 맹세였다.

세죽은 긴 여행과 출산후유증으로 자주 침대에 누워 지냈다. 대신 명자가 아이에게 우유를 먹이고 기저귀를 갈았다. 솜씨도 좋아서 금세 털실로 아기 모자와 망토를 짜서 입혔다.

"나도 꼭 영이처럼 예쁜 딸을 낳고 싶어."

"단야 선생하고는 얘기 잘되고 있니?"

"언니네가 휴양지로 떠나기만 하면 두고 보자구. 내가 이 남자를 아주 끝장을 볼 생각이니까. 호호."

명자와 함께 지내면서 세죽은 무거운 여독과 산후우울증에서 벗어날 수 있었다.

모스크바에서 휴식을 취한 부부는 우크라이나의 세바스토폴로 가는 열차를 타기 위해 다시 중앙역으로 나왔다. 박헌영은 단야가 다니는 레닌대학에, 세죽은 명자가 다니는 공산대학에 입학신청을 내놓았다. 입학절차가 진행되는 동안 국제혁명가구원회가 부부에게 흑해 연안 크림반도에 있는 휴양지 세바스토폴의 요양소에서 쉴 수 있게 해주었다.

열차는 모스크바를 떠나 남쪽으로 한없이 달렸다. 역에 설 때마다 화부들이 장작을 날라와 화차에 실었다.

"흑해는 검을까요?

"그럼 러시아 북쪽에 백해는 하얗겠소."

둘은 마주 보고 웃었다. 싱거운 농담도 3년 만이었다.

모스크바를 떠난 지 사흘 만에 열차는 크림반도 끄트머리 세바스토폴에 도착했다. 눈 내리는 한겨울의 모스크바를 떠나왔는데 세바스토폴은 단풍이 아름다운 늦가을이었다. 바다가 내려다보이는 언덕에 있는 요양소는 깨끗하고 아늑했다. 부부의 방은 테라스 바깥으로 동해처럼 푸른 바다가 보였다. 바다에서 훈풍이 불어왔다. 차르시대의 러시아가 세바스토폴을 얻기 위해 10만 병사의 목숨을 흑해에 수장하면서 크림전쟁을 벌인 것도 이해할 만했다. 흑해함대의 거점인 세바스토폴은 소련에서 블라디보스토크와 함께 몇 안 되는 부동항不凍港이었다.

요양소에 도착한 다음 날 부부는 종합검진을 받았다. 세죽은 면역력이 극도로 떨어진 데다 폐결핵 초기라는 진단이 내려졌다. 헌영은 고문후유증으로 소화기와 신경계의 기능이 망가져 있었다. 의사는 두 사람 모두 한 달간 아무것도 하지 말고 절대 안정을 취하라 했다. 아침마다 우크라이나인 간호사가 영양제 링거를 들고 왔다.

요양소에는 볼셰비키 전사들이 많았다. 대체로 전장에서 불구가 되었거나 건설현장에서 골병든 사람들이었는데 이삼십 대 나이에도 노인의 몸이었다. 이들은 회복되면 직장으로 돌아갔다가 나빠지면 다시 요양소로 왔다.

요양소 도서관에는 늘 휠체어에 앉아 책을 읽는 남자가 있었다. 그는 도서관에서 살다시피 했는데 그가 쓸 수 있는 건 오른팔뿐이었다. 하반신과 왼팔이 마비였다. 그런 그가 오른팔을 천천히 움직이며 보고 있는 것은 점자책이었다. 맙소사! 시력까지 잃었던 것이다. 니콜라이라는 이 남자는 10대 소년 시절에 볼셰비키혁명에 가담했는데 머리와 다리에 관통상을 입고 척추를 다친 뒤 몸의 기능을 하나씩 잃어갔다고 간호사가 전해주었다. 마흔은 되어 보이는 이 우크라이나 남자는 고작 스물다섯 살, 그녀보다도 세 살 어렸다. 서둘러 늙어버린 육신에서 세죽은 그가 겪었을 간난신고를 짐작해볼 뿐이었다. 그녀는 저들 부부가 최악의 고난을 겪었다는 생각을 버렸다.

여러 해 뒤 세죽은 당시 베스트셀러가 된 볼셰비키 병사의 자전소설 〈강철은 어떻게 단련되었는가〉를 읽다가 이 작가를 세바스토폴의 요양소에서 만났다는 걸 알게 되었다.

세바스토폴에서 세죽 부부는 끼니 걱정 없이 체포 위협도 없이 쾌적한 환경에서 달콤한 휴식을 즐겼다. 환자와 의사가 치료비 생각 없이 만나는 것도 특별한 경험이었다. 병원과 감옥은 한 나라의 수준을 말해준다고 한다. 소련의 감옥은 가보지 않았지만, 병원이나 요양소는 소비에트사회의 꽃이라 할 만했다.

세죽과 헌영은 조국을 잃은 식민지의 망명객이었다. 하지만 크림반도에서 한 달은 혁명가에겐 소련이 또 하나의 조국이라는 말을 실감케 했다. 〈공산당선언〉은 '프롤레타리아계급에게는 조국이 없다' 하지 않았던가. 작년 이맘때 서대문형무소 독방의 철창에 수갑으로 손목이 묶여 있던 남자가 지금 흑해 연안에서 따뜻하고 맑은 햇볕 아래 푸른 바다를 바라보고 있었다. 두 사람 모두 서대문형무소의 기억이 아득한 옛날처럼 느껴졌다.

세바스토폴을 떠날 때 두 사람은 건강을 되찾았다. 이제 눈을 맞추며 방긋방긋 웃기도 하는 아기를 안고 열차에 오르면서 세죽은 세바스토폴의 청명한 하늘을 올려다보았다. 천국이 있다면 이런 곳일까.

　　그들이 모스크바로 돌아왔을 때 코민테른에서는 몇 달에 걸친 검토와 토론 끝에 조선 문제에 대한 새로운 결정, 즉 '12월 테제'가 나와 있었다. '조선 농민과 노동자의 임무에 관한 테제'라는 제목의 코민테른 결정은 지금까지 조선 공산주의운동의 기조를 바꿀 것을 지시하고 있었고 그 명령은 명쾌하고도 강력했다. 인텔리들의 결사체였던 조선공산당을 해체하고 공장과 농촌으로 들어가 노동자와 빈농을 조직해 프롤레타리아계급이 주도하는 계급정당으로 재건하라는 것이다. 자본주의시대가 제국주의 침략의 열병을 앓으면서 말기적 징후를 드러내고 전 지구적으로 혁명의 분위기가 무르익어가는 이때, 공산주의운동도 부르주아 민족주의나 개량주의와 결별하고 본격적인 반제국주의 계급투쟁에 나서야 한다는 것이다. 코민테른은 혁명투쟁의 기어를 한 단계 올린 셈이다. 과연 모스크바는 전 세계 혁명운동의 기지였다.

　　1월에 명자와 단야는 12월 테제의 미션을 안고 모스크바를 떠났다. 단야는 블라디보스토크 코민테른 비서부에서 당 재건을 원격 지휘하게 되고 명자와 공산대학 동창들은 조선에서 노농계급 속으로 들어가 당 재건의 실무를 하게 된다. 단야와 명자는 함께 시베리아 횡단열차를 타서는 블라디보스토크에서 헤어졌다.

　　세바스토폴에서 돌아와 세죽이 "아이 만드는 일은 어떻게 됐어?" 하고 물었을 때 명자는 "이번에 헤어지기 전에 꼭 그이의 아이를 갖고 싶었는데" 하며 눈물을 글썽였다.

박헌영은 레닌대학으로부터 입학허가를 받았다. 김단야가 신원보증을 하고 국제공산청년회 집행위원회가 두 차례 강력한 추천서를 제출한 결과였다. 세죽은 동방노력자공산대학에 입학했다. 헌영은 이 학교에서 '이정而丁', '이춘'이라는 이름을 썼다. 세죽은 조선 여자를 뜻하는 '코레예바'라는 가명을 썼다. 정치망명가들을 위한 집에 그들의 방이 배정되었다.

상해부터 시작한다면 결혼생활도 8년을 채워가고 있지만 둘이 함께 산 것은 고작 3년 반에 못 미쳤다. 게다가 늘 임시숙소이자 야전캠프 같은 집이었다. 모스크바에서 세죽은 처음으로 내 가정, 우리 집의 기분을 맛보았다. 기저귀가 빨랫대에 걸려 있고 딸아이가 엉금엉금 기어다니는 방 안에선 비로소 포근하고 고소한 신혼살림 냄새가 났다. 결혼 이래 신변 위협이나 끼니 걱정 없는 생활도 처음이었다. 아침에 눈을 떴을 때 곁에 누운 남편과 아기를 바라보며 쾌적한 기분으로 하루를 시작하다니!

세죽은 부엌일에서 해방되었다. 구내식당이 식사를 제공했고 세죽은 일주일에 하루 당번 날 식당 주방에서 일했다. 부부가 학교에 나가는 낮 시간에는 탁아소에서 아이를 돌봐주었다. 세죽에겐 꿈같은 나날이었다.

헌영은 레닌대학 도서관에서 빌려온 책들을 책상 위에 쌓아놓고는 밤잠을 잊다시피 하고서 책을 읽었다. 감옥살이와 유랑생활에 책 한 권 손에 잡기 버거웠던 여러 해를 보낸 이 모범 청년혁명가가 지적 갈증을 풀기에 레닌대학은 최적의 장소였다.

"공부를 하면 할수록 마르크스레닌주의야말로 위대한 사상이구나 탄복하게 되오. 변증법적 유물론은 인류에게 있어 사유의 역사만큼 뿌리 깊은 것이오. 내가 지금까지 마르크스레닌주의를 전혀 몰랐던 거야."

부부는 같이 책을 읽고 칭얼대는 딸아이를 번갈아 안으면서 토론을 하고 논쟁을 벌였다. 어느 저녁, 침대에 나란히 기대 책을 읽다가 세죽이 헌영에게 말했다.

"사람이란 정말 이기적인 동물인 것 같아요. 경성에서 당신이 한창 안 좋던 무렵엔 나도 낮이나 밤이나 눈앞이 캄캄했는데 그때 내가 정신줄을 놓지 않았던 건 하느님 덕분이었거든요."

모든 일이 양명하게 잘 돌아갈 적엔 계급 또는 민족 간 착취 없이 완전히 평등한 지상천국에의 꿈이 삶을 밀어갔다. 하지만 혁명적 낙관주의라는 것이 그렇게 힘이 세지는 않았다. 절망의 나락에 떨어질 때 그녀가 필사적으로 붙들었던 것은 마르크스가 아니라 예수였다.

"힘들 때는 그렇게 매달려놓고 모스크바에 와서 이렇게 편해지니까 주님을 헌신짝 버리듯 버리게 되는 거예요. 조선의 인조던가. 피란지에서 먹던 생선을 다시 먹어보니 너무 맛없어서 도로 물리라 했다잖아요. 주님이 도루묵 처지가 되신 거죠."

세죽이 쾌활하게 웃었다. 헌영은 고개를 떨구었다.

"정말 미안하오. 내가 죄가 많소. 당신의 하느님께 감사하오. 의지가지없을 때 당신에게 위로가 되었다면 그 하느님은 좋은 분임에 틀림없소."

세죽은 그녀의 하나님을 숙청 대상으로 취급하던 시절의 헌영이 떠올랐다. 세죽은 이 남자가 건강을 완전히 되찾았다는 걸 알았다. 그리고 극심한 고통의 시간이 그에게 남기고 간 소중한 뭔가를 발견했다.

"당신은 아직도 가정과 아이가 혁명에 장애가 된다고 생각해요?"

"그럴 리 있소? 내가 우리 영이한테 정이 없는 것 같아 보이오? 그렇다면 인간이 못나서 그런 거요. 영이를 들여다보고 있으면 그냥 좋소. 당신도 전에 그런 얘길 한 적 있잖소. 아이는 부모를 강하게 만든다고. 애비 된 자도 마찬가지인 것 같소. 내 앞에 어떤 고난이 닥친다 해도 이제는 쉽게 무너지지 않을 거 같소. 내가 당신한테 얼마나 의지하고 있는지 당신은 잘 모를 거요. 당신 아니었으면 나는 지금 여기에 없을 거요. 아마 이 세상에 없을지도 모르오."

남편은 방금 한 말이 진실임을 증명하려는 듯 그녀를 힘껏 끌어안았다. 헌영은 명석하고 강인한 사람이지만 남편에 대한 그녀의 감정은 존경보다는 연민에 가까웠다. 스스로에게 가혹할 정도로 엄격한 그가 늘 안쓰러웠다. 하지만 지금 세죽은 남편이 존경스러웠다. 그는 완전히 부서지고 찢어지고 망가졌던 사람이다. 그렇게 해체됐던 인격을 다시 조립하고 너덜거리던 심신을 재건한 것이다. 그 막대한 고통과 혼돈의 날들을 통과하면서 이 남자는 더 깊어지고 더 넓어졌다.

모스크바공산대학과 소비에트사회도 세죽에게 차차 익숙한 공간이 되어갔다. 표트르 대제가 알파벳을 들고 북해를 건너다 떨어뜨려서 깨졌다는 이상한 모양의 러시아문자들, 쇳소리 나는 러시아말도 조금씩 편해졌다. 어느 날 거울을 보다가 세죽은 깜짝 놀랐다. 눈 밑에 그늘이 사라지고 미간의 주름이 펴지고 눈빛은 양명한 나날의 광채를 띠고 있었다.

모스크바 거리에선 새로운 세계가 시작되고 있었다. 그녀가 모스크바에 도착한 바로 그 11월부터 빵 배급이 개시되었다. 곧 다른 식료품과 일용품 들도 배급제가 될 것이다. 노동자들은 공장에서 배급표를 받아 빵을 타러 갔다. 길거리에서 노동복을 입은 젊은 남녀들이 자부심 가득 찬 표정으로 떠들어대며 활보하는 모습을 볼 때 그녀는 어깨를 웅숭그리고 종종걸음 치는 조선의 어린 노동자들을 떠올렸다. 챙이 넓은 모자에 공작 깃털을 단 귀부인을 태우고 금박 문양으로 치장한 사륜마차는 볼 수 없었다. 웬만한 도시 하나쯤 되는 거대한 농토와 농노를 거느리던 귀족들은 다 어디로 사라졌을까. 톨스토이 〈부활〉의 바실리예브나 부인이 시골 영지로 나들이 갈 때면 하인 대여섯 명이 거동이 불편한 그녀를 안락의자째로 떠메고 다녔다. 하인들이 사라진 지금 그 여자는 어디서 무얼 할까.

모스크바에선 어딜 가나 밥 먹고 토론하는 게 일이었다. 학교에도 공장에도 소비에트가 있고 소비에트에서 모든 결정이 나왔으며 하루 이틀 토론은 보통이고 중요한 사안은 일주일 열흘씩 토론했다. 그것이 소비에트식 인민민주주의였다.

단야가 떠난 뒤 헌영이 모스크바에서 조선의 최고위급 지도선이 되었다. 코민테른 동양비서부 조선위원회 위원 다섯 가운데 조선인은 최성우, 박애, 박헌영 셋이었는데 박헌영 빼고는 둘 다 소련 출신이었다. 조선위원회는 조선 공산주의운동을 원격 지휘하는 지도부였다.

1929년 12월 모스크바 시내 트베르스코이 거리에 있는 동방노력자공산대학에서 조선의 장래를 주제로 조선반과 일본반의 합동회의가 열렸다. 일주일 동안 토론이 계속됐는데 과거 조선공산당운동에 대한 비판이 빗발쳤다. 조선공산당은 몇 차례 일제 검거로 조선 땅에서 공산주의자의 씨를 말려버렸으며 이것은 지식인들끼리 파벌싸움 한 결과라는 것이다. 화요회나 경성청년동맹이나 고려공산청년회도 파벌적이라 비판받았고 헌영과 세죽도 인정해야 했다. 회의 마지막 날 세죽이 발언했다.

나는 마자르 동무의 보고가 일제의 참혹하고 악랄한 착취 시스템을 그토록 명확하게 지적하고 있음에 놀라움을 금치 못합니다. 우리는 그로 인해 조선 농민들이 극도로 빈곤화되고 있음을 목격했습니다. 조선 농민의 빈곤화는 토착지주들의 봉건적 착취에 기인합니다. 이로 인해 많은 조선 농민들이 만주나 다른 지역으로 이주하고 있습니다. 이런 힘겨운 상황이 조선 농민들과 노동자들을 혁명의 길로 이끌고 있습니다. 우리는 그들의 혁명성을 원산총파업에서 목격했습니다. 노동계급이 정치의 장에 출현함과 동시에 노동계급의 의식이 성장하고 있음을 봅니다.

이런 질문을 던져보고 싶습니다. 원산총파업 당시 조선에 통일 공산당이 존재했던가? 부재했고 원인은 오랜 세월 계속되고 있는 종파투쟁입니다….

학습과 토론으로 지새는 모스크바의 나날이 세죽이나 헌영에게는 더없이 행복했을 것이다. 하지만 이들이 미처 알지 못했던 사실은, 이때가 그나마 원칙을 가지고 왈가왈부할 수 있는 마지막 시즌이었다는 점이다.

1929년 12월 21일, 스탈린의 50세 생일에 당 기관지 〈프라우다〉가 처음으로 스탈린을 "레닌의 후계자"라 불렀다. 이것은 레닌 사후의 권력투쟁이 마침내 스탈린의 승리로 종결됐음을 선포한 것이었다. 레닌이 살아 있을 때까진 혁명동지들의 집단지도체제였다. 레닌이 압도적인 권위를 가졌지만 공식적으로는 5인 정치국원의 일원일 뿐이었다. 그가 죽자 1인지배체제를 향한 레이스가 시작되었고 최후의 승자인 스탈린이 정치국과 조직국과 서기국까지 다 가지면서 소련공산당을 장악했다. 러시아혁명에서 레닌 다음으로 큰 지분을 가졌던 트로츠키를 국외로 추방하고 스탈린 1인체제를 수립할 때까지의 권력투쟁에는 잔인하거나 비열한 온갖 수단이 동원되었다. 코민테른도 초대의장 지노비예프가 해임되고 부하린이 임명됐다가 다시 해임됐다. 스탈린이 이번에 지노비예프와 부하린에게서 빼앗은 것은 자리지만 다음엔 목숨이 될지도 몰랐다.

마르크시즘의 시작은 마르크스와 엥겔스의 우정이었다. 또한 볼셰비키의 뿌리는 1825년 차르체제에서 귀족 중의 귀족인 근위

대 청년장교 신분으로 차르에 도전했다 총살당하거나 시베리아 유형지에서 죽었던 데카브리스트들이었다. 하지만 혁명이란 처음처럼 마무리까지 정의롭고 낭만적인 것은 아니었다. 혁명은 함께하고 목숨을 던질 수도 있지만 권력은 나눠 갖지 못한다는 게 혁명세대 정치인의 아이러니였다.

학생 신분인 박헌영과 주세죽으로서는 권력투쟁을 둘러싼 은밀한 소문들에 귀를 닫는 것이 현명했다. 혁명을 배우러 사선을 넘어 학교에 왔는데 교과서는 구정물 통에 처박히고 그들의 우상들이 권력싸움으로 날 새고 있다면 그건 방금 도착한 청년혁명가들에겐 너무 잔인한 농담이었다. 혁명정부 안쪽에서 무슨 일이 벌어지고 있는지 정확히 알 수는 없었다. 다만 조선혁명가들은 선택의 여지가 없었다. 이곳에서 혁명을 배워 조선을 해방시켜야 했다. 믿을 건 코민테른이고 12월 테제는 바이블이었다.

6

자본주의 세계의
종말이 머지않았소
-1929년 경성

명자는 2월에 경성에 들어왔다. 유학에서 돌아오는 학생답게 커다란 짐가방을 든 채 경성역에 내린 그녀는 어머니의 호들갑스러운 환영을 받았다. 삼월이가 수줍게 인사하며 짐가방을 받아 안았다. 그들을 태운 택시는 경성역을 떠나 남대문으로 달렸다. 어머니는 그녀에게 러시아말 한마디만 해보라고 했다.

"꼐세키아. 스꼴꺼리에. 스빠시바 자쁘리베 뜨스뜨비에(안녕하세요. 오랜만이에요. 환영해주셔서 감사해요)."

어머니는 손뼉을 치며 재밌어했다.

"그럼 그럼, 외국말은 중인 천것 들이나 배운다 했는데 그것도 다 옛말이니라. 요새는 양반 자제들도 다 외국물 먹는 시대 아니더냐. 우리 명자가 제법이구나."

단야는 7월에 경성에 도착했다. 중절모 쓰고 콧수염을 붙여 노신사로 변장했는데 짐이라고는 가짜 신분증과 간단한 소지품이 든 작은 손가방뿐이었다. 활동비는 양복 안자락에 꿰매져 있고

12월 테제는 머릿속에 들어 있었다. 그는 인파에 묻혀 천천히 개찰구를 빠져나온 뒤 역전에서 인력거를 불렀다.

"허헌 씨 댁으로 갑시다."

옛날 그대로 관철동일까, 그사이 이사했을까. 여하간 경성역 인력거꾼에겐 허헌이라는 이름만으로 충분했다.

"예잇."

젊은 인력거꾼이 힘차게 발을 구르자 인력거 바퀴에서 흙먼지 바람이 일었다. 낡은 상점들이 먼지를 뒤집어쓴 채 처마를 나란히 하고 줄지어 선 성문 밖 풍경은 예전 그대로였다. 다만 '村上旅館' 따위의 일본식 상호들뿐, 조선말 간판은 이제 찾아보기 힘들었다. 인력거가 남대문을 빠져나오자 전찻길 양옆으로 현대식 건물들이 도열했다. 황금정 거리는 4년 전보다 훨씬 화려해졌다. 똥물이 질 퍽거리던 남촌은 어느 옛날이던가. 조선은행 맞은편에는 미쓰코시백화점 신축 공사가 한창이었다.

예전에 화요회니 신흥청년동맹이니 기자대회니 해서 몰려다녔던 동지들은 지금은 모두 서대문형무소에 있고 그 자신은 여전히 종로서의 수배대상 1호였다. 그들 세대에 어떤 정치적 영감을 불어넣었던 3·1만세는 많은 것을 바꿔놓았지만 10년이 지났을 때 그 문화정치라는 것의 정체도 분명해졌다. 총독부의 통치전략이 한층 고도화돼서 지식인들에 대한 다양한 회유기법이 등장했는데 3·1만세 민족대표들이 타깃 1순위였다. 최린, 이광수, 최남선이 친일 1순위가 되었다.

이제 경성에는 크고 작은 사상단체들이 다 물밑으로 잠수해버리고 좌우합작 민족운동단체를 표방한 신간회가 전국 약 2백 개 지회에 회원 십수만 명을 거느린 채 사회운동의 맥을 잇고 있었다. 여자들 조직은 근우회인데 말하자면 신간회의 자매단체였다. 신간회와 근우회의 '대동단결 통일전선' 캐치프레이즈는 워낙 강력해서 3·1만세 이후 10년 만에 거국적인 저항운동이 되살아나는 것 같은 흥분과 기대가 슬며시 고개를 들고 있었다.

오후 늦게 집에 돌아온 정숙은 안채 댓돌 위에 놓인 낯선 신발을 보았다. 오늘도 뭔가 긴밀한 용무를 가진 아버지의 손님이 며칠 묵어가려고 집 안에 들었거니 여기며 대청마루에 올라 자기 방문을 열었을 때 정숙은 낯선 콧수염 신사가 앉아 있는 것을 보고 기함했다. 신문을 옆에 수북이 쌓아 놓고 읽고 있던 남자는 정숙을 보더니 콧수염을 떼면서 일어섰다.

"하하, 김단야요."

"목소리만 단야로군!"

단야와 정숙이 동시에 두 팔을 벌려 서로를 안았다. 국경을 넘나드는 풍운아들에게 익숙한 인사법이었다.

"깜짝 놀랐네. 갑자기 어쩐 일이에요? 애인 보러 왔어요, 사업하러 왔어요? 명자도 알고 있어요?"

"겸사겸사. 나 오는 거 명자는 모르고 있소."

"어두워지면 명자한테 사람을 보내 데려오게 할게요. 종로서에서도 당신 잡겠다고 눈에 불을 켜고 있는데, 참 대단해요."

단야는 지난 신문들을 보면서 경성이 지금 어떻게 돌아가고 있는지 대략 감을 잡았다. 신간회가 조직이 커지고 움직임이 활발해지자 일경이 신경을 곤두세우고 있다는 것과 이 집 주인이 바로 한 달 전 신간회 중앙집행위원장이 되었다는 사실도. 그럼에도 단야를 숨겨주겠다고 한 아량과 배포는 놀라운 것이었다. 허헌은 "당분간 우리 집에서 지내도록 하게. 그게 차라리 안전할 거야"라고 했다. "차라리 안전할 거야"라는 말뜻을 알 듯했다. 등잔 밑은 어둡고 태풍의 눈은 고요한 법이다.

"임 군은 요즘 어때요? 면회 자주 갑니까?"

그녀는 잠시 말문을 닫고 그의 얼굴을 물끄러미 쳐다보았다.

"모르셨군요. 임원근 씨하고는 정리했어요."

"결국은 그리되었군요. 괜한 헛소문들 때문에…."

"송봉우 씨 말이죠? 지금 나의 파트너예요."

이번에는 단야가 말문이 막혀 정숙의 얼굴을 쳐다보았다.

"원근이가 불쌍하네요. 정숙 씨를 정말 좋아했는데."

"나도 좋아했어요. 하지만 마음이 떠났는데 억지로 사는 건 서로 고문 아니겠어요? 남편 두고 다른 남자와 데이트하는 것도 불편하고요. 면회 가서 이혼 합의 봤어요."

미국서 돌아온 뒤 아버지의 당부도 있었다.

"너도 마냥 청춘은 아니다. 이제 사회적으로 주목받는 위치에 있고 모든 언행에 책임을 져야 하는 나이다. 평판이란 건 중요한 자산이다. 쓸데없는 갈등이나 오해를 불러일으킬 수 있는 남자 관계는 정리해라. 두 아들이 자라고 있는데 자식들 앞날도 생각해라."

그녀는 아버지의 뜻을 충분히 이해했다. 그녀 역시 언제나 스무 살일 수는 없다는 걸 절감하고 있었다. 다만 아버지가 정리하길 원했던 남자 대신 남편을 정리하기로 했다. 그녀는 이혼 서류를 만들어 서대문형무소로 면회를 갔다.

당신과 행복했다. 하지만 서로에게 더 상처 주기 전에 정리했으면 한다. 옥바라지는 계속하겠다. 당신과는 아이 아버지로서, 전남편으로서 합당한 관계를 유지했으면 좋겠다. 정숙이 그렇게 말했을 때 원근은 별로 놀라지 않았다. 다만 "나는 상해에서 처음 만났을 때처럼 여전히 당신을 사랑하지만 이런 감정도 언젠가는 옛날이야기처럼 무덤덤해지는 날이 올 테지요"라고 말할 때 원근은 몹시 슬프고 우울해 보였다.

송봉우는 그녀 집 부근 한성여관에 방을 얻어 지내고 있다. 그는 감옥에서 치질과 신경쇠약을 얻어 마지막 몇 달간은 병감 신세를 지다가 나왔다. 이제 몸이 많이 나아 그녀와 서점에 가고 시장도 보곤 한다. 워낙 다혈질이라 느닷없는 말다툼이 벌어지기도 하지만 유쾌하고 박식한 그는 연애 상대로 최고였다.

서로 간에 결혼 생각은 없었는데 정숙은 오늘 산부인과를 다녀온 다음 머리가 복잡해졌다. 몸에 이상한 기운이 있다 했더니 아니나 다를까 셋째가 들어섰다. 송봉우의 아이였다.

"오늘도 근우회에 갔었나 보죠? 아버님 말씀이 근우회 일 열심이라고."

"아! 예, 뭐…. 근우회 요새 한창 바빠요. 다음 주가 전국대회라."

"올해는 집회허가가 날까요. 작년엔 총독부가 금지시켰잖소."

"총독부 교섭이 내 담당이에요. 가장 곤란한 임무지요."

"김활란 유각경 부류들이 빠지고 나서 사업하기는 나아졌소?"

"소련서 온 사람이 어째 그리 잘 알아요? 그런데 반반이에요. 사업 방향은 분명해졌는데 대신 사사건건 종로서가 트집을 잡아요. 하지만 부딪칠 때 부딪치더라도 일을 벌여나가야지요. 근우회로 선 시급한 사업이 한두 가지가 아니에요. 부인 야학이나 기관지도 시작하고 조혼폐지, 이혼자유, 공창폐지 캠페인 하고 그리고 2주간 출산휴가를 확보하는 문제도 그렇고요. 조선 노동자들 임금이 일본 노동자 절반이거나 반에 반, 부인노동자는 거기서 또 절반이니까 자본가들이 싼 맛에 조선 부인노동자들을 데려다 써요. 그런데 임신하면 내쫓아요. 운 좋게 맘씨 좋은 공장주한테 걸리면 해산하고 사흘쯤 쉴 수 있지요. 기막히지 않아요? 몸 풀고 사흘 쉬고 나온다는 거. 현장에 나가보면 정말 눈물 나요."

근우회는 지난 5~6월 전국 순회 계몽강연을 했다. 정숙은 경함선을 따라 원산, 영흥, 함흥에서 회령, 용정까지 19개 지역을 다녀왔다. 신의주 방향으로 경의선 쪽은 정칠성이 맡았다. 여자교육협회나 여성동우회가 있긴 했지만 근우회같이 전국적인 조직은 처음이다. 정숙은 어느 때보다 의욕에 차 있었다. 하지만 단야의 한마디가 그녀를 어리둥절하게 했다.

"모두 열심히 해온 것은 알지만 신간회나 근우회 활동도 이제 재정비해야 될 때가 된 것 같소."

"무슨 소리예요?"

소련서 변장하고 귀국한 김단야의 한마디가 개인 의견일 리도,

시답잖은 한담일 리도 없었다. 정숙이 다시 물었다.

"무슨 가이드라인을 받아 가지고 왔어요?"

"나중에 따로 의논을 청하지요. 나도 오늘 들어왔으니 여기 분위기를 좀 봐야겠소."

정숙은 그러잖아도 더부룩한 위장에 체기를 느꼈다.

번창하는 대일본제국의 위상과 합병 이후 조선의 발전상을 식민지민들에게 보여주겠다고 총독부가 기획한 50일 간의 조선박람회가 열리고 있었다. 경복궁 마당과 총독부 앞 육조전 거리에 야단스러운 전시시설들이 들어서고 에펠탑처럼 높다란 기린맥주 광고탑이 세워지고 조선물산공진회 5주년 탑이 대낮에도 휘황한 전깃불을 밝히고 멀리 경상도 전라도에서 관람객들이 상경해 경복궁 인근 여염집들까지 대문에 '빈방 있음'이라 써 붙이는가 하면 시내 경찰력이 박람회장 안팎의 경계로 비상이 걸려 있을 때 단야는 예의 노신사 변장을 하고서 허헌네 안채를 빠져나와 마포 도화동으로 거처를 옮겼다. 모스크바대학 출신인 김응기의 형님 집에 방 한 칸을 빌렸다. 단야와 명자의 살림방이자 당 재건사업의 비밀아지트였다.

모스크바 출행으로 가족들의 기세가 많이 꺾이긴 했지만 명자가 다시 집을 나오기는 쉽지 않았다. 유학에서 돌아와 반년 동안 회유와 압력이 계속됐고 어머니는 혼처도 두어 군데 들고 나왔다.

"네 나이가 적은 나이가 아니다마는 아직도 혼담이 들어오는 중에는 총각들도 있구나. 그런데 이 집은 혼인하고 1년 만에 상처했다니 거의 총각이나 진배없는데 워낙 뜨르르한 명문가라 내가 두 말 않고 한번 보자 했느니라.”

어머니는 딸의 마음을 붙들자고 절치부심이었다. 어느 날은 호 들갑스럽게 명자의 방문을 열더니 분홍보자기를 들고 들어왔다. 보자기를 풀자 자개가 박힌 큼직한 패물함이 나왔다. 패물함에서 어머니는 노란 호박에 붉은 매듭이 달린 노리개를 꺼냈다.

“너 고녀 다닐 때 생각나니? 니 친구가 호박 노리개를 차고 왔 는데 그거 사달라고 어찌나 졸라댔던지. 엄마가 방물장수 천 씨한 테 부탁해서 다 가져와보라 했느니라. 여기 봐라. 자만옥 노리개도 있다. 보통 싸구려 자만옥하고는 빛깔이 틀리지 않니?”

패물함에서는 노리개와 팔찌와 반지가 한도 끝도 없이 굴러 나 왔다.

“이 은팔찌 한번 차봐라.”

명자는 마지못해 은팔찌를 왼 손목에 차고 앞뒤로 한번 굴려본 다음 도로 빼서 패물함에 넣었다.

“어머니, 저 있잖아요. 노리개 안 한 지 오래됐어요. 팔찌는 어머 니한테 어울리시겠네.”

어머니는 실망감을 감추지 못해 낯빛이 흙빛이 된 채 패물들을 도로 넣으면서 방을 나설 때까지 내내 중얼거렸다.

“어렸을 적엔 그렇게 샘도 많아서 남이 이쁜 것 가진 거 보면 사 족을 못 쓰더니…. 에고… 자고로 여자가 예쁜 걸 탐내야 여자지. 우리 명자를 어쩌면 좋을꼬. 신랑도 싫다, 패물도 싫다. 아랫것들 두고 지가 부엌간에 드나들질 않나, 무슨 빨래를 다 한다고 우물가에 나앉았질 않나, 나 원 참 하나에서 열까지 다 뒤숭숭해서….”

딴은 이상하기도 한 일이었다. 호박 노리개를 갖고 싶어 안달하고 어머니 자수정 목걸이를 몰래 하고 학교에 간 적도 있었다. 그 때는 빨리 어른이 되고 안방마님이 되어 예쁘고 귀한 장신구들을 패물함에 한가득 사 모으고 싶었는데 오늘은 그 값비싼 장신구들이 사금파리처럼 보이고 어머니 성화가 성가실 따름이었다.

명자가 단야와 살림을 차리겠다 했을 때 어머니는 또다시 낙심 천만했다. 어머니는 곧 정신을 수습하고는 대책을 내놓았다.

“그 단야인가 뭔가 생년월일하고 생시 좀 받아와라. 내 사주 궁합 좀 봐야겠다.”

“어머니, 사랑하면 됐지 사주 궁합이 무슨 소용이겠어요.”

“사랑한다고? 니가 말이 참 좋구나. 그래 정히 그렇다면 내 혼례식을 치러주마.”

“어머니, 죄송해요. 혼례식을 치를 만한 경황이 아니라서.”

“그건 또 무슨 달팽이 오줌 싸는 소리냐. 혼례는 마땅히 치러야 하는 것이지 경황이 어떻고가 뭔 소리냐.”

“….”

“왜… 그 서방짜리가 신문사에서 짤려서 실직이라도 했냐. 하이고, 니 때문에 하도 많이 놀래놔서 이제 무슨 소리만 나와도 심장이 철렁철렁한다.”

어머니 목소리가 벌써 덜덜 떨리고 있었다. 심장병을 앓는 어머니는 혜화동 경성제대 병원을 드나드느라 강경에 아버지를 두고 가회동에서 살다시피 했다.

"아니… 신문사는 아니지만 월급 나오는 데는 있고요."

"신문사에 안 다닌다고? 그런 얘긴 안 했잖느냐. 갈수록 깜깜이로구나."

어머니는 구들장이 꺼지게 한숨을 내리쉬었다.

"까짓것 월급 몇 푼 나오고 안 나오고야 무슨 대수냐. 요새 세상 바뀌었다고 마름이나 소작인들도 옛날 같지 않은데 우리 전답이나 농장도 관리하고 집안에 사위가 들어오면 당장 할 일도 널렸다마는. 상것들도 아니고 어째 혼례도 없이 살림을 차린단 말이냐. 니 아버지께서도 니 말은 팥으로 메주를 쑨다 해도 다 들어주신다마는 그건 어림 반 푼어치도 없는 일이다. 사람들 이목도 있지 않으냐. 지체 높은 집안에서 외동딸이 남자하고 도둑살림 차렸다는 걸 알게 되면 아랫것들이 우릴 좀 우습게 보겠냐. 뒷꽁무니에서 얼마나 쑥덕대고 손가락질해대겠냐. 뭔 사정이 있는지 모르겠다만 눈 딱 감고 혼례식을 올리도록 해라. 경성에서 현대식으로 한 번 하고 강경에 내려가서 전통식으로 한 번 하고. 그 머스마가 훤칠하니 인물 하나는 볼 만하지 않으냐."

명자의 묵묵부답이 길어지자 어머니가 말을 바꿨다.

"뭐 너무 번거롭다 하면 그냥 강경에서만 한 번 해도 안 될 것 없다마는."

"어머니, 면목 없고 불효가 될 줄은 알지마는 그래도 이실직고해야 할 것 같은데요. 그 사람은 고향에 본부인이 있어요."

어머니는 한참을 숨만 헐떡이고 있다가 단말마의 몇 마디를 힘겹게 이어 붙였다.

"그러니까… 그게… 그러니까 처자식 딸렸다는 게냐. 요새는 상투를 안 트니 분간을 할 수가 있나. 그런데 그, 그, 그놈이 허우대만 멀쩡해가지고서… 그러면… 너는 어쩌자는 거냐. 지금 남의 집 첩실로 들어가겠다는 게냐. 그 잘난 놈 첩실이라도 좋다는 게냐. 니가 어떻게 자란 아인데… 우리 집안이 어떤 집안이냐. 소련 간다는 것도 내 다 보내줬구마는… 기어이 또 이렇게 에미 가슴에 못을 박는 게냐. 아주 에미를 말려 죽이려고 작정을 했구나. 에미가 제명에 죽는 걸 못 보겠다는 게야. 단야 그놈이 알고 보니 아주 불한당 같은 놈이었구나. 아이고, 그놈의 웬수 같은 이화학당. 내 그렇게 말렸는데…."

어머니는 안방의 보료 위에 몸져누웠고 단야가 도화동에서 기다리는데 명자는 집에서 어머니 병수발을 들어야 했다. 어머니의 병은 몸보다 마음에 깃든 것 같았고 명자가 항복할 때까지 일어나지 않을 작정인 듯했다. 명자도 호락호락하지 않았다. 어머니는 보름 만에 자리를 털고 일어났고 명자는 다시 짐을 쌌다.

어머니는 마음을 비운 듯했지만 아직 뭔가 남아서 밟히는 모양이었다. 어머니는 구기동 농장에 있는 집을 관리인 내보내고 깨끗이 단장해줄 테니 거기서 살라고 했다. 이미 집을 구해놓았다 하자 "내 좀 가서 보자. 어디까지나 신혼집인데 보기 좋게 꾸며야 한다"고 고집을 부렸다. 살림집을 보여주지도 어딘지 알려주지도 않는다고 어머니는 화내다가 징징대다가 했다. 강경 집에서 부엌살림 하는 어멈을 딸려 보내겠다고 했다가 이마저도 거절당하자 명자 어머니는 마침내 안방의 비단 보료 위에 주저앉아 통곡을

218

했다.

명자가 집을 떠나던 날 어머니는 안방 문을 닫고 내다보지 않았다. 행랑아범이 반닫이 삼층장 위에 병풍을 올려 메고 앞장섰다. 도대체 그동안 아씨를 어떻게 모셨느냐고 주인마님에게 아침저녁으로 꾸중 들으며 눈물바람으로 지내온 삼월이가 눈가가 벌겋게 되어 짐가방을 들고 따라 나왔다. 명자는 솟을대문을 나서자 "삼월아, 나 때문에 니가 욕봤구나. 잘 지내도록 해라" 하면서 눈물이 글썽글썽한 삼월이 눈가를 손바닥으로 닦아주고는 짐가방을 뺏어들었다. 명자는 행랑아범이 메고 있는 삼층장을 열어 패물 주머니와 공단 한복 한 벌만 챙겨서 짐가방에 넣었다. 패물은 활동자금 만드는 데 필요할 것이고 한복은 변장에 요긴할 것이다. 그녀는 행랑아범과 삼월이를 대문간에 붙들어두고서 짐가방 하나 들고 혼자 거리로 나섰다.

11월 말 도화동에서 이른바 '조선공산당 재조직준비위원회'의 네 번째 회의가 열렸다. 김단야가 비밀리에 입국했다는 첩보를 얻은 경찰이 마포 용산 일대를 뒤지기 시작한 다음이었다. 회의가 열릴 적마다 도화동 집에는 후줄근한 차림새의 남자들이 모여들었는데 엿장수, 떡장수, 과일행상 등 직업도 다채로웠다. 권오직 조두원 김응기 같은 동창생들이 기상천외한 스타일로 집에 들어설 때 명자는 그 긴박한 상황에서도 터져 나오는 웃음을 참을 수 없었다. 이들은 노동현장에 들어가 있다가 한번씩 움직일 때면 개성 넘치는 변장술을 발휘했다. 조선공산당 재건과 검거가 되풀이되는 동안 경찰들이 '조공' 노이로제에 걸려 빨간 댕기만 봐도 눈에 불을 켜니 변장술은 나날이 정교해졌다.

김단야가 경성에 들어오면서 재건사업을 벌일 당 중앙이 조직됐고 모스크바공산대학 출신들이 전면에 배치됐다. 이들이 공장과 농촌으로 들어가 노동자 농민을 조직해 5월에는 당대회를 연다는 계획이었다. 단야는 모스크바대학에 입학시킬 청년 열한 명을 선발했는데 모두 노동자 농민이었다. 1925년의 1차 유학생들과는 달랐다. 기본계급 중심으로 한다는 12월 테제 그대로였다.

1929년은 예언자 마르크스가 재림한 한 해였다. 이해는 새해 벽두 원산총파업으로 시작됐다. 드디어 조선의 프롤레타리아들이 계급적으로 각성하기 시작한 것처럼 보였다. 10월 말의 뉴욕 증시 대폭락은 사상 최고의 번영 시대를 구가하던 미국과 유럽 자본주의 제국들을 뒤숭숭하게 만들었다. 조선은 연이어 풍년이라는데 쌀값이 폭락해 농민들은 땅을 잃고 산속으로 들어가 화전민이 되었고 2천만도 안 되는 인구에서 수백만이 굶주렸다. 모든 것이 마르크스가 예언한바, 자본주의체제의 모순을 입증하고 있었다.

"우리 신문들이야 아직 깜깜이지만 요새 아사히신문을 보면 금융공황 운운하는 것이 세계경제가 심상찮네. 후버 대통령이라는 자가 몇 달 전에 취임하면서 빈곤에 대한 최후의 승리가 눈앞에 다가왔다고 큰소리쳤거든. 다 잘 먹고 잘살게 해줄 텐데 무산자혁명이 무슨 소리냐 했지. 사상 최고의 호황이라고들 떠들어댔으니까. 그렇지만 마르크스는 호황기가 와서 과잉생산이 끝까지 가면 거기서 급전직하 공황으로 곤두박질친다 했거든. 지금이 바로 그 공황의 입구인 것 같단 말이지."

단야의 목소리는 나직하지만 확신에 차 있었다. 소련서도 어느 정치모임이든 레닌대학 출신이 이론을 주도했다. 늦은 저녁이었고 작은 방 한가운데 호롱불이 벽에 사람들 그림자를 커다랗게 그려놓고 있었다. 제각기 우스꽝스러운 차림새를 한 재건위 멤버들이 진지한 표정으로 단야의 기조 발언에 집중했다. 이들은 닳아해진 신발로 인적 드문 뒷골목 진창을 헤맸지만 머릿속에선 공산당선언이 화창한 하늘의 만국기처럼 나부꼈다.

"공황이 전 세계로 번지면 일본 놈들은 가뜩이나 시장은 넓혀놨는데 이제 어떻게 할 거 같은가. 앉아서 망하거나 노략질하러 나서거나 둘 중에 하나겠지. 왜놈들은 당연히 약탈전쟁에 나설 거야. 애꿎은 조선 백성들이 또 고생하겠지만 내가 지금이 계급혁명의 최적기라고 한 건 그래서일세. 대자본가들은 노동자뿐 아니라 소자본가도 수탈하는 구조라 공황이 오면 소자본가부터 먼저 무너지네. 공장들이 문을 닫고 대량실업 사태가 벌어지지. 노동자 농민을 중심으로 소자본가와 인텔리겐차의 계급동맹을 조직하는 게 지금 우리의 과제라는 건 그래서지."

단야의 말이 잠시 끊긴 사이 호롱불 심지 타들어가는 소리가 '바직' 하고 들려왔다. 재건위 멤버들 눈빛에 생기가 돌았다. 코민테른은 세계 자본주의가 몰락기에 도달했다고 판정했거니와 모든 것이 자본주의의 장송곡이었던 12월 테제대로 되어가고 있었다.

"우리가 변장하고 숨어 다니는 것도 오래지 않을 걸세. 왜놈들 총검에 고초당하는 것도 얼마 안 남았어. 나는 확신하네. 전 세계에 계급혁명이 완수되는 날, 저놈의 일본 제국주의와 우리 조선은 서로 처지가 뒤바뀔 걸세!"

　성문 밖 마포나루 부근의 허름한 함석지붕 아래 비좁은 방 한 칸에 숨어 위태로운 나날을 보냈지만 이들은 역사의 중요한 전환점에 입회하고 있다는 흥분으로 충만해 있었다. 자본주의 몰락은 시간문제였고 조선해방의 날이 목전에 있었다. 벽에 바른 신문지가 빈대 때문에 구석구석 들떠 있는 도화동 문간방에서 벽시계 바늘이 똑딱똑딱 움직일 때 명자에게 그것은 자본주의 제국들이 파국에 다가가는 카운트다운 소리로 들렸다.

　어느 저녁 권오직이 근심스러운 얼굴로 들어왔다.

　"주인아주머니 말씀이 오늘 낮에 도화동 길 건너까지 순사들이 들어와서 뒤지고 갔다고 합니다."

　단야는 잠깐 생각하더니 "내일 떠나야겠군" 하고 말했다. 명자 얼굴이 창백해졌다.

　"다른 아지트를 좀 알아볼까요?"

　"괜한 고생할 필요 없소. 대략 급한 일들은 풀었고 다섯 달이면 오래 버틴 거지. 꼬리가 길면 밟히기 마련이오."

　단야가 권오직에게 말했다.

　"나는 내일 아침 경성을 떠나네. 점심쯤이면 구파발을 빠져나갈 것일세. 북행길 중도에 형편 봐가면서 열차를 탈 수도 있겠지만 오로지 걸어서 간다면 한 달 반쯤 지나 국경을 넘게 될 걸세. 내가 블라디보스토크에 도착할 때까지 연통은 중지하도록. 블라디보스토크에서 전보를 치면 그때부터 국제선이 다시 가동하는 것이네. 내가 떠난 뒤 이 도화동 아지트는 즉각 폐쇄하도록 하게."

단야는 공산당 재건위 문제와 내년 3·1절 격문 배포에 대해 몇 가지를 이르고는 권오직의 손을 잡았다.

"우리는 곧 다시 보게 될 걸세. 노모를 생각해서 자네가 몸조심해야 하네."

단야는 권오직을 바라보며 형 오설을 생각했다. 서대문형무소에 있는 오설이 올해를 넘기기 힘들 것 같다는 소문이었다. 단야의 친구인 오설은 박헌영이 감옥에 간 뒤 고려공산청년회 2차 책임비서를 맡았다가 6·10만세 때 투옥됐는데 고문으로 지금은 앉지도 서지도 못하고 반송장으로 누워 있다 했다.

고개 숙인 명자의 뺨으로 눈물이 흘러내려 방바닥에 톡톡 떨어졌다. 권오직이 일어났다.

"오늘 저는 주인댁에 끼어 자도록 하겠습니다."

도화동에 살림을 차리고도 둘만의 호젓한 밤은 드물었다.

"당신 보고 싶을 때 어떻게 하면 되지요? 우린 사진도 한번 같이 찍지 못했어요."

모스크바에서의 꿈같은 날들이 눈앞에 어른거렸다. 명자는 '당신과 함께 블라디보스토크로 가면 안 될까요'라는 말이 튀어나오려는 것을 안으로 삼켰다. 빨갛게 토끼 눈이 된 명자를 단야가 끌어안았다. 둘은 말없이 한참을 그렇게 있었다. 명자의 눈물에 단야의 어깨가 젖었다. 단야의 눈에 뿌연 안개가 서렸다.

"명자, 지금 내가 무슨 생각을 하고 있는지 알아? 적어도 지금 이 순간에는 당신하고 단둘이 현실의 모든 것으로부터 달아나버리고 싶다는 것. 역사의 죄인으로 남을지라도."

명자는 단 사흘 만이라도 단둘이 마주 앉아 배춧국에 밥을 먹고 따뜻한 아랫목에 누워 등을 지질 수 있으면 얼마나 행복할까 하는 마음이 간절했다. 서른 즈음의 두 남녀가 이불 위에 나란히 누웠지만 몸이 뜨거워지지 않았다. 11월의 밤공기가 차가웠고 역사의 무게는 너무 무거웠다. 마포나루에서 물길 따라 내륙으로 들어가는 증기선의 기적 소리가 들렸다. 명자는 잠이 오지 않았다. 눈이 점점 말똥말똥해졌다. 단둘이 현실의 모든 것으로부터 달아나버리고 싶다는 것, 단야의 말이 머릿속을 맴돌았다. 진심이었을까.

　어느 결에 잠들었는지 옆에서 코 고는 소리가 들려왔다. 종일 쏘다니고 돌아왔으니 고단했을 것이다. 명자는 단야 앞에서 눈물을 보인 것을 후회했다. 북풍이 불어와 문풍지가 밤새 우우 하고 울었다. 그녀는 새벽녘에야 설핏 잠이 들었다.

　단야가 경성을 떠나던 날은 첫 겨울 추위가 몰려와 유리창에 성에가 낀 아침이었다. 그는 어스름이 걷히기 시작할 무렵 집을 나섰다. 수염을 달고 가짜 상투를 올려 붙인 그는 허름한 적삼 잠방이 차림에 검정 고무신을 신었다. 몇 달 전 기차편으로 경성에 들어올 때의 중절모 양복 신사와는 완전 딴판이었다. 그사이 검문검색이 강화됐고 단야의 신변이 드러났으니 열차는 탈 수 없었다. 단야는 구파발로 해서 경성을 빠져나가 함흥 청진을 거쳐 국경을 넘을 것이다.

　긴 여행이지만 혁명가에게 짐은 필요 없었다. 어느 나라건 어느 도시건 그곳에 있는 것을 먹고 쓰고 입었고 헛간이건 여관이건 그날 잠자는 곳이 내 집이었다. 이제 경성에 남은 명자와 소련으로 떠난 단야 사이의 통신은 한층 은밀해질 것이다. 명자가 재건위의 해외연락책이었다.

"블라디보스토크에 도착하는 대로 전보를 보내줘요."

압록강 두만강 연안은 독립군 부대가 매일같이 월강해왔고 잦은 교전과 삼엄한 경비로 국경이 점점 살벌해지고 있었다.

"다음에 오면 당신 부모님께 인사도 드리고 간단히 예식이라도 올립시다."

마치 이번에는 시간이 모자라 못 했다는 말투였다. 명자는 단야가 곧 돌아오게 될 거라 믿었다. 일제가 무너지면 망명생활도 끝나고 단야는 조선에 들어와 명자와 예식을 올리고 아이를 낳고 알콩달콩 가정을 꾸릴 수 있게 될 것이다. 단야의 미안한 마음이 엿보여서 명자는 불편했다.

"인천의 이승엽한테는 바로 연락을 넣도록 할 거고 서대문형무소 동지들한테 차입하는 건 나눠 맡아서 할 테니 걱정 마세요. 재건위는…."

둘 사이에 사업이란 오직 공산당 재건사업만 존재하는 것 같은 말투였다. 명자는 약한 마음을 들킬까 봐, 자고로 혁명가 사이의 이별은 이러해야 한다는 듯, 짐짓 씩씩하게 사업 이야기를 늘어놓았다. 단야는 대답 없이 명자의 이마에 입술을 갖다 댔다. 그러고는 마치 일터로 가는 남편처럼, 저녁에 호떡 봉지라도 들고 돌아올 것처럼, 그렇게 떠났다.

한강에서 제방을 넘어온 자욱한 물안개에 그의 모습은 금세 묻혀버렸다. 1929년 11월 30일이었다.

조선박람회는 백만 가까운 입장객을 모으고 폐막했다. 박람회를 본 조선인들이 조선의 발전상을 눈으로 확인하고 식민종주국 일본에 감사하고 있으리라 내심 흡족해하던 총독부의 판타지를 무참히 깨뜨리는 사건은 광주에서 터졌다.

어느 날 정숙이 서점에 가려고 인사동 길을 걸을 때였다. 까까머리 배달 소년 하나가 신문 호외를 뿌리며 달려오고 있었다. 소년은 허리춤에 방울을 절그렁거리며 "호외요" 하고 외쳤다.

"광주에서 조선 학생들과 일본 학생들이 충돌, 대혈투. 원인은 조선 여학생들에 대한 일본인 중학생들의 민족적 멸시."

호외를 주워 든 정숙은 오던 길을 되돌아 집으로 갔다. 변호사 사무실에서 아버지는 방금 온 석간신문을 보고 있었다.

> 광주고등보통학교 생도 대 중학교 생도 충돌사건은 3일 오전 10시경 정거장에서 또다시 충돌되어 피차 수백 명이 서로 난투하여 수십 명의 부상자를 내고 수천 군중이 모여들어 일시 교통 두절이 되었는데 경찰에서는 경종을 울리며 소방대까지 출동시켜 방금 진압 중이라더라.
>
> – 동아일보, 1929년 11월 4일 자

이날부터 매일 신문에 광주 학생들의 시위와 검거 뉴스가 실렸다. 8일 밤 종로의 신간회 본부에서는 긴급집행위원회가 열렸고 다음 날 아침 집행위원장 허헌과 재정부장 김병로 등 진상조사단세 명이 광주로 내려갔다. 허헌은 다음 날 돌아왔다.

"정숙아, 내가 미국에 갔을 때 뭐가 제일 부러웠는지 아니? 높은 빌딩이나 자동차 그런 게 아니었다. 우리 뉴욕주지사 선거하는 거 봤잖느냐. 젊은 청년들이 거리나 공원 같은 데서 자기가 지지하는 후보 응원 연설을 하는데 하나같이 목소리도 우렁찬 것이 어찌나 자신감이 넘쳐 보이던지. 내 이번에 유치장 가서 박준채도 만나고 왔다. 아주 반듯한 학생이더라. 박 군은 후쿠다라는 놈이 조선인 주제에 어쩌고 하는 말에 참을 수 없어 주먹이 나갔다 하더구나. 열여섯 살짜리 고보생이 그 말을 듣고 피가 끓지 않겠냐. 조선인으로 태어났다는 것만으로 하급시민 신분이 되었는데… 어쩌다 이 지경이 되어버렸는지. 어른이 돼가지고 면목이 없구나."

허헌은 길게 한숨을 내쉬었다.

나주 역전에서 광주중학의 일본 학생들이 조선 여고생에게 집적대는 것을 본 광주고보 학생이 달려가서 일본 학생 뺨을 때린 것이 두 학교 학생들 사이의 패싸움으로 번졌는데 일본인 순사가 조선 학생들을 구타하고 해산시킨 것이 문제의 발단이 됐다. 두 학교 학생들의 집단충돌이 사흘 동안 계속되자 다른 학교도 가세하고 심지어 일본 유학 중인 광주고보 졸업생들까지 돌아와 격문을 뿌리고 있다 했다.

"저놈들이 조선 학생들만 잡아들이면서 워낙 편파적으로 다루고 있으니 사태가 쉽게 수습되지 않을 거 같다. 이번 일은 신간회에서 정면돌파 할 생각이다."

신간회는 '광주학생사건 보고대회'를 열기로 했다. 하지만 연사들을 섭외하고 전단지를 제작하는 중에 총독부가 전단지를 압수하고 행사를 금지시켜버렸다. 신간회는 이것을 언론탄압으로 간주하고 다시 '언론탄압 보고대회'를 준비했다. 하지만 역시 금지 당했다. 신간회는 총독부와 일진일퇴의 전투를 벌이고 있었다. 신간회는 다시 광주사건의 진상을 알리고 일제의 민족차별정책을 규탄하는 민중대회를 안국동 네거리에서 열기로 했다. 디데이는 12월 13일. 신간회는 격문 2만 장을 만들고 대대적인 군중집회를 준비했다.

거사를 며칠 앞둔 저녁 총독부 경무국장이 허헌 집으로 찾아왔다. 두 사람이 사랑방에서 나누는 얘기를 정숙은 마루에 서서 엿들었다. 신간회가 항의서한을 보냈는데 그에 대한 총독의 답변을 가지고 온 참이었다. 총독부 입장은 명쾌했다. 이번 군중집회를 강행한다면 주모자들을 모조리 잡아넣겠다, 허헌도 예외는 아니며 변호사 자격증을 내놓아야 할 것이다, 신간회를 해체시킬 수도 있다, 신간회가 여기서 물러선다면 합법적인 단체로 활동하게 해주겠다. 허헌은 구속된 광주 학생들은 어떻게 할 것이냐 물었고 경무국장이 그것은 별개 문제라 대답하면서 두 사람의 대화는 길어졌고 마침내 사랑방 문짝이 떨어져 나갈 만치 노기등등한 허헌의 고함이 터져 나왔다.

"당신네들 법이 있으면 나의 법이 있소! 나는 내 법대로 하겠소!"

아버지의 고함에 정숙은 전율했다. 이제껏 아버지는 법정에서 인권을 따지고 학교 설립과 신문사 운영에 돈과 노력을 보태면서 합법적이고 온건하게 일을 풀어온 인사다. 그런 사람이 거리로 나서기로 작정하자 물불 안 가리고 몸을 던지는 것이다.

12월 13일 아침, 정숙은 아버지와 함께 이른 아침상을 받았다. 아버지는 생각에 잠겨 밥술을 뜨는 둥 마는 둥 했다.

"아버지, 식사 좀 제대로 하세요. 긴 하루가 될 텐데 든든하게 자셔두셔야지요."

집에서 마지막 식사가 될 것이 분명했다. 아버지는 긴 한숨과 함께 수저를 내려놓았다.

"식민지 역사도 스무 해인데 요새처럼 참담한 시절은 없었다. 신문들을 다 총독부 기관지로 만들자 들고, 사사건건 치안유지법을 걸어 두들겨 패고 본다. 이런 판국에 변호사 자격이 무슨 쓸데가 있겠니. 알량한 자격증 붙들고 앉아 있기 부끄러울 따름이다."

아침상을 물리자마자 형사들이 들이닥쳤다. 신간회의 홍명희 조병옥 등 다른 간부들도 구속되었다. 민중대회는 무산됐다.

이튿날 아버지가 종로경찰서에서 서대문형무소로 송치됐다는 소식을 듣고 정숙은 집을 나섰다. 근우회 사무실을 아지트 삼아 정숙은 경성 시내 여학교 학생대표들을 만났다. 경성 시내 고등학교들이 일제히 개학하는 1월 15일, 동맹휴학을 하고 시가행진을 벌이면서 광주학생 사건의 진상을 알리는 격문을 뿌린다는 계획이었다. 이화여고보, 동덕여고보, 배화여고보, 경성여자상업학교, 숙명여고보 등이 참여하기로 했다.

정숙은 입덧이 한창이었다. 남편이 잡혀간 뒤로 부쩍 심약해진 어머니는 딸의 거동이 심상치 않다 느꼈던지 외출 채비를 하던 정숙의 방에 들어왔다.

"몸도 무거운데 집에서 좀 쉬지 그러냐."

"걱정 마세요. 아픈 데도 없고 몸도 가뿐하고 아주 좋아요."

정숙은 요새 의자에 30분 이상 앉아 있으면 허리가 끊어지는 것처럼 아프고 옆구리가 쿡쿡 쑤셔왔다. 병원에선 잘못하면 본인도 태아도 다 위험할 수 있다고 무조건 쉬라 했다.

"아주 좋다는데 에미 눈에는 얼굴이 거무스름한 기 씩 못 돼 보이니 어쩐 일이냐."

"아버지도 망오십望五十 연세에 몸소 나서셨는데 젊으나 젊은것이 집에 처박혀서 밥이나 축낼 수는 없잖아요."

"자식이라고는 들었다 놔도 하나뿐인데 니한테 무슨 일 생기면 이 에미는 어쩌라는 거냐. 형무소가 뭐 좋은 데라고 거기 따라 들어오면 아버지께서 마음이 좋으시겠냐? 지금까지 그만하면 그래도 이 조선 땅에서 할 만큼 했다. 조선 팔도에 강연 다니면서 계몽도 그만큼 했으면 됐고 독립운동도 그만큼 했으면 됐다. 경한 애비하고 갈라서고 외간 남자 만난다고 뒷말했던 사람들도 이제 다들 허정숙이 훌륭한 사람이라고 칭송할 거다."

"어머니, 옥인동 뒷산 있지요. 거기 뽕밭 만들어서 누에 치면 어떨까요?"

"뽕밭이라니. 갑자기 무슨 자다가 봉창…."

"변호사사무실도 그렇고 해서 앞으로 우리 집에 수입이 필요할 거 같아요. 요새 양계업도 많이들 한다는데. 칠면조 알보다 달걀이 생산비가 훨씬 저렴하게 먹힌다는 얘기도 있어요."

어머니가 어리둥절해서 정숙을 쳐다보더니 나름 생각이 많아진 얼굴이 되어 안방으로 돌아갔다.

거사를 앞두고 정숙은 바빴다. 경한이 글자공부 책과 공책을 사오고 길한이는 병원 데려가 검사받고 두 아이 옷가지도 겨울옷 봄옷 겉옷 속옷 해서 한꺼번에 일습을 사다 장롱에 챙겨 넣었다. 여관에 있는 송봉우와 함께 인사동 서점에 나가 책 스무 권쯤을 사서는 사촌동생에게 나중에 형무소에 차입시켜달라고 부탁했다. 송봉우는 "허 여사, 당신 무슨 해외유학 떠나는 사람 같소. 당신처럼 만반의 준비를 하고 형무소 가는 사람 처음 봤소" 했다.

1월 15일 아침, 정숙이 옷을 여러 겹 껴입고 외출 준비를 할 때 어머니는 병색이 짙은 얼굴로 역정을 냈다.

"너는 어째 겁이 없냐. 겁남이라고는 약으로 쓸래도 도통 찾아볼 수가 없냐. 왜놈 순사들이 옆구리 한쪽엔 일본도 한쪽엔 육혈포 차고 돌아다니는데 어느 으슥한 데서 험한 꼴 보면 어쩌려고 그러냐. 저 몸을 해가지고 집에서 탕약 달여 먹고 누워 있으면 맞춤이겠구만. 에고. 정숙아, 정 나가야겠거든 그저 뒷전에 서 있다 와라. 나라 구하는 일로 감옥살이하는 건 아버지 한 분으로 족하다."

정숙은 어머니 푸념을 뒤로하고 사랑으로 갔다. 아버지 없는 사랑방은 임원근이 차지하고 있었다. 1월 1일 만기 출옥한 그는 곧장 허정숙네로 왔다. 그는 병원 드나들고 몸을 추스르면서 두 아들과 함께 지내고 있었다. 원근은 그간 신문을 못 보았던 듯 집에 와서 허헌이 없는 것을 알고 몹시 낙담했다. 더구나 아내는 다른 남자의 아이를 배고 있었으니 그가 느꼈을 적막감은 방금 떠나온 한겨울 서대문형무소의 추위와 고독보다 깊었을 것이다.

정숙이 집을 나설 때 대문간에서 어머니와 원근이 그녀를 배웅

했다. 어머니는 생쌀이 담긴 면 주머니를 딸에게 주었다.

"생쌀을 씹으면 입덧이 가라앉는단다."

그녀는 보신각 네거리로 갔다. 매운 바람이 부는 아침이었다.

그날 오후 정숙은 근우회관에서 박차정과 함께 체포됐다. 정숙은 근우회 집행위원겸 출판부장이었고 박차정은 부원이었다. 서대문경찰서는 여학교 교실을 옮겨다 놓은 듯 머리를 땋아내린 여학생들로 북적거렸다. 여학생은 서대문으로, 남학생은 종로경찰서로 보내졌다 했다.

여학생시위에 대한 첫 공판이 열린 것은 3월 19일이었다. 김병로가 변호를 맡았다. 만삭의 몸에 검정 두루마기 차림으로 법정에 나온 정숙은 태연자약했다고 잡지의 참관기가 전한다. 재판장이 "피고는 여러 가지 점으로 보아 학생들이 계획하는 시위를 지휘했다고 본다"고 말했고 정숙은 시인했다. 그녀는 특별한 정치적 의미는 없고 광주 학생들에게 공감했던 것이라고 최후진술을 했다. 정숙은 징역 1년형을 받았고 여학생 중에 한 명만 8개월 실형을 선고받고 나머지는 모두 집행유예로 석방됐다.

정숙은 붉은 수의를 입고 기결수 생활을 시작했다. 당시 서대문형무소에는 약 2천 명의 죄수가 있었다. 겨울에도 난방은커녕 이불 없이 가마니 덮고 잤고 죄수들 대개가 옴이 올라 피부가 거뭇거뭇했다. 식사는 콩밥이나 수수밥에 무절임 정도였다. 미결감 시절엔 집에서 넣어주는 사식을 거부했었다. 일곱 명의 여학생들과 함께 들어와서 혼자 사식을 먹을 수는 없었다. 학생들이 한 명 외엔 모두 풀려나고 기결감으로 옮긴 어느 날 그녀는 간수로부터 쪽지를 받았다. 눈에 익은 글씨, 아버지였다.

"태중의 아이를 생각해서 사식을 먹도록 해라. 더 이상 고집부리면 불효다."

정숙은 아버지가 위장병으로 음식을 제대로 들지 못한다는 소문을 듣고 있었다. 그런 아버지의 간곡한 충고였다. 손바닥만 한 철창 밖으로 맞은편에 아버지가 있는 미결감 사동이 보였다. 그녀는 사식을 받기 시작했다.

형무소는 막달이 가까워 오는 산모가 머물 곳이 못 되었다. 배는 남산만 하고 온몸이 퉁퉁 부었다. 밤에는 엎드릴 수도 반듯이 누울 수도 없었다. 자주 신열이 올랐다. 그녀는 병감으로 옮겨졌다. 폐렴이었다. 하지만 정숙은 태아 때문에 해열제나 진통제를 거부했고 폐렴은 점점 심해졌다. 정숙은 형집행정지로 가출옥했다. 그녀는 열에 들떠 밭은 기침을 하며 형무소를 나섰다. 1930년 5월 16일이었다.

정숙은 바로 경성의전 병원에 입원했다. 그녀는 아이를 낳는 순간 혼절해서 첫 울음소리를 듣지 못했다. 산모와 아이 모두 위험했던 난산이었다. 폐렴은 이미 늑막염으로 발전해 있었다. 그녀는 해산하자마자 흉부에 들어찬 물을 호스로 뽑아내야 했다. 그녀는 자신이 스캔들이나 정치적 탄압이나 경제적 파산이 아니라 육체의 기습에 무너질 수 있다는 사실을 깨달았다.

주로 어두운 저녁에 누군가 명자에게 가져다주는 편지들은 겉봉에 영숙이, 순임이 같은 여자 이름이 발신인으로 적혀 있었다.

편지는 친척 언니의 다정한 안부인사로 시작했다. 이 은어통신隱語通信에서 사무적인 내용을 발라내기는 어렵지 않았다. 김단야의 편지는 처음엔 블라디보스토크에서 오다가 그다음에는 상해에서 왔다.

학생시위는 여전히 계속되고 있었다. 광주학생사건 이후 전국적으로 동맹휴학과 거리시위가 끊이지 않았고 다시 3월 1일이 다가오고 있었다. 조선공산당 재건위는 '조선공산당' 이름으로 격문을 뿌리기로 했다. 명자에게는 공작금을 전달하는 일과 격문을 운반하는 일이 맡겨졌다. 명자의 공산대학 동창인 권오직이 격문을 썼고 인천에서 여관을 하는 이승엽이 인쇄했다.

명자는 '전조선 피압박 피착취계급에 격檄함'이라는 제목의 전단지를 인천에서 이승엽에게 받아 경인선 열차를 탔다. 운반은 다른 한 사람과 나눠 맡았는데 처음 보는 얼굴이었고 만약에 대비해 통성명 없이 눈인사만 주고받았다. 둘은 열차를 탄 뒤 각기 떨어져 자리를 잡았다. 명자는 보라색 공단 한복에 구슬 핸드백을 들어 양반집 규수의 나들이 차림이었다. 한복 치마 아래로 전단지 8백 장을 담은 보자기를 배에 묶었다. 전단지 보따리는 풍성한 열두 폭 치마로도 감추어지지 않아 임산부치고도 만삭으로 보일 지경이었다. 열차가 부천역에 섰을 때 경찰 둘이 열차에 올랐다. 모종의 첩보가 있었는지 순사는 한 사람씩 빠짐없이 짐 검사를 했다. 사람들은 익숙한 솜씨로 가방을 열어 보이고 짐꾸러미를 풀어헤쳤다. 객차 중간쯤에서 실랑이 소리가 들려왔다.

"다 꺼내봐. 저건 뭐야."

"옷감인데요."

"아니, 그 아래. 다 꺼내보라니까."

옥색 바지저고리에 옷감 보따리를 들고 포목상으로 꾸민 동료가 잠시 후 순사에게 한쪽 팔을 붙들려 자리에서 일어났다. 다른 순사가 보퉁이를 뺏으려 할 때 그는 전단지를 한 줌 꺼내 여객들 머리 위로 뿌리며 소리쳤다.

"피압박 노농 대중은 궐기하라!"

순사 하나가 옆구리의 일본도를 끌러 칼집으로 그의 어깨를 내리쳤다. 그는 고꾸라지는 듯하더니 이내 일어나 두어 걸음 걷다가 머리를 쳐들고 다시 구호를 외쳤다.

"일본 제국주의 강도들….."

구호는 도중에 끊겼다. 순사가 칼집으로 다시 그의 뒤통수를 내리쳤고 옥색 저고리 위에 핏방울이 튀었다. 다른 순사가 그의 다리며 배에 발길질을 퍼부었다. 잠시 후 그가 두 다리를 축 늘어뜨린 채 끌려갔다. 등 뒤쪽에서 객실 출입문 닫히는 소리가 들렸다. 열차는 여전히 달리고 있었다. 사람들은 좌석에 얼어붙어 있었고 감히 전단지를 줍는 이도 없었다.

잠시 후 순사 하나가 객실로 돌아왔다. 순사의 목소리는 날카로워졌고 검문은 한층 까다로워졌다. 명자 차례가 되었다. 몸이 무거운 만삭의 여인답게 명자는 나비 자수가 놓인 흰 손수건으로 이마를 찍어 눌렀다. 순사는 명자를 아래위로 훑어보았다.

"열어보시오."

순사는 턱짓으로 구슬백을 가리켰다. 구슬백 안에는 분첩과 구찌베니와 1원짜리 지폐와 동전 몇 개가 들어 있었다. 순사는 머뭇대지 않고 다음 자리로 이동했다. 순사가 나가고 객실 문이 닫힌 뒤 명자 옆자리의 노인이 허리를 굽혀 전단지 한 장을 줍더니 얼른 옷소매 속으로 감추었다. 명자도 그제야 손수건으로 손등에 튄 옥색 저고리 남자의 핏방울을 조심스레 닦았다.

도화동 집에 돌아올 때까지 명자는 열차에서 잡혀간 남자를 생각했다. 누구였을까. 해사한 얼굴이었는데 인텔리겐차일까. 요새는 인텔리들도 노동현장에 들어가 있고 노동자들도 야학이네 독서회네 해서 외양으론 분간이 가질 않는다.

권오직은 밤늦게 돌아왔다. 명자는 권오직과 함께 평양의 김응기에게 전달할 암호서신을 만들었다. 쇠젓가락을 염산물에 묻혀 백지에 적었다. 염산편지는 촛불에 그을리면 글씨가 다시 나타나게 돼 있다. 격문이 발각된 이상 한시도 지체할 수 없었다. 명자는 잠시 눈을 붙였다가 새벽녘에 다시 전단지 보따리를 배에 두르고 뒤뚱거리며 집을 나섰다. 경성역에서 평양역에 이르는 동안 그녀는 구슬백을 몇 차례 열어 보여야 했지만 다행히 치마 속을 보자는 순사는 없었다. 그녀는 평양에서 김응기를 만나 전단지와 암호서신을 전달했다.

평양을 떠난 열차가 경성에 도착했을 때는 3월 1일 아침이었다. 명자가 만리동 언덕을 넘어 도화동 초입에 들어서자 누가 "새댁!" 하고 불렀다. 도화동 집 안주인이었다. 주인댁은 푸석푸석 잠이 부족한 얼굴에 수심이 가득했다. 명자는 뭔가 나쁜 일이 일어났음을 직감했다. 아니나 다를까, 도화동 집에 용산서 경찰들이 들이닥쳐

문간방에 있는 물건은 휴지 한 조각 안 남기고 모조리 쓸어갔으며 주인댁 남자도 잡혀가고 지금 경찰이 집 주변을 감시하고 있다 했다. 단야가 떠난 뒤 아지트를 옮기지 않은 게 불찰이었다. 주인댁이 인사동에 있는 딸네 주소를 일러주었다.

그렇게 해서 명자는 보라색 공단 한복 한 벌로 낯선 은신처에 홀로 남겨졌다. 이튿날 주인댁 사위에게서 간밤에 도화동서 권오직이 체포됐다는 소식을 들었을 때 명자는 낙심천만이었다. 앞이 캄캄했다. 김단야가 권오직에게 모든 뒷일을 맡기고 떠난 터였다. 곧이어 부산에서도, 대구에서도, 원산에서도 동지들이 검거됐다는 뉴스가 들려왔다. 조선공산당 재건은, 5월 전당대회는 이제 누가 어떻게 할 것인가.

보름 뒤 명자도 인사동에서 체포되었다. 3월 한 달 동안 체포된 사람만 90명이 넘었다. 조선공산당 재건의 원대한 프로젝트는 물거품이 되고 말았다.

명자는 지리한 예심이 끝난 뒤 이듬해 경성지방법원 공판정에 나갔을 때 1년 전 도화동 문간방에서 밀담을 나누던 동지들을 한자리에서 다 만날 수 있게 되었다.

어머니는 명자가 체포되자 충격으로 몸져누웠다. 처음 있는 일은 아니지만 이번엔 뒤끝이 길고 상태도 심각했다. 외동딸의 투옥이 단발이나 가출이나 유학하고 차원이 같을 수 없었다. 명자가 모스크바에서 돌아온 다음에도 희망을 잃지 않았던 어머니였다. 단야와 모스크바에서 같이 산 것을 번연히 알면서도 온 집안에 입단속을 시키며 암암리에 명자의 혼처를 수소문했다. 욕심 많고 거

만했지만 알고 보면 단순한 여인이었다.

그로부터 두 달 뒤 명자는 어머니의 부음을 받았다. 부음이 도착했을 때는 이미 장례도 치른 뒤였다. 명자는 감옥 벽에 머리를 쿵쿵 찧었다. 어미의 명줄을 끊은 죄인 하나가 여기 있었다. 만국의 공산주의자 형제들은커녕 단야도 오빠도 강 건너 저편에 있었다. 누구도 대신할 수 없고 누구도 나눠 가질 수 없는 죄였다. 명자는 단야가 원망스러웠다.

명자는 공판에서 징역 2년 집행유예 4년을 선고받았다. 이 재판에서 권오직이 6년형을 받았다. 명자네 그룹에서 가장 무거운 형이었다. 재판장이 6년형을 선고하자 방청석에서 여자 울음소리가 터져나왔다. 권오직의 형 오설이 고문후유증으로 4년을 고생하다 옥사한 것이 작년이었다.

조선공산당 재건사건의 피고 23명은 명자만 빼고 모두 실형이었다. 집행유예는 명자 혼자였다. 예외적으로 관대한 처분이었다. 어머니를 잃었다고 특별히 봐준 것인가. 천부당만부당이었다. 아버지가 재판부를 찾아가 고개를 조아리기라도 한 것인가. 그쪽이 훨씬 그럴 듯했다. 명자는 재판이 끝나자 바로 풀려났다. 이미 형무소생활 1년 7개월 남짓 치른 다음이었다. 하지만 혼자 풀려나는 건 불편했다. 왜 나만일까.

서대문형무소 철문 앞에서 오빠가 기다리고 있었다.

"아버님이 즉시 강경으로 데리고 내려오라 하셨다."

1931년 10월 29일이었다.

정숙은 출산후유증을 벗어나면서 차츰 건강을 회복했다. 셋째 아이를 놓고도 아버지가 누구인지 추측이 난무했다. 정숙이 성이 다른 세 아이를 두었는데 첫째가 임원근, 둘째가 신일용, 셋째가 송봉우 아들이라는 소문, 또는 둘째 셋째가 모두 송봉우 아들이라는 소문도 있었다.

신간회 민중대회 사건은 1931년 4월에야 첫 공판이 열렸다. 허헌 홍명희 조병옥 등 여섯 명에 대한 재판이었다. 법정에서 정숙은 1년 반 만에 아버지를 보았다. 아버지는 검은 두루마기에 수인번호 '1504'를 달고 손목이 밧줄에 묶여 법정에 들어섰다. 피고석에 자리 잡은 뒤 용수를 벗었을 때 완연히 반백이 되어버린 아버지의 뒷모습에 정숙은 울컥했다. 아버지에게는 매일 드나들던 경성법원이지만 저 자리는 처음일 것이다. 아버지가 고개를 돌려 방청석에서 딸과 아내를 찾아내고는 어색하게 웃었다. 위장병과 불면증이 심하시다더니 눈이 움푹 꺼지고 광대뼈가 도드라진 것이 병색이 완연했다. 법정에서 카랑카랑한 목소리로 일본인 판사를 제압하던 아버지는 판사의 질문에 대답할 때 목소리마저 흐릿했다.

정숙은 말할 수 없이 속이 쓰렸다. 아버지가 형무소생활 1년 반에 무너질 사람이 아니었다. 아무리 피고인 신분이라 해도 일본 법정과 법관에 주눅들 사람도 아니다. 예심에서 조사관들이 아버지 몸에는 손끝 하나 대지 못했다 했다. 아버지는 이 얼토당토않은 식민지 상황에 대한 분노 때문에 위장병을 얻어 몸이 쇠잔해진 것이지 너희 놈들한테 기가 죽으신 게 아니라고 정숙은 판사에게 들리도록 소리치고 싶었다.

그녀는 형집행정지 1년이 지나 세 아들을 어머니에게 맡기고 다시 감옥으로 들어갔다. 정숙은 대문간에서 태연한 낯빛으로 사촌 동생 붙들고 집안일을 이것저것 당부하고는 작은 가방 하나 달랑 들고 인력거에 올라탔다. 어머니가 있는 집을 떠나 아버지가 있는 형무소로 가는 길이었다. 아버지 곁으로 가는 기분이 나쁘지만은 않았다. 함께 식사를 하고 대화를 나눌 수 있는 건 아니지만 가까이 있다는 것만으로 위안이 되었다.

다시 시작된 독방생활은 금세 익숙해졌고 견딜 만했다. 다만 집에 두고 온 세 아이와 어머니가 마음이 쓰였다. 그녀는 규격엽서에 깨알 같은 글씨로 편지를 썼다.

> 어머님 전상서! 못 뵈옵는 동안 어머님 기체 안녕하옵시며 어린 아해들도 병 없이 잘 큽니까? 또 집안 식구들이 다 무고합니까? 저는 잘 먹고 잘 자며 아무 염려 없이 잘 있사오니 안심하옵소서. 어머니! 결코 저로 인하여 근심은 일체 마옵소서. 오직 이지적으로 현재의 모든 고통을 이겨 넘기시고 장래에 모든 행복과 희망과 기쁨이 오직 어머니 어깨에 달려 있는 것을 깊이 명염하시고 어머니의 건강을 스스로 보증하여주소서!
>
> 지면 부족으로 더 쓰지 못하고 몇 가지 부탁을 씁니다.
>
> ― 영한의 음식을 주의해주시며 잠들 때에 우유를 먹이지 마시며 밤 젖을 먹이지 마시고 제대병원에 물어서 변비증이 안 생기도록 하시고 과자를 먹이시지 마시옵. 사진을 중판으로 크게 박여두시며 부디 음식에 주의하여 주소서.

― 경한을 약을 먹이시며 돈이와 둘을 각각 입학 기념으로 검정 양복에 모자를 씌워서 독사진을 박아두시고 세 형제를 함께 하나 박아두시옵.

― 길한이를 양복을 하나 사서 입히시옵소서. 늘 마음에 안되였습니다. 그러고 그 심술쟁이를 많이 사랑해주소서.

― 옥인동 32-6에 김광수를 찾아보시고 뒷산 언덕을 공지허가를 얻어서 양계에 쓰도록 하소서.

― 칠면조 알은 청량리주재소 왼편 집에서 판매하오니 그리아시옵.

― 김용설 의사의 집이 팔판동 36번지이오니 찾아보시고 치하하소서.

― 해동은행에 이자를 이승우 씨에게 잊지 마시고 전하소서.

― 저에게는 전에 부탁한 것외에 안국동 민중서원에 가서 〈에스페란토세계역사〉 두 권과 영어 〈신약〉을 하나 차입해주소서.

6월 11일. 녀식 상서

1932년 1월 허헌이 출옥했고 3월에는 정숙이 형기를 마치고 나왔다. 정숙이 출감했을 때 허헌은 2년 남짓 감옥생활에 신경쇠약과 위염, 피부병을 얻어 병원에 드나들고 있었다. 변호사 자격은 박탈당하고 신간회는 해체된 다음이었다. 김단야가 신간회 재정비 운운할 때 뭔가 조짐을 읽었지만 그녀도 급전직하 이렇게 될 줄은 몰랐다. 대공황에다 만주사변에다 정세가 급전하고 있고 급진적인 대응이 필요하다는 주장이 일리가 없진 않았지만 신간회나 근우회나 나름대로 건실한 단체였는데 무산계급 전위조직으로 탈바꿈시키겠다고 하다가 무더기로 감옥 가고 결국 조직만 날려버렸다. 근우회는 정종명 정칠성 허정숙이 한꺼번에 투옥되면서 해체 선언조차 없이 흐지부지 없어져버렸다.

공교롭게도 신간회 해산에 대한 월간 〈삼천리〉 특집에서 정숙의 두 남편이 격돌했는데 송봉우는 "소부르주아들의 정담유희政談遊戱였다"며 해산을 찬성했고 임원근은 신간회 해소 주장을 "좌익 소아병 내지 관념론"이라고 반대했다. 허헌이 가뜩이나 송봉우를 허랑방탕하고 무책임하다고 싫어하던 차에 도무지 예쁘게 봐줄 구석이 없는 것이다.

허헌은 "빈대 잡겠다고 초가삼간 태운 거 아니겠냐. 이제 얻어맞아도 어디 가서 아야 할 데도 없게 됐구나" 하고 탄식했다.

"요즘 사람들 만나면 신간회를 다시 일으켜야 하는 것 아닌가 얘길 해본다마는 우선 가인부터도 뜻을 잃은 것 같다. 고향 양주로 내려가서 농사짓겠다 한다."

가인 김병로는 허헌이 투옥된 뒤 신간회 집행위원장을 맡았었다.

"나도 명천에 내려가서 농사나 지을까 생각 중이다."

수십 년을 1인 다역으로 바쁘게 살아온 아버지가 병원 나들이 외엔 딱히 할 일 없는 처지라는 건 옆에서 지켜보는 정숙으로서도 낯설고 면구스러웠다. 하지만 아버지의 고민은 그대로 자신의 것이었다. 그녀도 막막함 앞에 서 있었다. 이제 무엇을 할 수 있을까.

드넓은 강경평야는 추수가 끝나고 텅 비었다. 논둑을 따라 활활 타오르던 불길이 사위고 군데군데 거뭇거뭇하게 또는 빨갛게 불씨가 남아 타들어가고 있다. 관솔불 들고 돌아다니며 논둑에 쥐불을 놓던 사람들도 해가 저물자 모두 집으로 들어가버렸다. 첫눈이라도 오려는지 하늘이 꾸물꾸물했다.

명자는 둔덕에 앉아 빈 들을 바라보았다.

"아이구, 애기씨, 맨바닥에 앉아 계시면 고뿔 드십니다요."

언제 왔는지 행랑아범이 왼손에 호미를 든 채 오른손으로 머릿수건을 벗어 바닥에 깐다.

"이 위에 앉으십시오."

명자는 수건을 집어 도로 행랑아범에게 건넸다.

"아범이나 앉어."

수건을 받아 손에 든 그는 앉지도 가지도 않고 그대로 서서 명자와 시선을 나란히 한 채 벌판을 바라본다. 어머니가 어린 명자의 손을 잡고 대문을 나설 때면 "눈에 보이는 논밭전지가 다 고씨 문중 것이니라" 했었다. 어릴 적엔 온통 집안 소유인 대지를 바라볼 때 뿌듯했는데 지금은 땅 넓이만큼 커다랗고 묵직한 뭔가에 짓눌리는 기분이다. 행랑아범은 이 땅을 바라볼 때 무슨 생각을 할까.

"아범, 명희는 잘 있어?"

"아이구, 애기씨. 그 까짓것이야 잘 있고 뭐고 할 게 있습니까요. 딸 셋도 모자라 이번에 또 딸을 낳아가지구서. 소박 안 맞고 사는 기 그저 다행입지요."

"딸 낳고 아들 낳고 하는 게 어디 여자 탓인가? 씨 뿌리는 남자

책임도 절반은 있는 거지.”

“그러게 말입니다. 사위란 놈도 잘한 것 없는 거 같은데 어찌나 구박을 해대는지. 장인 장모도 죄인이 돼가지고 설설 깁니다요.”

손에 든 호미처럼 등이 굽은 행랑아범은 사시사철 농사일로 늙었고 이런저런 걱정으로 다시 늙었다. 명자는 그의 나이를 생각해본 적 없지만 환갑은 진즉 지났을 터였다. 막내딸 명희는 명자 또래여서 함께 놀면서 자랐다. 아버지가 울산과 밀양 법원에 전근 다니실 때도 명희는 명자를 따라갔다. 몸종이자 친구였다.

삼월이가 철부지이긴 했어도 그림자처럼 붙어 있던 아이가 떠나고 나니 헛헛했다. 명자가 출옥해서 집에 돌아와보니 삼월이는 집안에서 구박덩이가 되어 행랑채에 붙어 지내다가 강경 집에 드나들던 노총각 방물장수를 따라가버리고 없었다.

“명희더러 집에 한번 놀러오라구 해요.”

명자의 존댓말이 황송해서 행랑아범은 대답 없이 몸만 한 번 굽실했다. 명자가 이른바 코뮤니스트가 된 다음 강경에 내려와 나이 든 하인들에게 존댓말을 썼는데 행랑아범이 눈물까지 찔끔거리며 “아이구, 애기씨. 그러심 안 됩니다. 남들이 우리 고판사 댁을 어떻게 보겠습니까. 이 늙은이가 마님한테 경을 칩니다요” 했다. 아버지는 일찍이 법복을 벗고 변호사 개업을 했지만 아직 모두들 판사라 불렀다.

“판사 어르신께서 요새 안색이 영 예전 같지 않으시고.”

행랑아범이야말로 안색에 수심이 가득했다. 그의 집안 걱정이라는 것이 자기 식구들인 경우는 드물었다. 늘 판사 댁 걱정이었다.

"미국에서 높은 공부도 마치고 오셨으니 인제 판사 어르신께 외손주만 딱 안겨드리면야 집안에 그만한 경사가 없을 텐데…."

강경에서는 명자의 감옥살이가 미국 유학으로 둔갑해 있었다. 명자가 집행유예를 받기까지 아버지가 얼마나 애쓰셨는지는 오빠에게 들었다. 하지만 재판부로서도 노림수가 있었다는 걸 명자는 곧 알게 됐다. 강경에 내려온 다음 명자는 집을 나설 때마다 미행당하는 느낌이 들었다. 동네가 빤해서 낯선 남자 하나 얼쩡거리면 명자 자신뿐 아니라 온 동네 사람들 시선에 걸리기 마련이다. 김단야 잡으려고 명자를 미끼로 놓아준 게 분명했다. 가을 잎이 지고 겨울에 접어들자 어느 결에 낯선 그림자는 떨어져 나갔다.

"눈이 오시네."

뒤에서 행랑아범 목소리가 들렸다. 명자의 손등과 무릎에 어느새 어른어른 눈송이들이 내려앉았다.

해가 바뀌고 입춘이 가까울 무렵 김형선이 찾아왔다. 까만 얼굴에 농사꾼 차림이라 명자는 집에 드나드는 소작인 누구겠거니 했다. 김형선인 걸 알았을 때 명자는 기절할 지경으로 놀랐다. 형선은 옷소매에서 단야의 편지를 꺼냈다. 김형선은 김단야의 연락책으로 최근 상해에서 들어왔다 했다. 곧 김명시도 경성으로 온다고 했다. 명시는 명자와 함께 모스크바공산대학을 졸업하고 상해로 가서 여운형 선생과 〈무산자신문〉을 만들고 있다 했는데 그 뒤 만주로 블라디보스토크로 상해로 종횡무진이라는 소문만 간간이 전해 듣고 있었다. 오빠 김형선을 비롯해 명시네 삼남매는 모두 공산당운동을 했다. 날카로운 눈매에 강인해 보이는 인상은 형선과 명시 남매가 그대로 빼닮았다.

"상해는 다들 어떤가요. 김단야 선생은 무고하신가요?"

벙어리 말문이 트이듯 질문들이 터져 나왔다.

단야의 편지를 받은 다음 날 아침상을 물린 자리에서 명자는 아버지에게 경성으로 올라가겠다고 말했다.

"집에만 들어앉아 있으려니 갑갑해서요. 올라가서 친구들도 만나고 바람 좀 쐬고 오겠습니다."

"답답하긴 할 게다. 하지만 집행유예라는 게 어떤 것인지는 너도 알고 있지 않느냐. 당분간은 나 죽었소 하고 엎드려 있어야 한다. 요새는 걸리기만 하면 무조건 엮어 넣으라는 게 총독부 방침이야. 사상사건은 변호사도 소용없다. 주의자들은 씨를 말리겠다는 게야. 시국이 좋지가 않아. 나도 지금 밥술은 뜬다마는 한 치 앞을 알 수가 없다. 인명이 재천이라지만 요새 몸도 묵직하고 꿈자리도 뒤숭숭하고 마음이 자꾸 약해지는구나."

나이 서른을 채워가는 딸을 알량한 훈계나 호통 따위로 붙들어 매어둘 수 없다는 것을 아는 아버지가 딸 앞에서 약한 모습을 보이고 있었다. 그 마음이 훤히 읽혀서 명자는 아버지와 눈을 맞출 수 없었다. 고개 숙인 채 묵묵부답의 얼마간이 흐르자 아버지가 다시 말을 이었다.

"경성 가면 외출을 삼가고 집에서 독서나 붓글씨로 소일하도록 해라. 먹을 갈고 붓을 잡으면 마음에 평정이 돌아오느니라. 아무튼지 그저 자중자애하거라."

명시를 만나기로 한 장소는 탑골공원 팔각정 앞이었다. 진달래

개나리도 피었건만 눈이 오락가락하는 변덕스러운 날씨라 공원은 한산했다. 명자는 벤치에 앉아 명시를 기다리며 추억에 잠겼다. 명자보다 한 살 어렸지만 명시는 일찍이 여장부요 풍운아였다. 어려서 부모를 여읜 그는 오빠 형선처럼 학비 때문에 학교를 그만두었고 집에서 와세다여고 강의록을 구해다 독학을 했다. 1925년 겨울 유학생들이 두셋씩 짝지어 국경을 넘은 뒤 블라디보스토크에 모여 시베리아 횡단열차를 탔는데 스무 살의 명시는 혼자 마산에서 부산으로 나가사키로 해서 상해를 거쳐 블라디보스토크에 나타났었다. 공산대학 신입생 때 명시는 혁명과 결혼하겠노라 선언했다. 부모의 보호막 없이 거친 해풍 속에 자랐기 때문일까. 명시는 뼛속까지 단단해 보였고 명자에게 언니처럼 굴려 들었다. 명시 앞에서 명자는 온실 속 화초처럼 자란 자신이 부끄러웠다.

명시는 좀처럼 오지 않았다. 한 시간쯤 지났다 싶을 때 명자는 약속이 어긋났거나 무슨 사단이 생겼다 싶어 벤치에서 일어났다. 탑골공원 정문에 거의 다 왔을 때 뒤에서 명자를 부르는 소리가 들렸다. 명시였다. 명자는 반가운 마음에 뛰어가 명시를 얼싸안았다.

"명시야, 이게 얼마 만이니. 나는 또 너한테 무슨 일이 생겼나 걱정했잖아."

"무슨 일이라니? 조국 땅을 밟자마자 숨 한번 크게 못 쉬어보고 잡혀 들어가면 안 되지. 하하."

둘은 모스크바에서 헤어진 뒤 각기 살아온 이야기를 했다. 무대가 다를 뿐 두 여자의 무용담은 우열을 가리기 힘들었다. 사업에 관한 이야기는 없었다. 뭔가 지시를 가져왔을 법한데 명시는 입을 열지 않았다. 명자는 명시를 데리고 정숙네로 갔다. 명시가 스물한 살에 오빠 따라 상경했을 때 경성여자고학당 기숙사에 넣어주고 늦깎이로 배화여고 입학을 주선해준 이가 정숙이었다.

허헌 댁은 한때 청진동이었는데 이제 변호사사무소를 접고 삼청동으로 이사 갔다고 했다. 삼청동 집을 물어물어 찾아갔을 때 정숙이 두 사람을 보고는 환성을 질렀다. 정숙과 명자는 앞서거니 뒤서거니 감옥살이하느라 2년 넘게 만날 수 없었다. 정숙은 세 아이 낳고 며칠 전까지 감옥에 있었다는 게 믿어지지 않을 정도로 싱싱했고 쾌활했다. 세 여자의 이야기는 과거와 현재, 상해와 모스크바, 경성으로 종횡무진했다. 정숙은 명시에게 당분간 자기 집에 머물라 했다.

보름 뒤 다시 만날 때 명시가 명자에게 상해의 지시라는 것에 대해 입을 뗐다. 코민테른 한국위원회의 이름으로 단야가 내려보내는 지시는 5월 1일 메이데이에 전국적으로 시위를 조직하고 격문을 살포한다는 것이었다.

어느 날 오빠가 명자를 사랑으로 불렀다.

"너 다시 감옥 가는 날이면 패가망신이란 걸 알아야 해. 아버지께서도 더 이상 손쓸 수 없는 입장이다. 얘기하기 좀 그렇다마는 나도 사업하는 입장에서 여러 가지로 애로가 있다. 너 공산당 패거리하고는 연락을 끊고 지내는 줄 알았는데 이제는 김단야건 누구건 확실히 끊도록 해라. 그리고 자꾸 나다니지 말고 집에서 근신을 해. 어머니가 어떻게 돌아가셨냐. 아버님도 요새 극도로 쇠약해지셨다. 죄스럽지도 않으냐."

그녀는 어머니 생각을 하면 손발이 저렸다. 임종도 못 보고 서대문형무소를 나설 적엔 다시는 형무소로 돌아오지 않으리라 다짐했었다. 명자는 아버지 당부대로 독서로 소일하기로 했다. 예전엔 서가에 책이 제법 있었는데 감옥 다녀온 사이 헌책방에 다 팔아치웠다 했다. 남은 책이라고는 소설책들뿐이었다. 며칠에 걸쳐 〈몬테크리스토백작〉 〈삼총사〉 〈장발장〉을 다시 읽었다. 한때 흠씬 빠져서 읽던 책들인데 도무지 마음에 담기지 않았다. 어느 날 방을 치우는데 명시가 갖다 준 소책자가 책상 밑에서 굴러 나왔다. '養蠶家의 心得(양잠가의 심득)'이라는 제호가 박힌 표지를 열자 잡지 창간선언이 눈에 들어왔다.

"공장 광산 철도 부두 등 계급투쟁의 분화구 속으로! 그 속에서 선전하라! 조직하라! 투쟁에 불을 지르라!"

상해에서 김단야가 만든다는 코민테른 한국위원회 기관지 〈콤무니스트〉 창간호였다. 명자는 문득 재건위에서 들은 한 늙은 남자 얘기가 떠올랐다. 원래 소작농이었던 그는 을축년 대홍수 때 논에서 낟알 하나 못 건지고서 지주에게 도지세 무느라 고리대금 빚을 지고는 당장 돈이 급해 공장노동자가 되었다. 대구 방적공장에 다니던 그는 석 달째 밀린 월급을 달라고 사장 집을 찾아갔다가 그 집 하인들한테 몰매 맞아 죽었다. 평생 한 번도 기를 펴보지 못하고 변변히 먹지도 못해 쪼그라든 늙은 남자의 얼굴이 떠오르자 명자는 벌떡 일어났다. 그녀는 버선을 찾아 신고 장롱에서 쓰개치마를 꺼내 쓰고 간단한 짐가방을 꾸려서 방을 나섰다. 방바닥에 편지를 놓아두었다.

"오라버니, 당분간 집을 떠나 있을 생각입니다. 만약의 경우라도 가회동 집에 폐를 끼치고 싶지는 않아요. 아버님께는 죄송하다고 말씀드려주세요. 명자."

격문이 경성에 도착하기로 한 날짜가 바로 내일이었다. 명자로부터 연락이 끊겨 명시가 애태우고 있을 것이다. 명자와 명시는 나흘에 걸쳐 격문을 봉투에 넣어 광화문과 신촌 등 우편국을 돌아다니며 우송했다. 이번 격문은 공공기관과 언론사와 지도층 인사들에게 보냈다. 작업을 마친 다음 명시가 뜻밖의 이야기를 꺼냈다.

명자가 작년 가을 혼자 풀려나자 상해에서 말들이 많았다 했다. 전향서 쓰고 밀정 노릇 하기로 하지 않은 다음에야 그런 일이 있을 수 없다는 얘기였다. 사업에서 배제하자는 주장도 나왔다 했다. 명시로서는 의혹이 사라진 다음에야 털어놓는 이야기였다. 그녀는 탑골공원에서 만나던 날 명시가 왜 늦었는지 알 것 같았다. 명시는 어딘가에서 지켜보다가 이상한 낌새가 없음을 확인하고 나타났던 것이다. 명자는 정수리 위로 바윗덩어리가 쿵 하고 떨어지는 느낌이었다. 단야도 날 의심했던 걸까? 명자는 목숨을 걸고 뛰어넘었던 위기의 순간들, 무섭고 외로웠던 순간들이 떠올랐다. 감옥에서 어머니의 부음을 받았을 때 명자는 이제 단야와도 혁명과도 절연하리라 맹세했는데 도대체 무슨 일이 일어난 것인가. 단야의 편지 한 장으로 모든 것이 다시 시작됐다.

메이데이를 앞두고 길거리에 영화관에 열차에 격문이 살포되고 전신주에 적색 삐라가 나붙자 전국 경찰에 비상이 걸렸고 다시 대대적인 검거가 시작되었다. 사람들로 북적이는 탑골공원 팔각정 앞이 명자와 명시의 접선 장소였다. 명시는 그날 밤 경성을 떠나 상해로 빠져나가기로 돼 있었다. 명자는 명시에게 여비로 쓰라고 40원이 든 봉투를 건넸다.

"그리고 이건 김단야 선생한테 전해줘."

풀로 단단히 봉한 편지봉투였다. 몇 줄 안 되지만 하룻밤의 잠을 날리고서 적은 편지였다.

"많은 시간을 두고 거듭 생각해보았습니다. 여기서 저는 아무것도 할 수 없어요. 매일매일이 혼란스럽고 불안의 연속입니다. 살아도 산 목숨이 아니에요. 아무래도 당신께로 가야겠습니다."

열차는 검문이 심해서 명시는 경의선 따라 걸어서 신의주로 갈 것이라 했다. 명자가 명시를 안았다. 명자는 이번 검거 선풍이 가라앉으면 조선을 빠져나갈 생각이었다.

"나도 곧 따라갈게. 상해에서 만나자. 몸조심하거라."

명시를 보내고 며칠 뒤 명자는 훈정동에서 체포되었다. 명자는 종로서에서 조사를 받은 다음 신의주로 압송되었다. 신의주경찰서에는 명시가 먼저 와 있었다. 명시가 국경을 빠져나가지 못하고 잡혔다는 것뿐 아니라 단야에게 가는 편지 역시 발이 묶였다는 사실로 명자는 허탈했다. 메이데이 사건으로 약 1500명이 체포되었다.

명자는 결국 다시 잡혀 오고 말았다. 집행유예 상태에서 다시 치안유지법으로 들어온 전과자에게 신의주경찰서 검사국은 대우가 몹시 거칠었다. 주범인 김단야를 잡아들이지 못한 분풀이까지 명자가 감당해야 했다. 사방이 시멘트 벽으로 막힌 지하실에서 서너 명의 형사들에 둘러싸여 눈 코 입에 고춧가루 물이 부어지고 옷이 벗겨지고 철봉에 손발이 묶인 채 몽둥이질을 당했다. 질문은 오직 한 가지였다.

"단야는 어디 있나?"

처음에 명자를 버티게 해준 건 단 하나, 단야라면 더 끔찍한 고문을 당했을 텐데 나만 잡혀왔으니 다행이라는 생각이었다. 하지만 며칠 계속되자 명자는 자꾸 몽롱해졌다. 정신을 잃으면 머리꼭대기부터 찬물이 퍼부어졌다. 검사국에서 은밀하게 거래를 제안해오기도 했다.

"단야와 연락하던 주소만 알려주면 너는 오늘부로 신문이 끝난다. 병감으로 옮겨서 지내다가 예심 시작되면 훈방하겠다. 우리는 단야에게 전보를 보내 자수하면 너를 풀어주겠다고 제안할 것이다. 놈이 당당한 사내라면 자수하지 않겠는가."

어느 날 정신을 차리고 보니 팔목이 쇠사슬에 묶여 천장에 대롱대롱 매달려 있었다. 흡사 정육점 쇠갈고리에 매달린 고깃덩이였다. 며칠 지났는지 아침인지 저녁인지 분간할 수 없었다. 바닥에 물이 흥건히 고여 있는 것이 물을 여러 차례 부었던 모양이었다. 방에는 그녀뿐이었고 말소리가 들렸다. 간간이 웃는 소리도 들렸다. 옆방에서 형사들이 문을 열어놓고 떠들고 있었다.

명자는 이제 하루도 한 시간도 아니 한순간도 버틸 수 없을 것 같았다. 사지가 찢겨나갈 듯했고 숨을 쉴 때마다 온몸이 구석구석 쑤셔왔다. 형사가 다가와 말을 시켰을 때 입에서 단어 조각들이 두서없이 튀어나왔고 자신도 무슨 소리를 하려는지 알 수 없었다. 명자가 헛소리를 시작하자 고문이 끝났다.

한번 무너진 몸은 좀처럼 추스러지지 않았다. 기침이 계속됐고 허파에서 핏물 섞인 가래가 올라왔다. 신의주재판소 검사국 유치장에서 명자는 혼자 시름시름 앓았다. 나무판자가 덧대진 유치장의 세 벽면은 수감자들이 뾰족한 뭔가로 긁어놓은 낙서들 때문에 거무튀튀했다. 흡사 무수한 벌레들이 꼬물거리는 모양이었다.

지저분한 곳에서 잠을 자고 추위와 배고픔을 참고 견딜 때 그녀는 한 번도 수치심이나 서러움을 느껴본 적 없다. 하지만 이것은 달랐다. 한 군데도 안 아픈 곳 없이 자꾸 중심을 잃고 무너지는 몸은 한 줌 넝마 같아서 지금 당장 누군가 이 지상에서 흔적 없이 치워 가줬으면 싶었다. 머릿속에 미래는 텅 비고 과거만 터져나갈 듯 복잡한데 기억나는 모든 것이 후회스럽고 혐오스러웠다. 희망조차 귀찮았다. 전락이란 이런 것일까.

날이 무더웠고 땀과 피로 끈적끈적한 속옷 안에서 이가 왕성하게 번식했다. 쇠창살 사이로 안이 들여다보이는 검사국 유치장에서 어느 날 명자는 훤한 대낮에 속옷을 벗어 이를 잡고 있었다.

신의주재판소에 온 스물다섯 가운데 일곱 명이 기소되어 예심에 회부됐다. 일곱 가운데 명시를 포함해 다섯이 공산대학 동창생들이었다. 다른 열여덟은 석방됐고 명자는 그중 하나였다. 명시가 용수를 쓰고 오랏줄에 묶여 형무소로 떠나던 날 명자는 검사 앞에서 전향서라는 걸 썼다. 검사는 앞으로 김단야와 교신을 계속할 것, 단야를 국내로 유인할 것, 코민테른의 지령을 보고할 것을 주문했다. 명자는 검사의 말이 들리다 말다 했다. 베껴 쓰라는 대로 베껴 썼지만 그것이 전향서든 집문서든 상관없었다.

"불령선인들은 그걸 밀정이네 끄나풀이네 부르지만 그것이야말로 애국의 길 아니겠는가. 그런 애국자의 신변은 대일본제국의 경찰이 절대적으로 보호한다. 그리고 당신들의 애국 행위에 대해서는 총독부가 보상할 것이다."

명자 또래로 보이는 일본인 검사가 이렇게 말하고는 악수를 청했다. 명자는 전향서에 지장을 찍느라 오른손 엄지 끝에 묻은 붉은 인주를 허리춤에 쓰윽 문질러 닦고는 손을 내밀었다.

신의주 재판소를 나설 때 기다리는 사람은 없었다. 올 사람도 없었다. 명자는 바깥 날씨가 너무 눈부셔 두 손으로 햇빛을 가렸다. 그녀는 성치 않은 왼쪽 다리를 절름거리며 혼자 신의주역으로 걸어가 경의선 열차를 탔다.

1932년 8월 27일이었다.

1929년 10월 뉴욕증시의 대폭락은 15년 전 사라예보에서 오스트리아 황태자 부부가 스무 살짜리 세르비아 청년에게 살해당한 것 못지않은 심각한 사건이 되었다. 1차대전은 유럽이 무대였고 4년 만에 끝났지만, 대공황은 전 세계로 번졌고 4년이 지나도 끝나기는커녕 일파만파 파괴력을 더해갔다. 경성에서도 문 닫는 상점이 속출하고 기업체의 도산이 잇따랐다. 번영의 정점에서 미국이 대파산했고 소련은 본격적인 계획경제에 시동을 걸었다.

조선의 1920년대는 총독정치의 칼날 앞에서 발랄한 모더니즘이 춤추던 시대였다. 딱딱하게 굳은 식민의 땅에도 라일락이 피어 기대와 욕망을 뒤섞는 4월과도 같은 시절이었다. 코뮤니즘이건 페

미니즘이건 근대적인 것이 우리를 구원한다 믿었고 따라서 희망이 있었다. 형무소들이 만원이 되어 새로운 형무소를 짓고 감옥에 보내고 보내도 또 누군가 나서서 격문을 만들고 시위를 조직했다. 결코 쉽게 길들여지지 않는 조선인들이었다.

그러나 이제 1930년대로 넘어왔고 모호한 활기가 사라진 자리에 전운이 감돌았다. 희끄무레한 시대에서 어두컴컴한 시대로 넘어가고 있었다. 조선의 공산당은 막대한 희생만 치른 채 여전히 아이디어 차원에 머물러 있었다. 세 여자도 이제 30대에 접어들고 있었다.

상황이 우리를
같이 살게 만들었어요

-1932년 상해, 모스크바

✳

　10년 만에 다시 온 상해는 크게 달라져 있었다. 불야성을 이루
던 남경로 번화가도 밤이 되면 소등해서 암흑천지가 되었다. 밤낮
없이 멀리서 은은한 포성이 들려왔다. 황포강을 거슬러 올라온 일
본 해군 함정이 중국 국민당군 기지에 함포 사격을 하고 있었다.
만주사변 이후 일본 관동군 점령지가 된 만주를 피해 세죽과 헌영
부부는 모스크바에서 유럽을 돌아 배편으로 상해에 도착했지만
상해도 이미 전쟁터였다.

　조계도 이젠 안전하지 않았다. 프랑스나 영국 미국도 공산주의
에 적대감을 드러냈다. 조계 안에 일본 관헌이 들어와서 수색하고
검거하는 것도 묵인했고 직접 공산주의자들을 잡아서 넘기기도
했다. 10년 전 세죽과 친구들의 후견인이었던 여운형 선생은 공동
조계에서 영국 경찰에 붙잡혀 조선의 감옥에 투옥된 지 여러 해였
다. 요동운동장에 야구 구경하러 갔다가 체포됐다니 선생다웠다.
그는 사통팔달이어서 미국 유학을 가려고 오는 조선 청년들은 미

국 영사에게 비자를 얻어주었고 소련 유학 가겠다고 오는 청년들은 소련 영사에게 부탁해 블라디보스토크행 기선을 공짜로 태워주었다. 조선공산당도 그를 거점으로 모스크바를 드나들었고 결국 그 때문에 투옥됐다. 여운형 선생이 없는 상해는 황량했다.

다만 단야가 코민테른 한국위원회 전권위원으로 상해에 와 있어 부부를 따뜻하게 맞아주었다. 단야는 중산복 두 벌을 내밀었다.

"자, 상해 입성 기념이네. 중국인 행세하는 것이 안전할 걸세."

모스크바공산대학을 마친 김명시도 상해에 와 있었다. 두 사람은 부부를 위해 프랑스조계 막리아로에 방을 얻어놓았다. 네 살 난 딸을 모스크바의 보육원에 맡기고 와서 허전한 살림이었다. 만듯집 2층의 단칸방 한쪽엔 옷가지와 책 따위가 든 짐가방을 풀지 않은 채 그대로 두었다. 한 달이 될지 1년이 될지 알 수 없는 혁명가 부부의 임시숙소에서 네모난 가죽 트렁크는 부부의 옷장도 되고 책상도 되고 식탁도 될 것이다.

국내 공산당 재건운동을 지원하는 것이 코민테른에서 받은 임무였다. 그동안 단야 혼자 하던 일을 이제 헌영이 나눠 맡게 되었다. 공산당 재건사업에서 선전 팸플릿은 필수였다. 벌써 1년 가까이 쉬어온 기관지 〈콤무니스트〉를 복간해 국내로 들여보내는 일이 시급했다. 헌영은 방에 틀어박혀 〈콤무니스트〉 원고를 썼고 그걸 읽고 논평하고 중산복 소맷부리에 감춰 명시에게 나르는 게 세죽의 몫이었다. 명시는 원고를 가리방으로 긁어 책으로 묶었다. 〈콤무니스트〉 제4호가 완성되자 일정 부수를 찍고 나서 원판을 명시가 경성으로 가지고 들어갔다. 조선에서 〈콤무니스트〉를 찍어 배포하고

5월 1일에 메이데이 격문을 만들어 뿌리는 게 명시의 임무였다.

명시의 오빠 김형선이 먼저 경성에 들어가 조직을 점검하고 있지만 30년 3월 조선공산당 격문 때 공산대학 출신들이 거의 검거되거나 신분이 드러난 상태라 움직일 만한 인력이 얼마 없었다.

세죽은 명시가 경성으로 떠나기 전 상해 사람들이 고명자에 대해 왈가왈부한 것이 두고두고 마음에 걸렸다. 메이데이작업에 명자를 가담시키는 문제를 두고 한 사람이 이의제기를 했다. 작년에 혼자 집행유예로 풀려난 게 의심스럽다는 것이었다. 경성에선 명자가 밀정이 되었다는 소문도 있다 했다. 단야는 몹시 곤혹스러워했다. 그는 이렇게 정리했다. 의심할 만한 건 사실이지만 증거는 아직 없다, 사업은 그대로 진행하자, 다만 명시는 신중히 대처하는 게 좋겠다. 단야의 말이 느리고 어눌했다.

상해에서 헌영은 '왕양옥'이라는 중국 이름을 썼다. 외출할 때는 부부 모두 중산복을 입었다. 일본 관헌도 그렇지만 만보산 사건으로 조선인에 대한 중국인들의 감정도 나빠져 있기 때문이다. 돌이켜 보면 10년 전은 상해 조선인들에게 요순시절이었다.

전쟁이 며칠 소강상태에 들어가고 포성이 잠잠해지자 세죽과 헌영은 상해에 온 지 한 달 만에 함께 외출했다. 많은 것들이 사라졌지만 황포강만은 그 자리에 그대로 흐르고 있었다. 두 사람은 외탄공원 돌난간에 기대서서 황포강을 바라보았다. 크고 작은 일본 군함들이 눈에 들어왔다. 격세지감이었다. 멀지 않은 곳에서 뱃고동 소리가 뚜우 하고 울렸다. 강물은 포격의 잔해들과 거함에서 흘러나온 기름때로 구정물처럼 더러웠다. 10년 전 유람선을 타고 양자강 어귀로 내려갈 때 황포강은 한강만큼 맑지는 않았지만 푸르고도 우렁차게 물결쳤다. 혼탁한 황포강물이 조선과 중국의 어지러운 운명을 말해주는 듯했다.

"장개석은 상해를 벌써 포기했다면서요. 상해가 일본에 넘어가면 우리도 블라디보스토크로 이동해야 하지 않을까요?"

"그럴 수도 있을 것 같소. 코민테른에서 뭔가 지시가 있겠지."

"블라디보스토크로 가면 우리 영이를 데려올 수 있겠네요."

"당신, 지금 영이 생각하고 있었구려."

코민테른의 파견 결정이 내려졌을 때 헌영이 세죽에게 말했다.

"나는 이제 상해로 가오. 당신과 함께 가고 싶지만 당신이 선택하시오. 이곳에 영이와 남겠소, 나하고 상해로 가겠소?"

"상해라고요?"

모스크바 유학은 교수나 학자가 되자는 것도 아니요 해외유람도 아니었다. 유학이 끝났으니 임무가 주어질 거라 예상은 했지만 막상 상해라는 말을 들었을 때 세죽은 간담이 철렁 내려앉았다. 막연히 블라디보스토크를 바라던 터였다. 상해는 일본 손바닥이었으니 3년 전 필사적으로 도망 나온 호랑이 굴로 다시 기어드는 격이었다.

"영이가 아직 어려요. 블라디보스토크라면 같이 갈 수 있을 텐데. 특히나 당신한테는 상해가 위험천만인데…."

"당신도 알잖소. 우리가 선택할 수 있는 문제가 아니오."

"영이를 데려가면 안 될까요? 아직 천지를 모르는 애기라…."

세죽이 힘겹게 말을 이었다.

"아무래도 안 되겠지요?"

세죽은 입을 닫았고 헌영은 묵묵부답이었다. 둘의 시선이 아이가 잠들어 있는 침대를 향했다. 엄지손가락을 빨아대는 소리가 자그맣게 들려왔다. 세죽이 일어나 침대로 가서는 아이 입에서 손가락을 빼내고 가슴을 토닥토닥 두드렸다. 한참의 적막이 흐른 후 그녀가 먼저 입을 열었다.

"영이를 두고 가지요. 저는 당신과 함께 가겠어요. 코민테른이 내게 교육의 기회를 주었는데 기대에 부응해야지요. 소련은 보육 정책이 잘돼 있으니까."

영이는 보육원에 맡겨졌다. 혁명가구원회가 혁명가 자녀들을 위해 짓고 있는 보육시설이 문을 열면 그리로 옮기기로 했다. 보육원에 데려다 놓고 나올 때 아이는 엄마 소맷부리에 매달리며 자지러지게 울었다. 늘 엄마 옆에 붙어서 팔을 만지거나 볼을 부비면서 잠들었고 아직 옷을 입고 벗는 것도 도와주어야 하는 아이였다. 아이를 떼어놓고 돌아 나오면서 세죽은 울음소리가 들리지 않을 때까지 뛰며 걸으며 종종걸음 쳤다. 남편을 만나고 친구들과 지내던 곳, 상해에 대한 아릿한 향수가 세죽의 허전한 마음을 달래주었다.

"영이를 두고 온 건 잘한 일이었어요. 후회 안 해요."

"당신 마음 내가 조금은 알고 있소. 하지만 너무 죄의식을 갖지는 말아요. 예산에 계신 우리 어머니 말이오. 어머니는 내가 어려서부터 공부 잘한다고 일본 유학 다녀오면 판검사 변호사 될 줄 알았다오. 첩살이 설움이 오죽했겠소? 신양리 그 좁은 골짜구니에서 첩실이라 손가락질당하면서 술장사를 할 때 무슨 생각을 하면서 버티셨겠소? 내가 일생에 하나뿐인 희망이었소. 내 학비에 필요하다면 가락지 아니라 손가락이라도 뽑았을 거요. 학교 다닐 때 나는 책이나 학용품이나 뭐나 궁한 걸 몰랐다오. 그 덕에 공부해서는 이게 뭐요. 노상 감옥살이에다가 미치지를 않나 지금은 죽었는지 살았는지도 모르게 됐으니 어머니는 속이 꺼멓게 타서 숯덩이가 되셨을 거요. 나도 어머니 생각을 하면 명치끝이 저리오. 하지만 죄의식에 잡히면 한 발짝도 앞으로 나갈 수가 없소. 혁명에 대한 철학을 버리는 순간 나는 패륜아가 되는 거고 모든 수난이다 쓸데없는 정력 낭비가 되는 거요."

남편의 눈시울이 붉어졌다.

"근데 만일 당신이 다시 조선으로 파견되면 어떻게 되는 거죠? 우리는 아이를 영영 다시 못 만날지도 몰라요."

상해에서도, 경성에서도 모스크바는 너무 멀었다. 만주 루트도 끊겨서 모스크바는 더욱 아득해졌다. 설사 모스크바가 가깝다 해도 헌영이 일경에 잡히는 날이면 살아 나오기 힘들 것이다. 잠깐의 침묵 끝에 헌영이 입을 열었다.

"당신은 반드시 영이에게 돌아가야 하오. 조선에 들어가게 되면 나 혼자 가겠소."

3월 들어 전쟁이 끝났다. 상해는 일본의 점령지가 되었고 이건 상해의 조선인들에겐 나쁜 소식이었다. 이제 조선인 활동가들은 적진 한가운데 나앉은 꼴이 되었다. 장개석의 국민당정부는 남쪽의 공산당 토벌이 먼저라 만주에서 장학량군대를 퇴각시켜 동북3성을 일본에 거저 내주더니 상해마저 포기한 것이다. 장개석의 퇴각 명령을 어기고 상해에서 고군분투하던 국민당 19로군路軍이 2천 명 넘는 전사자를 내고는 마침내 철수했다.

양자강은 중국 대륙을 실핏줄처럼 엮으면서 중원을 가로지르고 그 장강의 하구에 상해가 있다. 일본이 마침내 상해를 손에 넣어 장강의 입을 열었다. 중국인들로서는 목구멍에 남의 손이 쑥 들어오는 기분이었을 것이다. 청의 마지막 황제를 데려다 왕으로 앉혀놓고 만주국을 선포한 것이 지난해였다.

일본에 대한 중국인들의 적대감은 극에 달했다. 심야의 어두컴컴한 뒷골목에서 일본인 장사치가 몰매 맞아 죽는 사건도 있었고 도쿄에서 천황의 마차에 이봉창이 수류탄을 던진 사건을 상해의 한 신문이 "韓人 李奉昌 狙擊 日皇 不幸不中(한인 이봉창 천황을 저격했다. 불행히도 맞지 않았다)"이라고 보도했다가 일본인들이 신문사를 습격하는 일도 벌어졌다. 서금瑞金의 공산당정부는 신생 꼬마정부이고 국민당군대에 쫓겨 다니는 처지였지만 중국 대중 사이에 국민당 장개석의 인기가 떨어지는 한편 공산당 지도자 모택동이 새로운 정치 스타로 뜨고 있었다. '선안내 후양외(先安內 後攘外, 먼저 안을 다스리고 나중에 바깥을 친다)'를 내걸고 일본과 타협하는 국민당정부를 규탄하는 학생시위가 벌어졌고 상해 시민들은 일본 상품 불매운동을 벌였다. 손문의 신해혁명으로 청조를 무너뜨리고 탄생한 국민당정부는 손문의 후광과 근대화의 상징이라는 이

점을 잃어가고 있었다.

　4월 말의 어느 날, 세죽이 찬거리 사려고 나왔을 때 조계 거리가 술렁대고 있었다. 사람들이 끼리끼리 모여 웅성거렸고 길바닥에 낱장짜리 신문지들이 군데군데 떨어져 있었다. 일간지 〈신보新報〉의 호외였다. 신문지를 한 장 주워 든 세죽은 깜짝 놀랐다.

　"한인 청년 윤봉길, 홍구공원 천장절 식장에 폭탄 투척. 상해주둔군 사령관 시라카와 대장과 거류민단장 가와바타 즉사. 시케미쓰 주중공사 등 다수 중상."

　그러잖아도 며칠 전부터 천황 생일인 천장절 경축행사를 연다고 떠들썩했다. 일본군 열병식도 한다는 것이 점령지 한가운데서 보란 듯 승전 파티를 열겠다는 의도였다. 세죽은 통쾌한 마음에 길에서 만세를 부를 뻔했다. 그녀는 신문지를 말아 쥐고 집으로 달려 들어왔다. 남편도 신문을 보더니 소리쳤다.

　"전쟁 이겼다고 설치더니 꼴좋게 됐구나."

　그는 잠시 후 흥분을 가라앉히고는 고개를 갸우뚱했다.

　"윤봉길이라. 처음 들어보는 이름인데. 누구지? 의열단인가."

　"의열단이 요새 잠잠하다 했더니, 그럴지도 모르겠네."

　조선 청년 하나가 천황 생일잔치에 폭탄을 던져 거물급들 머리를 날려버렸으니 식민지민의 구겨진 자존심을 크게 위로받은 기분이었다. 조선에서 공산주의운동 시작한 지 10년이 되어가지만 한 번도 그런 통쾌한 순간이 없었다. 하다못해 일본 관헌 한 놈 먹을 딴 적도 없이 이론으로만 혁명을 하다가 수천 명의 청년을 감옥에 갖다 바친 것 아닌가.

남편이 그녀의 안색을 살폈다.

"무슨 생각을 하는 거요?"

"명색이 혁명가가 총 한 번 들어보지 않았다는 게 부끄러워요."

"어쩌겠소? 조선의 혁명이 아직 무장투쟁 단계에 도달하지 못한 것인데. 당신도 잘 알잖소. 총을 드는 건 노동자 농민 대중이 당 조직을 갖추고 무장투쟁의 분위기가 무르익은 때요. 레닌도 전투는 싸워 이길 준비가 되기 전까지는 절대 시작하면 안 된다 했소. 윤봉길이라는 청년, 혈기가 가상하오. 하지만 개인 테러는 아무것도 바꿀 수 없소. 제국주의가 아, 무서워라 하고 식민지 도로 뱉어놓고 도망가겠소?"

세죽은 다만 자신들의 사업에 회의가 들었을 뿐이다. 무산자계급 해방의 길은 아득한데 팸플릿 쓰다가 청춘이 가는구나, 하고.

"중국혁명은 지금 무장투쟁 단계에 진입했어요. 그렇다면 우리도 서금으로 가야 하는 거 아닐까요. 홍군紅軍과 같이 혁명전선에 뛰어들어야 하는 것 아닐까요. 코민테른의 1국1당 원칙도 그런 거지요. 중국에 있으면 중국혁명이 먼저지요."

"서금은 아주 상황이 안 좋다 하오. 장개석군대가 공산주의자들을 다 쓸어 남지나해에 수장시키겠다는데 잘못하면 홍군정부가 몰살당할 처지인 모양이오. 중국혁명의 전망이 지극히 어둡소. 산발적으로 유격전들이 벌어지고 있지만 정규군이 무너지면 빨치산들 운명은 시간문제요. 나도 매일같이 중국 지도를 들여다보고 있소. 중원은 국민당군대가 장악하고 있지, 일본군이 만주와 황해 쪽에서 압박해 들어오지, 홍군이 퇴로가 안 보이오."

"그래서, 홍군 망하는 거 구경만 하자는 건가요? 중국에서 혁명이 실패하면 조선도 낙이 없어요. 〈콤무니스트〉 찍어서 경성으로 들여보낸들 무슨 희망이 있어요?"

즉답을 내놓지 못하는 헌영 얼굴에 자존심을 추스르는 표정이 역력했다.

"여보, 우리가 제각기 자기 판단대로 하면 코민테른은 왜 있는 거요? 국제공산당도 전략이라는 게 있는 거요. 코민테른이 조선의 국제선 요원들을 중국전선에서 총알받이로 탕진시킬 것 같소?"

"혁명가보육원에 있는 우리 영이가 나중에 홍군 무너질 때 어머니 아버지는 어디 계셨냐고 물으면 뭐라 하지요?"

헌영은 입술을 즈려 물고는 고개를 숙였다. 한참 만에 고개를 든 헌영은 엉뚱한 얘기를 했다.

"여보, 세죽이라는 이름 말이오. 세상의 대나무, 할아버지가 참 선견지명이 계셨던 것 같소."

다음 날부터 프랑스조계가 일본 관헌의 수색으로 들썩였다. 안창호를 비롯해 조선인들의 체포 소식이 잇따라 들려왔다. 며칠 뒤 임시정부가 피난을 떠났다는 소문이 들렸다. 신문에 윤봉길 사건의 배후는 자신이라는 김구의 광고가 실렸다. 임시정부 산하 한인애국단의 거사였다고 했다. 신문광고를 낸 건 애꿎은 사람 잡아넣지 말라는 얘기였다. 김구는 조선인 공산주의자를 상대로 테러를 했고 경찰에 넘기기도 했다. 고려공청 일을 하던 최창식 같은 이는 그렇게 해서 아직 상해감옥에 있다. 광고문을 읽으면서 세죽은 상해에 처음 와서 임시정부 찾아가던 때를 떠올렸다. 백범이 마음에 들기는 10년 만에 처음이었다.

윤봉길은 그해 12월 일본 가나자와 육군형무소에서 총살당했다. 어마어마한 고문을 당한 그는 다리를 못쓰게 되었고 앉은 자세로 처형대에 묶였다. 한일합방 이후 일본 제국주의를 겨냥한 테러는 꾸준히 있었지만 윤봉길처럼 후련하게 성공하기는 처음이다. 전승 축하장을 아수라장으로 만들고 상해 파견군 총사령관을 절명시켜버렸다. 조선이나 일본에 테러리스트들이 잠입해 벌이는 거사들은 안타깝게도 성공하는 예가 거의 없었다. 실전 경험이 부족한 탓에 총알이 빗나갔고 사제폭탄은 중국서 들어오는 여객선 화물칸에서 습기를 먹어 불발탄이 되었다.

1909년 하얼빈에서 안중근이 압도적이었던 것은 두 가지였다. 테러의 대상과 완성도. 그의 타깃인 이토 히로부미는 메이지유신과 조선강점과 아시아제국의 전략을 설계한 자였다. 안중근은 권총 탄창에 들어 있던 총알 일곱 개 가운데 세 발을 이토의 가슴과 배에 명중시키고 만약 그가 이토가 아니었을 가능성에 대비해 옆의 네 사람에게 각각 한 발씩 쏘았다. 환영 인파가 북적이는 하얼빈 역 플랫폼에서 안중근은 마치 호젓한 숲속에서 사냥감을 조준하듯 그렇게 표적을 저격했다. 그는 법정에서 자신의 직업을 '포수'라고 대답했거니와 테러리스트로서 그는 진정한 프로페셔널이었다. 안중근은 일본 제국주의의 심장을 쏜 것이다.

경성에서는 메이데이도 되기 전에 메이데이 격문 관련자들이 족족 검거되고 있는 모양이었다. 그리고 김명시와 고명자의 체포

소식이 들려왔다. 경성에서 온 신문에서 체포 기사를 읽었을 때 세죽은 안타까움도 잠시, 곧 안도감에 가슴을 쓸어내렸다.

"괜히들 오해한 거잖아요. 명자가 그런 애가 아니라니까요. 곱게 자란 부잣집 딸이라고 쉽게 생각하면 안 돼요."

명자는 난공불락의 요새와도 같은 가족 울타리를 찢고서 나온 아가씨다. 공산주의자의 애인일 뿐이라 생각하면 오산이다. 정숙도 학생시위 때문에 감옥살이했다 한다. 감옥에서 아이를 낳고 나왔다던가, 나와서 낳았던가. 세죽은 명자와 정숙이 그리웠다.

몇 달 뒤 메이데이 사건 기소 내용이 신문에 실렸다. 일곱 명이 기소되고 열여덟 명이 석방됐는데 명자 이름은 석방자 명단에 있었다. 1년 사이 두 번씩이나 그냥 풀려나다니. 신문을 펴 들고 헌영이 고개를 갸우뚱했다. 세죽은 께름칙한 기분을 떨칠 수가 없었다.

단야는 명자에게 두 차례 편지를 보냈지만 답이 없다 했다. 마침내 단야는 그녀가 전향했다는 결론을 내렸다. 그는 한동안 낙담해 있었다. 그는 경성을 떠나올 때 명자를 데리고 나오지 않은 것을 후회했다.

"명자를 왜 데리고 나오지 않았어요?"

단야가 우물쭈물했다.

"해외도 위험하긴 마찬가지여서…."

세죽은 단야의 얼굴을 물끄러미 들여다보았다. 명자가 국내에서 일을 해주는 편이 더 유익하리라는 판단이었을지 모른다. 사랑보다 사업이 더 중요했다면 그는 훌륭한 혁명가다. 하지만 단야를 좋아하기 힘들 것 같다. 아니, 본인 말대로 해외가 더 위험하다고 생각한 것인지도 모른다. 명자를 사랑하기 때문에 경성에 두기로 한 것인지도. 그렇다면 그는 근사한 남자다. 그저 얼핏 보기에만. 실제로 이 남자는 깊은 사랑을 모르는 것이다. 누군가를 깊이 사랑한다는 건 어느 순간에도 손을 놓지 않는 그런 것이다. 앞에 놓인 것이 낭떠러지일지라도. 적어도 헌영과 세죽은 그러했다. 처음에도 지금도. 세죽은 문득 의구심이 들었다. 단야가 과연 명자를 사랑했던 걸까.

헌영은 간단히 정리했다.

"부르주아계급의 한계라고 이해합시다. 투쟁 의욕을 지탱해나갈 수 있게 해주는 원천적인 분노가 없잖아."

세죽도 고개를 끄덕였다. 며칠 뒤 집에 온 동지 하나가 명자 일을 거론하면서 "재작년에 혼자 풀려났을 때부터 수상했던 거지요. 뻔한 수작이에요. 고등계 새끼들이 눈 가리고 아웅하느라 다시 체포한 거죠. 일당을 잡아들일 때 일단 같이 잡아들이는 거지요. 밀정으로 찍히면 그 노릇 못 하게 될테니까"라고 말했을 때 그녀는 저항감이 들었지만 반박의 말을 찾지 못했다.

사정은 점점 나빠져만 갔다. 긴급조치가 선포된 프랑스조계는 조선 활동가들에게는 지뢰밭이 되었다. 상해가 일본 점령지가 되자 약삭빠른 자들이 상해조선인친우회라는 것을 조직해 일본점령군과 친선을 도모했다. 과거엔 거류민들이 친일단체를 띄우고 싶어도 임시정부 눈치를 보았다. 상해사변 이후 정세가 바뀌기도 했지만 그것이 임정의 빈자리였다. 낡은 사무실에 거창한 직책, 거창한 간판뿐이라 해도 나름의 상징성이 있었던 것이다. 이제 조계의 한인사회는 운동가보다 밀정과 순사가 더 많아진 듯했다.

특히 3년 전부터 조선에서 벌어진 거의 모든 공산당 사건의 배후로 알려진 김단야는 상해에서 일본 관헌의 검거대상 1순위였다. 정복 차림의 일경들이 조계 거리에서 단야의 사진을 들고 다니며 조선인처럼 보이는 남자들을 불심검문 했다. 단야는 창파오 상의에 지주 모자를 쓰고 콧수염을 붙여 부유한 중국 상인처럼 변장을 한 채 일경들 사이를 유유히 빠져나가곤 했지만 외출을 줄일 수밖에 없었다. 단야는 노출 위험이 높은 연락 업무 일체를 헌영에게 넘겼다. 헌영이 상해에 들어왔다는 사실을 일본영사관은 아직 눈치채지 못하고 있었다.

상해에서 두 번째 맞는 여름이었다. 정세는 점점 뒤숭숭해졌지만 세죽의 상해생활은 나름대로 안정을 찾아가고 있었다. 그녀는 단야가 매달 갖다 주는 5달러의 생활비를 쪼개고 쪼개서 살림을 맞춰나갔다. 하루 두 끼 식사에도 익숙해졌다. 세죽과 헌영의 관계는 안정됐다는 표현 그 이상이었다. 결혼생활 10년에 모험과 위기의 순간들을 함께 넘고 넘으면서 둘은 단단히 결합되는 것을 넘어 서로에게 물처럼 스며들었다. 헌영은 아내의 기분을 살피고 집안일도 많이 거들었다. 직업활동가이면서 동시에 가정적인 남편이었다. 모스크바의 보육교사에게서 아이가 잘 지내고 있다는 편지가 왔다. 혁명가자녀보육원에서 아이 이름은 비비안나였다.

상해생활도 그리 오래가지 않으리라는 조짐이 분명해지고 있었다. 만주와 상해를 점령한 일본군이 점차 전선을 넓히면서 내륙을 압박해 들어갔다. 이제 본거지를 블라디보스토크로 옮겨야 할지도 몰랐다. 조선의 앞날을 생각하면 암담했지만 곧 세 식구가 모여 살 수 있을지 모른다는 희망에 그녀는 은근히 마음이 설렜다.

늑진늑진한 바람이 불어오는 어느 날 아침, 현영은 구레나룻을 붙이고 중절모를 쓰고 변장을 했다. 그는 공동조계에서 누군가 만나기로 했다는 정도만 이야기하고는 집을 나갔다.

남편이 나간 뒤 세죽은 상해도서관에 가서 〈콤무니스트〉 원고를 위해 신문기사들을 찾아서 내용을 옮겨 적었다. 그녀는 장바구니 바닥에 종이를 숨겨서 해 질 무렵 집으로 돌아왔다.

세죽은 저녁식사로 현영이 좋아하는 쌀두부를 삶아놓고 기다렸다. 하지만 현영은 돌아오지 않았다. 자정이 지나도 남편은 오지 않았다. 뭔가 변고가 생긴 게 분명했다. 앉지도 서지도 눕지도 못하고 서성대며 밤을 지샌 세죽은 동이 트자 단야의 하숙을 찾아갔다. 이야기를 들은 단야는 옷을 급히 주워 입었다. 연락원 역할을 하고 있는 여인의 집으로 가보자고 했다.

그러나 여인은 없고 아수라장이 된 집에서 동네 아낙 몇이 쓸 만한 물건 없나 살피고 있었다. 여인도 잡혀간 게 분명했다. 세죽은 무릎에서 힘이 쭉 빠져나갔다. 그녀는 가재도구가 나뒹구는 거실 바닥에 쭈그리고 앉았다. 단야가 그녀의 어깨를 어루만졌다.

"같은 루트를 계속 이용하지 못하게 했어야 하는 건데. 어쨌든 기운 차립시다. 그리고 빨리 집에 돌아가서 짐을 꾸려야 해요. 박 군이 무슨 일이 있어도 24시간은 버텨줄 텐데 그사이 문서들을 치우고 뒷정리를 끝내야 하오."

세죽이 엉거주춤 일어나고 단야가 부축하는데 현관 바깥이 갑자기 소란해졌다. 자동차가 와서 멎는가 싶더니 고함 소리가 들렸다. 일본말이었다.

"뭐야, 이거? 어제 그 집이잖아."

동시에 사람을 패는 소리가 퍼퍽퍼퍽 하고 들렸다.

"이 자식이? 너희 집으로 가자고 했더니 엉뚱한 데로 왔잖아. 누굴 놀려?"

"당신들이 자꾸 패니까 화나서 그랬소."

헌영의 목소리였다.

"뭐라고?"

다시 퍼퍽퍽 하는 소리가 들렸다. 소리가 날 때마다 그녀는 움찔했다. 헌영이 자기 집 대신 형사들을 엉뚱한 곳으로 유인한 것이다. 하지만 하필이면 이때!

바깥이 소란스러워지자 다닥다닥 붙어 있는 단칸방에서 사람들이 하나둘 공동주택 복도로 흘러 나왔다. 사람들은 복도 창문에 붙어 서서 바깥 구경을 했다. 세죽이 구경꾼들 머리 사이로 흘낏 바깥을 내다보았다. 일본 형사가 셋이었고 헌영은 뒷모습만 보였다. 형사 하나가 곤봉으로 헌영의 어깨와 옆구리를 계속 내려치고 있었다.

"이놈의 조센징. 언제까지 거짓말만 할 텐가. 김단야의 집을 모른다는 게 말이 돼? 일정한 거처가 없다면 자주 묵는 데라도 있을 거 아냐."

헌영은 대답은커녕 신음조차 내지 않았다.

"자네는 일단 들어가서 수색을 해."

그때 단야가 세죽의 손을 낚아채서는 복도 끝의 공동변소로 뛰어들었다. 재래식 화장실은 냄새가 고약했다. 단야는 얼른 문을 잠그고는 환기창을 손으로 만지는 것이 여차하면 그걸 뜯어내고 튈 생각인 듯했다. 환기창은 사람이 빠져나가기엔 너무 작아 보였다. 단야는 변기 아래를 살폈다. 똥오줌이 출렁이는 위에 구더기들이 들끓고 있었다. 소란스러운 발자국 소리와 웅성대는 소리가 들렸다. 단야는 문고리를 두 손으로 힘껏 움켜잡고 있었다.

몇 분이 흘렀을까, 바깥에서 '부르릉' 하고 자동차 시동 거는 소리가 들렸다. 주위가 다시 조용해진 다음 둘은 변소를 나왔다. 출근 시간이었고 거리는 부산했다. 양장으로 차려입은 직장인들이 바삐 걸음을 옮기고 있었다. 세죽은 두 손으로 옷에 밴 화장실 냄새를 털어냈다.

헌영은 일본영사관 유치장에 있다고 했다. 며칠 조사받고 풀려난 이 하나가 헌영이 심한 고문으로 얼굴이 부어오르고 한쪽 눈을 뜨지 못했다고 전했다. 세죽이 집에서 짐 싸서 나올 때까지 경찰이 오지 않았으니 그가 고문에도 입을 열지 않은 것이다. 단야의 집 역시 그가 빠져나올 때까지 무사했다 한다. 사람 하나 잡았지만 증거가 될 만한 자료를 손에 넣지 못했으니 일본 관헌이 박헌영을 얼마나 무자비하게 다뤘을지 짐작하고 남았다.

새 자취방에서 세죽과 단야는 중국인 부부 행세를 했다. 둘이 한방에서 생활하는 것은 익숙했다. 경성에서도, 모스크바에서도,

옛날 옛적 상해에서도 허구한 날 집단 혼숙이었다. 하지만 늘 헌영과 함께였다. 헌영이 없는 방에 둘이 남게 되자 세죽은 불편하고 서먹했다. 밥상 앞에 둘이 마주 앉는 것도 서먹했고 한밤에 단야가 코 고는 소리도 서먹했다.

헌영이 잡혀 들어가자 단야가 다시 바빠졌다. 단야는 매일 아침 창파오를 입고 지주 모자를 쓰고 수염을 붙이고 집을 나갔다. 세죽은 습관처럼 시장에 나갔지만 빈손으로 돌아왔고 저녁밥 짓는 것도 잊은 채 어두워지도록 집 앞길을 서성댔다.

상해가 위험한 곳이라는 것을 알고 왔지만 세죽은 헌영과 소련에 돌아가서 영이와 함께 살게 되리라는 굳건한 믿음을 갖고 있었다. 하지만 그녀는 또다시 알 수 없는 운명의 골짜기로 굴러 떨어지고 있었다. 아침에 눈을 뜨면 지옥이 검은 입을 벌리고 그녀를 내려다보았다. 1927년 경성의 나날들이 떠올랐고 몸서리가 쳐졌다.

일본 경찰은 원래 단야가 접선 장소에 나온다는 첩보가 있어 잠복했는데 잡고 보니 헌영이었다 한다. 영사관에서 조사받고 나온 사람 얘기였다. 일경들이 닭 대신 꿩이라며 한 건 했다고 저들끼리 떠벌리더라 했다.

헌영이 잡혀간 뒤로 세죽은 말을 잊었다. 세죽이 노상 굶는 것을 아는 단야가 어느 저녁에 만두를 사 가지고 들어왔다. 세죽은 그것을 신문지에 싼 채 문간에 그대로 두었다. 다음 날 아침 단야가 그녀를 불렀다. 나직하지만 역정을 애써 누르는 목소리였다.

"세죽 씨, 나도 마음이 편치 않소. 하지만 남은 사람은 또 남은 사람대로 할 일이 있는 거요. 굶지 말고 몸을 추스르시오."

체포된 지 3주쯤 지난 어느 날 헌영이 손목 발목에 쇠고랑을 찬 채 황포강 부두에서 나가사키행 연락선을 타는 걸 누군가 보았다는 소식을 단야가 가지고 왔다. 경성으로 압송된 것이다. 그녀는 방구석에 놓인 트렁크를 열었다.

"경성으로 들어가야겠어요."

짐 싸고 푸는 건 간단했다. 짐가방은 옷가지나 책이나 앨범이 들어 있는 채였다.

"나가사키 가는 배가 언제 또 있지요? 매일 아침 떠나지요?"

단야는 대답 없이 한숨을 길게 내쉬었다. 둘 사이의 침묵을 가르며 멀리 황포강에서 뱃고동 소리가 들려왔다.

"자, 냉철히 생각해봅시다. 박 군이 조선을 탈출한 지 5년 만에 잡혀가는 거요. 그사이 행적이 사실대로 밝혀지면 중형을 피할 수 없을 겁니다. 더구나 가출옥 상태에서 탈출했으니까. 하지만 박 군이 레닌대학 다닌 거나 코민테른 활동한 건 경성 경찰들도 아직 모르고 있소. 박 군도 절대 본인 입으로 불지 않을 거요. 나하고 대략 말을 맞춰놓았소. 블라디보스토크에서 세죽 씨하고 아이 키우면서 소학교 선생 노릇하다가 최근에 상해에서 다시 만난 걸로. 세죽 씨가 경성 갔다가 잡혔다고 해요. 블라디보스토크에서부터 지금까지 박 군하고 진술을 맞출 수 있겠소?"

그녀는 반박할 말이 떠오르지 않았다. 대신 눈물이 왈칵 솟았다. 그가 살아서 다시 세상을 볼 수 있을까. 그는 영영 조선의 감옥을 벗어나지 못하고 말 것이다.

상해에 남은 세죽이 할 일이란 상해도서관에 가서 경성 신문들을 찾아보는 일뿐이었다. 헌영이 조선공산당 사건 때부터 그를 취조하던 악명 높은 종로경찰서 고등계 주임 미와 와사부로 앞으로 다시 보내졌다는 것을 그녀는 신문을 통해 알게 되었다.

박헌영의 체포에 이어 또 하나 나쁜 소식은 국내 연락책이었던 김형선의 체포였다. 그는 노량진 한강치수공사장에서 인부 노릇하다 체포됐다. 다시 연락책으로 경성에 들여보낸 송봉기 역시 체포되고 마지막으로 보낸 정태희마저 상해로 오는 기차역에서 체포됐다는 뉴스를 접했을 때 이제 단야도 칼끝이 목젖에 닿는 느낌이었다.

단야는 상해에서 더 이상 할 일이 남아 있지 않다고 보고했다. 코민테른으로부터 모스크바로 돌아오라는 답신이 왔다.

1933년 12월 두 사람은 상해를 떠났다. 세죽의 커다란 트렁크는 단야가 들었다. 그녀는 보육원에 두고 온 딸이 얼마나 자랐을지 머릿속으로 그려보았다. 배가 황포강 부두를 떠날 때 그녀는 문득 1년 전 남편의 말이 떠올랐다.

"조선에 들어가게 되면 나 혼자 가겠소."

이것으로 코민테른의 지휘와 지원 아래 10년에 걸쳐 계속된 조선공산당의 창당과 재건운동은 막을 내렸다. 코민테른은 조선의 공산당 재건사업에서 일단 손을 뗐다. 동시에 식민지 조선인들의 희망이 걸린 의미심장한 장소로서 상해시대 역시 막을 내렸다. 조선인 아나키스트와 테러리스트 들이 더러 남아 있기는 했지만 민족주의자와 마르크스주의자 모두의 피난처이자 운동본부이자 망명수도였던 국제도시 상해의 역할은 이 무렵까지였다.

세죽과 단야는 상해를 떠나 남지나해를 지나 인도양을 지나 수에즈운하를 지나 지중해를 거쳐 흑해로 해서 소련에 도착했다. 열차와 배를 갈아타면서 꼬박 두 달의 여행 끝에 다시 모스크바로 돌아왔다. 1934년 1월 24일.

모스크바는 눈발이 펄펄 날리고 있었다. 눈보라가 크렘린궁과 바실리카대성당의 오색찬란한 돔 지붕을 실루엣만 희미하게 남겨 놓고 있었다. 시내를 구불구불 돌아 흐르는 모스크바강은 꽁꽁 얼어 흰 눈에 덮여 있었다. 오후 4시 한낮인데 모스크바는 벌써 어두컴컴했다.

세죽이 여관에 짐을 푸는 것을 보고 단야는 코민테른에 귀국보고 하러 나갔다. 코민테른에 보직을 신청하고 직장이 결정되면 주거지도 제공될 것이다. 그때까지 단야는 당분간 친구 집에서 지내겠다고 했다.

이튿날 아침 세죽은 역으로 나왔다. 스타소바보육원이 있는 이바노바 시는 모스크바에서 열차로 다섯 시간 거리였다. 세죽은 딸과 하룻밤 자고 돌아올 생각이었다.

눈보라를 뚫고 기차가 달렸다. 철로 위에서 기차가 덜컹거릴 때 그녀의 가슴도 뛰었다. 상해에서 모스크바로 돌아올 때 유일한 희망은 딸과의 재회였다. 딸을 못 본 지 2년 남짓이었다. 그사이 얼마나 컸을까. 모스크바를 떠날 때 영이는 네 살이었다. 한국어로 웬만한 의사표현은 다 했다. 원래 말이 빠른 아이였으니 이젠 못 하는 말이 없을 게다. 아버지에 대해 묻지 않을까. 철없는 딸에게 뭐라 대답해야 하나. 열차가 이바노바 시에 가까워졌을 때 눈보라는 멎었고 하늘이 파랗게 갰다. 세죽은 직장만 구하면 당장 아이를 데려와 함께 살 작정이었다.

침엽수림 사이로 난 길을 따라 들어가자 스타소바보육원이 나타났다. 국제혁명가구원회가 세운 이 보육원이 재작년 문을 열면서 영이도 이리로 옮겨졌다. 보육원은 생각보다 크고 시설이 훌륭했다. 아이를 기다리는 동안 원장이 시설과 운영에 관해 설명했다. 유럽에서 아시아, 북남미까지 세계 각국에서 활동하는, 또는 소련에 망명와 있는 혁명가의 자녀들이 여기서 자라고 있었다. 도서관에는 세계 각국 언어로 된 책들이 비치돼 있고, 음악 무용 미술 목공 등 각종 취미활동을 위한 스튜디오들이 있었다. 놀이터에는 피부색이 다른 아이들이 뛰어다녔는데 모두 영양이 좋아 보였고 의복도 깔끔했다. 아직 전쟁후유증으로 농업 생산이 저조한 데다 집산화에 대한 농민들의 사보타지로 수백만 인구가 굶주렸고 이번에 모스크바로 오면서 우크라이나를 통과할 때는 대기근의 소문 그대로 어른 아이 할 것 없이 얼굴이 누렇게 떠 있었다. 하지만 이곳 스타소바는 또 다른 세상이었다. 영이가 보육교사 손을 잡고 휴게소 입구에 나타나자 원장이 설명을 마무리했다.

"여기 아이들은 행운아들이지요."

세죽은 의자에서 일어나 아이에게로 뛰어갔다. 세죽은 무릎을 굽혀 아이를 껴안았다. 한참 만에 포옹을 푼 세죽은 축축해진 눈가장자리를 손끝으로 찍어 누르며 미소를 지었다. 아이 키가 예전의 두 배는 된 것 같았다. 야무진 얼굴에 피부가 윤기로 반짝였다.

"우리 영이, 너무 예쁘구나. 어쩜 이렇게 예쁠까."

세죽은 아이의 머리를 쓰다듬었다. 그리고 뺨을 부볐다. 보송보송한 뺨의 촉감은 예전 그대로였다. 아이는 늘 뺨을 부비며 잠들곤 했었지.

"즈드라스트부이쩨(안녕하세요)."

보육교사가 "어머니께 인사해야지" 하자 아이는 온몸에 긴장의 빛을 띤 채 입꼬리로 미소 지으며 예의 바르게 인사했다.

"엄마 기억나지?"

아이가 어리둥절한 표정을 지었다. 세죽은 다시 러시아어로 고쳐 말했다. 아이가 얼굴을 살짝 붉히더니 한참 만에 대답했다.

"니에트(아니요)."

세죽은 명치께가 턱 막혔다. 그녀는 길게 심호흡을 하고는 딸의 손을 꼭 잡았다.

"괜찮아, 괜찮아."

교사는 아이와 산책해도 좋다고 말했다. 세죽은 아이 손을 잡고 뜰로 나왔다. 세죽은 보육원에서 무엇을 배우는지, 숙소는 어떤지, 선생님은 잘해주시는지, 친한 친구는 누군지 따위를 물었다. 아이는 신이 나서 참새처럼 종알댔다. 세죽은 아이의 빠른 러시아어를 알아듣기도 하고 못 알아듣기도 했다. 매일 아침 6시에 기상 종소리와 함께 일어나서 체조를 하고 침대를 정돈하고 식당에 가서 아침식사를 한 뒤 교실로 가서 점심 종소리가 울릴 때까지 학습과 놀이를 한다고 했다. 보육원생활은 규율이 엄격했지만 아이는 적응을 잘하고 있는 것 같았다. 그녀는 아빠에 대해 그리고 모스크바에서 살던 집에 대해 기억나는 것이 있는지 물었다. 아이는 아무엇도 기억하지 못했다.

세죽이 자꾸 영이라 부르는 게 이상했던 모양이었다. 아이가 수줍게 말했다.

"제 이름은 비비안나예요."

그녀는 아이를 데리고 침엽수림 가운데로 난 길을 걸었다. 나뭇가지 위의 새가 푸드덕 날아갈 때 눈 무더기가 우수수 떨어졌다. 숲속 눈썰매장에서 예닐곱 명의 아이들이 신나게 썰매를 타고 미끄러져 내려오고 있었다.

"우리도 썰매 탈까?"

대답 대신 아이는 울상을 지었다. 왜 그러냐고 묻자 아이는 무용반이 벌써 시작했을지도 모른다고 말했다. 그녀는 즉시 발길을 돌렸다. 나중에 수업 끝나고 다시 만나면 될 것이다. 보육원 현관에서 세죽은 비비안나를 가볍게 포옹하고는 "야 류블류 찌바(사랑해)"라고 말했다. 손을 놓아주자 아이는 빠른 러시아어로 인사하고는 총알같이 달아났다.

"스빠시바. 다 스비다니야(감사합니다. 안녕히 가세요)."

세죽은 그 자리에 선 채로 아이가 뛰어가는 뒷모습을 바라보았다. 그녀는 보육교사를 찾아가 오늘 아이와 함께 잘 수 있을지 물어볼까 어쩔까 망설이며 현관에서 한참을 서성이다 돌아섰다. 오늘은 일단 얼굴을 봤으니 됐고 곧 다시 기회가 있겠지. 그녀는 보육원을 나와 혼자 걸으면서 복잡해지는 마음을 가라앉혔다.

겨울철 북국에는 어둠이 일찍 찾아왔다. 세죽은 어두침침한 대합실에 앉아 흑빵으로 요기하고 몇 시간을 기다려 모스크바로 돌아가는 밤차를 탔다. 상해에서 딸 주려고 산 양말과 머리핀이 가방 안에 그대로 들어 있는 걸 그녀는 열차를 타고서야 알았다.

그녀는 덜컹거리는 열차 안에서 잠을 청해보았으나 좀처럼 잠이 오지 않았다. 고작 2년인데 우리말을 다 잊다니. 헤어질 때 안 떨어지겠다고 그렇게 울던 아이가 엄마 아빠를 기억조차 못 하다니. 하지만 이해할 수 있을 것도 같았다. 어린아이가 새로운 환경에 던져지면 적응을 위해 모든 에너지를 써버릴 수밖에 없다. 더구나 이 특별한 보육원에서 국가가 부모 역할을 너무도 훌륭하게 수행하고 있으니 아이들은 핏줄의 부모를 그리워할 필요가 없을 게다. 아이는 부족한 게 없어 보였다. 다만 새처럼 가녀린 몸에 질서와 기율이 배어 있는 것이 안쓰러웠다. 하지만 좋다. 자애로우면서도 엄격한 부모라는 것. 소련 사회 전체가 여러 가지로 각박하고 뒤숭숭한데 아이가 좋은 환경에서 양육되고 있는 건 고마운 일이다. 시베리아 횡단열차에서 잘 나오지도 않는 엄마 젖을 맹렬히 빨아댈 때 그 안쓰러움, 처음 엄마 아빠라고 말했을 때의 감격, 그 모든 기억이 손에 잡힐 듯한데, 아이는 기억의 끈을 놓고 저만치 멀어져 가 있었다. 하지만 이제 새로 시작해야 하는 거라고 세죽은 마음을 다잡았다. 다시 처음부터 천천히 시작할 수밖에 없는 거라고.

코민테른은 단야에게 모스크바공산대학의 조선과장 자리를 주었다. 단야는 만족스러워했다. 조선 학생들을 입학시켜 혁명운동을 지도하는 일이었다. 조선에서 공산당을 재건하는 일도 바닥부터 새로 시작해야 했다. 단야는 세죽을 공산대학에 재입학시켜주었다. 이제 세죽과 단야는 학생과 선생으로 한 공간에 있게 되었다. 세죽은 학교 기숙사로 짐을 옮겼다. 세죽은 '한베라'라는 새 이름을 사용했다. 베라는 러시아어로 '믿음'이라는 뜻이었다.

공산대학이나 코민테른에 이제 아는 얼굴은 드물었다. 모든 게 너무 빨리 바뀌었다. 격동하는 소련에서 2년은 아주 긴 세월이었다. 모스크바도 예전의 모스크바가 아니었다. 거리 담벼락에는 각종 포고문들이 나붙었고 개중엔 총살집행 공고도 있었다.

공산대학 조선과장으로서 단야는 스탈린정책에 대한 강의를 했다. 세죽은 수업시간에 단야가 쓴 팸플릿 〈콜호즈원은 어떻게 풍족하게 되는가〉를 읽고 토론했다. 팸플릿은 집단농장인 콜호즈가 농업 생산력을 높여서 농민의 생활수준을 향상시켜주었으며 제1차 5개년계획으로 소련이 후진적인 농업국가에서 선진 공업국가로 변모했다는 내용이었다. 소련혁명이 거듭 새로운 단계로 진입하면서 공산대학의 학습 내용도 달라져 세죽은 배울 것이 많았다. 하지만 6년 전 유학생으로 모스크바에 왔을 때는 보이는 것 모두가 신기했는데 이제 살 곳을 찾아 다시 흘러든 유랑민에겐 모든 게 시들했다. 조선을 탈출해서 처음 모스크바에 왔을 때는 겨울 추위까지도 싱그러웠다. 하지만 이제 봄인데도 꽁꽁 언 강물이 풀리지 않고 그녀는 추워서 바깥에 나가기 싫었다.

그녀는 우울했고 외로웠다. 단야와의 관계는 상해에서보다 더 서먹하고 불편했다. 세죽은 단야를 피했고 단야도 그런 세죽을 그냥 바라볼 뿐이었다. 교정이나 교실에서 마주칠 때 단야가 물었다.

"영이는 만나보았소? 잘 지내고 있소?"

"잘 있어요."

세죽은 짤막하게 대답했다.

"지내긴 어떻소? 불편한 점이라도."

"다 좋아요."

라디오에서 흥분에 가득 찬 구호가 선창되었고 거리 곳곳에 플래카드가 나붙었다. "생활은 훨씬 나아졌다. 인생은 더 행복해졌다."

제2차 5개년계획이 성공리에 진행되고 있으며 국민총생산이 매년 7퍼센트씩 증가하고 있다고 했다. 거대한 댐들이 건설되고, 도시 변두리에 공장들이 세워지고, 모스크바 시내에 지하철 공사가 한창이고, 저녁에는 가로등이 거리를 환하게 밝혔다. 공장 굴뚝들이 뿜어내는 검은 연기로 흐린 날에는 공기가 매캐했고, 기숙사 베란다에 빨래를 널어놓으면 근대화의 검은 낙진이 날아와 앉았다.

그런가 하면 '살인귀殺人鬼'라는 별명을 가진 겐리흐 야고다가 이끄는 내무인민위원부가 포고령을 발표했는데 '사회적 위험분자'는 즉각 체포해서 재판 없이 최고 5년까지 강제노동 시킬 것이라 했다. 술자리에서 스탈린을 비판한 시인도, 집단농장에 귀속되기 직전 가축을 도살해 고기를 판 농부도 강제노동수용소로 보내졌다. '조국을 배신한 자들의 가족의 연대책임에 관한 법령'에 따르면 가족의 배신 사실을 몰랐던 사람은 5년 시베리아 유형, 알면서 고발하지 않은 사람은 5년 이상 10년 이하의 징역이었다. 야고다 포고령은 스탈린 공포정치의 신호탄이었다. 〈프라우다〉는 "무자비한 조직적 테러는 혁명기의 절대 필수품"이라고 썼다.

5인 정치국원의 한 사람인 세르게이 키로프 암살사건은 비밀에

싸여 소문이 무성했다. 스탈린 부인 알릴루예바의 죽음을 둘러싼 유언비어는 2년이 넘도록 꼬리를 물었다. 스탈린이 정치국원들을 초대해 식사하는 자리에서 그녀가 뭔가 잔소리했다가 독살당했다는 소문이 돌았다.

1934년은 그런 해였다.

6월의 어느 날 오후, 세죽은 붉은광장을 지나다가 인파에 휩쓸려 이상한 구경을 하게 되었다. 군중 가운데 사람 키보다 조금 높은 목조구조물이 세워져 있고 그 위에 세 남자가 세 개의 기둥에 묶여 있었다. 말로만 듣던 공개처형이었다. 불운한 세 남자를 무심코 바라보던 시선이 가운데 남자의 얼굴에 멎자 세죽은 소스라치게 놀랐다. 얼굴이 군데군데 찢어지고 멍들어서 처참한 몰골이었지만 그는 분명 몇 해 전 공산대학에서 그녀를 가르쳤던 교관이었다. 세죽은 그가 열정적인 볼셰비키였다고 기억했다. 그는 기둥 덕에 버티고 있을 뿐 밧줄을 풀면 바로 쓰러질 것 같았다. 굳이 총알을 낭비할 필요도 없어 보였다. 내무인민위원부 간부가 확성기를 들고 세 사람의 죄상을 읽었다. 공산대학 교관은 "나치 독일 및 일본 제국주의와 공모하여 소련을 무너뜨리려 획책했다"고 했다. 군중 가운데서 누군가 "죽여라"고 고함쳤다. 곧 열 명 남짓의 내무인민부 요원들이 소총을 들고 정렬했고 "준비", "조준", "발사"라는 세 마디 구령과 함께 세 남자의 고개가 앞으로 꺾였다. 공산대학 교관은 상의가 금세 선혈로 물들었다. 한꺼번에 터져 나온 총성 때문에 그녀는 귀가 먹먹했다.

세죽은 두통을 느꼈다. 관자놀이께가 지끈거렸다. 처형대를 에

위쌌던 군중이 구경꾼만은 아니었던 듯 흩어지는 사람들 무리 여기저기서 흐느낌이 들렸다. 희생자의 가족이나 친구들일 것이다. 그들은 감히 사체에 다가가지도 못하고 사체를 요구하지도 못하고 조용히 처형대를 떠나갔다. 시체는 묘비도 없이 어딘가에 암매장될 것이다. 그들의 주검은 애도가 금지되었다.

그녀는 도망치듯 붉은광장을 벗어났다. 그녀는 모스크바강을 향해 걸었다. 고개가 꺾이면서 가슴이 붉게 물들 때 교관이 눈을 뜨고 있었던가 감고 있었던가. 분명히 기억하는 건 그가 투철한 볼셰비키였다는 사실이다. 그는 볼셰비키 당사를 가르쳤는데 유머러스한 사람이라 혁명 지도자들의 에피소드에 농담을 섞어가며 재미있게 강의를 했다.

그녀는 강가 벤치에 오래도록 앉아 있었다. 그녀의 발 앞에서 껌껌한 강물이 출렁이며 흐르고 또 흘렀다. 얼음이 풀리는 건 여름 한철인가 보았다. 저녁 8시에도 파란 하늘에 해가 떠 있었다.

"이 소련은 도무지 익숙해지지가 않는구나. 유월인데도 추워."

그녀는 모스크바의 날씨도 사람도 싫었다. 그리고 무서웠다. 상해만 해도 고향이 지척이었고 중국인들은 혈육 같은 친근감이 있었다. 하지만 소련은 낯선 나라였다. 모스크바에서 조선은 아득했다. 조선은 저 멀리 극동의 대륙 끄트머리에 붙어 있는 일본 식민지였다. 그나마 공산대학을 몇 발짝만 벗어나면 조선이라는 나라를 아는 사람도 드물었다.

세죽은 벤치에 앉아 함흥에서의 어린 시절을 떠올렸다. 가장 그리운 건 조선의 봄이었다. 조선의 봄은 따스했다. 세죽은 동네 아이들과 나물 캔다고 바구니 들고 들판과 야산을 쏘다녔다. 6년 전 함흥을 떠날 때 마지막으로 뵈었던 어머니의 모습이 떠올랐다. 남산만 한 배를 부둥켜안고 성치 않은 남편과 서로를 부축하며 집을 떠날 때 어머니는 "그래, 어여 멀리멀리 가거라"라고 오른손을 휘휘 저으면서 왼손으로 옷고름을 쥐고 눈물을 찍어냈다. 올해 일흔여섯인데 생전에 어머니를 다시 뵐 수나 있을까. 남편은 지금 어찌하고 있을까. 멀쩡할까 미쳤을까, 살았을까 죽었을까. 딸은 아직 그녀를 엄마라고 부르지 않는다. 아이는 보육교사를 엄마로 여기고 있는 것 같다. 그녀의 인생은 뜻대로 된 것이 하나도 없었다. 처음 세상에 눈 떴을 때부터 세상은 위험하고 불친절했다. 삶은 앞으로 얼마나 더 많은 절망을 떠안길 것인가.

10시가 지나자 해가 저물기 시작했다. 백야白夜였다. 기독교인의 부스러기가 골수에 남아 있지 않았다면 그녀는 강물에 몸을 던졌을지도 모른다. 그녀는 서쪽 하늘의 붉은 노을과 노을에 물든 강물과 강 건너 붉은 벽돌건물을 바라보았다. '가족과 고향과 이념과 희망까지 다 잃은 다음에도 조물주가 지으신 이 세상은 아름다운 그대로 내 곁에 남아 있구나. 오, 주여.'

이윽고 그녀는 벤치에서 일어났다. 배가 몹시 고팠다. 공산대학에 돌아왔을 때 모든 창에 불이 꺼지고 사위가 캄캄해져 있었다. 그녀는 조선학부 앞에 잠시 서 있다가 기숙사 쪽으로 발길을 돌렸다. 그녀는 기숙사 끝의 남자 교원 숙소로 갔다. 김단야의 방은 문이 잠겨 있었다. 숙소로 돌아오는 남자들이 그녀를 힐끔거리며 지나갔다. 단야는 늦게 돌아왔다. 그는 숙소 입구에 서 있는 세죽을 보고는 깜짝 놀라 얼른 방으로 데리고 들어갔다. 방에 들어가자 그녀는 다리에 힘이 풀려 바닥에 주저앉았다. 단야가 그녀의 얼굴을 들여다보았다.

"무슨 일이오? 무슨 일이 있었소? 당신 얼굴이 말이 아니오. 대체 바깥에 얼마 동안 서 있었던 거요?"

단야가 손바닥으로 그녀의 뺨에 얼룩진 눈물 자국을 닦았다.

"당신 무슨 얘기 들은 거 아니오?"

세죽은 대답 없이 시선을 바닥에 떨구었다.

"나에 대해 무슨 얘기 들은 거 아니오? 다 믿을 건 아니오."

그녀가 시선을 내리깐 채 힘없는 목소리로 말했다.

"붉은광장에서 총살형을 봤어요. 예전에 우리 공산대학 교관도 있었어요."

단야가 그녀의 어깨를 끌어당겨 안았다. 그는 세죽의 몸에서 나쁜 기억들을 죄다 짜내기라도 하려는 듯 두 팔에 힘을 주어 으스러지게 껴안았다.

"누군지 알고 있소. 못 볼 걸 보았구려."

단야가 그녀의 등을 손으로 쓸어내렸다.

"저녁식사는 했소? 혹시 점심도 굶은 것 아니오? 우선 뭘 좀 먹고 기운부터 차려야겠소. 저기 빵이 좀 있소. 다른 방에 혹시 먹을 것 없는지 좀 물어보겠소."

히터가 작동하지 않는 여름철이었다. 세죽은 오한으로 몸을 떨었다. 단야가 그녀의 어깨에 담요를 덮어주었다. 그녀는 단야가 차려주는 샐러드와 흑빵으로 늦은 저녁식사를 했다.

"우리는 언제나 조선으로 돌아갈 수 있을까요?"

"마음 굳게 먹어요. 지금 국제정세가 좋지 않소. 조선이 전쟁터가 될 수도 있소. 하지만 전쟁이란 게 나쁘기만 한 일은 아닐 거요. 제국주의가 세계를 삼켜버리거나 스스로 몰락을 재촉하거나 둘 중 하나겠지요. 아무래도 후자가 되지 않겠소?"

세죽도 알고 있는 이야기였다. 다만 그 시간을 견디어낼 수 있을까 아득할 뿐이었다. 그늘에 잠긴 그녀의 얼굴을 보면서 단야가 짐짓 쾌활하게 말했다.

"하지만 소련은 앞으로 잘될 거요. 레닌도 트로츠키도 유럽 선진국가들의 지원 없이 그리고 다른 나라들의 동반 혁명 없이 소련 한 나라의 사회주의는 실현 불가능하다고 보았소. 하지만 지금 어떻소? 제1차 5개년계획은 소련에서 일국 사회주의가 가능하다는 걸 보여준 거요. 정치적으로 복잡한 일들이 있는데 나도 뭐 다 동의하는 건 아니오. 하지만 유라시아 대륙의 절반에서 공산주의를 성공시켰다는 것. 불과 10여 년 전만 해도 여기는 차르와 귀족들의 나라 아니었소?"

단야의 목소리가 단호할수록 세죽은 불안했다. 장황한 설명에는 뭔가 쫓기는 사람의 불안감이 묻어났다.

"요즘은 모든 게 불안해요. 벽보들이 온통 총살 공고예요. 조선에 혁명이 일어나도 똑같지 않을까요."

"세죽 씨, 절대 바깥에 나가서 그런 얘길 하면 안 되오. 입만 뻥긋했다가는 바로 5년 강제노동이오. 우리는 지금 스무 살이 아니오."

"그런데 당신은 좋아 보여요."

"나는 일본 제국주의가 오래갈 거라고 생각하지 않소. 하지만 그렇게 빨리 망할 것 같지도 않아요. 우리가 언제까지 모스크바에 있어야 할지 솔직히 알 수 없소."

잠깐의 침묵 뒤에 나온 단야의 목소리가 무겁고 축축했다.

"그래도 당신은 딸이 있잖소. 나는 아무도 없소."

일주일 뒤 둘은 혼인신고를 했다. 그리고 새로운 주거지를 받았다. 훗날 그녀는 예심판사 앞에서 "상황이 우리를 같이 살게 만들었다"고 말했다.

결혼식은 없었다. 다만 혼인신고 하고 새집으로 이사한 다음날 단야의 친구들인 김정하와 최성우가 와서 저녁식사를 함께 했다. 세 사람은 레닌대학 시절부터 가깝게 지내온 사이였다. 이들은 코민테른 동양비서부 조선위원회에서 함께 일했고 12월 테제에 참여했으며 상해에서 〈콤무니스트〉 발간사업을 함께했다. 최성우는 공산대학에서 김단야의 동료 교관이었고 김정하는 외국인노동자 출판부 조선과 과장이었다. 세 남자는 보드카를 마셨다.

"사노 마나부, 미친놈 아냐?"

"일본 공산당뿐 아니라 코민테른까지 완전히 구정물 통에 처박아버렸어."

"코민테른에 있을 때부터 잘난 척하는 꼴이 위태하다 했더니. 고문을 못 이겨 전향했다 쳐도 어떻게 어제의 마르크시스트가 오늘 천황주의자가 될 수 있냐고. 뭐? 일본 만주 조선 대만이 천황 중심으로 사회주의 제국을 건설해야 한다고? 그런 골수 반동 놈이 조선위원회 위원장이랍시고 12월 테제를 쓴다고 설쳤으니."

세 사람은 한국말과 일어, 러시아어를 마구 섞어가며 이야기했다. 새로 지어진 이 공동주택은 벽이 얇은 베니어판이라 옆방의 작은 소리도 들렸다. 여러 언어가 뒤섞인 말은 옆방에서 알아듣기 어려울 것이다.

"12월 테제가 조선에서 전적으로 실패했다는 평가에 대해 나도 할 말이 없네. 스탈린 동지의 지도노선은 지속적으로 수행돼야 하는데 당을 재건하기에 조선 형편이 너무 나빠져서…."

단야가 스탈린에 대해 말조심하는 건 옆방만이 아니라 바로 앞에 앉은 두 사람도 신경 쓰고 있다는 뜻이었다.

얼마 뒤 세죽은 김정하가 과장으로 있는 외국인노동자 출판부 조선과에 교정원으로 취직했다. 세죽은 딸을 데려오기 위해 공민권 청원을 냈지만 어쩐 일인지 기각당했다.

공산대학 부근, 노보페레베제노프카의 공동주택 2층에 있는 신혼집에서 세죽과 단야의 부부생활도 안정을 찾아갔다. 방 한 칸에 거실이 딸린 자그마한 집이었다.

세죽은 가끔 정숙을 떠올렸다. 남편을 감옥에 두고 다른 남자와 연애하는 그녀를 비난했는데 지금의 자신은 무언가. 당시의 정숙과는 사정이 다르다고 스스로에게 변명해보지만 왠지 궁색했다. 세죽은 자신이 헌영 외에 다른 남자와 살게 될 거라고는 상상도 하지 않았다. 하지만 단야를 사랑하냐고 묻는다면 그렇다고 대답할 것 같다. 서로가 깊이 외로워하고 있다는 걸 아는 순간 사랑이 시작되었고 서로 가여워하면서 정이 깊어졌다. 우정에서 사랑이 발화하는 건 잠깐이었다. 단야는 남편의 친구였지만 동시에 그녀의 오랜 친구였다. 세죽은 단야의 입맛이며 습관 따위를 남편 것만큼이나 잘 알았다.

세죽은 단야와 함께 잠자리에 들 때 문득 헌영의 얼굴이 떠오르곤 했다. 그녀는 단야의 얼굴에 겹쳐지는 헌영의 기억을 떨쳐내려 애썼다. 하지만 기억은 지운다고 지워지는 게 아니다. 아니, 머리가 그의 이름을 잊는다 해도 몸에 새겨진 체취, 마음 밑바닥에 무너져 있는 연민은 지울 수가 없다. 어쩌면 그녀에겐 영영 불가능한 일인지도 몰랐다. 요새 경성 여자들은 재혼 삼혼이 유행이라는데 모두 어찌 그리 쉬운지.

둘은 이따금 헌영과 명자 이야기를 했다.

"명자 소식 혹시 못 들었어요? 정말 전향한 걸까요."

"글쎄. 명자는 좋은 아가씨였는데."

단야가 쓸쓸한 표정을 지었다. 세죽이 "영이 아빠 소식 못 들었어요?" 하고 물었을 때 단야는 "예심이 끝났을 텐데 재판은 어찌됐는지 모르겠소"라고 대답했다.

세죽은 명자 얘기를 스스럼없이 꺼냈다. 하지만 단야는 세죽이 전남편 이야기하는 것을 별로 달가워하지 않았다. 혹시 헌영의 소식을 알면서 감추는 건 아닐까. 공산대학 조선과에선 경성 신문을 받아 보는데 말이다. 하지만 세죽은 생각을 거기서 끊었다. 상해에서 남편이 잡혀간 다음부터 모스크바에 돌아온 이후까지 그녀는 극심한 정서불안에 시달렸다. 딸과 재회하면 나아질 줄 알았건만 오히려 우울이 깊어졌다. 단야마저 없었다면 지금 어찌 되었을지 상상조차 할 수 없다.

"당신 날 사랑해요?"

"사랑하오."

"언제부터 좋아했어요?"

"좀 오래됐소."

"경성에서부터?"

단야는 대답하지 않았다.

8

나 간다고 서러워 마라
나의 사랑 한반도야
-1935년 경성

＊

진료실 창으로 가을 햇살이 들었다. 창가 의자에 앉아 그림책을 보던 막내 영한이 가을볕 속에서 책장에 고개를 파묻고 졸고 있었다. 태양광선치료원은 손님이 많이 줄어 아이들이 가끔 책이나 숙제를 들고 올라왔고 정숙도 이따금 진료실에서 도스토옙스키나 발자크의 소설을 읽었다. 하얀 가운 입고 환자들을 진료하고 아침에 출근해서 저녁에 퇴근하고 여섯 살짜리 막내 데리고 태화관 가서 건강진단 받고 큰아들 경한의 담임선생님과 상담하거나 하는 생활에도 간간이 행복하고 보람찬 순간이 있었다. 두 아들은 아비가 다르지만 우애가 깊었고 정숙은 그것이 흐뭇했다. 이렇게 해서 중년이 되는 걸까. 따뜻한 방바닥에 등 지지고 누워 천장을 바라보면서 늙어가는 걸까. 헐렁한 세월을 탕진하고는 안방 이불 위에서 몸에 백 가지 병을 달고 인생 종치게 되는 걸까.

임원근은 재혼해서 일본으로 가버렸다. 오사카에서 사업하는 형을 거들면서 조선중앙일보 특파원으로 글을 썼다. 그는 이따금 아들에게 따뜻한 부정父情이 담긴 편지를 보내왔다. 상식적이며 온화한 심성이 혁명운동과는 맞지 않았던 것일까. 아니면 첫 결혼에서 얻은 실망이 경성을 등지게 만든 것일까. 어쨌든 오사카행은 그의 인생을 180도 바꾸어놓았다. 젊은 날의 친구들과 달리 그는 평범하고 소시민적인 여생을 마칠 수 있게 되었다.

신문을 보았댔자 희소식은 없고 온통 암담한 뉴스뿐이었다. 낙이라면 조선일보 연재소설 찾아 읽는 정도랄까. 홍명희 〈임꺽정〉은 연재 시작한 지 7년 됐는데 작가가 감옥 가느라 쉬고 신문이 정간되느라 쉬고 하다 아직도 끝을 못 보고 있다. 중학 시절부터 절친인 이광수가 10대에 데뷔해 베스트셀러 작가가 되어 소설 시 수필 논설 등 장르 불문 대량생산 하는 동안 남의 작품에 훈수나 두던 홍명희는 시대일보 사장 그만두고 오산학교 교장도 그만둔 다음 나이 마흔에 어마어마한 스케일의 이 판타지 역사소설을 들고 나와 조선 사회를 깜짝 놀라게 했다. 이제 〈임꺽정〉이 '화적편'에 들어오면서 흥미진진 클라이막스에 진입하고 있다. 일곱 도적이 의형제를 맺으면서 조정의 군대하고 본격적인 전쟁에 나서는 판이다. 치료원에 오는 손님들은 정숙이 신문을 보고 있으면 "임꺽정이 오늘 어떻게 됐어요?" 하고 묻는다. 도적 패가 관리나 지주를 혼내주고 조정을 골탕 먹이는 얘기들이 우울한 식민지 현실에서 모종의 카타르시스를 선사하고 있는 것이다.

상춘원에서 야유회 하던 시절이 어느 옛날이었던가. 그때는 저녁만 되면 여기저기 강연에 몰려가는 청년들로 종로통이 북적거렸었다. 하지만 요새는 집회도 강연도 일체 금지다. 대신 젊은 여성들 사이엔 저녁에 가로등이 대낮처럼 환한 황금정 아스팔트길을 걷다가 미쓰코시백화점에 들어가 엘리베이터도 탔다 내렸다 물건 구경 멋쟁이 구경 실컷 하고 난 다음 인사치레로 머리핀이나 엽서같이 헐한 물건 하나 사 가지고 나오는 게 유행이 되었다.

손님이 왔는지 복도에서 인기척이 들렸다. 정숙은 신문을 접어 책상 옆에 밀어놓으면서 중얼거렸다.

"요새 젊은애들은 영악스러워. 자기 잇속만 차리려 들고. 하기사 남 말할 것도 아니지. 내가 흰 가운 입고 환자들 앞에서 돌팔이 의사 노릇 하리라고 상상이나 했던가."

정숙이 태양광선치료원을 연 지 2년이었다. 허헌이 감옥에서 소일거리로 이것저것 책들을 구해 읽다가 광선치료법에 재미 들렸고 딸이 감옥에서 나오자 치료소를 차리자 했다. 광선치료법은 30년 전 덴마크에서 처음 개발돼 1차대전 때 부상병 치료에 큰 효과를 보면서 급속히 보급되었다. 변호사사무실은 문 닫았고 신간회도 근우회도 해체된 다음 아버지나 그녀나 생계 대책을 찾아야 했다. 정숙은 세 달 동안 대만과 일본에서 공부하고 돌아와 삼청동 집 옆에 2층 벽돌건물을 짓고 '태양광선치료원' 간판을 달았다.

서대문형무소를 나온 다음 정숙에게도 시련이 많았다. 남편과 외동딸을 모두 감옥에 보낸 시름이 병을 재촉했던지 어머니가 세상을 등졌고 병약했던 둘째 아들마저 떠났다. 막내 영한의 애비인 송봉우가 한때 삼청동 집에 들어와 살았지만 남경군관학교 사건으로 잡혀 들어갔다가 전향서 쓰고 나온 뒤 정숙과 관계도 깨져버렸다.

신간회도 근우회도 북풍회관도 사라진 지금 치료원은 일종의 아지트가 되었다. 과거 종로 일대를 누비던 혈기 방장한 청년들이 체포와 고문과 투옥을 거치면서 왕년의 기개가 한풀 꺾이고 몸이 망가져서 치료원에 찾아왔다. 감옥에서 병을 얻어 찾아온 사람에겐 치료비를 받지 않았다.

조선공산당 책임비서였던 김재봉 선생은 만 6년을 살고 나와서는 치료원에서 피부병을 치료하고 갔다. 안동 아흔아홉 칸 양반집 장남인 그는 3·1만세 때 6개월 살고 나와 "심려를 끼쳐드려 죄송합니다. 앞으로 근신하겠습니다" 하고 '아버님 전상서'를 써 올리고는 다시 또 소련을 드나들다 투옥됐었다. 이번에 조선공산당 사건으로 들어가서는 감옥에서 아들 성적표를 보내라 하는가 하면 편지에 틀린 철자가 많다고 꾸지람했다는 위인이었다. 안동 집에 내려간 그는 지금 양봉으로 소일한다 했다.

여운형 선생이 문 연 지 얼마 지나지 않아 치료원에 나타났을 때 정숙은 깜짝 놀랐었다. 상해에서 보고 10년 만인데 볼이 움푹 꺼지고 얼굴이 반쪽이 되어 있었다. 3년 징역을 살고 출감한 직후였다. 아버지 만나러 온 김에 치료나 받고 가겠다 했다. 그의 변론을 허헌이 맡았었다. 그는 대전형무소에서 진종일 쭈그리고 앉아 어망漁網 뜨는 사역을 하느라 소화불량, 신경통에 치질이 생겼다고 했다. 또 상해의 야구장에서 체포될 때 형사들과 격투를 벌였는데 그때 고막이 상했는지 한쪽 귀가 들리지 않는다 했다.

"상해에서 조선으로 잡혀올 때는 징역살이하면 되니까 걱정 없었는데 이제 감옥에서 나오니까 근심으로 밤에 잠을 이룰 수 없네. 서울도 너무 달라졌고 19년 동안 조선을 떠나 있어서 모든 게 서툴기도 하고. 까짓것 내 먹고살 일이야 걱정 없네. 그물뜨기의 고수가 되었거든. 내가 그쪽으로 그렇게 소질이 있는지 미처 몰랐어. 어망 짜는 일은 어부들도 흔히….”

그는 자신이 개발한 어망 짜기 신기술에 대해 입에 거품을 물었다. 하지만 어망 기술을 쓸 기회는 오지 않았다. 석방된 지 몇 달 지나지 않아 3개 일간지 가운데 하나인 중앙일보가 그를 사장으로 모셔갔다. 여운형이 맡은 다음부터 중앙일보는 화제를 몰고 다녔다. 중국에도 중앙일보가 있다 해서 ‘조선중앙일보’로 제호를 바꾸더니 지면을 4면에서 8면으로 늘리고 윤전기를 사들이고 사옥을 옮기고 월간지를 창간했다. 판매 부수가 급속히 늘어 동아일보를 추월했다는 소문도 있었다. 김복진 김남천 고경흠 같은 ‘카프(조선프롤레타리아예술가동맹)’ 작가들을 비롯해 감옥살이하고 나온 왕년의 주의자들이 조선중앙 기자로 우르르 몰려갔다.

진료실 문이 열리고 허헌이 들어섰다. 아버지는 요사이 대동광업소 일로 원산 부근 현장에 주로 가 있었다.

“언제 오셨어요?”

“지금 막 올라오는 길이다. 너, 최 선생하고는 잘 알지?”

아버지 뒤를 따라 최창익이 들어섰다. 익히 아는 남자였다. 3차 조선공산당 사건으로 5년형을 받았는데 근래 만기 출옥했다는 얘기 듣고 있었다. 원래 체구도 왜소한 데다 감옥에서 고생한 탓인지 머리가 더 벗겨지고 눈매가 그늘져 몇 년 사이 확 늙어 보였다. 정숙은 시침을 뚝 떼고 모른 체했다.

"글쎄요, 누구신지."

최창익이 입꼬리가 살짝 벌어지다 다시 접혔다. 허헌은 뜻밖이라는 듯 "그래?" 하면서 자못 흔쾌히 두 사람을 인사시켰다.

"여기는 최창익 선생이고, 여기는 내 딸 정숙이. "

최창익이 한 발짝 다가와서 "처음 뵙겠습니다" 하면서 고개를 숙였다. 잠시 당황했던 그의 얼굴에 어느새 느긋한 웃음이 번졌다.

최창익은 그녀보다 몇 해 위였고 서울청년회 출신인데 서울청년회가 화요회하고 앙숙인 데다 북풍회 송봉우 패거리하고는 난투극까지 갔던 터라 그녀와는 여러 겹으로 꼬여 있었다. 화요회가 조선공산당 승인을 받으러 조봉암을 코민테른에 보냈을 때 서울청년회에서 부랴부랴 사람을 보내 새치기했는데 그 밀사가 바로 최창익이었다. 게다가 화요회 출신들이 1, 2차 공산당 사건으로 모조리 감옥에 간 뒤 서울청년회 인사들이 3, 4차 공산당을 만들면서 화요회 계열을 따돌리는 바람에 감정의 골은 더욱 깊어졌다. 화요회나 북풍회 사람들 사이에서 최창익은 서울파의 수괴였고 공적公敵이었다. 정숙도 왠지 그가 싫었다.

"최 선생도 감옥살이 오래 하고 몸이 상한 거 같아서 내가 광선치료 좀 받아보라고 모시고 왔다."

아버지는 같은 함경도 출신인 데다 3차 공산당 사건 변론을 맡으면서 각별해진 듯했다. 정숙은 속으로 아버지의 오지랖을 원망했다. 한두 번 치료로 체면치레하면 되겠지, 그녀는 그럴 작정이었다. 다음 날 약속한 시간에 그가 다시 왔다. 그녀는 적당히 사무적인 태도로 문진표를 작성하게 하고 몇 가지 질문을 했다. 감옥살이 오래 한 사람들이 대개 그렇듯 그도 신경통과 관절염으로 고생하고 있었다. 정숙은 그에게 상의를 벗고 자외선 치료기 아래 엎드려 눕도록 했다. 정숙은 치료기를 조작하다가 최창익의 맨몸을 본 순간 전율했다. 목덜미에서 허리까지 그의 등짝은 온통 상처투성이였다. 사람의 살갗이 아니라 숫제 누더기를 한 겹 입은 듯했다. 채찍과 몽둥이 자국 사이에 인두로 지진 듯 화상의 흔적도 있었다. 정숙은 기계 조작을 서둘러 끝내고는 치료실을 나왔다.

정숙은 진료실 책상 앞에 앉았다. 아들은 집에 내려가고 없었다. 정숙은 텅 빈 진료실에 혼자 멍하니 앉아 있었다. 창으로 흘러드는 가을볕에 등이 따뜻했다. 그녀는 문득 눈시울이 젖어왔다. 뿌연 시야 속으로 누덕누덕 기운 최창익의 등허리 모습이 떠올랐다. 정숙은 창익이 경찰서를 제집처럼 들락거렸다는 것쯤은 알고 있었다. 더구나 3차 공산당 사건은 대대적인 검거 선풍이 불었고 예심이 길었으니 신문이 지독했을 것이고 창익은 핵심이라 누구보다 심하게 당했을 것이다.

정숙은 창익에게 당분간 치료가 필요할 것 같다며 내일 또 오라고 했다. 그는 극구 사양했다. 다만 "덕분에 몸이 훨씬 개운해졌습니다"라고 인사치레했다.

며칠 후 중절모의 신사가 찾아왔다. 병원에 오래 다녔는데 신경통이 잘 낫지 않는다면서 최창익 소개로 왔다고 했다. 그는 일주일에 두 번씩 오는데 매번 치료비 서너 배쯤 되는 돈 봉투를 놓고 갔다. 그녀가 이 남자 얘길 했더니 허헌이 웃음을 터뜨리면서 "최 선생이 우리가 치료비 안 받는다고 대신 돈 많은 환자 몇 명 보낸

댔다. 그 양반은 나진항에서 떼돈 벌어서 돈 좀 많이 받아도 된다더라"고 했다. 길회선 철도 종단항으로 결정된 함북 나진항 개발 경기에서 한몫 잡았던 모양이다.

허헌은 광업소 일로 원산의 광구에 내려가 있는 날이 많았다. 지난해 아버지가 금광사업 얘기를 꺼냈을 때 정숙은 깜짝 놀랐다.

"관철동 집에 들어와 살던 이종만 씨 알지? 그이가 광업소 일을 좀 도와달라는구나."

"광업소라뇨?"

"금광 부자가 다 최창학 같은 파락호만 있는 게 아니다. 방응모처럼 신문사업이나 교육사업에 돈 쓰는 사람도 있지 않니."

신문사를 차리고 학교를 세우는 게 아버지의 오랜 꿈이었다. 하지만 변호사 시절 돈은 버는 대로 다 나눠 주고 남은 재산은 태양광선치료소 짓는 데 털어넣은 지금 아버지는 빈털터리였다.

"이종만 선생은 훌륭한 분이지요. 아버지도 출자를 하면서 들어가야 하지 않을까요? 치료원을 담보로 은행 돈을 빌려볼까요?"

정숙이 말리기는커녕 한술 더 뜨자 놀란 건 아버지였다. 그녀 자신도 새삼 아버지와의 관계에 어떤 변화가 일어났음을 느꼈다. 아버지가 무엇을 하든 지지하고 싶은 마음이었다. 언제부터일까. 신간회 사건 재판정에서부터일까. 정숙은 이제 서른둘, 삶의 여러 차원을 볼 수 있는 나이다. 그녀 자신도 태양광선치료원을 연 뒤 뒤꽁무니에서 '혁명유휴분자'라느니 '부르주아 전향자'라느니 씹어대는 입들이 있다는 걸 알고 있었다.

해가 바뀌고 봄이 왔지만 좋은 소식은 없었다. 총독부가 신사참배를 의무화하자 학생들이 반발했고 휴교하는 학교도 있었다. 이동휘 선생이 시베리아에서 세상을 떠났다는 소식을 뒤늦게 접한 허헌이 애통해했다. 한창때 모스크바와 블라디보스토크와 만주와 상해를 건넌방 드나들 듯하던 그가 감기 걸려 죽었다는 얘기가 농담처럼 느껴졌다.

'참말로 미스터리지. 이동휘는 누구일까.'

화요회 사람들 사이에서 이동휘는 악당의 수괴였다. 그에 관한 얘기라면 주로 이런 식이었다. 머리는 나쁜데 욕심만 많다, 마르크스의 'M'자도 읽어본 적 없으면서 공산주의 내세워 파벌싸움만 일삼는 구세대 기회주의자, 비밀자금 착복해서 기와집 몇 채는 사놨을 거다. 비밀자금은 언제 어디서나 말썽이었다. 그가 레닌에게 받았다는 혁명자금을 임시정부에 내놓지 않고 고려공산당 창당에 썼다고 탄핵당해 임정을 나왔고 그 돈이 서울청년회에 흘러들어왔다가 말썽을 일으켜 조직이 두동강 났다. 하지만 정숙이 기억하는 상해의 이동휘 선생은 칙칙하고 구린 구석이라고는 하나도 없는 위인이었다. 기와집은커녕 허름한 목조가옥에서 하루 두 끼 식사에 검박한 생활을 했으며 늘 반듯했고 위풍당당했다. 집 안에서도 옷을 갖춰 입고 위엄을 잃지 않았다. 정숙이 상해에 갔을 때는 그도 한창 공산당 조직을 만들던 시점인데 자기 당파로 끌어들이려는 한마디 말도 없었다.

진실은 어디에 있는 것일까. 그녀가 본 이동휘는 자애롭고 사심없는 어른이었다. 그러면 파벌주의의 괴수, 탐욕스러운 악당은 그저 소문일 뿐일까. 파벌다툼이 선량하고 용감한 사람에게 악인의 누명을 씌우는 것일까. 아니면 이동휘라는 인물이 자애롭고 위풍 당당한 어른과 냉혹하고 탐욕스러운 파당주의자 사이 어디쯤에 존재하는 것일까.

어느 날 정숙이 점심식사 하러 집에 들어갔을 때 사랑에서 창익이 아버지와 이야기를 나누고 있었다. 그녀가 사랑방을 들여다보며 인사를 건네자 그도 얼른 일어나 고개를 숙였다. 정숙은 그에게 아무런 거부감이 없다는 사실에 놀랐다. 반갑기조차 했다. 그가 보내준 부자들 때문일까. 점잖고 깍듯한 태도 때문일까. 아니면 만신창이가 된 육신 때문일까.

식사를 함께 하며 그동안 뵙기 힘들더라 했더니 그는 감옥에 다녀왔다고 아무렇지도 않게 말했다.

"광선치료가 효과가 있는 것 같습니다. 기분도 나아지는 것 같고요."

"다행이네요. 비타민D라는 게 햇볕에서 나오는데 구루병도 치료하고 우울증에도 효과가 있답니다. 영국에서 동물실험에 성공했대요."

"비타민 A네 B네 하더니 이제 D까지 나왔구나. 현대 과학이란 참 놀랍지."

식탁의 대화는 요새 하 수상한 사회 분위기, 그리고 시중회時中會 얘기로 이어졌다. 허헌은 최린이 도대체 어디까지 망가질지 걱정이라고 했다. 시중회는 총독부가 만든 어용단체인데 거기에서 얼굴마담 노릇을 하다니, 그가 일찍이 염치를 버렸다는 건 알고 있지만 이제 내놓고 총독부 앞잡이로 나서는 게 차마 보기 괴롭다는 것이었다. 파리에서 나혜석과 뜨거운 나날을 보냈다가 나혜석의 고발장이 신문에 공개되면서 한동안 장안이 시끌시끌했던 게 재작년 일이었다.

"좋은 시절 만났으면 한세상 잘 살다 갈 천하호인인데 진작에 돌아올 수 없는 다리를 건넌 것 같다. 워낙 물색없는 양반이 돼놔서 어떻게 3·1만세를 조직했나 믿기지 않을 때가 있어."

"최남선은 어떻고요. 〈기미독립선언문〉을 쓴 장본인인데. 얼마 전에 만해가 탑골공원에서 그를 마주쳤는데 '내 친구 육당은 옛날에 죽었네' 그러고선 악수도 안 받고 지나갔대요."

육당 최남선은 3·1만세 때 형기를 덜 채우고 가석방된 후로 전향설이 따라다녔고 주간지 〈동명〉에 총독부가 돈 댔다는 소문도 있었다.

"허허, 그래? 육당은 참 인물은 인물인데. 신문관이나 조선광문회 만들어서 했던 사업들은 다른 사람은 흉내도 못 낼 일들이지. 하지만 잡지는 만드는 대로 족족 폐간시키지 도무지 일을 못 하게 하니까 〈동명〉을 낼 때는 총독부하고 적당히 타협하기로 작정했을 거다. 조선사편수회 들어갈 때도 나름 역할을 해보겠다는 생각이었을 텐데 그게 패착이었던 것 같아. 너무 발을 깊이 들인 거지."

"나도 소싯적에 〈소년〉하고 〈청춘〉 애독자였는데."

"만주사변 나는 거 보고 다들 얼이 빠진 게야. 일본 기세가 무서운 거지. 이 자치론이란 게 아무래도 총독부의 고등 책략에 말린 거 같다."

"그러게 말예요. 천황이 설사 진심으로 우리한테 자치를 주고 싶어 한다 해도 지금 일본은 아시아제국 타령하고 전쟁은 이제 시작인데 어느 세월에 우리가 자치를 하게 되겠어요?"

만주사변 이후로 총독부가 조선의 지도급 인사들을 엮어내느라 열 올리고 있는데 시중회뿐 아니라 조선대아세아협회나 토요회도 그랬다. 여운형이 대아세아협회 상담역으로 이름이 올라 있는 것도 변절이니 말들이 있지만 몽양에 관한 한 그녀는 믿어주고 싶었다.

"요새 신문사들 걸핏하면 총독부가 정간 먹이니까 협회에 이름 올리는 대신 신문사 건들지 않기로 한 거 아닐까 싶어요. 돈 없는 신문사인데 한 달 휴간하면 망하지 않겠어요?"

조선의 방응모는 자가용, 동아의 송진우는 인력거, 조선중앙의 여운형은 뚜벅이라고 우스갯소리들을 했는데 조선중앙은 야심차게 사업을 확장했지만 자본력이 약해서 고전인 모양이었다.

"나도 들은 바 있다. 몽양은 우가키 총독하고도 만나는 사이니까."

허헌은 수상한 단체들이 횡행하고 시류가 긴박해져가는데 민족운동의 구심점이 될 만한 조직이 없는 것을 안타까워했다. 조용히 듣던 최창익이 입을 뗐다.

"신간회를 날린 건 공산주의자들의 중대한 실책이라고 봅니다. 코민테른을 맹종하는 경향도 문제지요. 저도 감방에서 지난 일들을 되짚어보면서 반성 많이 했습니다. 공산주의운동이라는 게 바닥에서부터 자생적으로 세포들이 조직되고 역량이 쌓여야 되는데 우리는 명색이 혁명가라는 자들이 코민테른자금 따기 경쟁을 하느라 팔다리도 없는 대가리 조직을 만들기 급급했지요. 화요회니 서울파니 다를 게 없습니다."

그렇게 말하는 사람을 처음 보았다. 조선공산당이 완전히 파산하고 모두 감옥 가거나 낙향한 다음이지만 지금도 화요회는 북풍회를 탓하고 북풍회는 서울파를 탓했다. 정숙은 최창익이라는 인물이 궁금해졌다. 아버지에게 물어보았다.

"심지가 굳은 친구지."

늦깎이로 일본 유학을 했으며 소련과 만주에서 활동했던 건 그녀도 알고 있었다. 요새 영흥에서 아버지 금광사업도 거드는 모양이었다. 그녀는 점심 또는 저녁에 집에 들어올 때 혹시나 창익이 와 있나 살짝 두근대는 마음으로 사랑방을 들여다보는 습관이 생겼다. 어쩌다 창익이 두세 달 발길을 끊으면 전신국에 가서 아버지에게 전화를 해서는 에둘러 그의 안부를 물었다.

송봉우가 떠난 뒤 정숙은 남자에 대해 시들했다. 하지만 요새 정숙은 치료원에서 기계를 만지다가도, 창 너머 인왕의 능선을 바라보다가도 문득문득 창익을 생각하고 있다는 걸 깨닫곤 했다. 몸과 몸 사이가 아니라 마음과 마음의 교접에도 오르가슴이 있다. 몇 마디 대화 속에서였을까. 상처로 짓이겨진 몸을 훔쳐볼 때였을까. 분명 창익과의 사이에 작열하는 어떤 교감의 순간이 지나간 것이다.

아직 희끗희끗 잔설이 덮인 인왕산에서 삼청동 골짜기로 불어오는 바람에 이따금 온기가 묻어났다. 여느 날처럼 점심식사 하러 집에 들렀을 때 전보가 와 있었다. 발신인은 고명자, 전보 내용은 단 세 글자였다. 父親喪.

정숙은 머릿속이 복잡해졌다. 가기도, 안 가기도 편치 않았다. 재작년인가 명자가 출옥했다는 얘길 들었는데 그 뒤에 들려오는 소문은 뒤숭숭했다. 전향서를 썼다고도 밀정이 되었다고도 했다. 어디서도 명자를 볼 수 없었다. 그녀는 치료원에다 새살림에다 늘 분망했고 명자는 잊혀졌다.

저녁에 치료원 문을 닫자 정숙은 검정 치마저고리로 갈아입고 외출 채비를 했다. 명자 어머니가 돌아가셨을 때 정숙은 형무소에 있었다. 명자에게 잇단 흉사라니. 아버지는 강경에 계신다 했는데 어쩐 일인지 상가는 가회동이었다. 전보의 주소를 들고 물어물어 가회동 명자네 집을 찾아갔다. 골목 어귀에서 두 남자가 서성이고 있었다. 사복 순사라는 걸 정숙은 한눈에 알아보았다. 전향했다더니, 아니었다. 여전히 요시찰인가. 아니면 정말 밀정이 된 건가.

'근조' 등이 내걸린 솟을대문을 들어서자 마당에서 대청마루까지 문상객들로 북적였다. 청년 하나가 다가와 누구 손님인지 물었다. 고명자라고 대답하자 청년은 그녀를 아래위로 한번 훑어보더니 안채로 들어갔다. 문상객 중에 아는 얼굴을 찾아보았지만 단 한 명도 없었다. 한참 뒤에 안채 뒤꼍에서 명자가 나타났다. 명자는 그녀를 발견하고는 퉁퉁 부어오른 눈으로 가느다랗게 웃었다.

상청이 마련된 사랑방에는 가사 장삼을 걸친 스님 셋이 목탁을 두드리며 염불하고 있었다. 정숙은 상청 앞에서 절을 하고 대청마루에 자리 잡고 앉았다. 명자는 수밀도처럼 통통하고 분홍빛이 돌던 두 뺨이 홀쭉해지고 눈가에 세월의 그늘이 드리웠지만 가만히 들여다보니 거기엔 한때 귀엽고 사랑스러웠던 여성동우회 모범회원 고명자의 모습이 들어 있었다. 아버지는 혜화동 제대병원에 입원해 있다가 돌아가셨다 했다.

"아까 들어오다 보니 골목 앞에 누가 있는 거 같더라. 요새도 순사들이 따라다녀?"

"몰라. 안 나가봐서. 문상객들을 보는 거겠지. 혹시 누가 안 오나 하고."

명자가 기운 없이 대꾸했다. 그 누구란 김단야를 뜻할 것이다.

"그렇구나. 단야하고는 연락하니?"

"단야? 단야…."

나지막이 중얼댈 때 명자의 눈빛이 초점을 잃고 흩어졌다.

"내가 답장 안 했어."

그녀가 "왜?" 하고 물었을 때 명자는 눈을 내리깐 채 마른 입술만 오물거렸다. 그 순간 정숙은 두 가지 확신을 갖게 되었다. 명자가 전향했다는 것, 그러나 밀정 노릇은 헛소문이라는 것이었다. 복스럽던 얼굴에서 생글거리는 웃음을 걷어간 것이 투옥과 전향인지 부모님의 연이은 죽음인지 알 수 없었다.

"요새 어떻게 지내니? 어디 아파?"

명자는 고개를 숙인 채 대답이 없었다. 정숙은 치료원에 한번 오라고 하려다 말았다. 장례식인지 혼례식인지, 상주인지 혼주인지 헷갈릴 만큼 명자의 오빠들과 올케들이 요란스레 사랑방과 대청마루와 마당을 오르내렸지만 누구도 명자에게 눈길을 주지 않왔다.

"삼월이가 안 보이는구나."

"응, 우리 집에 구리무랑 분첩 같은 거 팔러 드나드는 노총각이 있었는데 따라갔어."

대문으로 문상객들이 끊임없이 밀려들었지만 아는 얼굴은 없었다. 어쩌면 명자가 과거의 동료들 중 정숙에게만 부음을 냈는지도 몰랐다. 밤이 다가오면서 대청마루에 한기가 들었다. 정숙이 일어섰다. 명자가 대문간까지 따라 나왔다. 빨갛게 핏발 선 두 눈에 눈물이 고여 있었다.

"힘내고! 어쨌든 전보 보내줘서 고맙다."

정숙은 명자의 손을 잡고 한마디 하고는 돌아서서 빠른 걸음으로 대문간을 벗어났다. 골목 어귀에는 여전히 이상한 남자가 얼쩡거렸다. 그녀는 앞으로 명자를 볼 일이 없을 거라는 생각이 들었다. 명자는 이제 명자의 인생을 살게 될 것이다. 꽃단장하고 새신부가 되기엔 좀 늦었지만 강경 대지주의 딸로서 새 생활을 시작하기에 아주 늦어버린 것은 아니었다.

며칠 뒤 그녀는 김명시로부터 신의주형무소 소인이 찍힌 엽서를 받았다. 명시는 지금 삼남매 모두 감옥에 들어가 있다. 그것도 동생은 부산에, 오빠는 서울에, 명시는 신의주에 동서남북으로 떨어져 있으니 새삼 조선반도가 넓구나 싶었다. 명시는 재작년에 7년형을 받았으니 한동안 경성 시내에서 얼굴 보기 힘들 것이다. 그녀는 신의주형무소로 영치금을 보내기 위해 장롱 서랍을 열었다.

정숙네 살림도 예전 같지 않았다. 한때는 해외로 공부하러 가거나 항일운동 하러 가면서 허헌의 이름만 듣고 찾아와 돈을 얻어가는 사람도 많았다. 허헌은 매번 문갑에서 돈 봉투를 꺼내거나 집안 물건을 전당포에 맡기고 돈을 내주었다. 하지만 그것도 변호사 일을 하던 때 얘기다. 허헌이 금광개발업체의 임원이라지만 아직 수익을 내지 못했고 치료원은 무료 환자가 더 많다 보니 삼청동 집에서는 끼니 걱정하는 날도 생겼다.

여름이 되자 허헌은 새 아내와 어린 두 딸을 데리고 영흥으로 떠났다. 어머니가 오랜 병고 끝에 세상을 떠난 뒤 정숙은 투옥과 상처喪妻를 잇따라 겪으면서 의기소침해 있던 아버지에게 자신의 친구를 소개했다. 여성동우회와 근우회 활동을 함께했던 동갑내기 친구 유덕희는 그렇게 해서 새어머니가 되었다. 새어머니는 시집오자마자 딸 둘을 낳았다.

태양광선치료원 손님도 왕년의 주의자들이 줄어들면서 양반 갑부나 일본인들이 늘어났다. 영업으로만 치면 좋은 일이었지만 정숙은 점점 공허하게 느껴졌다.

총독부 국장으로 치료원에 단골로 드나드는 일본인이 있었다. 동경제대 출신으로 인텔리 분위기를 풍기는 그는 신경통 치료보다는 정숙과의 대화에 관심이 있는 눈치였다. 그는 조선에서 지나까지 곧 전쟁터가 될지 모른다고 귀띔하면서 안전한 내지內地로 들어가라고 권했다. 정숙과 친해졌다고 하는 말이었다.

"정숙 상, 내지로 진출해보는 건 어떠하겠습니까. 광선치료법은 동경에선 환영받을 겁니다. 민족적 특성으로 볼 때 조선인들은 과거에 집착하는 편이지 않습니까. 반면에 내지인들은 새로운 문물이나 과학기술에 훨씬 개방적이지요. 자고로 정숙 상 같은 뛰어난 인재는 중앙으로 가야 빛을 봅니다. 이제 동경과 서울도 사흘거리로 가까워지지 않았습니까."

일리 있는 말이었다. 실제로 한의원과 병원 사이에서 광선치료원은 입지가 애매했다.

"조언은 고맙지만 민족성 운운하시는 것은 불쾌합니다. 조선인이 그렇게 과거지향적인 민족이라면 어떻게 조선의 감옥에 투옥된 공산주의자가 수천 명이 넘겠습니까."

"앗, 제가 실례를 했습니다. 다만 동경 이야기는 어디까지나 우정에서 우러난 진심이었다는 것만은 이해해주시기 바랍니다."

총독부 국장은 두 손을 가지런히 무릎 위에 올리고 상체를 굽히며 거듭 사과의 뜻을 표했다.

그가 얼핏 헌영의 얘기를 흘린 적 있다.

"전향한다 한마디만 하면 간단할 것을. 하기야 결코 간단하지 않은 게 사람 아니겠소. 통치란 인간 정신을 단순화시키는 사업이지만 그렇게 단순화되지 않는다는 데 인간의 존엄이 있는 것이지."

헌영은 6년 징역형이니 1939년에나 감옥문을 나서게 될 것이다. 과거 행적을 은폐하고 심문투쟁 하면서 어마어마한 고문을 당했다 들었는데 아버지가 면회 갔더니 서대문형무소가 한겨울엔 난방도 들어오고 조선공산당 사건 때보다 주거 환경이 훨씬 나아졌다고 농담하더라 했다.

요새는 감옥에 있는 공산주의자들 태반이 다 전향서 쓰고 나온

다 한다. 당국의 전향 공작이 그만큼 집요한 데다 주의자들 사이에 그걸 탓하지 않는 분위기도 있다. 전향서 하나 써주고 나와서 지하활동 하는 편이 낫다는 식이다. 더구나 헌영처럼 주목받는 인물이라면 협박과 회유에 시달릴 만큼 시달렸을 것이다. 하지만 그마저 전향서 쓰고 나온다면? 아마도 허탈할 것이다. 그녀는 마음 한켠으로 그만은 버텨주기를 바랐는지 모른다.

왕년에 조선공산당 만든다고 뛰어다니던 마르크시스트들은 지금 감옥에 있거나 고문과 독방생활로 정신줄을 놓았거나 아니면 천황의 신민으로 소속을 바꾸거나 했다. 조선에서 공산주의운동의 운명은 여기까지인가. 가령 파리 코뮌처럼 유토피아의 이상이 피바다 속에 침몰하는 그런 장렬한 패배도 없이 비밀회합 하고 암호편지 주고받다가 끝나버리는 것인가. 조선공산당 재건운동이 소강상태에 들어가고 나서 근래 뉴스라면 신출귀몰한 조직활동가 이재유가 이번에는 또 어찌어찌 족쇄를 풀고 간수를 따돌려 탈옥했는지 하는 정도였다. 그가 체포됐다거나 탈옥했다거나 하면 신문들이 호외를 만들어 뿌렸다.

대신 신천지 만주로 진출하는 기업인과 나진, 웅기의 땅 투기 바람과 노다지를 찾은 금광 졸부 이야기가 연일 신문지상을 장식했다. 껌껌한 늪 밑바닥으로 가라앉고 있는 식민지 조선 땅에서 만주바람과 금광 열풍이 기이한 흥분을 자아내는 가운데 어떤 불길한 기운이 감돌고 있었다. 박헌영 말대로 두 번째 세계대전이 다가오는 건가. 헌영은 감옥에 있지만 명시가 상해에서 들여온 〈콤무니스트〉의 박헌영 칼럼은 은연중에 베스트셀러가 되고 있었다. '새 전쟁을 준비하는 군축회의'라는 칼럼은 일제가 중국과 소련을 침공하기 위해 조선을 병참기지화 하면서 군수산업을 일으키고 있다며 여기에 격렬히 저항해야 한다고 주장했다.

치료원에 들른 왕년의 동지 하나가 정숙의 책상 위에 신문지 한 장을 놓고 갔다. 인쇄 상태가 조악한 찌라시에 '민족혁명'이라는 제호가 큼직하게 박혀 있었다. 그러니까 민족혁명당 기관지가 정숙의 눈앞에 있었다.

작년에 남경에서 민족혁명당이 결성됐다는 소문은 들었다. 김원봉의 의열단과 이동녕 안창호의 한국독립당을 주축으로 5개 당이 모여 통합정당을 만든 것이다. 신문에는 민족해방군 창설에 관한 내용이 나와 있었다. 재작년 남경군관학교 학생을 모집하러 경성에 들어와 정숙의 집에 묵었던 박문희에게 군대 얘기는 들었다. 박문희의 여동생 박차정은 정숙과 근우회를 함께했던 후배였고 지금 의열단장 김원봉의 아내가 되었다. 의열단이 한동안 잠잠하다 했더니 이제 소모적인 테러활동에서 무력투쟁으로 노선을 바꾸면서 군관학교를 세웠고 장차 군대를 창설할 것이라 했었다.

〈민족혁명〉지를 읽어 내려가는 동안 정숙은 심장이 격렬하게 뛰는 소리를 들었다. '민족해방군'이라는 단어는 자극적이고 매혹적이었다. 정숙은 익숙한 일상이 갑자기 낯설게 느껴졌다. 안전하고도 진부했다. 박문희가 남경군관학교로 데려간 학생들은 지금 어느 전선에서 무얼 하고 있을까. 그녀의 머릿속으로 중국 지도가 펼쳐졌다.

정숙은 창익이 경성에 올라오는 날을 학수고대했다. 마침내 창익이 치료원에 나타나던 날, 정숙은 일찌감치 치료원 문을 닫고는 집으로 내려왔다. 창익과 거실에 마주 앉은 정숙은 〈민족혁명〉지를 탁자 위에 올려놓았다. 정숙은 그가 신문을 다 읽기를 기다려 이렇게 말했다.

"국내에선 무산자계급이 봉기하고 동시다발로 대륙 쪽에서 해방군이 진공해 들어온다는 거예요. 잠꼬대 같은 얘기이긴 한데 지금 조선의 처지로는 다른 방법도 없지 않아요? 전쟁이란 변수가 많아서 예기치 않은 유리한 기회가 찾아오기도 하는 법이지요. 그 기회를 포착하려면 전장 한가운데 있어야 할 테고요. 일본이 전쟁판을 벌인다면 우리가 응당 무장투쟁에서 답을 찾아야지요."

그녀는 잠시 뜸 들였다가 한마디 던졌다.

"우리 남경으로 갑시다."

창익이 입으로 가져가던 찻잔이 공중에서 휘청하더니 찻물이 흘러넘쳤다. 그는 찻잔을 내려놓고는 잠시 말을 잊은 채 그녀를 물끄러미 쳐다보았다. 둘은 서로 사랑을 고백한 적도 없다. 하지만 "우리 남경으로 가요"라는 한마디는 프러포즈 그 이상이었다. 벽시계의 초침이 다섯 번쯤 똑딱 소리를 낸 다음 그가 말했다.

"그럽시다."

창익은 함경도로 내려가 주변을 정리하고는 짐을 싸 들고 삼청동 집으로 들어왔다. 그는 만만한 수다 상대였던 임원근이나 송봉우와는 정반대였다. 그의 어린 시절에 대해 들은 것은 두만강 건너 만주벌판이 마주 보이는 아주 추운 동네에서 몹시 가난한 농가의 자식으로 자랐다는 정도였다. 그는 반도 북단의 고향만큼 아득히 깊은 항아리였다. 이 과묵한 남자의 마흔 살 역사는 베일에 싸여 있었다. 그것이 호기심 많고 쉽게 싫증내는 정숙에게 심리적 안정감을 주는 것인지도 몰랐다. 그가 툭툭 던지는 말들 가운데는 정치적 논평도 있고 기상천외의 회고담도 있었다. 일본 유학생 시절 어느 해엔 여름방학 때 조선 팔도 순회 강연을 하다가 전주에서 강연 내용이 불온하다고 잡혀가 보름간 유치장 살고 나와서는 다음 장소인 군산으로 가서 강연을 계속했다는 얘기를 대수롭지 않게 했다. 창익과 한집에 사는 것은 단조로운 생활에 짜릿함과 새로움을 선사했다.

"나는 예전에 당신이 뿔 달린 괴물인 줄 알았어요."

정숙의 말에 창익도 짤막하나 신랄한 한마디로 응수했다.

"나는 당신이 창부娼婦라 생각했었지."

정숙은 부아가 치밀어 하루 동안 말을 하지 않았다.

창익과 동거를 시작하자 말들이 많았다. 과거의 동료들에겐 서울청년회나 3차 공산당 패거리가 증오스럽기로 거의 총독부 반열이었다. 지조도 없고 의리도 없는 년이라고들 쑥덕대는 모양이었다. 잡지들이 다시 조선의 콜론타이 운운하며 비아냥거렸다. 하지만 염문이라는 것도 애정 표시이며, 악의적인 가십은 진보여성에 대한 보수사회의 질투일 따름이며, 더 이상 아무도 나에 대해 떠들지 않는 날이 온다면 그건 늙거나 무기력해졌다는 뜻이라고, 그렇게 뻔뻔해지기로 작정하자 마음이 편해졌다.

1936년 8월 27일 미나미 지로 일본 육군대장이 새 총독으로 경성에 도착했고 "玆에 朝鮮總督의 大命을 拜하고 任에 府함에 當

하야 所志를 보이어 鮮內官民에게 고함"으로 시작하는 조선통치에 관한 방침을 공표했다. 관동군총사령관에서 조선 총독으로 승진한 73세의 육군대장이 발표한 방침은 황민화정책과 전시총동원 체제가 주 내용이었고, 이것은 다가오는 1942년까지 6년간 창씨개명, 조선어사용금지, 강제징병, 강제징용 등 군국주의정책의 종결판이 개봉 박두하고 있다는 예고였다.

손기정이 베를린올림픽에서 마라톤 우승을 한 다음 날인 8월 13일 손기정 선수의 일장기를 지운 사진을 실었던 일로 조선중앙일보는 9월부터 휴간했고 결국 폐간의 운명을 맞았다. 여운형의 신문사 사장 시절은 2년 반으로 끝났다. 같은 날 조선중앙에 "오오, 나는 외치고 싶다! 마이크를 쥐어 잡고 전 세계의 인류를 향하여 외치고 싶다! 인제도 인제도 너희들은 우리를 약한 족속이라고 부를 터이냐?"라는 시를 썼던 시인이자 소설가, 영화감독 심훈이 한 달 뒤 장티푸스로 세상을 떠났다.

심훈의 급작스러운 변고는 정숙에게 경성 한구석이 빈 것 같은 상실감을 안겨주었다. 그는 정숙과 헌영, 원근, 단야 모두의 친구였고 늘 정숙의 근거리에 있었다. 조직운동과는 거리를 뒀지만 상해 유학 시절을 함께 보냈고 동아일보 기자로 철필구락부도 같이 했고 무엇보다 그는 시와 소설, 그리고 영화감독, 영화배우로 언제나 잘 보이는 곳에 있었다. 1927년 가을, 정숙이 컬럼비아대학을 중퇴하고 들어왔을 때 단성사에서는 그가 원작, 감독, 주연을 맡은 영화 〈먼동이 틀 때〉가 흥행하면서 장안의 화제였다. 지난해 동아일보 창간기념 소설 현상모집에 〈상록수〉가 당선돼 받은 상금으로 교육계몽사업을 위해 상록학원을 세운 그는 병원 응급실에 실려가기 전까지 〈상록수〉를 영화로 만들겠다고 밤을 새며 각색작업을 하고 있었다.

심훈의 장례식에는 살아남은 주의자들과 기자와 작가와 영화인들이 모였고 경성에서 모처럼의 대중집회였으되 장송곡이 흐르는 우울한 집회였다. 조선을 탈출할 은밀한 계획을 지닌 정숙에게는 과거의 동지들과 경성의 지식인사회와 한꺼번에 마지막 인사를 나누는 자리였을 것이다.

정숙은 창익과 함께 원산으로 가서 아버지에게 작별인사를 했다. 아버지는 새 아내, 어린 두 딸과 영흥만의 호도반도에 머물고 있었다. 아버지는 여러모로 달라진 환경에 나름 적응하고 있는 듯했다. 금광사업에 발 들인 지 3년째인 올해 다행히 이종만 씨 광산에서 여기저기 금맥이 터지고 있었다. 한때 아버지가 자본금이 모자라 돈 꾸러 다녔다는 걸 그녀는 소문을 듣고 알았다. 망나니 딸 때문에 빈털터리 되고 감옥 드나들면서 패가망신했다고 떠드는 사람들도 있었다. 치료원 대신 금광을 샀으면 지금쯤 방응모처럼 신문사를 차렸을 것이라고도 했다. 초가집 한 채를 사서 헐어 2층 건물을 짓고 기계를 사는 데 들어간 8천 원은 실제로 웬만한 광구 몇 개는 살 수 있는 돈이었다.

금광을 쫓아다니는 사람 가운데 일확천금하는 경우는 만에 하나일까, 대개는 세월과 가산을 탕진할 뿐이었다. 하지만 식민지 조선의 남자들에게 권력과 부의 길은 막혀 있고 땅속의 눈먼 금은 그나마 공정했다.

쉰 줄에 접어든 아버지는 목소리에 예전 같은 활력이 없었다. 아무렇게나 파헤쳐진 산자락에 가건물로 지은 광업소 사무실에서 아버지를 보았을 때 정숙은 시대가 아버지를 너무나 엉뚱한 장소에 팽개쳐놓았다는 생각이 들었다. 땅과 하늘만 바라보는 사업은 아버지에겐 어울리지 않았다. 아버지의 무대는 법정이고, 아버지의 무기는 말과 글이었다. 아버지는 무대도 무기도 빼앗긴 것이다. 그는 광산사업에서 몇 가지 희망적인 뉴스를 이야기했지만 목소리 뒤끝이 퍼석하게 부서졌다. 중국행 이야기가 나오자 아버지 얼굴에 피로색이 짙어졌다.

"경한이 영한이도 안쓰럽다마는 무엇보다 정세가 너무 안 좋구나. 북지가 지금 일촉즉발이다. 일본이 만주에 군비를 집결시키는 모양인데 삽시간에 중국 대륙 전체가 전쟁터가 될 게야. 더구나 남경이 놈들 손에 떨어지는 건 시간문제다. 상해를 집어삼키고 지금 남경 코앞까지 밀고 들어가 있지 않니?"

"그래서 남경으로 가려는 거예요."

완곡하게 만류의 뜻을 비치던 아버지는 입을 닫아버렸다. 그는 딸의 고집을 꺾을 수 없다는 것을 알고 있었다. 정숙을 배웅하면서 "몸조심하거라. 내 걱정은 하지 마라"고 할 때 그의 눈에 설핏 눈물이 비쳤다. 정숙은 어쩌면 아버지를 다시 못 볼지도 모른다는 생각이 들었다. 아버지도 같은 생각을 했던 것 아닐까. 돌아오는 경원선 열차 안에서 정숙은 목에 뜨거운 것이 치밀어 올랐다. "내 걱정은 하지 마라"던 아버지의 말이 귀에 울려왔다. 낯설고도 이상한 말이었다. 지금까지 늘 아버지가 그녀를 걱정했지, 그녀가 아버지를 걱정한 적은 없었다. 그 말이 슬펐다. 정숙의 표정이 심각해지는 것을 본 창익이 그녀의 손등을 가볍게 두드렸다. 그의 위로가 도리어 눈물샘을 자극한 것인지 눈물이 펑펑 쏟아졌다. 창익은 말없이 창밖만 내다보았다.

정숙과 창익은 서울역에서 이른 아침에 떠나는 봉천행 열차를 탔다. 짐가방을 든 정숙은 역전에 서서 서울 거리를 한바퀴 둘러보았다. 늦가을 바람이 옷소매를 파고들었다. 먼지를 뒤집어쓴 채 거리를 내려다보고 서 있는 남대문을 정숙은 오래도록 바라보았다. 남대문은 퇴락한 가문의 노부인 같았다. 의복은 우아하지만 낡았고 얼굴은 기품 서렸으나 주름져 있다. 그녀는 남대문의 모습을 두 눈에 지긋이 눌러 담고는 돌아섰다.

개찰구 앞에서 정숙은 두 아들과 작별인사를 했다. 중국행을 결심하고서 정숙은 한 달 동안 두 아들 곁에 바짝 붙어 있었다. 사촌 동생이 집에 와 있으니 먹고 입는 것은 챙겨줄 것이고 정숙은 아이들 공부가 신경 쓰였다. 그녀는 이제 각기 중학생과 보통학교 학생이 된 아이들에게 필요한 책들을 사서 책장에 빽빽이 채워놓았다. 서재에서 아버지나 자신이 보았던 책 중에 역사에 관한 한글 책들을 골라서 큰아이 책장에 꽂아주었다. "이 책들은 나중에 고보생이 되면 보거라" 하자 놀라서 엄마를 쳐다보던 아이 눈에 금세 눈물이 맺혔다. 정숙은 작은아이에게 알파벳을 가르치고 영어사전 찾는 법을 알려주었다.

정숙은 열세 살, 일곱 살 두 아들과 차례로 포옹을 했다. 큰아들을 품에 안았을 때 그녀는 격정을 가라앉히느라 심호흡을 했다. 참으로 부모 복이 없는 아이였다. 돌쟁이 때 아버지는 감옥에 들어갔고 엄마는 미국 유학 간다 감옥 간다 떠났고 이번이 세 번째 이별이었다. 이번이 가장 긴 이별이 되리라는 걸 아이도 알고 있었다.

"경한이는 독서를 게을리하지 말고 좋은 친구를 가려서 사귀어야 한다. 또 동생이 잘못해도 너무 심하게 꾸짖지 말고 이제부터 네가 부모나 마찬가지니까 자애롭게 돌봐주어야 한다. 방학 때는 할아버지를 꼭 찾아뵙도록 해라. 영한이는 학교에서 무얼 배웠는지 잘 먹는지 아픈 데는 없는지 엄마한테 자세히 편지를 쓰도록 해라."

아이들이 울면 어쩌나 걱정했는데 뜻밖에 두 아들은 담담한 표정들이었다. 큰아들은 어머니와의 이별에 익숙한 것 같았고 작은아들은 어머니가 중국으로 간다는 것이 무엇인지 모르는 듯했다.

"세상이 좋아지면 다시 보게 될 게다. 중국에 가면 바로 편지 쓰마."

개찰구를 나서며 돌아보니 두 아들이 쭈뼛거리며 서서 연기하듯 어색하게 오른손을 흔들고 있었다. 그녀도 손을 흔들며 웃어주고는 행여 눈물이 비칠까 얼른 몸을 돌려 열차를 향해 종종걸음을 놓았다.

애당초 중국으로 가자고 한 건 송봉우였다. 남경군관학교 사건으로 검거되기 며칠 전이었던가 갑자기 남경 얘길 꺼냈다. 정숙은 아이가 어리다고 한마디로 잘랐다. 하지만 아이가 다 자란 뒤라 해도 길고 험한 모험의 동반자로 송봉우를 택하는 일은 없었을 것이다. 그건 최창익이어야 했다.

이등 침대칸은 붐볐다. 정숙네 부부는 각기 침대 위아래 칸에 자리 잡고 짐을 정돈했지만, 커다란 궤짝을 짊어지고 그 위에 이불 보따리, 아래로는 냄비와 바가지를 주렁주렁 매단 중년 남자가 네 명의 식솔을 이끌고 들어와 침대칸 복도 바닥에서 궤짝을 의자 삼아 진을 치자 창익은 아래층 침대를 이들 가족에게 내주고 위층으로 올라왔다.

말로만 듣던 만주 바람을 정숙은 실감했다. 만주로 떠나는 행렬에는 농사지을 한 뼘 땅을 찾아가는 농민도 있고 한밑천 잡아가지고 고향에 돌아와 새 인생을 시작하겠다는 장사치도 있었다. 물론 그녀처럼 항일투쟁 하러 가는 이들도 암암리에 섞여 있을 것이다. 북행열차 이등칸이 삼등칸처럼 비좁아질 수밖에 없었다.

열차가 경성역을 빠져나온 뒤에도 객실은 한동안 자리 정돈하느라 들썩였다. 이층침대 위에 둘이 비좁게 끼어 앉는 것도 나쁘지만은 않았다. 열차가 신촌역을 통과하자 둘은 쪽창 바깥으로 멀어져가는 경성의 풍경을 말없이 바라보았다. 사무실과 강연장과 집 사이에서 늘 잰걸음을 놓았던 종로통, 그곳에서 작당을 하고 고성방가 했던 친구들, 두 아들과 삼청동 집, 갈증과 갈망으로 심장이 타는 듯했던 20대, 그 모든 것과 함께, 악의에 찬 소문들도 함께, 경성이 멀어져가고 있었다.

그녀는 '거국시去國詩'를 읊조렸다. 한일합방 되던 해 도산 안창호가 중국으로 망명 떠나면서 남긴 시였다.

간다 간다 나는 간다 너를 두고 나는 간다

잠시 뜻을 얻었노라 까불대는 이 시운이

나의 등을 내밀어서 너를 떠나가게 하니

이로부터 여러 해를 너를 보지 못할지나

그동안에 나는 오직 너를 위해 일할지니

나 간다고 서러워 마라 나의 사랑 한반도야

배화여고 시절 친구들하고 경쟁 삼아 낭창낭창 외워대던 시였지만 오늘 북행열차 안에서 정숙은 시 한 편에 몇 번이나 목이 메어왔다. 안창호 선생도 지금의 그녀와 같은 마음이었을 것이다. 해방되기 전엔 절대 돌아오지 않으리라. 안창호, 여운형, 박헌영처럼 포승에 묶여 끌려올지언정 절대 내 발로 걸어서 이 식민지 땅으로 돌아오지는 않을 것이다.

"당신하고 부부가 되다니. 상상도 못 한 일이에요."

정숙이 먼저 말을 꺼냈다.

"마찬가지요. 며칠 전에 누굴 만났더니 내가 당신 다섯 번째 남편이랍디다."

"그래요? 나는 세 번째 남편으로 알고 있는데. 임원근 송봉우 말고 또 누구라는 거예요?"

"나도 잘 모르겠소."

입은 무뚝뚝했지만 눈은 웃고 있었다. 재미있는 남자였다.

열차가 북으로 달리는 동안 정숙은 자다 깨다 했다. 열차는 개성을 지나 평원을 달리고 있었다. 기찻길 옆 개울 바닥에 수건을 머리에 질끈 동인 사람들이 새카맣게 엎드려 있었다. 요새는 어딜 가나 개울이나 산기슭이 온통 사금砂金 캐는 사람들 천지였다.

객실 안은 팔도 사투리가 뒤섞여 흡사 야시장 한가운데 나앉은 듯했다. 제각각 행선지와 여행 목적이 공개되는 데 그리 오래 걸리지 않았다. 아래층 침대의 일가족은 멀리 경남 사천에서 온 사람들이었다. 친척들이 먼저 길림성에 가서 정착했는데 썩어지게 고생은 하지만 농토가 흔해 굶어 죽지는 않는다 하여 찾아가는 길이었다. 만주에서는 조선 이민들이 돈을 모아 만주인의 황무지를 차입해서 개간하고 밭에 물을 대 논을 만든다 했다. 만주에는 종자로 쓸 볍씨가 귀하다 해서 한 자루 가져간다 했다.

"숟가락하고 바가지만 있으면 굶어 죽을 일은 없다 안 하는교?"

그래, 굶겨 죽이는 조국이 무슨 소용인가. 배불리 먹고 살 수 있는 데가 고향이지. 정숙은 울적했다.

열차가 신의주역에 도착했을 때는 이미 주위가 캄캄해져 있었다. 열차가 정차하자 일본 순사 둘이 올라왔다. 순사는 승객들의 짐을 모두 끄르게 했다. 구석구석 알뜰살뜰 쟁여놓았던 짐들이 끌러지자 객실은 순식간에 아수라장이 되었다. 아래층 일가족이 복도에 놓인 궤짝을 열자 부러진 놋수저와 참빗, 다 떨어진 러닝셔츠까지 구차한 세간살이가 한도 끝도 없이 굴러 나왔다. 누가 봐도 찢어지게 가난한 이농민 일가이건만 일본 순사는 마지막 세간까지 점검한 뒤 종자 볍씨가 든 푸대 자루를 끌러보게 했다.

정숙네 부부가 짐가방을 열었을 때는 검색이 건성건성이었다. 총독부가 '만주제국협화회' 이름으로 만주 비즈니스를 대대적으

로 홍보하는 차에 만주에 사업차 들어가는 점잖은 중년 부부에게
는 관대하기도 했거니와 이미 쓰잘 데 없는 짐 보따리 해부에 너
무 많은 시간을 허비한 다음이었다. 열차는 신의주역에서 30분 만
에 출발했다. 열차가 압록강 철교에 진입할 때 건너편 침대에서
기모노 차림의 여자가 계집아이에게 일어로 말했다.

"여기까지 일본 땅이고 이제부터 만주란다."

열차가 고른 마찰음을 내며 달리기 시작했다. 창밖의 어둠 속
으로 장백산맥 자락이 펼쳐지고 있을 것이다. 떠나온 곳은 낯익고
익숙하고 구석구석 눈에 환하지만 가야 할 곳은 사람도 땅도 생활
도 모든 것이 낯설기만 한 곳이다. 낯선 곳에서 낯선 사람들과 낯
선 인생을 시작하는 것이다. 이민이란 그런 것이고 망명이라는 것
은 더욱 그러했다.

> 산은 산은 얼화 동대산은
> 부모님 형제엔 이별산이구나

어딘가에서 여인의 노랫소리가 가느다랗게 들려왔다.

> 해삼위 항구가 그 얼마나 좋건대
> 신 개척을 찾아서 반보따리로다
> 믿지를 마오 믿지를 마오
> 동대산 간 낭군을 믿지를 마오
> 아강 아강 우지를 마라
> 왜놈의 헌병이 너 잡아간다

삼천리 강산 넓기는 하지만
너와 나와 갈 곳이 어데란 말인가
풍년이 왔다고 부르지 말아라
이 물 건너면 월강죄란다

쉰 듯한 중년 아낙의 목소리는 끊일 듯 끊일 듯 이어졌다. 어떤 여인인가 얼굴을 보려고 고개를 빼고 둘러봐도 침상의 칸막이에 가려 보이지 않았다.

이곳이
당신들의 종착역이다
-1936년 모스크바, 크질오르다

✳

　스타소바 보육원의 스바보다 글라고예브나 선생에게서 딸이 곧
모스크바에 올 거라는 편지가 왔다. 보육원생들이 크림반도의 소
년단 캠프로 가는 길에 열차를 갈아타면서 모스크바에 몇 시간 머
물 예정이라 했다.

　세죽은 글라고예브나 선생이 알려준 시각에 역에 나가 기다렸
다. 딸아이를 언젠가 한번 집에 데려와 우리식 밥상을 차려주고
싶었는데 뜻하지 않게 기회가 온 것이다. 세죽은 며칠 전부터 동
료들 집을 돌아다니며 된장을 얻는다, 시장에 나가 배추와 고등어
를 산다, 부산을 떨었다. 아이가 된장국을 한 숟가락 입에 떠 넣고
인상을 쓰면서 "이 수프는 맛이 이상해요" 하는 모습을 상상해보
며 세죽은 혼자 미소를 지었다.

　똑같은 제복을 입고 개찰구를 통과해 두 줄로 걸어오는 보육원
생들 사이에서 세죽은 금세 딸을 알아보았다.

　"비비안나!"

옆 짝과 떠들어대며 걸어오던 비비안나는 세죽을 보더니 멈칫했다. 뜻밖이라는 표정이었다.

"어머니, 안녕하세요."

빠른 러시아어는 여전했지만 몇 차례 만났더니 제법 어머니라 말할 줄도 알았다. 하지만 그녀가 무심코 "영이"라 부르면 "제 이름은 비비안나예요"라고 대꾸했다.

세죽은 비비안나 손을 잡고 인솔 교사에게 가서 딸을 데려가도 좋겠냐고 물었다. 출발 시각 이전에 데려오겠다고 했다. 하지만 딸이 끼어들었다.

"저도 친구들과 크렘린궁 견학에 참가하고 싶어요."

보육원생들은 크렘린궁을 견학하고 점심식사를 할 예정이었다.

"잘됐다. 엄마도 크렘린궁에 한번 들어가보고 싶었는데. 견학하고 나서 엄마 집으로 가서 점심을 먹자꾸나."

그녀는 딸의 마음을 충분히 이해했다. 시간을 따져보니 서두르면 가능할 것도 같았다. 크렘린궁 내부는 상상을 초월할 정도로 넓었고 아름다운 건물들이 많았다. 견학은 일부 구역만 허용되었다. 보육원생들은 두 줄로 행진했다. 딸은 잠시도 짝꿍 손을 놓지 않았다. 아이들은 발맞춰 걸으면서 합창했다.

> 강철 주먹으로 적들을 물리치시고
> 수많은 전투 속에 인민을 구하셨네
> 하늘의 별, 인류의 별
> 그 이름 길이길이 빛내리라 스탈린 대원수

하늘보다 높고 바다보다 넓은 사랑
언제 어디서나 우리를 보살피시네
노동자의 어버이, 인민의 어버이
그 이름 길이길이 빛내리라 스탈린 대원수

세죽은 아이들 노랫소리를 들으면서 몇 발짝 뒤처져 따라갔다. 견학은 두 시간 만에 끝났다.

"자, 이제 갈까. 엄마가 집에 점심을 준비해놓았단다."

아이가 곤란한 표정으로 세죽을 쳐다보았다.

"그냥 여기서 먹으면 안 될까요?"

세죽의 얼굴이 딱딱하게 굳어가는 걸 눈치챈 인솔 교사가 "비비 안나, 엄마와 맛있게 먹고 돌아오도록 해"라고 거들었다. 아이는 "알겠습니다, 선생님" 하고 낭랑하게 대답한 뒤 "그런데 제 친구와 함께 가게 해주세요" 했다. 딸은 친구 손을 놓지 않고 있었다.

지하철을 타고 두 아이를 집으로 데려오면서 그녀는 애써 태연한 표정을 지었으나 말할 수 없이 속이 쓰라렸다. 그녀는 쌀밥과 배춧국에다 고등어를 구워 밥상을 차렸다. 두 아이는 식사하면서 한국 음식을 품평하거나 크렘린궁에 대해 이야기했다. 크렘린궁의 규모와 아름다움이 러시아인의 탁월한 미적 감각을 드러낸다고, 그러나 이것들이 모두 전제왕정의 유산이며 노력자 대중의 피와 땀이 스며 있다며 안내원의 설명을 저들끼리 반복 학습하고 있었다. 딸은 뜻밖에 된장국을 깨끗이 비웠다. 모스크바에서 함께 살 때 된장국에 밥 말아 먹인 적 있는데 그 맛의 기억이 어느 구석에 숨어 있었던 걸까.

딸을 집으로 데려오기로 했을 때 그녀는 아이가 이 집에 함께 사는 사람에 대해 물을까, 아빠에 대해 물을까 은근히 마음이 쓰였고 심사숙고 끝에 모범답안을 마련해놓았다. 하지만 아이는 관심이 별로 없어 보였다. 다행이기도 하고 서운하기도 했다.

아이를 다시 기차역에 데려다주고 돌아오는데 그녀는 눈물이 쏟아졌다. 붐비는 모스크바 지하철 안에서 30대 중반의 동양 여자가 흘러내리는 눈물을 연신 손바닥으로 닦아내는 것을 승객들이 무심히 바라보고 있었다. '아직 어린애야. 이제 여덟 살이라고. 차차 나아지겠지.' 그렇게 스스로를 달래보았지만 눈물은 쉬이 그치지 않았다.

1936년은 '스타하노프의 해'였다. 자신에게 할당된 채탄량을 무려 14배 초과 달성한 우크라이나 광부 스타하노프를 소비에트정부는 그해의 우상으로 만들었다. "노동 영웅 스타하노프를 배우자"는 플래카드는 탄광, 공장뿐 아니라 역전이나 학교에도 나부꼈다. 제2차 5개년계획은 1937년에 종료되지만 이미 목표 달성에 근접했다고 했다. '사회주의의 기적'이라는 신조어가 유행했다.

8월 어느 날 공산대학 게시판에는 '트로츠키와 지노비예프 도당 사건'에 대한 발표문이 나붙었다. 벽보 앞에 사람들이 모여 서 있었다. 세죽은 단야와 함께 교정을 지나다 벽보를 보았다. 지노비예프와 카메네프는 해외의 트로츠키와 함께 스탈린 암살을 공모했다 적발되어 사형에 처해졌다고 돼 있었다. 볼셰비키혁명의 주역인 두 사람은 레닌 사후에 스탈린과 편을 짜서 트로츠키를 당에서 축출했던 이른바 삼두체제의 일원들이었다. 토끼 사냥이 끝나면 사냥개를 잡아먹는다던가. 이들의 사형판결은 의미심장한 징조였다. 레닌의 혁명 동지들, 소련공산당의 원조들이 처형된다는 것은 광범하고도 무차별적인 피바람을 예고하고 있었다.

게시판 앞에서 사람들은 묵묵히 발걸음을 돌렸다. 벽보를 읽는 단야의 얼굴이 컴컴해졌다. 단야는 집에 도착할 때까지 한마디도 하지 않았다. 저녁 식탁에서 그는 수프를 뜨다 말았다.

"모스크바에서 피압박민족대표자대회 할 때 지노비예프를 만났잖소. 코민테른 의장이었거든. 벌써 14년 전이구려. 워싱턴강화조약을 네 마리 흡혈귀의 동맹이라 부르면서 워싱턴회의에 목을 매던 한인들을 몰아붙이는데 정신이 번쩍 들더라니까. 곧 미일동맹도 깨지고 다시 세계대전이 올 거라고 자신 있게 예언했소. 지노비예프가 레닌 다음으로 2인자였으니까 한창 자신만만할 때였지. 1917년에 레닌하고 밀봉열차 타고 스위스에서 러시아로 돌아올 때 그때는 이름도 몰랐던 그루지야 사내한테 나중에 이렇게 당하게 되리라고 상상이나 했겠소? 그런데 내가 진짜 참담한 것은 지노비예프가 그렇게 비굴하게 스탈린한테 빌붙었는데도 결국 저 꼴을 당했다는 거요. 몇 번이나 공개적으로 사죄하고 복당해서는 스탈린에게 별별 수모를 다 당하지 않았소. 죽는 건 비참한 게 아니오. 살아남으려 애쓰는 게 비참한 거지. 지노비예프를 보면 혁명가의 말로라는 것이 저렇게까지 비참해질 수 있나 싶은 거요."

"목소리 좀 낮춰요. 당신 혹시 교단에서 학생들한테 그렇게 이야기하는 건 아니지요? 우리는 외국인이에요. 우리가 남의 나라 권력투쟁에 휘말려서 무슨 일을 당한다면 너무 억울하잖아요. 절대 그래선 안 돼요."

"당신 말이 맞소. 하지만 내가 휘말리지 않겠다 해서 그럴 수 있는 건 아닌 거 같소. 농담 한마디가 사람을 죽이는 세상이오."

단야는 오른손으로 턱을 괴고서 고개를 숙였다. 전등 불빛 아래서 그의 얼굴이 그림자에 덮였다. 그녀는 지노비예프를 생각했다. 언젠가 붉은광장에서 총살당한 공산대학 교관의 얼굴에 지노비예프의 얼굴이 겹쳐졌다. 그녀가 처음 소련에 왔을 적엔 이미 지노비예프가 실각한 다음이었고 트로츠키가 반당분자의 대명사였다면 지노비예프는 기회주의자의 다른 이름이었다. 총살당한 교관도 스탈린 편에 서서 지노비예프를 비판했었다. 교관은 어쩌다 비밀경찰의 표적이 되었을까. 농담 한마디 잘못한 걸까. 이 딱딱하고 무거운 시대에 너무 유머러스했던 걸까.

"혹시 이성태라고 기억나오?"

단야의 목소리가 식탁 위의 침묵을 깨뜨렸다.

"상해 거류민단에 있던 이성태 말예요?"

"아니, 제4차 조선공산당으로 살다 나온 사람인데."

"서울청년회의 그 이성태? 〈조선지광〉에 글도 쓰고 했는데. 그런데 이성태는 왜요?"

"3, 4차 당 집행부하고 나는 상극이잖소. 그때 나는 모스크바에 있을 때라. 세죽 씨는 혹시 좀 아시나 해서."

"그런데 그 사람이 당신하고 무슨 관련 있어요?"

"아니오. 최근에 모스크바에 들어왔다는데, 코민테른에 갔다가 우연히 봐서."

단야는 말꼬리를 흐렸다. "그 사람이 뭐라던가요?" 하고 물었지만 그는 입을 닫아버렸다.

1937년 봄, 세죽이 두 번째 임신을 했다. 여름이 되자 눈에 띄게 배가 불러왔다. 단야는 가끔 그녀의 부른 배를 쓰다듬었고 배에 귀를 대보기도 했다. 입맛을 잃은 그녀가 흑빵 냄새를 싫다 하자 그는 여기저기 다니면서 재료를 끌어모아 육개장도 끓이고 된장국도 끓여주었다. 그녀의 우울은 여러 해 된 것이지만 가끔은 잠깐씩 봄 소풍처럼 쾌활한 순간이 찾아왔다.

임신 초기의 어느 아침, 부부가 각기 출근길을 나설 때 단야가 세죽에게 편지를 건넸다.

"세죽 씨, 모스크바에 온 후로 당신이 웃는 걸 본 적이 없소. 혹시 화장실 가서 나 몰래 웃는 건 아니오? 농담이오. 지금껏 당신 인생에 고난이 아니었던 때가 없었소. 경성에서도 자칭 혁명가들 뒷바라지하느라 손에 물이 마를 새 없었고 상해에서도 위험천만한 일들을 도맡아 했소. 그래도 당신은 잘 웃는 사람이었소. 그 어여쁜 얼굴에 함박웃음을 터뜨릴 때 우리가 얼마나 마음 든든해졌는지 당신은 모를 거요. 한데 당신이 그 웃음을 잃어버린 것 같소. 내 나이 스무 살엔 조국해방을 완수할 때까지 행복이니 하는 단어는 내 사전에 없다, 했었소. 그러다 문득 거울을 보니 귀밑에 희끗희끗 새치가 올라오고 있지 않겠소. 이제 중년이 된 것이오. 지금

웃지 않으면 웃을 날은 영원히 오지 않을지 모른다는 생각을 하오. 요새는 유쾌하고 낙관적인 마음을 가지려 노력하고 있소. 지금 내 가장 큰 소망은 당신의 웃는 얼굴을 보는 것이오. 당신과 나의 미래, 우리 아이에게 분명 지금 우리는 알지 못하는 어떤 행운이 기다리고 있을 거요."

언제부터였을까, 그녀의 인생이 깨진 거울처럼 돼버린 것이. 딸을 두고 상해로 갈 때였을까, 조선을 떠나 블라디보스토크로 밀항할 때였을까, 아니 영생학교에서 퇴학당할 때부터였을까. 거울이 한 번 깨지고 나면 거울에 비치는 모든 것은 갈라지고 어긋날 수밖에 없다. 단야도 마찬가지였다. 이 풍운아에겐 아내도 가정도 바람이고 구름이다. 줄잡아 열 군데 학교를 전전하던 다혈질의 학생이 고향 집 아내에게 무슨 정이 있었겠으며 명자와는 결국 아내냐 애인이냐의 딜레마를 벗어나지 못했고 이제는 친구의 아내를 맞이했으니 운명이 그에게 행복한 남편이 될 기회를 허락하지 않았다. 세죽은 단야에게 미안했다. 그리고 단야처럼 유쾌하고 낙관적인 마음을 가지려 노력하기로 했다. 그런 결심은 효과가 있었다. 마음을 가볍게 띄워 올리자 자주 웃음이 터졌다.

주말이 되면 부부는 산책을 나갔다. 백야의 여름엔 하루해가 길어서 모스크바 강변을 걸어 볼가강 운하까지 갔고 참새산에 올라 모스크바 시가지를 내려다보기도 했다. 모스크바는 오래된 도시의 고전미를 간직하고 있었다. 푸른 강물과 아름드리나무들과 붉은 벽돌건물의 무념무상한 정경에서 그녀는 까닭 모를 위안을 얻었다. 그녀가 모스크바에 오기 전에도 모스크바는 존재했던 것처럼, 노을에 물드는 강물과 나무와 집들이 그녀의 시선에 들어오기 오래전부터 거기 있었던 것처럼, 단야 역시 새롭고도 오래된 풍경처럼 그녀 곁에 있었다.

부부는 산책길에 붉은광장은 짐짓 피했다. 그곳에 갔다가는 예기치 않은 공연을 보게 되는 수가 있다. 공개처형은 하나의 정치 공연이었다. 요새 그녀는 담벼락의 벽보를 일부러 외면했다. 공개처형 공고를 볼 때마다 간담이 서늘하고 팔다리가 저리는데 배 속의 아이에게 좋을 리 없었다. 두 사람은 모스크바 강변을 산책하다가 강가의 오래된 식당에 들어가 점심을 먹기도 했다. 혁명 전부터 식당을 했다는 할머니는 고기가 듬뿍 들어간 러시아 만두 펠메니를 만들어 팔았다. 식당 구석 자리에는 늘 할아버지가 보드카 병을 앞에 놓고선 담배를 뻑뻑 빨아대고 있었다. 제정러시아시대에서 방금 튀어나온 것 같은 늙은 부부는 고리키 소설 〈어머니〉를 연상시켰다. 늘 보드카에 취해 사는 저 할아버지도 매일 뼈 빠지게 일하는 아내에게 욕이나 해대고 옆구리를 걷어차고 하는 걸까. 궁금증은 곧 풀렸다. 어느 일요일 점심 때였다. 몇 개 되지 않는 테이블이 다 차 있어 세죽과 단야가 되돌아 나올 때 할머니의 호통 소리가 들렸다.

"당장 나가지 못해? 식당이 담배 연기로 오소리 굴이 됐잖아."

돌아보니 할머니에게 보드카 병을 빼앗긴 할아버지가 구시렁대며 자리에서 일어나고 있었다. 늙은 부부 사이에도 1917년에 뭔가가 일어났던 것일까. 할머니는 세죽에게 들어오라고 손짓을 했다. 할머니가 구석 자리 테이블을 행주로 닦으면서 사근사근한 눈길로 세죽과 단야를 바라보았다.

"에구, 살자고 애쓰는 젊은 부부인데 잘 먹어야지."

혁명 전에는 모스크바 강둑에 보드카에 절은 알콜중독자들이 벤치고 흙바닥이고 풀섶이고 아무 데나 널브러져 있었다 한다. 이들은 추운 날 강가에 시체처럼 누워 있다가 진짜 시체가 되었다. 그들 중에는 공장노동자도 많았을 것이다. 하지만 스탈린시대에 모스크바 강가에는 최소한 알콜중독자의 시체는 없다. 보드카 제조 유통이 통제되기도 하거니와 노동자들이 예전처럼 밑바닥 계급이 아니었다.

세죽은 이따금 일상의 행복이라는 것을 느끼기도 했다. 결혼생활도 3년을 넘겼고 배 속에서 아이가 자라고 있었다. 세죽은 이 아이를 낳으면 어떠한 일이 있어도 품에서 떠나보내지 않으리라 다짐했다. 아무리 시설이 훌륭한 보육원이라도 절대 보내지 않겠다고 말이다.

다만 단야가 자주 침울해졌다. 가끔 푸념도 했다.

"1925년 말에 혼자 도망쳐 나와 상해에 있다가 다시 모스크바로 들어오지 않았소? 그때 경성, 상해, 모스크바라는 세 도시를 건너오면서 사회 진화의 궤적을 밟는 기분이었소. 조선은 제국주의 봉건체제 아래 있었고, 중국은 그것과 전쟁을 벌이고 있었고, 소련에 오니 전쟁이 끝나고 가장 선진적인 사회가 들어서 있었소. 조선은 중국을 따라가고 중국은 소련을 좇아가는 형국 아니겠소. 그런데 1929년 말에 내가 다시 경성을 도망쳐 나와 상해에 여러 해를 있다가 모스크바로 오질 않았소. 이번에는 좀 다른 거요. 역사

발전이라는 것이 일직선으로 이루어지는 게 아니라는 것."

"역사가 나선형을 그리면서 앞으로 나아가는 것 아니겠어요? 로마노프왕조 마지막 백 년을 봐도 그래요. 니콜라이 1세부터 알렉산드르 2세, 3세, 니콜라이 2세까지 황제가 바뀔 때마다 개혁과 반동 사이를 왕복하면서 결국 볼셰비키혁명에 이르렀잖아요? 스탈린체제가 아무리 어떻다 해도 차르시대보다 나쁘다고는 말할 수 없지요. 어쨌든 진화의 노정에 있는 거고 혁명정부가 자리 잡아가는 과정도 1보 후퇴가 있으면 곧 2보 전진이 따라오지 않을까요."

"그렇게 생각하니 다행이오."

"당신이 낙관적으로 생각하며 살자고 했잖아요."

모스크바 강가의 단풍이 크렘린궁 지붕 위의 적기赤旗만큼이나 붉은 가을날 아침이었다. 지하철 안에 떠드는 사람은 없고 구내방송만 요란했다.

"기술 입국, 선진 소련. 공산당이 여러분의 행복을 보장한다. 반당분자를 박멸하자."

모스크바의 공기가 부쩍 흉흉해지고 있었다. 내무인민부 수뇌가 교체되면서 긴장과 공포의 강도가 한 단계 더 올라간 듯했다. 수백만을 시베리아로 보낸 비밀경찰 책임자인 살인귀 야고다는 해임과 함께 처형됐다. 발표대로 역적모의를 한 걸까. 아니면 그저 너무 많이 알고 있다는 죄일까. 그녀도 요즘은 말을 줄이고 있다. 가까운 직장 동료들과도, 물건 파는 시장 상인에게도, 최소한의 필요한 말 외엔 입을 열지 않는다.

며칠 전 〈프라우다〉에 "일본이 파견한 스파이가 한반도와 만주,

중국과 소련에 퍼져 있다"는 기사가 나왔다. 불길한 신호였다.

"조선인들한테 무슨 일 생기는 거 아닐까요."

거실 식탁에 자료를 늘어놓고 글을 쓰던 단야는 뒤를 돌아보지도 않고 말했다.

"안 좋은 건 사실인 거 같소. 하지만 어쩌겠소. 일에 전념하는 수밖에."

그녀가 그의 등에 대고 말했다.

"조심하세요. 요새는 집에서 기르는 강아지 앞에서도 말조심해야 한대요. 모스크바 시당의 어떤 간부가 고향 어머니한테 편지 썼다가 구시대 잔재라고 밀고당했대요."

열차가 곧 칼리닌 역에 도착한다는 안내방송이 나왔다. 열차가 서자 그녀는 버튼을 눌러 출입문을 열고 승강장으로 나왔다. 전차 역에서 외국인노동자 출판부까지는 한 블록이었다.

출판부 사무실에 들어섰을 때 세죽은 가슴이 철렁한 나머지 가방을 떨어뜨릴 뻔했다. 우려하던 어떤 사태가 눈앞에서 벌어지고 있었다. 사무실에는 제복의 남자 서너 명이 서랍과 캐비닛을 뒤지고 있었다. 그녀가 자리에 앉고 회색 제복 하나가 다가와 첫 질문을 했을 때야 세죽은 자신이 타깃이 아니라는 사실을 알게 됐다. 그는 "김정하를 언제부터 아느냐"고 물었다. 그러고 보니 과장 자리에 김정하가 보이지 않았다. 그녀는 1929년 공산대학 유학 와서 알게 됐다고 대답한 외에 다른 질문에 대해서는 무조건 "모른다"고 했다. 낯선 남자들이 방을 나간 뒤 세죽은 둥글고 단단한 배를 쓰다듬으며 "아가야, 아무 일도 아니란다" 하고 나지막이 중얼거렸다. 그녀는 숨을 깊이 들이쉬고 내쉬기를 반복했다.

저녁에 집에 돌아온 그녀는 단야에게 김정하의 일을 이야기했다. 그는 이미 알고 있었다. 그날 밤 세죽은 인기척에 깨어 거실에서 단야가 누군가와 이야기하는 소리를 들었다. 낯선 목소리였다. 이윽고 손님이 떠난 뒤 단야는 꽤 오래 거실에 머물렀다. 그가 침실로 들어왔을 때 짙은 궐련 냄새가 났다. 단야는 밤새 뒤척이다가 새벽녘에야 고른 숨소리를 내기 시작했다. 그녀는 단야가 잠든 뒤에도 한동안 깨어 있었다. 벌렁거리는 가슴이 진정되지 않았고 두 눈은 점점 초롱초롱해졌다. 아침은 좀처럼 오지 않았다. 겨울이 가까워오면서 모스크바의 밤이 길어졌다. 배 속의 아이가 꿈틀댈 때마다 불안이 일렁였다.

며칠 뒤 단야는 세죽에게 느닷없이 헌영 이야기를 꺼냈다.

"박 군이 6년형을 받았소. 벌써 여러 해 전 얘기요. 김형선이 8년을 받았으니 박 군은 과거 행적을 은폐하고 성공적인 심문투쟁을 한 거요. 이제 2년쯤 남았구료."

헌영이 살아 있구나. 형기가 2년밖에 안 남았다니. 처음에는 반가움이, 그다음엔 죄책감이 밀려왔다. 하지만 그 소식을 단야의 입에서 듣는 건 기분이 이상했다. 단야는 언제부터 알고 있었던 걸까. 하지만 물어보고 싶지 않았다. 그의 표정이 너무 무거웠다.

"그런데 지금 그 얘길 왜 하는 거예요?"

그는 대답하지 않았다. 그녀는 어느 날 밤 손님과의 대화를 엿들었다고 고백했다. 그는 입술이 파리하게 떨리더니 고개를 떨궜다. 한참 만에 그는 더 숨길 것도 없다는 듯 털어놓았다.

이미 지난해부터의 일이었다. 단야가 일본 밀정이라는 악의적인 투서가 몇 차례 코민테른에 접수됐다. 1925년 조선공산당 사건 때 혼자 검거를 면한 것이 일제 밀정이라는 증거였다. 1933년 상해에서 박헌영만 검거되고 그는 무사했던 것 역시 마찬가지였다. 그동안의 기적과도 같았던 행운들이 역습해오고 있었다. 단야가 혁명운동을 한 것은 부유한 집안 자식의 혁명놀음이라 했다. 그런데 박헌영, 조봉암, 김찬 등 1차 조선공산당을 함께했던 화요회파 동지들이 모두 밀정으로 찍혔다니 의아스러웠다. 투서한 자는 4차 공산당의 이성태라 했다. 그러니까 1920년대 조선의 파벌싸움이 소련까지 건너온 것이다. 스탈린 숙청 바람을 타고 과거의 정적들이 앙갚음하고 있었다. 당 중앙으로서는 요직에 있는 지식분자들을 청소하는 데 그들의 투서가 필요했을 것이다. 이미 코민테른에서 동양비서부 일을 하던 한인들 여럿이 검거됐다. 김정하뿐 아니라 조선위원회 위원이던 박애도 처형됐다 했다. 그녀는 몸을 부들부들 떨었다.

　"볼셰비키혁명을 주도한 것도 지식인들인데 다 죽여서 어쩌잔 거죠? 더구나 한인들은 남의 나라 혁명을 위해 목숨을 바쳤는데."

　"지식인들이 혁명을 주도했지. 그런데 그게 문제인 거요. 그들은 저들이 여전히 주역이라 생각하고 있는데 스탈린이 보기엔 지금 공화국 건설에 방해가 되는 존재거든."

　톱니바퀴처럼 일사불란하게 굴러가야 할 스탈린의 소비에트에 마르크스 원전을 읽은 비판적 지식인 따위는 필요 없었다. 볼셰비키혁명의 추억을 간직하고 있는 혁명 동지도 필요 없었다. 스탈린을 유일한 지도자로 숭배하는 기본계급 출신 당원들을 위한 빈자리가 필요했다. 그리고 무엇보다 '공포' 그 자체가 필요했다.

"어쨌든 현실이 그렇소. 하지만 희망이 전혀 없는 건 아니오. 나를 변호하는 탄원서들도 올라갔소. 최성우 군도 많이 힘썼고 공산당 재건사업을 하도록 조선에 파견해달라고 진정서를 제출했소. 최 군은 소련 태생인 데다 빨치산 투쟁경력도 있고 당성이 튼튼한 편이오. 너무 낙담 마시구려."

숙청이냐, 조선이냐의 갈림길이었다. 한쪽은 지옥, 한쪽은 연옥, 둘 다 죽음의 길이었다. 하지만 조선에 파견된다면, 호랑이 굴로 들어가는 격이라 해도 한 가닥 기대는 남는 것이다. 그녀는 캄캄했던 마음 한구석이 밝아졌다.

하지만 단야가 조선에 파견되면 나는 어떡해야 하나. 모스크바에 남아야 하나. 또다시 딸을 두고 남편 따라 가야 하나. 내가 조선에 가면 헌영은? 인생이 점점 실타래처럼 꼬여가고 있었다. 그녀는 그쯤에서 생각을 접었다. 닥치면 그때 가서 생각하기로 했다.

세죽은 만삭이 되었다. 침대 위에서 바로 누워도 모로 누워도 불편했다. 자다가 자주 가위눌리고 종아리에 쥐가 나서 비명을 질렀다. 그때마다 단야가 깨서 다리를 주물러주었다.

눈보라가 휘몰아치는 밤이었다. 눈송이가 유리창을 두들겼다. 굴뚝 속에서 바람이 울어댔다. 그녀는 불편한 몸 때문에 바람 소리 때문에 잠들었다 깨기를 반복했다. 집 앞길로 이따금 바퀴에 체인을 감은 자동차가 클클거리며 지나갔다. 불청객들은 반드시 밤에 방문한다. 매일 밤 자동차 소리가 날 때마다 그녀는 그것이 집 앞을 지나 길 저편으로 완전히 사라질 때까지 마음 졸이곤 했다. 멀리서 개 짖는 소리가 들리면 가엾은 누군가가 이 밤에 비밀경찰의 방문을 받은 것이다.

그녀는 단야에게 혼자 어디로든 도망치라고 했다. 그의 대답은 절망적이었다.

"소련을 떠나면 어디로 가겠소? 상해로 가겠소, 경성으로 가겠소?"

길 저편에서 체인을 끌며 자동차 한 대가 다가오고 있었다. 그녀는 오늘도 저 바퀴 소리가 어서 집 앞을 지나 사라져주기를 기도했다. 하지만 자동차 소음은 정확히 세죽의 집 앞에서 멎었다. 동네의 개들이 일제히 짖어댔고 자동차 문 여닫는 소리, 구둣발 소리가 들렸다. 단야를 깨웠다. 그 역시 깨어 있었다. 단야는 침대에서 일어나 주저 없이 옷을 갈아입었다. 2층으로 올라오는 나무 계단이 삐걱대며 어지러운 발자국 소리가 들려왔다. 이어 230호, 그녀의 집 현관문을 두드리는 소리가 쾅쾅 하고 들렸다.

문 앞에는 세 명의 남자가 서 있었다. 음산한 표정의 남자들은 모두 똑같은 검은 모직 외투 차림이었고 어깨와 모자 위에 흰 눈발이 얹혀 있었다. 단야는 달아날 생각도 저항할 생각도 않고 순순히 따라나섰다. 며칠 밤을 뜬눈으로 새워 퉁퉁 부어오른, 그러나 핏기가 가신 창백한 얼굴이었다.

세죽이 급히 장롱에서 속옷을 꺼내고 약간의 돈을 챙겨 나왔다. 세죽이 루블화 지폐 몇 장을 건네자 단야는 손바닥으로 밀어내고는 그녀의 손을 잡았다.

"괜찮소. 어디까지나 당신 몸을 잘 보살피시오. 미안해요."

그는 문간에서 멈칫하더니 손목시계를 풀어 그녀에게 건넸다. 블라디보스토크에서 장만해 상해 시절 내내 그의 왼 손목 위에 있던 소련제 시계였다.

"나한테는 별 필요가 없을 것 같소."

검은 외투의 남자들이 양쪽에서 그의 어깨를 붙잡았다. 그녀는 한 손에 루블화 몇 장, 다른 손에는 소련제 시계를 든 채 만삭의 배를 앞으로 내밀고 문간에 얼어붙은 듯 서서 남편의 뒷모습을 지켜보았다. 그녀는 검은 외투의 남자들에게 에워싸여 계단을 내려가는 그의 잿빛 외투가 너무 낡았다는 생각이 들었고 가진 돈 모두 털어서 그에게 새 모직 외투 한 벌 장만해주지 못한 자신의 무심함이 한없이 미웠다. 곧 자동차 시동음이 들리고 체인을 끌면서 자동차 바퀴 소리가 멀어져갔다.

1937년 11월 5일이었다.

다음 날 아침 눈은 그쳐 있었다. 모스크바는 흰 눈을 이불처럼 덮고 있었다. 세죽은 외국인노동자 출판부에 출근해서 조퇴 신고를 하고 공산대학으로 최성우를 찾아갔다. 강의실 복도에 서서 기다렸다가 그를 만났다. 그는 선 채로 말했다.

"앞으로 날 찾아오면 안 됩니다."

"그이가 어디로 갔을까요?"

최성우는 "여기 더 이상 서 있을 수 없습니다. 실례합니다"라고 동문서답하고는 강의실로 들어갔다. 세죽은 다시 김정하의 집을 찾아갔다. 이사를 했는지 가족까지 잡혀갔는지 그의 집엔 낯선 사람들이 살고 있었다. 그의 집을 나온 세죽은 한동안 그대로 서 있었다. 만삭의 몸이 너무 무거웠고 어디로 가야 할지 생각이 나지 않았다. 모스크바에서 이제 그녀는 배 속의 아이와 함께 홀로 남겨졌다.

발이 푹푹 빠지는 눈길을 걸어 그녀가 내무인민위원부 국가보안총국, 이른바 '류반카'의 정문 앞에 도착했을 때는 겨울의 짧은 해가 기울면서 땅거미가 깔리고 있었다. 거기엔 머리도 제대로 빗지 않고 끼니도 한두 끼 걸렀을 불행한 여인들이 모여 서서 웅성거리고 있었다. 철제 정문은 비밀경찰의 입처럼 굳게 닫혀 있고 다만 경비 초소의 사내 하나를 여러 여자들이 붙들고 질문을 해대고 있었다. 다른 여인들은 끼리끼리 모여 정보교환을 하고 있었다. 어떤 여인의 울먹이는 소리가 들렸다.

"이번이 두 번째예요. 이번에는 살아 돌아오지 못할 거예요. 그저 오래 괴롭히지만 말기를 바랄 뿐예요."

그녀는 이곳에서 유익한 정보를 하나 얻었다. 지난해 작고한 작가동맹위원장 막심 고리키의 부인 페슈코바가 정치범 구호단체인 '정치적 십자가'를 운영하고 있는데 사무실이 류반카에서 두 블록 거리라 했다. 하지만 다음 날 찾아가기로 했다. 그녀는 이제 가만히 서 있기도 힘겨웠다. 발과 다리가 퉁퉁 부어올랐고 아이가 아래로 처지면서 당장 빠져나올 것 같았다. 바로 집에 가서 침대에 눕지 않으면 자신도 아이도 위험할 것이다.

다음 날부터 며칠 발품을 팔아서 알아낸 것은 단야가 류반카에 있다는 것뿐이었다. 앞으로 어찌 될지는 누구도 알지 못했다.

남편이 잡혀간 지 3주 만에 그녀는 아이를 낳았다. 아들이었다. 블라디보스토크서 첫 아이를 낳을 때는 고난의 끝이라는 해방감이 있었다. 남편도 곁에 있었다. 하지만 비밀경찰에 잡혀가 생사를 알 수 없는 남자의 유복자를 낳는 건 달랐다. 고난의 끝이 아니라 시작이었다. 남편도 일가친척도 없는 산모에게 병원은 모든 것을 알아서 해결해주었다. 소련의 의료체제는 여전히 감동이었다. 출산은 개인이나 가족을 떠나 국가를 위한 일이므로 국가가 책임진다는 것이다.

소련은 그런 나라였다. 망명객 부부를 품어주고 근사한 휴양지와 유학의 기회를 제공했다. 그런데 이번엔 남편을 빼앗아가고 대신 가장 노릇을 해주겠다고 나서는 것이다. 집으로 돌아왔을 때 집 안은 어둠과 냉기로 가득 차 있었다.

겨울이 다 가도록 남편에게서 아무런 소식이 없었다. 남편은 어디에 있을까. 강제노동수용소로 보내졌을까. 시베리아로 유형 갔을까. 살아 있기는 한 걸까. 남편의 생사를 알지 못하는 것은 일상적인 혼란이었다. 아기와 함께 집에서 겨울을 난 세죽은 세 달짜리 아들을 탁아소에 맡기고 출근을 시작했다. 3월에도 자주 폭설이 내렸다.

3월 15일 아침, 그녀는 외국인노동자 출판부 사무실에서 국가보안총국 요원의 방문을 받았다. 그녀가 자동차에 태워져 호송된 곳은 국가보안총국 본부, 지난겨울 굳게 닫힌 철문 앞에서 같은 처지의 여자들과 함께 추위에 떨었던 바로 그 류반카였다. 겁에 질린 그녀에게 한 가닥 희망이 고개를 들었다. 혹시 남편을 만나게 해주겠다는 걸까.

류반카는 하나의 감옥이었다. 높은 담장과 감시초소, 그리고 모든 출입문은 철제였고 창문에는 쇠창살이 달려 있었다. 복도에는 수염이 자라 초췌해 보이는 정치범들이 수갑 찬 손으로 바지를 연신 끌어올리며 비칠비칠 걷고 있었다. 바지의 벨트와 멜빵을 압수당한 것이다. 세죽은 그들 가운데서 남편의 얼굴을 찾으려고 두리번거렸다.

그녀가 이끌려간 곳은 책상 하나와 의자 두 개가 놓여 있는 평범한 조사실이었다. 중사 계급장을 단 30대 남자가 들어와 맞은편에 앉았다. 중사는 남편이 일제의 밀정이라는 사실을 알고 있었냐고 물었다. 세죽은 저도 모르게 입에서 "주여!" 하는 소리가 새어 나왔다. 밀정! 이미 무수한 정치범들을 처형대로 보내버린 죄명이었다.

그녀는 '조국을 배신한 자들 가족의 연대책임에 관한 법령'을 잘 알고 있었다. 몰랐다면 5년 유형, 알면서 고발하지 않았다면 5년에서 10년의 징역형이었다. 실제로 그녀는 아는 것이 없었다. 심문이 끝나자 중사는 서약서를 내밀고 사인하라 했다.

"나 한베라는 내무인민위원부 국가보안총국에 다음과 같은 서약서를 제출한다. 나는 내무인민위원부의 허락 없이는 거주지를 이탈하지 않을 것이며 동 서약서의 내용을 위반했을 때에는 법적인 처벌을 받을 것이다. 거주지 주소가 변경될 경우에는 내무인민위원부에 이 사실을 통지할 의무가 있다."

거주지는 공동주택이 있는 노보페레베제노프카 구역으로 제한됐다. 최종적으로 어떤 처벌을 받게 될지는 상부에서 결정할 것이며 젖먹이 아이 때문에 유치장에 수감하는 대신 거주지에 머물게 하는 것이라고 중사는 친절하게 일러주었다.

"직장에는 어떻게 가지요?"

중사가 딱하다는 듯 헛웃음을 터뜨렸다.

"직장? 유치장에 들어가지 않는 걸 다행으로 여겨요."

남편은 어떻게 됐냐고 묻자 중사는 대답 없이 책상 위의 서류를 정리했다.

세죽은 공산당원도 소련 국민도 아니었고 여전히 외국인 신분이었다. 직장이 없어지자 양식 배급이 줄었고 아이를 탁아소에 맡길 수도 없게 되었다. 그녀는 십중팔구 5년간의 시베리아 유형에 보내질 것이다. 물론 최악의 경우가 없으리라는 보장은 없다. 정치범의 운명이란 상식을 넘어 있는 것이다. 유형이 결정되면 24시간 내에 도시를 떠나야 한다. 이제 딸을 볼 수 없게 될 것이다. 5년이 될지, 10년이 될지 알 수 없다. 어쩌면 영영 볼 수 없게 될지도 모른다.

그녀는 내무인민위원부 지부에 가서 이바노바 시를 하루간 방문할 수 있도록 '거주지 이탈 신청'을 했지만 거절당했다. 그녀는 젖먹이 아들을 업고 하루걸러 하루씩 내무인민위원부를 찾아갔지만 번번이 낙담해서 돌아서야 했다. 어느 날 간부급의 중년 여자가 세죽을 불렀다. 그녀의 목소리는 낮고 은밀했다.

"왜 굳이 딸을 보러 가겠다는 거지요? 그래봤자 좋을 거 없어요.

이바노바 시의 혁명가자녀보육원이라 했지요? 아이에게 가서 엄마가 유형수이고 정치범이라는 걸 소문내고 싶어요? 딸이 잘 자라기를 바란다면 이제 그만 단념하도록 해요."

그렇게 해서 세죽은 내무인민위원부 방문을 중단했다. 그 말이 백 번 옳았다. 이제 딸을 위해 잊어야만 했고 또한 딸이 엄마를 잊어주기를 빌어야 했다. 그녀는 우울했다.

비비안나더러 혁명의 딸이라고 명자가 그랬던가. 이제 진정으로 내 딸이 아니라 국가의 딸이 되었구나. 그것도 조선이 아니라 소련의 딸이 되었구나. 그녀가 보육원을 방문하고 돌아올 때마다 비비안나는 항상 똑같은 작별인사를 했다. "스빠시바. 다 스비다니야(감사합니다. 안녕히 가세요)."

집으로 돌아온 세죽은 등에 업힌 비탈리를 침대 위에 내려놓고는 방바닥에 털썩 주저앉았다. 흑빵은 입에도 대기 싫었고 뜨끈뜨끈한 육개장 맛이 간절했다. 썰렁한 부엌을 보며 세죽은 단야를 생각했다.

단야와 함께 누웠던 침대 위에 생후 4개월 비탈리가 엄지손가락을 빨고 앉아 있었다. 알 수 없는 소리를 옹알거리며 맹렬히 손가락을 빨고 있는 아들을 바라보다가 세죽은 벽력같이 울음을 터뜨렸다. 어른이 된 뒤로 세죽은 한 번도 소리 내어 운 적이 없었다. 3·1만세로 경찰에 잡혀가 구타당할 때도, 남편이 감옥에서 미치고 자신은 노다지 굶고 살 때도 어쩌다 눈물이 나기는 했어도 목구멍에서 울음이 올라온 적은 없었다. 운명에 지기 싫다는 자존심일 것이다. 자신의 울음소리를 한 번 듣고 나면 온갖 불운과 고난,

회의와 번민 속에서 자신을 독려하며 앞으로 밀어가는 내면의 중심이 무너지고 말 것이다. 호시탐탐 기웃거리는 악마에게 울음소리를 들키고 나면 그다음엔 송두리째 먹혀버리는 수밖에 없을 것이다.

그런 세죽이 지금 바닥에 주저앉아 목구멍을 활짝 열고 소리 내어 울고 있었다. 오래 묵은 울음이 꾸역꾸역 한도 없이 밀려 나왔다. 침대 위에서 갓난 아들도 덩달아 울었다.

류반카에서 신문받고 돌아온 지 두 달 만에 손님이 찾아왔다. 낯선 남자는 문간에 선 채 몇 가지를 통보했다. 당신은 5년 유형에 처해졌으며 내일 오전 10시까지 역으로 나올 것, 아이는 동반할 수 있음, 짐은 한 개 이상 허용되지 않음. 통고가 끝나자 옆에 서 있던 여자가 집 안으로 들어섰다.

"생후 6개월 된 남아가 있는 걸로 돼 있는데. 아이는 보육원에서 돌봐줄 거요."

세죽은 뒷걸음질 치며 여자와 남자의 얼굴을 번갈아 쳐다보았다. 그녀는 침대로 달려가 아이를 끌어안고 소리쳤다.

"안 돼. 절대 안 돼. 아이는 내가 데려갈 거야."

여자가 팔짱을 낀 채 세죽을 지켜보다가 딱한 듯 나직한 어조로 말했다.

"아이를 동반하는 건 현명한 판단은 아닌 거 같소. 시베리아 유형지에서 아이들이 죽는 경우가 허다하오. 당신 처지를 생각해서 한 말이었소."

남자와 여자는 돌아서서 떠났다.

1938년 5월 22일이었다.

열차 승강장에는 커다란 푸대 자루나 짐가방을 하나씩 든 남녀들이 서성이고 있었다. 짐가방을 들고 어깨를 늘어뜨린 채 서 있는 사람들, 누가 보아도 유형수들이었다. 하나같이 지치고 피곤해 보이는 얼굴들이었지만 아기를 포대기에 업고 커다란 트렁크를 든 그녀만큼 힘들어 보이는 사람은 없었다.

스무 명 정도의 유형수들이 모여 있는 곳에 낯익은 얼굴이 눈에 들어왔다. 류반카에서 그녀를 심문한 중사였다. 어처구니없게도 반가웠다. 그녀는 다가가서 물었다.

"혹시 남편도 같이 가는 건가요?"

업무 범위 외의 질문에는 대답하지 않는 게 보안총국 요원들의 행동지침이지만 중사는 아기를 업은 채 짐가방을 들고 선 그녀가 측은해 보였던지 규정 외의 답변을 해주는 친절을 베풀었다.

"당신 남편은 총살당했소."

세죽은 트렁크를 바닥에 내려놓았다. 그러고는 가방 위에 걸터앉았다. 다리가 후들거려서 서 있을 수 없었다. 날씨가 너무 더웠다. 그녀는 손바닥으로 목에 흐르는 땀을 닦았다. '아직 오월인데 왜 이렇게 더울까.' 아기 업은 포대기를 여며준다고 누군가 그녀의 허리께를 붙들었다. 낯선 러시아 여인이었다.

"아기가 흘러내릴 뻔했네."

유형수들이 열차에 오르고 있었다. 여인은 가방을 들고 그녀를 부축해 승강구까지 데려다주었다. 삼등 열차 침대칸에서 호송병이 그녀의 침대를 지정해주었다. 세죽은 침대에 비탈리를 풀어놓고는 비스듬히 누웠다.

호송병들에게 지시하는 중사의 목소리가 들렸다. 차량 사이의 통로 출입문은 어떤 경우에도 열지 말 것, 유형수들은 중간 역에 내릴 수 없음, 정차할 때는 호송병 한 명만 내리고 반드시 둘은 열차에 남을 것, 유형수 간에 대화는 금지시킬 것. 중사가 지시를 끝내고 내려가자 유형수들이 웅성거리기 시작했다.

"우리는 어디로 가는 거지?"

"이거 시베리아 가는 열차인가."

호송병이 눈을 부라렸다.

"잡담 금지!"

열차가 움직이기 시작하자 유형수들은 창밖을 내다보았다. 승강장에 남은 가족들이 눈물을 흘리며 손을 흔들거나 이름을 불렀다. 그들은 유형수들보다 더 우울하고 초췌해 보였다. 세죽을 배웅 나온 사람은 없었다.

열차는 모스크바의 익숙한 풍경 가운데로 달리기 시작했다. 그녀는 참았던 눈물이 쏟아졌다. 단야는 좋은 남자였다. 그리고 훌륭한 혁명가였다. 고작 서른일곱 해에 그는 몇 번이나 국경을 넘었던가. 압록강과 중소中蘇 국경을 고무줄 넘듯 넘었다. 겁도 없이 총검도 없이 오직 공산당선언 하나로 무장한 채. 그는 평생 일본 경찰에 쫓겼으며 소련을 동경했다. 그런 그가 일본 밀정으로 찍히고 소련 정부에 의해 살해된 것이다.

문득 김단야가 레닌 1주기 때 쓴 회상기 한 구절이 생각났다.

나는 레닌의 살던 그런 나라이 그리웁다. 레닌의 죽은 그 땅
이 그리웁다. 아! 언제나 과연 나의 앞에도 평탄한 길이 열릴 것
인가.　　　　　　　　　　　　　　　　　　　－ 조선일보, 1925년 2월 2일 자

　결국 그는 레닌의 나라 소련에서 생을 마쳤다.

　열차가 정차하는 역마다 푸대 자루나 트렁크를 든 사람들로 북
적거렸다. 이유도 다르고 목적지도 다르지만 어쨌건 민족대이동
이었다. 12대 도시나 70개 도시에서 거주 금지를 당해 시골의 연
고지를 찾아가는 사람들, 강제이주정책에 따라 국경지방에서 중
앙아시아로 이주하는 타타르인 폴란드인 에스토니아인 조선인 등
소수민족들, 중앙아시아의 기근을 피해 다른 지역으로 빠져나가
는 사람들, 이주 허가를 받아 도시로 가는 농민들, 재산을 몰수당
하고 낯선 땅으로 일거리를 찾아가는 부농들, 그 가운데서 푸대
자루 하나씩 들고 손목 발목에 쇠고랑을 차고 가는 무리가 간혹
눈에 띄었다. 모든 이주민들 가운데서 가장 불행한 사람들, 즉 강
제노동수용소로 가는 사람들이었다.

　오합지졸 군중 숲을 가르며 보무도 당당하게 행진하는 적군 부
대가 이채를 띠었다. 군가 소리도 우렁찼다.

　"북해에서 타이가까지 붉은 군대는 영원하다네."

　그녀가 탄 열차는 동쪽으로 한없이 달리다 닷새 만에 우랄산맥
을 넘었다. 스베들로프스크 역에서 호송병 하나가 열차에서 내릴
유형수들을 호명했다. 호명되는 것이 행인지 불행인지 알지 못하
는 사람들은 그저 어리둥절한 표정으로 서로 쳐다보았다. 그녀는

열차에 남았다. 이제 열차는 시베리아 평원에 들어섰다. 객차 안 공기가 서늘해졌다.

우랄산맥을 넘을 때부터 비탈리는 기침을 시작했다. 기침할 때마다 젖을 토했다. 몸에 미열이 있었다. 비비안나도 갓난아기 때 시베리아 횡단열차를 탔고 감기에 걸렸지만 열이 많이 나면 간이역에 내려 하루나 이틀 쉬어 갔다. 하지만 유형열차에선 간이역에 내릴 수도, 약을 사 먹일 수도 없었다. 아이가 죽으면 열차가 섰을 때 호송병이 시체를 들고 나갔고 유형수들은 시체 위에 성호를 그을 뿐이었다. 기침할 때마다 점점 뜨거워지는 아이를 끌어안고 그녀는 "주여!" 하고 소리쳤다. 그녀는 기독교를 버린 지 오래였다. 하지만 외롭고 무섭고 아득한 순간 그 한마디가 비명처럼 터져 나왔다. 그 주님밖에는 과거에 알던 그 누구도 지금 곁에 없다는 것, 손 내밀 대상도, 원망할 상대조차 없다는 뜻이었다.

이웃 침대의 여인이 가져다준 약초 가루를 물에 타서 먹이자 아이가 열이 내렸다. 열차는 언제부턴가 남쪽으로 달리고 있었다. 하루 뒤에 도착한 오르스크 역부터는 표지판에 러시아어와 카자흐어가 동시에 표기되어 있었다. 차창 밖으로 터번을 두른 남자들과 흰 회벽의 집들과 이슬람 사원까지 낯선 풍경이 펼쳐졌다. 공기는 다시 따스해졌다. 이곳은 어딘가? 유형수들의 웅성임 속에서 '카자흐스탄'이라는 지명이 귀에 들어왔다. 열차가 시베리아로 가는 게 아닌 건 분명했다. 하지만 카자흐스탄은 낯선 곳이었다. 이것이 좋은 일인지 나쁜 일인지 그녀는 다시 어리둥절해졌다.

어느 한밤에 열차가 정차했을 때 호송병의 고함 소리가 들렸다.

세죽이 열에 들떠 보채는 아이를 어르다 잠깐 잠이 들었던 모양이다. 호명되는 사람들은 즉각 짐을 챙겨서 내려야 했다.

"한베라."

이번에는 그녀의 이름도 불렸다. 열차 안의 유형수 절반 정도가 호명되었다. 누군가가 호송병에게 물었다.

"다른 열차로 옮겨 타는 건가요?"

함께 먹고 자고 여행하는 일주일 동안 유형수와 호송병 사이에 어떤 우정이 싹텄음이 분명했다. 답변을 기대한 유형수는 없었겠지만 나이 어린 호송병은 시원스레 소리쳤다.

"이곳이 당신들의 종착역이다."

도착한 곳이 유형지였지만 사람들 얼굴은 해방감으로 희색이 돌았다. 마침내 유형열차에서 벗어나게 된 것이다. 세죽은 짐을 꾸리면서 창밖으로 정차역의 표지판을 찾아보았다. 승강장의 희미한 불빛 속에서 러시아어와 카자흐어로 쓰여진 거뭇거뭇한 표지판이 보였다. 처음 들어보는 이름이었다.

"크질오르다."

아이를 업은 채 트렁크를 들고 승강장에 내려서자 눅진한 바람이 얼굴에 훅 끼쳐왔다. 호송병은 유형수들을 인계하고 돌아갔다. 크질오르다 주 내무인민위원부 요원 하나가 몇 가지 지침을 통보했다. 지금부터 도보로 임시수용소까지 이동한다, 대열을 이탈하는 자는 사살한다, 이동 중에는 대화가 금지된다. 어디나 요원들 말투는 똑같았다.

유형수 열댓 명이 두셋씩 열을 지어 밤길을 행군했다. 오랜 열차여행에 신경통, 설사병, 신경쇠약, 위장병 환자가 돼버린 사람들의 행군은 지리멸렬했다. 열이 불덩이 같은 아이가 등에 업혀 울며 보챘다. 그녀는 열차에서 형편없는 식사를 하면서 아이에게 젖을 먹이느라 탈진해 아이 하나로도 버거웠고 트렁크는 너무 무거웠다. 모스크바에서 짐을 쌀 때 살림 도구는 남겨두고 옷가지와 아이 물건만 챙겼는데도 트렁크가 꽉 찼다. 그녀는 걸으면서 트렁크를 열어 겨울 외투를 꺼내 길가에 버렸다. 시베리아로 가는 줄 알고 챙겨 넣은 것이었다. 뒤따라오던 여자가 외투를 집어 들었다.

비가 한두 방울 떨어지기 시작했다. 하지만 우산을 꺼내는 사람은 없었다. 행군은 점점 더디어졌다. 그녀는 대열 뒤쪽으로 처졌다. 아이는 등에서 울어댔고 그녀는 갈증으로 목이 바짝 탔다. 그녀는 걸음을 멈추고 트렁크에서 톨스토이의 〈부활〉을 꺼내 길에 버렸다. 트렁크에 책은 오직 두 권만 넣었다. 〈부활〉과 〈공산당선언〉. 1928년 한국을 떠날 때부터 모스크바에도 상해에도 지니고 다닌 책들이었다. 길가에 그녀의 겨울 코트가 나뒹굴고 있었다. 그것을 주웠던 여자도 탈진한 모양이었다. 그녀는 다리가 쇳덩이처럼 무거웠다. 옷도 트렁크도 아이도 비에 젖어 점점 무거워졌다.

그녀는 다시 트렁크를 열어 〈공산당선언〉을 꺼냈다. 〈부활〉에 비하면 얇고 가벼웠지만 그녀는 잠시 만지작거리다 길바닥에 떨구었다. 네 귀퉁이가 나달나달한 오래된 책이었다. '기독교의 이해'라고 적힌 표지 위에 후드득 빗방울이 떨어졌다. 상해에서 여운형 선생이 우리말로 번역해서 강독했던 책이고, 그녀가 읽은 최초의 공산주의 서적이었고, 서대문형무소에서 박헌영에게 차입시

컸던 바로 그 책이었다. 팔다리가 자꾸 아래로 처졌고 세죽은 손목에 매달려 있는 시계도 풀어서 던져버리고 싶었다. 단야의 시계였다. 그녀는 잠시 헌영의 기억들이, 그다음에는 단야의 기억들이 파편으로 떠올랐다. 하지만 추억은 오래 머물지 못했다. 복잡한 생각을 할 수 없었다. 생각조차 무거웠다. 그녀는 할 수 있다면 머릿속에 들어 있는 것도 모두 꺼내 길에 버리고 싶었다.

마침내 임시수용소에 도착했을 때 그녀는 정문을 통과하자마자 바닥에 주저앉아버렸다. 유형수 중 한 남자가 그녀의 트렁크를 숙소까지 들어다 주었다. 목적지에 도착한 다음, 이제 여분의 에너지를 타인을 위해 써버려도 되겠다고 판단했을 것이다.

수용소에 도착한 다음 날 유형수들 중에 위급한 환자들은 병원에 보내졌다. 비탈리는 얼굴에 불긋불긋 열꽃이 피었고 눈도 제대로 뜨지 못했다. 병원으로 가는 버스 안에서 그녀는 품에 안긴 아기의 귀에 대고 속삭였다.

"여기는 모스크바보다 따뜻해서 좋구나. 꼭 조선의 봄 날씨 같아."

의사는 고개를 저었다. 비탈리는 폐렴이 악화돼 폐가 고름으로 가득 찼다고 했다. 아이는 기침할 기운도 없는지 가느다랗게 가래 끓는 소리를 내다가 마침내 호흡을 멈췄다. 막상 아이가 죽었을 때 그녀는 눈물이 나지 않았다. 불행의 무게에 비해 죽음의 무게가 오히려 가벼운 것일까. 아니면 그녀가 이미 소중한 것을 잃어버리는 일에 너무 익숙해진 걸까.

그녀는 아이의 운명이 거기까지였다고 스스로를 위로했다. 처형당한 정치범의 유복자로 태어나 유형지에서 자라는 아이의 앞날이 희망찰 수는 없었다. 일급정치범의 아들은 당원이 될 수 없고 학교와 직업을 마음대로 선택할 수 없고 결혼도 쉽지 않았다. 유형열차에서 병을 얻어 얼굴도 모르는 아빠의 뒤를 따라가는 게 정해진 운명이었을까. 다만, 세상에 나와 엄마라는 말도 미처 배우기 전에 떠난, 엄마 배 속에 머문 시간보다 더 짧았던 그 인생이 어처구니없었다.

수용소의 유형수들은 조별로 나뉘어 매일 아침 트럭에 태워져 사역을 나갔다. 콜호즈를 건설하거나 공장을 짓는 현장이었다. 그녀는 사역에서 제외되었다. 아이를 수용소 뒤뜰에 묻고 나서 그녀는 바로 쓰러져 자리에 누워버렸다. 그녀는 누운 채로 그대로 세상을 떠나고 싶었다. 이대로 아이를 뒤따라간다 해도 아무런 미련도 아쉬움도 없었다.

비몽사몽 간에 어린 시절 함흥 집에 있는 꿈을 꾸었다. 어머니가 그녀의 손을 잡고 말했다. "나중에 부귀영화를 누릴 팔자란다." 죽은 사람은 꿈에서 말을 하지 않는다는데 어머니가 말씀하는 걸 보니 아직 살아 계신가. 모스크바에선 편지를 주고받았는데 유형지에선 그것도 금지돼 있다. 5년 뒤에 이곳을 나가면 비비안나는 처녀가 돼 있을 것이고 어머니와의 인연은 기약할 수 없다. 비비안나는 어느 날 느닷없이 엄마라고 찾아왔다가 3년 만에 다시 소식도 없이 사라진 여자를 어떻게 생각할까. 생각하기는 할까.

세죽은 화장실에 갈 때마다 철창을 보며 그곳에 허리띠 같은 것으로 목을 맬 수도 있겠구나, 생각했다.

임시수용소의 유형수들 중엔 한인도 많았다. 모스크바에서 온 사람도 있지만 대부분 블라디보스토크나 하바로프스크 같은 극동 지방에서 온 이들이었다. 세죽은 어느 날 저녁 화장실 앞에서 자신보다 나이 들어 보이는 조선 여인을 만났다. 방금 사역에서 돌아와 머릿수건과 저고리 위로 흙먼지가 뿌옇게 내려앉아 있었다. 세죽을 보더니 여자 입에서 넋두리가 터져 나왔다. 햇볕에 그을린 얼굴에 두 눈이 분노와 광기로 번쩍였다.

"나는 아들 셋을 다 보냈소. 하나는 열차칸에서 죽고 둘은 총살당했소. 이제 고작 고등학생인데. 남편은 이주령 떨어지기 전날 잡혀가서 소식이 없다우. 대혁명 때 빨치산투쟁에 다리 하나를 갖다 바쳤는데. 지역 당 위원회에서 유능한 일꾼이라고 칭송이 자자했는데. 34년 당대회 때는 지역 대표로 모스크바까지 갔다 왔는데. 벽에 훈장이 주렁주렁했는데 다 무슨 소용이야. 차라리 날 잡아다가 총살시키지. 쓸데없는 이 여편네는 놔두고 왜 생때같은 아들들을 잡아가냐고."

여자는 손으로 저고리 앞섶을 쥐어뜯었다.

"아직 러시아어도 입이 잘 안 떨어지는데 어느 세월에 카자흐어를 배운단 말이야."

여자는 얼굴을 일그러뜨린 채 화장실 문을 열고 들어갔다. 세죽은 어지럼증을 느끼며 벽에 기댔다. 그녀는 심호흡을 했다. 시간이 꽤 흘렀다 싶을 때 그녀는 퍼뜩 이상한 생각이 들었다. 화장실 문을 두드려도 안에서 아무 기척이 없었다. 감시병 하나를 데려와 문을 땄을 때 맨 먼저 눈에 들어온 건 흰 치마와 허공에서 흔들리는 두 발이었다. 여자는 저고리를 벗어 철창에 목을 맸다. 세죽은 그날 저녁식사를 걸렀다. 그녀는 식당에 가는 대신 방구석에 내내 웅크리고 있었다. 허공에 흔들리던 두 발이 눈앞에 어른거렸다. 그녀는 그렇게 끝내고 싶지는 않았다.

비탈리가 죽은 지 나흘 만에 세죽은 트럭에 타고 사역을 나갔다. 도로도 없는 벌판을 달려 도착한 곳은 콜호즈 건설현장이었다. 그녀는 깜짝 놀랐다. 농장에서 일하는 사람들 모두 낯익은 얼굴, 한인들이었다. 극동 연해주에서 온 이주민들이 정착촌을 건설하고 있었다. 이주민들은 '유르트'라는 원형 천막에서 살고 있는데 장차 주거지가 될 흙벽돌 건물이 이제 지붕을 올리는 중이다. 주위로는 한도 끝도 없는 벌판이었다. 푸른 목초지 사이사이로 벌건 황무지가 보였고 지평선까지 아득히 넓은 밭이 있었다. 여자들이 밭이랑에 흩어져 김을 매고 있었다. 여자 유형수들은 밭일에 배치됐다. 세죽은 호미를 들고 밭으로 들어갔다. 이랑마다 콩이 제법 줄기와 이파리를 무성하게 피워 올리고 있었다.

이들은 대개 연해주에서 온 농민들이었다. 조선조 말에서 일제 시대에 걸쳐 농토 찾아 러시아령까지 흘러들어온 유민들이거나 그 2세들이었다. 대개 함경도 억양이었는데 호남 사투리를 그대로 쓰는 노파도 있었다.

"첨 보는 각시구만 워쩌다 여그까지 흘러왔는감?"

검게 그을린 얼굴에 주름이 자글자글한 할머니였다. 실제로는 그녀 또래일지도 몰랐다. 나이보다 일찍 생긴 주름살은 고난의 무늬였다. 혁명운동 한다고 국경을 넘는 사람이나 농토 찾아 국경을 넘은 사람이나 조국을 잃고 헤매기는 마찬가지였다. 주름진 얼굴과 거친 손에서 그녀는 유랑민들이 겪었을 수난을 막연히 짐작해볼 뿐이었다. 넝마처럼 낡은 옷은 물구경 한 지 오래인 듯 황토빛이었다. 우물이 있지만 우선순위 첫째가 식수, 다음은 농업용수라 목욕이나 빨래는 엄두도 내지 못했다.

극동에서 시베리아 횡단철도로 여기까지 오는 데 한 달이 걸렸다 한다. 가축 실어 나르는 화물열차를 타고 왔는데 먹는 것도 부실하고 약도 없고 해서 병들어 죽는 사람이 많았다. 아이와 노인이 많이 죽었고 시체는 철로변에 묻었다. 세수도 목욕도 할 수 없어 여자들이 달리는 열차에서 차창 밖으로 머리칼을 털면 비듬과 이가 눈보라처럼 날렸다 한다. 화물열차는 역도 아닌 곳에 서서 허허벌판에 사람들을 부려놓았다. 그들은 가져온 농기구로 움집을 파고 풀을 베어 얼기설기 지붕을 엮었다. 식량이라고는 정부가 지급한 가족당 밀가루 백 킬로그램이 전부였다. 열차에서 병들어 죽고 겨울 나는 동안 굶어 죽고 얼어 죽고 해서 지금은 처음 떠날 때의 절반이 되었다. 누구나 가족의 절반을 잃은 셈이다. 이주민들은 가을부터 황무지를 개간하기 시작했다. 야생의 초원에서 잡목과 풀을 뿌리째 뽑아낸 다음 돌을 골라냈다. 봄이 오자 밭이랑에 콩과 옥수수를 심었다. 겨울 나고 얼었다 풀린 고운 흙을 짓이겨 벽돌을 만들어 살림집을 짓기 시작한 것이 얼추 꼴을 갖춰가고 있었다. 이들은 극악한 시간을 보내고 이제 한숨 돌리는 중이었다.

며칠 밭일을 했더니 아침에 일어나면 팔다리가 쑤셨다. 하지만 일주일쯤 지나니 모든 것이 익숙해졌다. 나약한 근육이 길들여졌는지 몸이 가뿐해지고 묵직했던 머리도 개운해졌다. 여기 태반의 여자들처럼 그녀도 함경도 여자였다.

콜호즈에 나와 하루 종일 한국말로 이야기하는 것이 세죽에게 말할 수 없는 해방감을 가져다주었다. 전쟁을 치른 마을처럼 이곳도 여자들이 압도적으로 많았다. 남자들은 예민하고 과묵했으며 여자들은 억척스럽고 입도 거칠었다. 남자들은 피바람을 겪은 다음 소심하고 예민해진 것 같았고 여자들은 반대였다. 이제 볼 장다 보고 세상 끝까지 밀려왔는데 잘못된들 남은 목숨 잃을 것밖에더 있겠냐는 식이었다.

"왜놈들 지긋지긋해서 도망 나왔더니 우리가 왜놈하고 한패라고 이리로 쫓아보낸 거라. 환장할 노릇이지."

그녀는 밭에 쭈그리고 앉아 호미로 잡초를 뽑고 흙을 북돋우고 콩대를 세울 때 아무 잡념이 들지 않았다. 콩이 무럭무럭 자라고 옥수수도 무럭무럭 자라고 저 목초지가 빨리 농토로 변해서 협동 농장이 튼실해지고 이주민들이 잘살게 되었으면 좋겠다는 생각뿐이었다. 보드라운 흙 속에 호미날을 찌른 뒤 살살 긁으면서 잡초를 뽑고 돌을 골라낼 때 그녀는 가끔 함흥 들판에 있다는 착각을했다. 흙은 어디나 똑같았다.

스탈린의 소련에도 전운이 감돌고 있었다. 2차대전의 조짐이 두개의 전선에서 다가오고 있었다. 동쪽에서는 일본이 만주를 장악한 다음 국경을 위협하고 있고, 서쪽으로는 히틀러가 군비 증강하면서 폴란드와 우크라이나를 넘보고 있었다. 독일과 소련은 모두

1차대전의 전후협상에서 크게 손해봤다고 화나 있는 나라들이었다. 독일은 아무리 패전국이라 해도 너무 가혹하게 취급받았다고 불만이었고, 소련은 최대 전사자를 내며 연합국 승리에 기여했지만 1917년 혁명으로 전쟁 뒷수습에 등한했던 결과 핀란드와 폴란드, 발트삼국을 빼앗기면서 거의 패전국 취급당했다고 울분에 차 있었다. 그리하여 히틀러는 동쪽의 열등한 슬라브족을 밀어내고 우월한 게르만족을 위한 더 넓은 영토를 확보할 계획을 세웠던 한편, 스탈린은 과거 러시아제국의 영토를 되찾아 소비에트체제를 확장하려는 야심을 키우고 있었으니, 유럽 중앙에서 일대 격돌이 벌어지는 건 시간문제였다.

1930년대 내내 스탈린은 전시체제 구축에 몰두했다. 한편에선 중공업과 철강 생산과 무기 개발의 5개년계획 시리즈, 다른 한편에선 숙청과 유형과 처형의 공포정치, 그리고 소수민족들을 뒤섞어버리는 거칠고도 과격한 동화정책이었다.

1937년은 소련 내 조선인들에게 최악의 불운한 해였다. 극동지방 조선인 대략 18만이 중앙아시아로 강제이주당했고 이주 직전에 당간부와 지식인, 전문가 상당수가 즉결재판 받고 처형됐는데 그 수가 2500이었다. 김단야처럼 이들도 대개 일본 밀정 혐의였다. 스탈린정부로서는 강제이주정책이 일거양득이었으니 어느 쪽에 봉사하는지 의심스러운 국경지대 소수민족들을 청소하고 중앙아시아 황무지도 개척하자는 것이었다. 러시아 다음으로 넓은 카자흐스탄이 소련에 편입된 것이 1936년이었으니 이 광활한 땅을 소비에트체제 안에 흡수하는 일도 시급했다.

유럽의 동쪽과 서쪽에서 코뮤니즘과 나치즘의 이름 아래 두 개의 팽창주의 파시즘이 학살을 밥 먹듯 하던 1930~40년대는 20세기에서 가장 참담한 시기였다. 아니, 인류 역사에서 가장 어두웠던 시기 중 하나였다.

세죽이 남편과 딸과 함께 부푼 희망을 안고 모스크바를 찾아왔던 게 10년 전이었다. 이제 그녀에게 남은 건 아무것도 없었다. 조국해방을 한 뼘 앞당길 수 있다면 기꺼이 한 알의 밀알이 되리라는 인생관으로 살아온 세죽에게 1937년은 기독교적 또는 유물론적 가치관이 회의와 환멸의 나락에 처박히는 해였을 것이다.

카자흐스탄이 어디지? 협동농장에 와서 처음으로 세죽은 소련 지도를 들여다보았다. 세죽은 몇 달 사이 남편을 잃고 아들을 잃고 유형수가 되었다. 살아서 겪는 지옥이었고 결코 헤어날 수 없을 줄 알았다. 하지만 제각기 기구한 운명을 지닌 이주민 여자들 사이에서 세죽은 차츰 기운을 되찾았다. 어쨌거나 산 사람은 살게 돼 있었다. 습관은 목숨보다 질긴 것이다. 그녀는 매일 아침 일어나면 끼니를 챙겨 먹고 일하러 나갔다.

세죽은 임시수용소에 온 지 한 달 만에 거주지를 배정받았다. 그녀는 크질오르다 주 카르마크치 부락의 공동주택으로 이사했다. 옮길 건 몸 하나뿐이었다. 버리고 또 버려서 짐이랄 것도 없었다. 1938년 6월 30일이었다.

그녀는 새로운 직장에 배치되었다. 카르마크치 부락에 있는 피혁공장이었고 개찰원의 일이었다. 콜호즈에서 농장일을 하는 한인 여자들 사이에 그녀처럼 러시아어를 읽고 쓸 줄 아는 사람은 드물었다. 그녀는 내무인민위원부에서 직업 배정 통지서를 받았다. 통지서 뒤에는 문서가 한 장 붙어 있었다.

내무인민위원부 3인 특별협의회의 결정. 1938년 5월 22일 자. "한베라는 사회적으로 위험한 분자인바, 그녀를 본 결정이 채택된 날로부터 5년간 카자흐스탄으로 유배에 처한다. 사건을 종결한다."
 - 한베라의 남편은 일제 첩보기관의 밀정이며 반혁명 폭동을 목적으로 한 조직의 지도자로서 소련 최고재판소 군사법정에 의해 1급 범죄자로 유죄판결을 받은 자임.

일본 형제들이여,
그대의 상관에게 총구멍을 돌려라

-1938년 무한, 연안

　중화민국 수도 남경이 일본군에 함락되기 사흘 전 정숙은 남경을 빠져나왔다. 국민당정부는 부랴부랴 짐을 싸서 중경重慶으로 철수해버렸고 불과 일주일 만에 일본군이 코앞에 닥치자 남경은 미처 피란하지 못한 사람들로 아비규환이었다. 민족혁명당 사람들은 국민당정부가 내준 트럭에 나눠 타고 양자강을 따라 사흘 밤낮을 달려 무한武漢에 도착했다.

　무한에 온 뒤 한 달 동안 남경 쪽에서 매일같이 끔찍한 소식들이 뒤따라왔다. 구사일생으로 목숨을 건져 남경을 빠져나온 사람들 얘기로 남경 시민 절반은 살해된 것 같다 했다. 중산中山 부두에는 시체가 산처럼 쌓여 썩어가고, 넓디넓은 양자강이 선짓국처럼 벌겋게 되었으며, 남경 하늘은 그을음으로 잿빛이라 했다.

　민족혁명당 숙소에 얼굴 반쪽이 검붉게 오그라 붙은 남자를 누가 데려왔는데 남경수비대 소위였던 그는 자금산紫金山 계곡 학살에서 혼자 살아 나왔다 했다. 일본군이 포로와 민간인 남녀들을 철사에 한 줄로 묶어 총살하고 시체 더미에 등유를 뿌려 불태웠는데 때마침 내린 비에 불이 붙다 말았고 다행히 다리에 총을 맞아 목숨이 붙어 있던 그는 밤이 되자 시체를 헤치고 나왔다. 그는 얼이 빠진 것 같았다. 일본군은 포로를 나무에 묶어놓고 검술 연습을 했다 한다. 허수아비가 된 포로는 칼질 대여섯 번에 시체가 됐고 얼굴에 벌겋게 살기가 오른 일본 병사가 포로들에게 와서 새 표적을 찍어내곤 했다는 것이다.

일본 열도는 '남경대함락'으로 축제 무드인 모양이었다. '난징국수'라는 기념상품이 출시돼 인기를 끌고 있다 했다. 어떤 일본군 소위 둘이 상해에서 남경까지 진격하는 동안 누가 중국인 백 명을 먼저 죽이는지 내기했는데 일본 신문들이 이것을 중계하고 인터뷰도 싣고 하면서 국민적 영웅으로 추켜세우고 있다고 했다.

남경에서 들리는 소식들은 귀를 의심케 했다. 그녀도 식민지에 살았고 총독정치를 겪었고 조센징이라는 멸시도 당했고 박순병이나 권오설 같은 친구들이 고문받다 죽는 것을 보았지만 남경에서의 일들은 인간의 것이 아니었다. 악마가 있다면 바로 저런 얼굴일 것이다. 군인과 피난민이 북적이는 무한에서 어딜 가나 중국인들은 비분강개하고 있었다. 하지만 무기력했다.

중국에서 그녀는 수없이 많은 죽음을 목격했다. 피난길에서 아이와 노인 들이 파리떼처럼 죽어 나갔고 일본군 폭격기들이 지나간 마을의 폐허에는 시체 토막들이 나뒹굴었다. 정숙은 국민당 치하의 남경 거리에서 홍군 빨치산들이 처형당하는 것을 보았다. 길가 담벼락에 세워진 한 빨치산은 장개석군대의 총구가 불을 뿜기 직전 "우리의 피로 적들을 수장하자. 장개석을 때려잡자"고 외쳤다. 스물쯤 돼 보이던 청년의 고함 소리는 그녀의 귓속에 오래도록 남았다.

모든 전쟁터가 그럴 것이다. 죽고 사는 게 한순간의 일이다. 이처럼 생사의 갈림길을 거듭 지나오다 보면 당장 내게 닥쳐오는 운명조차 강 건너 불구경하듯 무덤덤해진다. 목숨이 가벼운데 무엇이 문제겠는가. 경성에서 어깨를 짓눌렀던 번민들은 어느 하늘로 날아가버렸는지 흔적도 없다. 격렬하고 절박한 하루하루의 현실이 전차 부대처럼 과거의 기억들을 깔아뭉개고 지나갔다. 어느 아침 정숙은 경성에 두고 온 막내아들 얼굴이 생각나지 않아 당황하기도 했다. 삼청동 골짜기의 볕 잘 드는 2층 양옥 태양광선치료소에서 하얀 가운 입고 기계를 만지던 일이 어느 한낮의 백일몽인 듯 아련했다. 경성을 떠난 지 2년도 채 못 되었지만 20년은 지난 듯했다. 그녀는 모호한 침묵이 흐르는 식민지 수도를 빠져나와 콩볶듯 요란한 전화戰火의 한가운데로 뛰어든 것이다. 그녀가 바라던 바였다. 적敵과 아我가 분명한 전선에서 총 들고 싸우겠다고 중국에 온 것이다. 적의 전투기가 폭격을 퍼붓는 하늘 아래서 그녀는 하루에도 몇 번씩 죽음의 문턱에 섰지만 식민지의 뿌연 하늘을 함께 덮고서 적들과 이상한 동침을 하는 것보다 상쾌했다.

1937년 7월 7일, 북경에 주둔하던 일본군이 심야에 병사 하나가 없어져서 수색하겠다고 노구교盧溝橋 건너 중국군 영내로 진입한 것이 중일전쟁의 시작이었다. 전쟁의 선수들은 전쟁이 필요하면 빌미를 만든다. 1931년 만주사변 때도 그랬다. 남만주 철도 선로를 저들이 몰래 폭파해놓고 장학량군 소행이라고 공격을 개시해 6개월 만에 동북3성을 점령한 다음 만주국을 세웠다.

일본은 중국을 유치원생 다루듯 희롱하며 전쟁을 시작한 지 1년 만에 중국 대륙 절반을 삼켜버렸다. 남경을 내준 뒤에도 중국군은 1년 동안 쫓기기만 했다. 피로 적들을 수장하기로 했다면 중국인들은 일본 제국주의자들이 다 익사할 만큼 많은 피를 흘렸다. 그럼에도 일본은 기세등등했고 전선은 넓어졌다. 일본군은 양자강을 따라 내륙으로 들어오면서 이제 무한을 압박하고 있다. 장개석의 국민당정부는 내륙 깊숙이 사천성四川省까지 쫓겨 들어가 중경에 임시수도를 세웠고, 모택동의 공산당은 국민당 토벌군에 쫓기며 2년에 걸쳐 1만 킬로미터를 걸어 중국 대륙을 가로지르는 대장정을 끝내고 황하 북쪽 연안延安에 정착했다.

불행 중 다행은 중일전쟁이 국공내전國共內戰을 종식시켜준 것이다. 지난 10년간 집안싸움으로 피 튀기던 중국의 좌파와 우파는 일본이 전면전을 걸어오자 마침내 손을 잡았다. 국민당 쪽 장학량과 공산당 쪽 주은래의 기획이었지만 어쨌든 국민당과 공산당은 국공합작國共合作을 선언하고 무한에 공동의 진지를 구축했다.

공기 중에 매캐한 포연이 떠돌고 동쪽 하늘에서 벼락같이 전투기들이 기습해왔지만 무한은 아름다운 도시였다. 천 개의 호수, 천 개의 강으로 둘러싸인 물의 도시였다. 상해가 양자강의 입이고 남경이 목구멍이라면 무한은 허파였다. 아득히 멀리 곤륜산昆侖山에서 발원하는 장강의 본류가 호북성과 호남성에서 흘러오는 지류들을 모으면서 거대한 물줄기를 이루는 곳이 무한이었다. 무한은 강을 사이에 두고 무창武昌과 한구漢口로 나뉘는데 무창에 국민당 군대의 본부가, 한구에 공산당군대의 본부가 사이좋게 이웃해 있었다.

80년 전 아편전쟁으로 강제 개방한 10개 항구 가운데 하나인 한구에는 여러 나라 조계지가 있었다. 조선인들은 한구의 일본조계지에서 여러 집에 흩어져 묵었다. 허정숙과 최창익 부부도 방을 제공받았다. 거실 피아노에는 악보집이 놓여 있고 책장에는 일어판 세계문학전집이 가지런히 꽂혀 있었다. 중일전쟁 개시와 함께 중국군이 일본조계를 접수하면서 주민들이 급작스럽게 빠져나가느라 가구와 살림이 그대로였다.

정숙과 창익은 남경에 있을 때 결혼식을 올렸다. 둘은 경성에서 동거를 시작했고 사실상 부부였지만 굳이 결혼식을 원했던 건 그녀였다. 정숙이 남경에 왔더니 경성에서 그녀를 괴롭혔던 염문들이 먼저 도착해 있었다. 바람나서 자식 팽개치고 외간 남자하고 야반도주했다는 스토리에다 남성 편력은 황해를 건너면서 더 부풀려져 있었다. 그녀는 창익조차 이런 소문에 무덤덤한 것이 못마땅했다. 그녀는 둘의 공명정대하고 합법적인 부부 관계를 주위 사람들에게, 무엇보다 남편과 자신에게 확인해두고 싶었다.

남경의 한 식당에서 열린 조촐한 결혼식에서 그녀는 스물 남짓의 하객들에게 감사하다는 인사말 끝에 한마디 덧붙였다.

"저는 최창익 선생과 동지이자 남편으로 지내게 되어 행복합니다. 최 선생이 다섯 번째 남편이라는 설도 있고 일곱 번째 남편이라는 설도 있으나 정확히 말하면 세 번째 남편입니다. 그리고 결혼식은 이번이 두 번째입니다."

1938년의 무한은 전화에 휘말린 동아시아에서 태풍의 눈이었다. 두 개의 수도 중경과 연안을 후방에 두고 무한에 방어진지를 구축한 채 중국군은 일본의 전투기 폭격과 함포사격에 맞서고 있었다. 일본은 독일, 이탈리아와 방공防共 동맹을 맺었고 중국은 소련과 반파시즘 연대를 구축했다. 일본 전함들이 무한의 턱밑인 구강九江까지 들어왔고 '대무한大武漢을 보위하자'는 슬로건 아래 중국군이 이곳에 집결했다.

4월 29일 천황의 생일에는 천장절 경축행사인지 수십 대의 일본 전투기 편대가 새까맣게 날아와 폭격을 퍼부었다. 곧 중국군 전투기와 소련 E-15, E-16 전투기가 출격하면서 어마어마한 폭음과 화염을 동반한 공중 활극이 펼쳐졌다. 식민지 정복전쟁에 나선 파시즘의 군대와 삼민주의의 근대적 이념을 내건 공화파군대와 무산자계급의 해방자가 되겠다는 공산주의군대가 무한의 상공에서 뒤엉켜 있었다. 정숙은 한구의 일본 주택 마당에서 공중전을 지켜보았다. 마당에 서서 이 국제적인 에어쇼를 구경할 수 있었던 건 일본 전투기들이 외국조계지는 피해가며 폭격하기 때문이었다. 특히 일본조계지는 상해로 피난 가 있는 일본 거류민들에게 고이 돌려주기 위해 망가뜨리지 않으려 조심한다 했다. 약 30분의 공중전에서 전투기들이 검붉은 연기를 매달고 커다란 파편들을 뿌리며 줄줄이 떨어졌다. 날개에 불을 매단 채 떨어지는 폭격기 한 대가 일본조계를 향해 날아오자 정숙은 창익과 함께 비명을 지르며 지하실로 달려 들어갔다. 나중에 들어보니 이날 공중전에서 중소 연합군 전투기 다섯 대, 일본군 폭격기 스물한 대가 격추됐다고 했다.

무한에 와서 처음엔 멀리서 전투기 소리만 들려도 숨을 곳을 찾았지만 이제는 코앞에 폭탄이 떨어지지만 않으면 눈 하나 깜짝 않게 되었다. 봄에 악양岳陽을 다녀오다가 피난민들이 남쪽으로 민족 대이동 하는 대로변에서 논에 모내기하는 농부들을 보았다. 그들이 가을에 추수할 수 있을지는 자신들은 물론 국민당정부의 주석이자 좌우합작군대의 총수인 장개석도 알 수 없는 일이었다.

서방세계 언론은 무한을 '동방의 마드리드'라 불렀다. 바로 그 여름, 2년째 내전 중인 스페인에서는 프랑코 장군의 반란군이 독일과 이탈리아의 지원을 받으며 수도 마드리드에 대한 총공세를 펴고 있었다. 파시스트군대에 포위된 수도 마드리드에서 인민전선 정부의 군대와 시민군이 결사 항전했고 세계 각국에서 지식인과 의용군이 사선을 뚫고 마드리드로 모여들었다. 두 도시의 운명에 전 세계의 이목이 쏠리고 있었다.

국제반파시즘단체의 의용대원들이 무한을 찾아왔다. 어느 날 무한 시내에서 국제반파쇼대회가 열렸는데 여러 대륙에서 온 참가자들이 인터내셔널가를 합창할 때의 감동을 정숙은 잊을 수 없다. 공식 행사에서 마음 놓고 인터내셔널가를 부르는 것도 상해를 떠난 후 십수 년 만이었지만 인종과 국적이 다른 참가자들이 각기 자기 나라 말로 부르는 인터내셔널가의 합창이 절창이었다. 영어 중국어 러시아어 불어 스페인어… 바로 뒤에선 일본어가 들렸다. 일본반전동맹 사람들이었다. 하지만 마지막 후렴구 '인터내셔널'은 모두 한목소리였다.

상해 북경 남경이 함락되면서 조선의 항일운동가들도 무한으로 모여들었고 의용군을 조직하기로 했다. 중국군도 영내의 한국인을 차출해 무한으로 보내주었다. 제각기 국민당 군복과 홍군 군복을 입은 조선 청년들이 혼자 또는 몇 명씩 무리지어 속속 무한에 도착했다.

무한의 여름은 몹시 무더웠다. 도시를 에워싼 호수와 강 들이 뜨거운 김을 내뿜어 말 그대로 찜통이었다. 중국인들은 무한과 중경을 양자강의 화로, 또는 시루라 불렀다. 무한 인구의 절반은 군인이었는데 이들은 무더위를 이기지 못해 군복을 활활 벗고 호수로 뛰어들었다. 포연 가운데서도 무한은 정치천국이었다. 좌우가 뒤섞인 해방구였고 그것이 국공합작의 위력이었다. 조선의용대원들은 연극을 준비해 한구청년회관 무대에 올렸다. 〈서광曙光〉이라는 제목으로 항일전선에서 중국과 조선이 협력한다는 선전 선동용 단막극이었다. 정숙은 일본 밀정이 응징당하는 마지막 대목에선 주먹을 흔들며 흥분했다

김원봉은 항일 테러리스트의 우상답게 국민당정부나 홍군정부로부터 거물 대접을 받고 있었다. 중국에서의 활동 기반이나 투쟁 경력으로 치자면 김원봉의 발꿈치에도 못 따라가지만 최창익은 뱃심이 대단해서 남경 시절부터 김원봉의 지도노선에 정면으로 도전했고 한때 조직이 갈라지기도 했다. 두 사람 다 군대를 만들

어 무장투쟁 하자는 입장은 같았지만, 김원봉은 국민당 우산 아래 있고 싶어 했고 최창익은 만주의 동포들을 무장시켜 국내로 진격하자며 동북진출론을 폈다. 무한에서 조선인 항일운동가들도 중국처럼 좌우합작 했고 김원봉과 최창익은 불편한 감정을 접고 함께 의용군 창설작업을 했다.

다만 정숙을 실망시킨 건 의용군에 들어갈 수 없게 된 일이었다.

"여자라서 안 된다는 거예요?"

"좀 들어보오. 지대장을 박효삼하고 이익성이 맡는데 다 당신보다 나이가 아래요. 김학무가 정치위원 하는데 당신도 알잖소. 학무는 스물일곱이오."

"나이가 무슨 상관이에요? 죽을 때가 더 가까우면 전쟁 나가도 덜 아까운 거지."

창익이 푸하하하, 웃었다.

"의용대원들은 거의 다 군관학교 출신들이오. 전투 경험들도 있소. 전쟁에서는 적을 죽이는 것만큼 자신을 보호하는 게 중요한 법이오. 나도 감옥살이 오래 하고 조직활동만 해서 전투에 나가면 동지들한테 민폐나 끼치는 처지가 되오."

그녀는 더 할 말이 없었다. 그는 현관을 나서다가 문득 생각난 듯 그녀를 돌아보았다.

"부녀복무단을 만들자는 얘기도 있소. 여러 가지 뒷바라지할 부인네들이 필요하니까 말이오. 밥도 하고 빨래도 하고."

농담인지 진담인지 종잡을 수 없었다. 정숙은 식탁 귀퉁이에 턱을 괸 채로 중얼거렸다.

"나는 가끔 이 남자들하고 혁명을 하는 게 잘하는 일인지 모르겠어. 다들 〈자본론〉 대신 〈사서삼경〉을 읽은 모양이야."

1938년 10월 10일 쌍십절雙十節에 조선의용대가 출범했다. 창군식은 무한의 기독교청년회관에서 열렸다. 27년 전 청왕조를 무너뜨린 신해혁명이 시작된 곳이 바로 여기, 무한이었다. 그날 역시 쌍십절이었다. 창군식에서 주은래가 "동방 각 민족의 해방을 위하여 분투하자"며 축사를 했고 곽말약이 축시를 낭독했으며 기독교 여자청년회 회원들이 축하 공연을 했다. 조선의용대원은 모두 97명, 대장은 김원봉이고 최창익은 지도위원이었다. 여자대원은 올해 나이 스물셋의 김위 한 사람. 김원봉의 부인인 박차정이 부녀 복무단장을 맡았다.

의용대원 중에 고만고만 평범한 인생은 없었다. 하나하나가 각별하고도 위험천만한 경로를 헤쳐 온 모험가들이었다. 하지만 고향을 버리고 가족을 떠나 지금 이곳에 와 있는 이유만은 같았다. 창군식 마지막에 의용대원들이 '대한독립만세'를 세 번 외칠 때 정숙은 전율했다.

다소 뜻밖이었지만 조선의용대의 첫 전투는 총과 칼이 아니라 붓과 페인트로 하는 작전이었다. 의용대원들은 함락이 임박한 무한 거리에서 콜타르와 페인트 통을 들고 다니며 길바닥과 담벼락에 한문과 히라가나가 섞인 커다란 글씨로 새 점령군에 대한 환영 구호를 썼다.

"일본 형제들이여, 그대의 상관에게 총구멍을 돌려라."

"역사는 반복된다. 일본 제국주의는 피의 복수를 당할 것이다."

"병사들은 전선에서 피 흘리고 재벌들은 후방에서 호사한다."

중국군 사령부가 일본어를 구사하는 조선의용대에게 일본군에 대한 선무공작을 맡긴 것이다. 조선의용대 제1지대는 국민당군대를 따라 먼저 양자강 남쪽으로 철수했고 제2지대가 남아서 선무작전을 했다. 정숙과 창익 부부는 2지대와 함께 함포가 시내 한복판에 떨어질 때 아슬아슬하게 한구를 빠져나왔다. 무한이 일본군 손안에 떨어진 것은 10월 27일이었다.

조선의용대는 국민당군대와 함께 퇴각해 호남성 남쪽 계림桂林까지 남하했다. 하지만 계림에서는 국민당 휘하에 남을 것인가, 연안으로 가서 홍군과 함께 항전할 것인가, 노선싸움이 치열했다. 결국 김원봉의 조선의용대 주류는 남고 정숙 부부가 열 명쯤의 대원들과 함께 회군했다. 의용대의 좌우합작이 깨진 것이다.

최창익이 예의 동북진출론을 꺼내면서 연안으로 가자 했을 때 김원봉은 강력 반대했다.

"장개석군대는 대체 언제 왜놈들과 싸우겠다는 건가. 안전한 후방에서 무얼 하자는 건가. 연안으로 갑시다. 홍군과 함께 싸우면서 궁극적으로는 만주에 가서 우리 동포들을 규합해서 국내로 진공하는 거요."

"홍군은 만리장성 코밑까지 도망쳤소. 모택동도 겨우 목숨만 부지해서 연안 골짜기에 틀어박혔는데 중화소비에트가 실체나 있는 것이오? 중국 대륙이 이렇게 넓고 농민 대중은 무지한데 혁명이 백 년 걸릴지 2백 년 걸릴지 어찌 알겠소? 지금은 국민당군대와 함께 움직이면서 정세를 관망하는 게 좋을 것 같소."

일본군이 양자강 따라 중원을 밀고 들어오면서 피난민의 강물은 남으로 흐르는데 이를 거슬러 북상하느라 정숙 일행의 행군은 더욱 더디었다. 도로에는 자동차와 소달구지와 마차와 노새와 손수레와 사람들이 뒤엉켰다. 피난민들은 열차의 지붕과 승강구, 정크선 난간에도 다닥다닥 붙어 있었다. 정숙 일행은 밤이 되면 길가의 버려진 집이나 마구간을 찾아 들어갔다. 인가를 찾을 수 없어 길 위에서 서로 몸을 바짝 붙이고 쭈그린 채 모포를 뒤집어쓰고 자다가 눈을 맞기도 했다. 풍찬노숙風餐露宿 바로 그것이었다. 정숙은 길 위에서 1939년 새해를 맞았다.

서안西安에서 정숙 일행은 홍군 트럭을 얻어 타고 도로를 따라 북상했다. 홍구紅區에 가까워 오면서 그녀는 흥분을 느꼈다. 연안 일대는 1년 전만 해도 국민당군대와 장학량군대에 겹겹이 에워싸여 봉쇄돼 있었다. 국공합작으로 길이 열리긴 했지만 홍구는 여전히 베일에 싸여 있었다. 대장정에서 목숨을 잃은 홍군은 수를 헤아릴 수 없다 하고 지금 연안 일대의 홍군 세력이 8천이라고도 하고 3만이라고도 하고 10만이라고도 했다. 홍군의 대장정에 대해서는 "시체가 산을 이뤘고 장강이 핏물이 되었다"거나 "혁대를 삶아 먹고 흙물을 끓여 마셨다"는 설화 같은 이야기들이 만리장성을 쌓을 지경이었다.

홍군정부의 대변인이자 외교관인 주은래는 많이 알려진 얼굴이었다. 황포군관학교시절부터 무한을 거치면서 조선의용군 사람들과도 가깝게 지냈다. 하지만 전중국 소비에트정부의 주석인 모택동은 그 유명한 이름 외엔 바깥 세계에 별로 알려진 것이 없었다. 국민당정부가 그의 목에 25만 원을 걸고 현상 수배했지만 소용없었다. 그의 얼굴을 아는 사람이 거의 없었기 때문이다. 대신 기행 이적과도 같은 소문만 무성했는데 그를 신비화시킨 주역은 국민당정부였다. 몇 차례나 그가 죽었다고 발표하는 바람에 모택동은 불사신의 이름이 된 것이다. 남경에서 정숙도 그의 사망 기사를 읽은 적 있다.

낙천洛川에 이르자 풍경이 기묘해졌다. 황토 구릉이 갖가지 형상으로 끝없이 계속되었다. 오랜 세월에 바위처럼 단단해진 황토 언덕에 동굴 집들이 눈에 띄었다. 요동窯洞이라는 것이었다. 연안이 가까워지면서 산세는 점점 험해졌다.

계림을 떠나 두 달 만에 일행은 연안에 도착했다. 연안은 가파른 벼랑으로 둘러싸인 협곡에 자리 잡고 있었다. 한눈에 봐도 천연의 요새였다. 뿌연 황사 바람 속에 협곡을 가로질러 흐르는 연안하延安河의 누런 물줄기가 눈에 들어왔다. 이 작은 산간 도시에 공산당정부가 있고 모택동이 있다. 중국 땅에 발 들여놓은 지 2년 남짓에 돌고 돌아 혁명투쟁의 본부에 도착한 것이다. 정숙이 짤막하게 외쳤다.

"드디어 왔군. 연안이다."

그녀가 쿨럭쿨럭 기침을 터뜨렸다. 창익이 돌아보았다.

"당신, 병원부터 가야겠군."

풍찬노숙의 여행에 정숙은 자주 감기 몸살이 걸렸고 연안에 도착할 즈음엔 몸이 불덩이처럼 뜨거웠다. 연안에는 병원이 하나였고 여기서 그녀는 소비에트 지역에 들어왔음을 실감했다. 병원 시설은 빈약하고 대기실을 가득 채운 환자들을 단 두 명의 의사가 상대하고 있었지만 이들은 성심성의껏 환자를 대했고 모든 것이 무료였다. 군인들이 많았지만 아침 먹은 것이 체했다고 찾아온 아낙도 있었다. 정숙은 늑막염이 재발한 것이라 했고 요동에 틀어박혀 꼼짝없이 요양해야 했다.

중화소비에트의 수도 연안은 정부 조직이 갖춰지고 혁명가들이 모여들고 피난민이 흘러들면서 인구가 점점 불어났다. 연안하 양쪽 황토 언덕에는 새 요동들이 지어졌다. 정숙네 부부도 요동 하나를 받았다. 다섯 평쯤 될까 싶은 공간에 부엌이 있고 침상과 탁자가 놓였다. 요동이라는 것이 겉보기와는 달리 통풍도 잘되고 천연 황토 주택이라 따뜻했다. 식량은 조와 옥수수, 약간의 쌀이 배급되었다. 이곳에선 조밥과 국수가 최고의 성찬이었다. 하루에 두 끼만 먹었고 고급관료들도 똑같은 식사를 했다.

정숙은 새삼 중국이 넓구나 싶었다. 그녀가 처음 만난 중국은 유럽을 한 귀퉁이 떼다 놓은 듯한 상해였지만 지금 머무르는 연안은 황토 언덕이 중국인의 맨살처럼 누렇게 드러나 있는 헐벗고 가난한 오지였다. 중국에는 여러 민족이 있고 기후와 풍광이 다른 여러 지역이 있고 서로 알아들을 수 없을 만치 다른 방언들이 있다. 하지만 무엇보다도 1939년의 중국에는 여러 시대가 공존하고 있었다. 홍구의 지도자들은 자신이 중국의 다음 시대라 굳건히 믿었지만 큰길에서 조금만 산속으로 들어가면 아직 황제의 세상인 줄 아는 변발의 청나라 백성들이 있고 이들은 신해혁명이 일어나 국민당정부가 들어선 것도 까맣게 모르고 있었다.

봄이 오고 건강을 회복한 정숙은 중국 공산당이 운영하는 항일 군정대학에 입학했다. 정치군사학과였다. 항대는 공산당원이나 홍군 간부들뿐 아니라 좌파 지식인들이 학생 자격으로 모여드는 곳이었다. 의용대원 여럿이 함께 입학했다. 컬럼비아대학 이후 10여년 만에, 마흔을 바라보는 나이에 그녀는 다시 학생이 되었다. 최창익은 교수가 되어 일어와 일본경제사를 강의했다.

그녀가 마침내 그 유명한 모택동을 만난 것은 항일군정대학 강의실에서였다. 중국정치 과목이었다. 모택동은 강의 내용을 정리해 〈모순론〉 〈실천론〉 〈지구전론〉 같은 논문을 써냈고 그 팸플릿들이 중국 공산당의 지침이 되어 전국의 해방구들에 배포됐다.

항대에는 모택동 주석외에도 주덕이나 임표 같은 대장정의 영웅들이 때때로 전선에서 돌아와 군사학을 가르쳤고 범문란 같은 대학자도 있어 교수 진용이 화려했다. 미국 동부에서도 진보적이라는 컬럼비아대학에서 정숙은 얼마나 따분했던가. 하지만 대장정을 마치고 사선을 넘어와 이곳에 소비에트사회를 실험하고 있는 이 학교 선생들은 목소리의 울림부터가 달랐다.

모택동의 첫 인상은 뜻밖이었다. 10년 동안 중국 공산당을 이끌어온 베일 속의 인물, 수없는 사망설 속에서 죽기는커녕 부상 한 번 입지 않은 인물, 그 불사신이 강림하기로 돼 있는 교탁 앞에는 모기와 빈대에 실컷 물어 뜯긴 것 같은 검은 얼굴의 촌스러운 남자가 서 있었다. 체구가 크고 얼굴도 큰 이 남자는 중국 현대사의 질곡을 닮은 미간의 주름살과 너무 일찍 넓어진 이마 때문에 실제보다 나이 들어 보였다. 그녀보다 아홉 살 위인 그는 이제 마흔일곱이었다. 낡은 군복 차림의 그는 강의 도중에 옆구리와 바짓가랑이를 자주 긁적거렸다. 그의 말은 호남 사투리 때문에 가끔 알아듣기 힘들었다.

이번 학기 강의에서 모택동은 '신민주주의론'을 제기했다. 신민주주의론은 학기가 끝나면 홍군정부의 새로운 팸플릿이 될 것이다. 이것은 중국혁명이 도달하려는 새로운 사회 구성에 관한 이론이었다. 노동자, 농민, 프티부르주아 지식인, 민족자본가의 네 계급이 연합해 투쟁해야 하며 혁명 이후는 이들 계급 연합의 독재가 돼야 한다는 것이었다. 정통 프롤레타리아계급 독재와는 달리 양심적인 지주나 자본가까지 포용하겠다는 다분히 중국적인 대안이었다. 그는 당분간 중국 영토에서 일본 제국주의를 몰아내는 데 모든 역량을 집중해야 한다고 했다. 대일항전은 공산당의 일관된 구호였지만 생존 비법이기도 했다. 그것은 양날의 칼이어서 중국 인민들이 국민당정부에 실망해 공산당 쪽으로 돌아서게 만드는 동시에 국민당군대의 타깃을 공산당 쪽에서 일본 침략군 쪽으로 돌리도록 압박했다. 정숙이 질문을 던졌다.

"선생님, 조선 땅은 만주와 이웃해 있는데 중국 대륙에서 일본을 몰아낸다고 할 때 조선까지 포함시켜서 생각하는 겁니까?"

"허정숙 학생이로군요" 하고 모 주석은 서두를 뗐다.

"중국 땅을 해방시키는 것이 우선적인 과제이지요. 그다음은 한국인들의 투쟁에 열렬한 지원을 보낼 것입니다. 식민지가 된 대만이나 몽골도 마찬가지입니다."

그처럼 공평무사한 대답 끝에 그는 "광동에서 만주에서 남경에서 수많은 조선인 동지들이 중국혁명을 위해 피를 흘렸습니다. 조선혁명을 위해 그 피는 반드시 보상 받을 것입니다. 조선인과 중국인은 이미 피를 나눈 형제입니다"라고 덧붙였다.

정숙은 뭉클했다. 모스크바에서 경성에서 도쿄까지 만국의 공산주의자는 모두 형제이지만 중국인에게는 동족의 느낌이 있었다. 인종적 친연성일까, 일제에 시달린다는 동병상련 지정일까.

모택동의 강의는 중국사와 세계사, 이론과 현실, 문예비평과 정치해설 사이를 종횡무진했다. 정숙은 그가 중국에서 지금까지 저술되거나 번역된 책은 모조리 읽은 것 아닐까 싶었다. 사안의 핵심을 간파하고 복잡한 상황을 몇 마디로 정리하는 통찰력은 이제껏 다른 사람에게서 본 적 없는 탁월함이었다. 기억력은 비상해서 학생들 이름을 다 알았고 한 번 스친 얼굴도 다 기억했다.

한 학기 강의를 듣는 동안 그녀는 해외 경험도 풍부하고 소련정부나 코민테른에 친구도 많은 주은래나 유소기, 엽검영 같은 명망가들이 왜 중국을 한 발짝도 떠나본 적 없는 이 호남湖南 사내의 지도를 따르는지 알 것 같았다. 장개석이 정치가이고 군인이라면 모택동은 사상가이자 정치가였다.

초여름 어느 날 그는 집으로 학생들을 불러 수업을 했다. 모의 요동은 항대에서 연안하 건너 양가령 꼭대기에 있었는데 중경에 나가 있는 주은래, 중국군 총사령관 주덕의 요동과 나란히 있었다. 요동 옆 조그만 텃밭에서 토마토와 담배가 자라고 있었다. 당 관료들은 농사나 수공업을 한 가지씩 하도록 돼 있는데 골초인 그는 담배 농사를 지었다.

방 세 칸짜리 요동에는 그의 새 신부가 있다가 학생들이 들어가자 인사하고는 나갔다. 소문처럼 젊고 예쁜 여성이었다. 홍구 바깥에서 모택동은 베일 속의 인물이었지만 연안에서 그는 사생활과 일거수일투족이 적나라하게 노출돼 있었다. 그의 아내들 이야기는 아무나 밥 먹다가 밭 갈다가 대수롭지 않게 입에 올렸다. 요새 연안에서 최고의 화제는 모 주석의 이혼 문제였다.

그는 어릴 적 조혼한 아내가 있었고, 첫사랑의 여인인 두 번째 아내 양개혜는 슬하의 두 아들을 모스크바로 탈출시키고 자신은 국민당군대에 처형당했으며, 대장정을 함께한 세 번째 아내 하자정은 나이 서른에 심신이 모두 망가져 연안에 도착하자마자 치료를 이유로 모스크바에 보내졌다. 굶기를 밥 먹듯 하며 총알세례 속에 하루 백 리씩 걸어야 했던 대장정의 고난도 그렇지만 그 길에서 핏덩이 자식들을 남의 손에 쥐버려야 했으니 그 상처가 깊었을 것이다. 모스크바로 떠나기 전에 그녀는 남편이 여성 통역관과 바람 피웠다며 당 중앙위에 고발했고 모택동은 이혼을 청구했다. 당 중앙위는 이혼을 허용할지 말지 한도 끝도 없는 토론에 들어갔다. 와중에 모택동의 요동에 젊고 예쁜 아가씨가 짐 싸 들고 들어온 것이다. 그의 네 번째 부인이 된 새 신부는 노신예술학원에 다니는 강청이라는 여배우였다.

연안 시내는 아가씨에 대한 악소문으로 부글거렸다. 이미 상해에서 이혼 소동으로 매스컴을 탄 이 당찬 스물여섯 살의 아가씨는 연안에 와서 노신예술학원에 다니면서 강사인 모택동과 눈이 맞았다 했다. 그녀는 노신학원 원장의 정부였다는 소문도 있었고 '고급 매음부'니 '붉은 첩실'이니 하는 딱지들이 붙어다녔다. 모택동의 동지요 친구들인 당 중앙위 사람들은 연안시대가 시작된 이래 가장 격렬한 노선싸움을 벌였는데 주은래 같은 온건파와 유소기 같은 강경파가 부딪쳤다. 당장 여자를 연안에서 추방해야 한다는 강경론 한편으로 주석의 젊은 아내가 향후 30년 동안 살림만 하고 정치에 참견 안 하는 조건으로 결혼을 허가하자는 타협안도 나왔다. 소장파 간부들이 "윗물이 맑아야 아랫물이 맑다"고 몰아붙일 때 모택동이 쩔쩔맸다고 했다. 밤이 되면 모택동이 이혼과 재혼 승낙을 받으려고 등불을 손에 들고 중앙위원들 요동을 찾아다닌다는 소문이 돌았다.

조선의용대 사람들 사이에는 비판론과 동정론이 엇갈렸다. 동정론이라 해도 여성 편력을 지지한다기보다 주석은 사생활도 당이 관리하니 안됐다고 보는 정도였다. 스캔들 소동을 겪으면서 정숙은 그가 훨씬 가까워진 느낌이었다. 오늘의 중국 공산당을 있게 한 불굴의 혁명가, 박학다식한 사상가 모택동도 밥 먹고 트림하기는 마찬가지인 것이다. 하지만 대개의 연안 사람들처럼 그녀도 강청이 마음에 들지 않았다.

어느 날 조선의용대 동료들과 어울려 강청을 도마에 올려놓고 썰어대고 찧어대며 놀다가 정숙은 문득 경성에서의 일들이 생각났다. 아이 아빠가 누구라는 둥 멋대로 써대는 잡지들도 그랬지만 박헌영처럼 가까운 친구들이 냉혹하게 닦아세울 때 얼마나 상처받았던가. 그녀는 자신도 강청에 대해 소문밖에는 아는 게 없다는 걸 깨달았다. 노신학원 원장의 정부였다는 것도 고의적인 악소문일지 몰랐다. 소문의 벽 속에서 강청은 어떤 기분일까. 모택동의 리더십은 여성 편력 따위에 방해받지 않는 모양이지만 귀하신 분과 한 이불을 덮고 잔다는 사실이 여자를 수렁에서 건져주지 못했다. 강청은 매음부일 뿐이었다. 불공평했다. 정숙은 강청을 다시 생각하기 시작했다.

여름이 되자 텃밭에 고구마 잎이 무성해지면서 황토 이랑을 완전히 덮었다. 정숙은 남편과 함께 지난봄 요동 앞에 밭을 일구어 고구마와 오이를 심었다. 메마른 황토 언덕을 곡괭이와 호미로 파고 흙덩이를 잘게 부수어 이랑을 만들었는데 보드라운 황토밭에서 고구마가 잘 자랐다. 그녀는 양동이를 들고 연안하로 내려갔다.

경성에서는 늘 집에 일하는 여자들이 있었다. 물 길으러 가고 농사짓고 아궁이에 불 때고 밥 짓고 빨래하는 것도 모두 중국에 나와서 처음 해보는 일이었다. 땔감 하는 일도 물론이었다. 정숙은 남편하고 각기 낫과 톱을 들고 산으로 올라갔다. 호미질은 쉬운데 낫질은 쉽지 않았다. 그녀는 걸핏 하면 손의 살갗이 찢어졌다. 창익이 그녀의 손을 잡고 낫질을 가르쳤다.

"자, 이것 보오. 낫으로 나뭇가지를 벨 때는 각도가 중요한 거요."

그는 천자문 전에 낫질부터 배웠다고 했다.

"가을에 추수 끝나면 첫눈 오기 전에 땔감 하러 매일 아침 지게를 지고 산에 올라가는 거요. 아버지는 도끼로 큰 나무를 베고 나는 낫으로 잔가지를 잘라요. 우리 아버지 소작 지었다 하지 않았소. 우리 집 땔감이야 아무려나 검부쟁이나 짚가리 태워도 되는데 지주네 곳간은 나무토막을 천장까지 꽉 채워야 땔감 공사가 끝나는 거요. 그렇게 채워놔도 북방에 겨울이 길어서 설도 되기 전에 땔감이 바닥나기 일쑤요. 그러면 아버지하고 눈이 푹푹 빠지는 산으로 올라가는데 나무도 눈더미 속에서 얼어 있단 말이오. 그 나무들을 갖다가 우리 처마 밑하고 헛간에 쟁여놓고 말리는데 맨날 꽁꽁 어는 날씨다 보니 나무가 마르지 않는 거요. 그러면 종국에는 나무들이 우리 집 안방으로 기어들게 되오. 처음에는 윗목에 차곡차곡 쌓아놓지만 정 급해지면 이놈들 빨리 마르라고 아랫목을 내놓게 된다오. 어느 해엔 젖은 나무들이 아랫목 차지하고 우리 식구들은 윗목에서 떨면서 잔 적도 있소."

연안에 와서 봄철을 나면서 정숙의 얼굴이 볕에 그을고 책장이나 만지던 하얀 손이 투박한 일꾼 손이 되었다. 손마디에 굳은살이 배기고 손등이 텄다. 어느 날 창익이 그녀의 손을 만지면서 "양반댁 규수가 왜 이 험한 데 나와서 고생하시오?" 하고 농을 했다. 그녀는 "농민의 아들 손도 좀 만져봅시다" 하고 창익의 두 손을 펼쳐 보았다. 굵고 뭉툭한 손마디와 옹이가 박힌 손바닥은 육체노동을 떠난 지 십수 년이어도 호미와 낫의 기억을 간직하고 있었다. 정숙은 짐짓 명랑하게 말했다.

"이회영 어르신네 마나님들에 비하면 꽃놀이예요."

한일합방 때 수십 명 일가가 집단 망명한 이회영 어른네는 만주에 와서 신흥무관학교를 세우고 농토를 개간할 때 왕년의 노비들이 학교에서 공부하고 마님들이 밥 지어 날랐다 한다. 정숙은 항대에서 혁명 이론을 공부할 때보다 팔 걷어붙이고 밭을 갈 때 '이것이 혁명이고 진보구나' 실감했다.

황토 구릉이 지열을 내뿜고 날씨가 푹푹 찌는데 계곡에서 흘러내리는 연안하의 물은 서늘했다. 그녀는 연안하에 발 담근 채 건너편 산꼭대기의 보탑을 바라보았다. 하늘을 향해 솟은 뾰족한 탑신은 햇빛을 빨아들이는 피뢰침처럼 보였다. 강물 속에서 발끝이 시려왔다. 그녀는 양동이에 물을 가득 담아 언덕을 올라왔다. 밭에 물을 주고 제대로 여문 오이 두 개를 땄다.

저녁에 의용대원 몇 사람이 왔다. 오이를 썰어 넣은 시원한 국수를 대접했다. 식탁에 둘러앉아 모두들 최근의 심상치 않은 정세를 걱정했다. 장개석군대가 호남의 평강平江에서 홍군을 공격하더니 호북湖北과 하북河北에서도 무력 충돌이 잇따르고 있었다. 국민당과 공산당이 강 하나를 사이에 두고 형님 아우님 하던 무한 시절이 언제였던가 싶었다. 수백 가지 협약들로 구축된 국공합작 시스템이 2년 만에 금이 가고 있었다. 국공합작이 깨지는 마당인데 주은래는 연안의 대표 자격으로 아직 중경에 머물고 있다.

"주은래 선생이 장개석한테 인질로 잡히는 거 아닐까요?"

장학량군대에 있다가 연안으로 온 서휘였다. 스물네 살의 혈기 방장한 청년인데 언젠가 톨스토이가 혁명을 실천하지 않았다고 비판해서 참다못한 정숙이 "이보게, 서 군. 혁명은 총으로만 하는 게 아니야"라고 점잖게 나무란 적 있다.

"그럴 리는 없다고 보네. 주은래를 건들면 홍군에 대한 선전포고이고 인민들이 국민당에 등을 돌릴 텐데 장개석이 그렇게 어리석지는 않아. 장개석은 내륙 깊숙이 물러나서 일본이 홍군을 치는 것을 관전할 것이네. 이이제이以夷制夷에 어부지리漁夫之利지."

장개석과 주은래의 개인적인 정리를 거론하는 사람도 있었다. 10여 년 전 장개석이 처음 국민당 내 좌익 토벌을 개시하면서 황포군관학교의 빨갱이 선생들을 다 내쫓을 때도 주은래만은 그대로 두었고 서안사변 났을 때는 주은래가 와서 장학량에게 장개석을 풀어주게 했다는 것이다.

"호시절에나 의리 찾는 거지. 상해폭동 때는 장개석이 주은래를 붙잡으면 처형시키라고 했다잖아."

정숙은 주은래의 사람됨을 잘 알았다. 주은래는 인질이 되길 자청한 것이다. 중경에서 자신의 목숨이 날아간다면 국공합작이 깨지는 것이지만 장개석의 미래도 장담할 수 없게 된다. 주은래는 국민당과 공산당 사이의 합작 약속에 자기 목숨을 쐐기로 박은 것이다. 3년 전 장학량이 한 선택과 똑같다. 동북군 총사령관이었던 장학량은 서안에서 국가원수인 장개석을 감금했다가 토벌 중지와 국공합작 약속을 받고 풀어주면서 자신도 남경으로 장개석을 따라가 스스로 인질이 되었다. 장개석은 한때 가장 총애하던 젊은 장군이 모반을 해서 자신의 스케줄과 스타일을 엉망진창으로 만들었으니 죽여도 시원치 않았을 것이다. 하지만 장학량을 죽인다면 자신도 중국 인민과 국민당군대로부터 목숨을 건지기 어렵다는 것을 잘 알고 있었다. 죽일 수도 살릴 수도 없는 인질이었던 것이다. 주은래나 장학량이나 참 대단한 위인들이었다.

물국수로 저녁식사를 마친 다음 정숙이 커피를 끓여 내왔다.

"이건 무슨 찹니까? 향내가 특이하오."

"커피라는 거요. 양자강 이북에선 안 나는 찬데 나도 몇 년 만에 맛보는 거요. 어제 노신학원 선생한테서 한 봉지 얻었지요."

의용대원 하나가 작년까지 이곳 항일군정대학에서 강의했다는 장지락이라는 사람 얘길 꺼냈다. 만주에서 신흥군관학교를 같이 다녔던 동기생인데 몇 해 전 북경의 감옥에서 만났다 했다. 그는 열혈 공산주의자이자 거침없는 테러리스트였는데 동서양 역사와 철학뿐 아니라 자연과학에도 두루 해박한 백과사전적 지식인이었다 한다. 그는 연안에 들어와 항일군정대학에서 일본경제와 물리화학을 가르쳤다는데 최창익이 그를 알고 있었다.

"내가 가르치는 일본경제사, 그가 빠지면서 내가 맡게 된 거요. 그가 남겨놓은 교안을 봤는데 식견이 풍부하고 통찰력이 탁월한 데가 있소."

"장지락이라… 나도 본 적 있는 것 같아요. 20년 전 상해에서."

정숙이 이동휘 선생 댁에 있을 때 그곳을 드나들던 청년이었다.

"내 기억으로는 의열단 쪽이었던 것 같은데. 지금은 어디 있지요?"

"만주전선에 파견된 줄 알았더니 보안처에서 총살됐다는 겁니다. 일본 밀정이라고. 장국도가 국민당으로 넘어가면서 숙당 바람이 불었잖아요. 저도 최근 노신예술학원에 있는 정률성 선생한테 들었습니다."

"일본 밀정?"

"조선인들이 일본말을 잘하니까 의심받기가 쉽죠."

식민지민이 되어 남의 나라 말을 배우지 않을 수 없었는데 그것이 올가미가 되다니, 운명의 장난이었다. 장지락이라는 사람은 여러 가명을 썼는데 장명이라고도 하고 김산이라고도 했다.

"보안처 쪽 누군가한테 개인적으로 찍혔던 거 아닌가 싶습니다. 일본 밀정이니 트로츠키주의니 이립삼주의니 이름은 붙이기 나름이죠."

장지락을 총살시킨 보안처 책임자가 지금 항대에서 '당 조직론'을 가르치는 강생이었다. 그가 자기 동료 교수를 처형대로 보낸 것이다. 정숙도 강생의 강의를 듣고 있었다. 그는 당 중앙위 서기까지 맡아 한창 잘나가는 중이었다.

의용대원들이 돌아간 뒤에도 정숙은 불편한 심기를 가라앉힐 수 없었다. 정숙이 침상에서 일어나 앉으면서 길게 한숨을 쉬었다.

"사람 사는 세상이 가끔 정떨어져요."

창익은 탁자 앞 호롱불 아래서 책을 읽고 있었다.

"왜 그러오?"

"조선에 있을 때는 사회가 미성숙하고 여건이 열악하다 보니 최선의 인간이라는 공산주의자들조차 쓸데없는 파벌투쟁에 힘을 낭비하고 있구나 했어요. 연안은 물론 많이 달랐지만 결국 인간의 한계 아닌가 싶어요. 당이 전투력을 유지하려면 때로 숙당작업이 불가피하겠지요. 한데 온갖 개인감정과 파벌적 음모가 끼어들면서 활동가들이 개죽음한단 말이지요. 그걸 피할 수 없는 게 인간이라면 인간성이란 원천적으로 진화가 불가능한 걸까요. 혁명 과정의 문제이고 혁명이 완료되면 달라질까, 하는 생각도 해보지만 소련을 보면 꼭 그런 것 같지도 않아요."

정숙은 레닌 사후 소련에서 벌어진 권력투쟁에 대해 대강 듣고 있었다. 인간의 이기심, 자본주의의 악마성이 번식 못 하도록 만든 방부제가 소비에트인데 결국 인간의 어리석음에 방부제는 없는 것일까.

창익은 읽던 책을 접어 탁자 위에 놓고 침상으로 왔다.

"혁명이 완료되면 달라질 거다, 라는 생각이 바로 이상주의라는 것 아니겠소. 나는 그런 이상주의는 스무 살도 되기 전에 버렸소. 정치란 양의 얼굴을 한 늑대요. 어떤 정치에도 최선은 없소. 진보는 상대적인 것이고 더 나은 쪽을 택한다는 것뿐이오. 마르크시즘이 봉건제보다 낫고 자본주의보다 우월하니까. 끼니도 해결 못 하는 중국 인민들에게 아편을 강제로 떠먹인 것이 자본주의요, 그 자본의 나갈 길을 개척하는 게 제국주의의 총칼 아니오? 부르주아 정치라는 게 뭐요? 자본가들과 지주들을 보호하는 시스템이오. 장개석이 지금 하는 짓이 그것 아니오? 지주 자본가들이 장개석군대를 먹여 살리고 있잖소? 장개석 일파는 중국이 일본 식민지가 되더라도 공산정부의 토지개혁보다는 낫다고 생각하는 자들이오. 장개석은 끊임없이 일본하고 뒷거래하고 있소. 아마 서안사변 없었으면 일본에 황하 이북을 내줬을 거요. 중국을 반토막 내서 그 반쪽이라도 챙기는 게 낫다는 심보요. 그런 장개석에 비해 모택동은 단연 우월하오. 정치에 최선은 없소. 차선을 택하는 거지."

연안에서 세 개의 계절을 맞는 동안 정숙은 공산주의 이념으로 설계한 이 신도시에 흠씬 매료되었다. 하지만 세상은 드러나는 것과 다른 내용을 가지고 있으며 세상의 부조리는 개인뿐 아니라 역사도 비켜가지 않았다. 장지락의 일은 연안의 판타지에 균열을 일으켰다.

 지금까지 정숙은 뜻대로 살아왔다. 내키지 않는 일을 억지로 한 적 없다. 싫은 남자와 참고 산 적도 없다. 특별한 생활신조가 있었던 건 아니다. 유전자에 새겨진 모험과 자존과 충동의 강렬함이 그녀를 움직였을 뿐이다. 그래서 그녀는 마음에 안 들면 떠났다. 떠나는 건 쉬웠다. 하지만 돌이켜보면 가장 하책下策이었다. 이제는 머무르고 눌러두고 견디는 걸 배워야 한다. 인내는 나이가 주는 선물이다.

 '떠날 때와 머물 때, 버릴 때와 견딜 때를 알면 중년이 되었다는 뜻일까. 그것을 성숙이라 부르는 걸까.'

 정숙의 연안생활은 생각보다 빨리 끝났다. 장개석군대가 공세를 취해 오면서 당은 항일군정학교를 전선으로 이동시키기로 결정했다. 그녀는 내심 반가웠다. 중국에 와서 줄곧 내륙으로 쫓겨 들어오기만 했는데 이제 비로소 적들을 향해 나아가게 된 것이다. 정숙은 팔로군 제120사단에 정치지도원으로 배치됐다. 정숙 부부는 짐을 정리하고 요동을 청소했다. 새 주인이 언제 올지 알 수 없는 일이라 고구마 밭에는 물을 넉넉히 주었다. 군정학교 학생들은 짐을 수레에 실은 뒤 당에서 지급한 중고 군복에 간단한 군장만 갖추고 출발했다. 그녀는 군복과 군장이 편하게 느껴졌다. 연안에 올 때와는 분명 달랐다. 이제 군인 신분이 된 것이다.

오랜 세월이 만들어놓은 계단식 황토 비탈의 옆구리를 따라 언덕길을 걸어 고갯마루에 올라섰을 때 정숙은 협곡에 길게 누운 시가지를 돌아보았다. 그녀는 반드시 연안에 다시 오리라 다짐했다. 몇 년, 아니 몇십 년 뒤라도 꼭 돌아와서 오늘 이 실험 정신에 가득 찬 중화소비에트의 수도가 역사의 지형 위에 어떤 포즈로 서 있을지, 그때 그녀가 환멸에 빠지게 될지 환희에 차게 될지 확인하고 싶었다. 산마루를 넘어서자 대열은 이제 연안을 뒤로하고 태항산을 향해 동쪽으로 행군을 시작했다.

중일전쟁이 시작된 지도 만 2년, 1939년 7월 10일이었다.

세 여자 1

ⓒ 조선희 2022

초   판 1쇄 발행 2017년 6월 22일
초   판 7쇄 발행 2020년 9월 29일
개정 1판 1쇄 발행 2022년 5월 27일
개정 1판 2쇄 발행 2023년 11월 13일

지은이 조선희
펴낸이 이상훈
문학팀 최해경 김다인 하상민
마케팅 김한성 조재성 박신영 김효진 김애린 오민정

펴낸곳 (주)한겨레엔 www.hanibook.co.kr
등록 2006년 1월 4일 제313-2006-00003호
주소 서울시 마포구 창전로 70(신수동) 화수목빌딩 5층
전화 02-6383-1602~3
팩스 02-6383-1610
대표메일 munhak@hanien.co.kr

ISBN 979-11-6040-504-0 03810